爱默生随笔集

AIMOSHENG SUIBI JI

【美】爱默生 / 著

陈　墨 / 译

北方联合出版传媒（集团）股份有限公司

万卷出版公司

图书在版编目（CIP）数据

爱默生随笔集 / (美) 爱默生著；陈墨译. — 沈阳:万卷出版公司, 2015.7（2022.1重印）
（典藏 / 吴昊主编）
ISBN 978-7-5470-3646-4

Ⅰ. ①爱… Ⅱ. ①爱… ②陈… Ⅲ. ①随笔－作品集－美国－近代 Ⅳ. ①I712.64

中国版本图书馆CIP数据核字（2015）第090429号

出版发行：北方联合出版传媒（集团）股份有限公司
万卷出版公司
（地址：沈阳市和平区十一纬路25号 邮编：110003）
印 刷 者：北京一鑫印务有限责任公司
经 销 者：全国新华书店
幅面尺寸：178mm×254mm
字 数：280千字
印 张：17
出版时间：2015年7月第1版
印刷时间：2022年1月第2次印刷
责任编辑：赵新楠
封面设计：范 娇
版式设计：范 娇
责任校对：尹葆华
ISBN 978-7-5470-3646-4
定 价：65.00元

联系电话：024-23284090
邮购热线：024-23284050
传 真：024-23284521

经典之藏，心灵之旅

读书是一件辛苦的事，读书又是一件愉悦的事。读书是求知的理性选择，同时，读书又是人们内在自发的精神需求。不同的读书者总会有不同的读书体验，但对经典之藏、对精品之选的渴求却永远存在。

传统上，读书是求学的手段，千百年来，人类知识的传承，最重要的总是通过书籍的记载与传述。因为有了书，人类才可以文脉延续，薪火相传。西哲说：书籍是人类进步的阶梯。因而，先贤们都把读书当作高尚而庄重的事情，赋予读书神圣、光荣的使命感。故此，韦编三绝、悬梁刺股，以及凿壁、囊萤、映雪等等，就成了刻苦求学的典型，千百年来成为人们效法的楷模。于是，寒门学子挑灯夜读，富家子弟潜心求学，或诚心拜师，或自学成才，诸如此类的事例，就成了激励学子上进求学的传说故事而广泛流传。

书籍除了自身蕴含的教化功能外，还能让人感到身心的愉悦和快乐。在文化生活极度匮乏的年代，人们极力去寻找各种承载文明的载体，来填塞文化需求的饥渴。一本残破小书，可以在上百人的手中传递和阅读，看完后仍意犹未尽，不忍释卷。彼时，人们读书如饥似渴，却并无黄金屋、颜如玉一类的功利目的，有的只是内心的精神需求，读书的愉悦与快乐正在于此。仲春季节，读书间隙，推窗而立，鸟语花香扑面而来，内心深处则有禾苗拔节的哔剥之声回响；炎炎夏日，一卷在手，品茗读书，摇扇驱蚊，自然能感受到心灵的清凉和愉悦；秋风瑟瑟，听窗外传来淅淅沥沥的雨声，啜一口酽茶，想起“风声雨声读书声”的名联，便会发出会心的微笑；数九严冬，寒意砭骨，围炉夜读或雪夜捧卷，书香入腹，情暖人心，又能体验到视通万里、思接千载的悠悠遐思。

无论是求学求知还是寻求精神上的愉悦，读书都是我们的一种心灵之旅，是接受自我内心的召唤和灵魂的导引上路，让自己再次起飞得到新生的力量。变换的风景，奇异的遭遇，萍逢的路人，这一切旅途中可能发生的事件，都会在我们读过的书籍中出现，它们强烈地超出了我们已知的范畴，以一种陌生和挑战的姿态，敦促我们警醒，唤起我们好奇。在我们被琐碎磨损的生命里，张扬起绿色的旗帜；在我们刻板疲惫的生活中，注入新鲜的活力。

正因为读书之益，读书之趣，我们才对书籍本身挑剔起来。试想，灵魂之伴侣如何可以等闲视之呢？一本书的好坏，总会有无数人来品评，既有芸芸众者即兴点评，又有专家学者细心解析，然而，书籍最终的裁定者是历史而不是某一种潮流。随着时光的淘汰，留下来的经典之作渐渐走进更多人的视野，留在人们的案头，成为经典之藏。

“典藏”之作正如伴随我们的益友，多闻、博大、精彩而有趣，这样的益友，需要人们用心地品读，细心地筛选，最终把最好的“朋友”留在自己的身边。我们的“典藏”正是帮助读者挑“益友”的一种尝试，希望能把经典的、有价值的或者有趣的书籍放在读者的案头，让它们像朋友一样陪伴每一位读者走上自己的心灵之旅。

当我们打开书本，走进属于自己的心灵世界，自然能够体验那种君临一切的奇特感觉。此时心如止水，宁静安然，恰如室外无言的星月，美文佳句不期而至时，或击案称绝，或吟哦出声，甘之如饴。愿这“典藏”之作能给我们的心灵留下一块绿荫，助大家在自己的漫漫行旅中搭起一座可供休憩的风雨亭，对抗庞大、芜杂、纷繁的外界侵扰。

前　言

在众多的美国文学思想家中，拉尔夫·沃尔多·爱默生（Ralph Waldo Emerson，1803—1882）独树一帜。他是美国文学史和思想史上公认的思想家、文学家、演说家和诗人，被尊为近代“美国文艺复兴”的旗手，被林肯总统称为“美国的孔子”“美国文明之父”，在 19 世纪美国思想史、文化史和文学史上都占有十分重要的地位。在英国浪漫主义思想、新柏拉图主义以及印度教哲学等流派的影响下，他成为了美国 19 世纪超验主义思想的灵魂人物。超验主义带有神秘色彩的思想激发了人们对个体存在及其能力的乐观意识，这一思想不仅成了美国文艺复兴的基石，还对当时以及未来美国的哲学、宗教、文学、教育、社会和文化都产生了深远的影响。

“每个人在求知过程中，都会经历这样一个时期，坚信这样一个道理：嫉妒是无知的表现，模仿无异于自杀；……除了本人，谁也不知道自己能做些什么，而且，不经过尝试，甚至他本人也弄不清自己有什么本事。”这是爱默生对自立精神生动形象的表述。自强自立是爱默生思想的精髓之一，这一思想直到今天依然体现在美国社会文化生活的方方面面中，是美国文化中个体主义观念的组成元素之一。同时，他崇尚自然、崇尚简单：“从常识角度看，自然是指人类未曾改变的事物本质，诸如空间、空气、河流、树叶之类。”他认为“自然是思维的化身”，只有心灵与自然和谐统一，人才能获得愉悦。爱默生的这些思想，深深影响了与其同时期的梭罗、惠特曼、迪金森以及 E.A. 罗宾逊、弗罗斯特、华莱士·史蒂文斯、哈特·克兰等后世的文学家。

爱默生的随笔作品是爱默生一生写作、思考的结晶。它们独具特色，注重思想内容，行文犹如格言，哲理深入浅出，说服力强。因此爱默生的随笔被人评价“似乎只写警句”，在这一点上它与培根随笔相似。然而爱默生的随笔在其他很多方面跟培根的大相径庭，相较于培根随笔的短小严密和客观冷静，爱默生的随笔充满了激情，犹如滚滚而来的密西西比河水，有一发不可收的磅礴气势，所以他的文章大有吐尽自己一切观点的架势。爱默生一生中思想的精髓都以散文和演说的形式表现出来，他的许多观点后来为历史证明都具有先知性，而他的自立主张、民权观念等对美国乃至世界人民都产生了深远影响。英国著名作家马修·阿诺德称他以散文创作了 19 世纪最重要的作品。一百多年来，这些优秀的散文随笔如《论自助》《论自然》等都成为了最脍炙人口的佳作。

爱默生的随笔赞美了人要信赖自我的主张，这样的人相信自己是所有人的代表，因为他感知到了普遍的真理。爱默生以一个超验主义者的口吻，平静地叙说着他对世界的看法。

爱默生的语言深奥、雄辩而富有诗意，其中蕴含的睿智令人折服。他的作品就是一部人生的思想手册，在它的指导下，我们的灵魂永远不会迷失。爱默生被誉为“美国的精神先知”，他属于美国，也属于世界上所有思考的灵魂；属于过去，同时也属于今天。

本书中的内容主要节选自爱默生《随笔集》第一、二卷中的随笔作品。希望借此将爱默生的思想介绍给读者，让今天的读者得以沐浴在他极具人生指导意义的思想光芒中，抵达位于自己的心灵深处的精神世界。

目　录

论友谊

我们所拥有的爱要远多于人类曾经说出来的爱。尽管人性中自私的一面就像一股寒风，使这个世界不寒而栗，但整个人类大家庭还是沐浴在像天空一样纯净而温馨的爱当中。多少人曾与我们在屋檐下不期而遇，虽然几乎未曾张口交谈，但我们彼此互相尊敬；又有多少人在街道上与我们谋面，或和我们一起坐在教堂里，虽然没说一句话，但我们却很乐意和他们在一起。试着去解读这些漂流的目光所讲的话语，你就会懂得他们的内心。

人类这种情感的尽情释放，其结果就是一种发自内心的快乐。在诗篇中或在寻常言语里，我们对他人怀有仁爱和满意，这种情感常被比作火的本质作用；而在我们的内心世界里，这些美妙的情感火花迅猛无比，甚至比火还要迅猛、还要活跃、还要叫人欢欣鼓舞。从高层次的热烈爱情到低层次的普通友善，正是这些情感的存在，才使得我们的生活变得这样甜美。

随着我们情感的增进，我们的智力和活力也在提高。学者在坐下来写作时，多年的冥思苦想也未必能提供给他某种好的想法或是某种令人满意的表达；其实，这时就应该给朋友写封信——瞬间的工夫，一系列高雅的思想伴着考究的措辞，便会从四面八方一起自己送上门来。试想一下在某一户守德、自尊的人家里，一个陌生人的到访所引起的那种不安吧。某个经人引荐的陌生人要来拜访的消息一经宣布，就有一种介于快乐与痛苦之间的不安情绪占据了每个家庭成员的心。他的来访几乎给准备欢迎他的这家人带来了忧愁。整个房间都要清扫，所有的东西都放置在各自的位置上，如果可能的话，还要换上新衣服，还得张罗一桌饭菜。对于一个经人引荐的客人，别人告诉我们的只有好话，我们听到的也都是关于他的长处和新鲜事。在我们眼中，他代表着博爱。他成了我们理想中的一个人物。我们对他进行想象、加以美化，而后不禁要问自己这样一个问题：与这样的一个人交谈和相处，怎么样才算得体呢？为此我们慌慌不安。正是由于这样的考虑，才使得我们与他交谈得更投机。与平时相比，我们的谈吐更显出色，思维更为敏锐，记忆力更加牢固，开始变得健谈起来。我们可以就一系列真诚、高雅、丰富的话题进行长谈，这些话题都是来自那最久远、最秘密的经历，即使我们的一些亲朋好友坐在旁边，也着实会被我们非凡的谈吐吓一跳。然而，谈话一旦涉及这位客人自己的偏袒、臆断和缺点的话，这场谈话就算结束了。到此为止，他能够从我们这里听到的最早、最近、最好的事统统都听过了。他不再算是个生人了。粗俗、无知和误解成了司空见惯的事情。那么，他如果再次来访，仍然可以享受整洁的房屋、崭新的衣装、丰盛的饭菜——然而，那种紧张的心情、那种心灵的交流就全都不复存在了。

感情的迸发为我重新营造了一个青春的世界，世界上还有什么能比这更让我高兴呢？两人以同样的思想、同样的情感真真切切地邂逅，还有什么能比这更美好呢？当天资聪颖、真心实意的人靠近这颗跳动的心时，他的步伐和形体多么优雅！我们放纵自己情感的一刹那，整个世界也变得不一样了：没有了冬天、没有了黑夜，所有的不幸、疲惫甚至职责都烟消云散了，只有所爱的人生机盎然的身形才可以填补这无尽的永恒。每一个灵魂都可以放心，在宇宙的某个地方，它终究会与故友重逢，这样，即使孤身一人，它也会心满意足、兴高采烈一千年。

今天早上一觉醒来时，我的心中充满了对朋友由衷的感激，无论新交还是旧识。难道我不应当称上帝为美丽吗？他每天赋予我很多礼物，就是在向我展示他的至美。我排斥社交，拥护孤独，然而，我却不至于如此不领情，对时常从我门口经过的智者、可爱的人和高尚的人都视而不见。那些倾听我、理解我的人，就是一笔属于我的永恒的财产。大自然不会那么吝啬，它一定会赐给我几次这样的快乐。这样一来，我们就能纺织出属于自己的社交线条，编织新的关系网；而且，由于许多思想接二连三地自我印证，我们逐渐地将会置身在一个自己创造的新世界中，而不再是某个传统星球上的陌生人和朝圣者。朋友们未经寻觅就来到了我的身边，这是上帝将他们赐给了我。按照最古老的权利，我凭借神圣美德与自身的共鸣找到了他们，或者应该说并非我自己，而是我和他们身上的神明嘲弄并拆除了我们身上那些诸如个性、关系、年龄、性别、环境这类厚厚的壁垒，他对这些曾经一贯默许，现在却要将这种种差异统一起来。我感激那些内心充满挚爱的人，是他们为了我，赋予这个世界崭新而高尚的深度，丰富了我所有思想的意义。这些人就是先驱诗祖的新诗——永不停息的诗篇——圣歌、颂诗、史诗，都是依然流动不息的诗歌，阿波罗和缪斯仍然在吟唱。这些人或者其中的一部分，还会再次与我离别吗？我不清楚，不过我也不会为此而担惊受怕，因为我与他们的交往非常单纯，而正是这种单纯的共鸣将我们联系在了一起，而且，我天生擅长交际，所以无论我身在何处，同样的共鸣都会在和这些人一样高尚的人身上施展活力。

就这一点来说，我承认天性的脆弱。在情感中“榨取误用之酒的甜毒”，在我看来是近乎危险的做法。在我看来，一个新结识的人就是一件大事，让我难以入眠。我一向迷恋那些带给我美好时光的人们，可这种快乐不会持续一天以上，而且没有任何结果。它既没有孕育出新的思想，也未能改变我的行动。朋友取得了成就，我必定会感到骄傲，就好像这些是属于自己的——这也是他美德中的品质。当他受到表扬时，我的心也暖融融的，就好像情人听到别人在赞美自己的未婚妻一样。我们往往会高估自己朋友的良心：他比我善良，性情比我和蔼，受到的诱惑也比我少。凡是属于他的——他的名字、他的外表、他的衣着以及他的书籍和工具——都会被理想化。同样，我们自己的思想从他们口中讲出来，也会显得更新颖、更博大。

然而，爱情中有潮起潮落，这与心脏的收缩与扩张很相似。友谊就像灵魂的永恒一样，虽然非常美好，却让人难以置信。情人注视着自己的姑娘，却并不十分清楚她并非自己崇拜的真正对象；在友谊的黄金时刻中，一丝一毫的猜忌和不信任都会使我们惊讶。我们将美德赋予自己心目中的英雄，让他光彩照人，并视他的形体为神圣的栖息地加以崇拜。严格地说，灵魂不会像尊重自己那样去尊重人们。从严格的科学意义上讲，所有的人都处在同一种无限疏远的状态下。难道我们担心挖掘那天国神庙虚幻的根基会令自己的爱冷却？难道我们不如自己眼中的事物那样真实？如果一样，那么我就不必担心认识它们的本质。尽管认识它还需要更加敏锐的器官，但它们的本质却丝毫不比外表逊色。尽管我们为了做花冠和彩饰而将植物的茎剪短，但在科学的眼中，它的根并不难看。在这些惬意的奇思怪想中，我不得不冒险说出一个赤裸裸的事实，尽管这一事实可能会像出现在盛宴上的一具埃及骷髅那样令人扫兴。人如果盲目固守自己的思想就容易自命不凡。他只意识到一次次的成功，却意识不到这是通过他一次次具体的失败所换来的。任何优势、权力、金钱或势力都不是他的对手。我别无选择，只能依靠自己的贫困而非你的财富。我无法使你的意识等同于我。只有恒星才能光彩炫目，行星发出的光犹如月光一般微弱暗淡。我听到了你赞美对方的言语，你说只有他才能令人倾慕，他的性情久经考验，可是，即便他一身荣华富贵，我还是不会喜欢他，除非终有一天他和我一样穷困潦倒。噢，朋友，我无法否认，“表象”的阴影也将你囊括在它那色彩斑驳的无限之中了——与他人相比，你也成了影子。你不是“真理”、不是“公正”，也不是“存在”——你并非我的灵魂，而只是对它的模仿，是它的画像。你刚刚来到我的身边，却已经抓起帽子和外套准备离我而去。心灵中接纳朋友并不像树木长出树叶那样，新芽一经萌发，旧叶就很快脱落。自然的法则就是永恒的交替，每一个让人震撼的状态都会加速其对立面的到来。灵魂用朋友将自己包围，这样它便可以达到一种更加崇高的自我认识或是独处的状态；在独处一段时间后，它的社会交往就会达到崭新的高度。在我们人际交往的历史进程当中，这种方式会逐渐自我显露。情感的本能重新给了我们和朋友交往的希望，同时，去而复返的孤独感又把我们从这场追寻中拽了回去。因此，每个人的一生都是在不断地追寻友谊之中度过，倘若他能把自己的真情实感记录下来，他或许会写下这样的一封信，交给每一个他喜欢的新对象。

亲爱的朋友：

如果我对你有把握，相信你的能力，相信你我的性情相投，我就不会再去计较同你交往的那些细枝末节了。我并不是很聪明，我的性情很容易掌握，我敬仰你的天才；在我眼中，你的天才至今依然高深莫测；然而，你对我是否完全理解，我不敢妄加推测。因此，你对我只是一种甜美的折磨。

永远属于你的，或从不属于你的

然而，这些不安的快乐和甜美的痛苦只是出于好奇，生活可不能这样。不能一味纵容它们。这就像是编织蛛网，而不是织布。我们的友谊匆匆忙忙，结论简短而可怜。那是因为，我们只是用美酒和梦幻而非人心来编织友谊，它们的质量不如人心那么坚固结实。友谊的法则是严厉的、永恒的，与自然法律和道德法则同属于一张网。可是，我们已经瞄准了转瞬即逝的蝇头小利，就只为了品尝一下那种意外的甜头。我们采摘上帝果园里成熟最慢的果实，多少个春夏秋冬才造就了它的成熟。我们寻找朋友并非出于神圣的动机，而是带着一种邪恶的占有欲，要把他据为己有，结果只能是徒劳无益。我们浑身上下都以各种微妙的敌对武装了起来，从相遇的那一刻开始，它们就在发挥作用，硬是把美好的诗篇变成平淡的散文。几乎所有人在与别人交往时都会轻视自己。所有的交往都必定是一种妥协，更糟糕的是，在他们相互靠近对方的时候，各自天性当中美丽花朵的精华与芬芳便在片刻间消失了。现实的交际永远都让人失望，对于德才兼备的人们也不例外。在一番真知灼见的较量之后，正值友谊和思想的繁荣时刻，我们顷刻间备受折磨，屡遭挫折的打击，承受突如其来的、莫名其妙的冷漠以及智力和活力的错乱。我们的器官好像都不听使唤了，双方只有通过独处才能得到解脱。

我应当公平对待每一种交往。假如我对一个朋友不公平，那么无论我有多少个朋友，无论我能在和每个人的交往中得到怎样的满足，这些都会失去意义。假如我在一场比赛当中力不从心、中途退缩，那么从剩余的比赛中获得的任何乐趣都会变得庸俗懦弱。到那时，我如果将其他朋友当作避难所的话，那么我会无法原谅自己。

勇敢的战士威名远扬，
百次凯旋一朝惨败，
功名册上从此销声匿迹空悲伤，
一生勇敢作战，捷报连连却被忘怀。

就这样，焦躁不安受到严厉痛斥。害羞与冷漠倒成了坚固的保护壳，脆弱的组织躲在里面避免了过早的成熟。假如它在任何高尚的心灵尚未成熟到能认识并占有它时便已经认识了自己，那这真算得上一种损失。尊重“naturlangsamkeit（自然缓慢的进程）”吧，这一进程用一百万年的时间将红宝石变得坚硬，而且不遗余力地发挥着作用，这期间，阿尔卑斯山和安第斯山就像雨后的彩虹一样时隐时现。鲁莽可以换来天堂，可我们生命中优秀的精神却得不到它。爱是上帝的本质，它不代表轻浮，而是代表着人类的全部价值。在我们的关心当中，不要具有这种幼稚的浮华，而应体现出最为朴素的价值；让我们以大胆的信任靠近自己的朋友，相信他的真心，相信宽阔的友谊根基绝不会动摇。

没有人能抗拒这一话题的魅力，因此，我暂且不去描述那些次要的社交效益，而来谈谈那种精选的、神圣的关系，因为那是一种绝对的东西，甚至使得爱的语言都变得可疑、平庸。但这种关系却更纯洁，没有什么能比它更神圣。

我不想对友谊精雕细琢，只想快刀斩乱麻。如果友谊是真诚的，它们就不是玻璃丝或霜花，而是据我们所知世界上最坚固的东西。经过多年的体验，我们至今能对自然界了解多少，对我们自身又了解多少呢？对于解决自己命运的问题，人类还没有迈出一步。全世界的人都站出来谴责谬误。然而，从与自己兄弟灵魂的联盟中，我汲取了快乐与祥和，它们就像果仁本身那样甜美、真诚，而所有的天性和思想就是硬皮和外壳。房子为自己能替朋友遮风挡雨而感到荣幸，它也完全可以被建造成喜庆的凉亭或拱门，仅仅款待他一天。如果他明白了那种庄严的关系，并且遵守它的规则，它就更应感到荣幸！主动提出缔结那种盟约的人，就能像一个奥林匹亚神那样去参加盛大的赛事，那里，世间的元老都是选手。在他提出参加的赛事当中，“时间”、“贫困”和“危险”都列在名册上。只有他天性中的真诚足以保护自己娇嫩的美免遭这一切所带来的疲劳和泪水侵蚀，此时，他是唯一的胜者。命运的赐福时有时无，然而，比赛中所有的速度都取决于人内在的高尚以及对琐事淡然视之的态度。友谊是由两种元素构成，每一种都至高无上，让我难分高下，没有理由先点哪一个的名。“真诚”就是其中之一。朋友就是我可以坦诚相对的人。在他面前，我可以畅所欲言。我终于走到这样的一个人面前，他是如此真诚和平等，我大可以丢掉诸如伪装、礼貌和深思熟虑等贴身的衣服——这些都是人们从不愿脱掉的东西——以最朴素的方式全心全意地与他相处，如同一个化学原子和另一个化学原子相遇那样。真诚是一件像王冠和权威一样的奢侈品，只属于高级别的人，只有他们才获准讲真话，因为除此之外，没有什么更值得他们去追求或遵守的了。独处的人才是真诚的人。一旦有第二者的介入，虚伪就开始萌芽。我们要么恭维，要么饶舌，要么娱乐，要么忙于事务，以这种种方式来躲避或抵挡同伴的到来。我们将自己的思想重重叠叠地遮掩起来，不向他透露。我认识这样的一个人，他出于某种宗教的狂热，丢掉了所有的虚伪装饰、省去了所有的恭维和客套，每遇到一个人，便以其深刻的洞察力和美言对着这个人的良心说话。起初，他遭到拒绝，所有人都以为他疯了；可是他坚持不懈，其实他不由自主，这样的情况持续的时间一久，他就得到了回报，即每一个熟人都和他建立了一种真诚的关系。谁都不会想着跟他说假话了，也没有谁再用市井或阅读室的闲谈去敷衍他了。其实，每个人都会受到许多真诚的驱使，也会有类似的坦白直率，同时，他也展示出自己对自然的热爱、自己的诗情画意以及自己悟出的真理。然而在我们大多数人眼中，社会交往向我们显示的并非它的脸庞和眼睛，而是它的侧身和后背。在一个虚伪的年代里，企图与人们维持一种真诚的关系就等于精神失常，难道不是吗？我们很少能挺起腰板走路。碰到的每一个人几乎都在要求以礼相待——要求加以迁就；他拥有某些名誉和才干，头脑中有某些不容置疑的有关宗教和慈善的奇思怪想，而正是这些糟蹋了跟他的所有谈话。其实，朋友应当是心智健全的人，他不会去考验我的真诚，而只是考验我本人。我的朋友对我盛情款待，却不向我提出任何的要求。因此，从本质上讲，朋友就是一个矛盾统一体。我独立存在，确信能以证明自己存在的证据证明自然的存在，尽管在自然当中我没有丝毫察觉，此刻却发现了我与它的相似之处，这种相似体现在高度、品种和新奇性方面，并以一种外来的形式重现出来。这样说来，朋友完全可以被看作大自然的杰作。

友谊的另一种元素是温柔。我们通过各种方式和人们建立关系，如血缘、自尊、恐惧、希望、金钱、欲望、仇恨、敬仰、每一种环境、每一种标志或每一件小事，但是我们很难相信，这么多的特点会存在于另一个人身上，他会用爱将我们吸引到他的身边。如果一个人够幸运并且我们够单纯，难道我们就会主动给予他温柔吗？当一个人成了我钟爱的对象的时候，我就已经达到了幸福的目标。在书本中，我根本无法找到直接触及这一问题核心的文字。然而，又的确有这么一段文字，使我不得不将它记下来。作者这样说道："我怯懦而又勉强地将自己奉献给那些人，这样我便成了他们的，我对谁最忠心，奉献给谁的就最少。"我希望友谊不光要有眼睛和口才，应当长着双脚。因为它必须先在地上站稳脚跟，然后才能跃过月亮。我希望在它完全成为天使之前，先做个普通人。我们斥责普通人，因为他使得爱成了一种商品。它就是一种礼物交换、贷款互换，它就是良好的邻里关系，它可以照看病人、可以抬着灵柩出殡，却对这种关系的微妙和高尚之处视而不见。然而，虽然我们在小贩身上找不到上帝，但另一方面，如果诗人纺线过于精细，没能用公正、守时、忠实和怜悯这些市井美德来打造他的浪漫故事，那么我们还是不能原谅他。我讨厌滥用友谊的名义来表示与时髦、俗气相联系的东西。我更欣赏农夫、小贩之间的交情，胜过那种排场、体面的亲善，因为后者常常乘车过市、花天酒地，通过这些浅薄的招摇来庆祝他们的邂逅。友谊的目标就是一种最严格、最朴素、能够参与的交往活动，比我们所经历的一切活动更加严格。友谊旨在通过各种交往和生死进程寻求支持和安心，它不仅能适应宁静的日子、精美的礼物和乡间的漫步，还能适应坎坷路途和粗茶淡饭，适应意外、贫穷和迫害。它经常与睿智的妙语为友，也和宗教的迷醉相伴。对于彼此的日常需要和人生职责，我们要赋予其尊严，并且以勇气、智慧和团结来装点它。它永远不能循规蹈矩、落入俗套，而应该保持警惕、富于创新，给单调乏味的苦差以韵律和理性。

可以说，友谊要求的种种天性，不但罕有而且代价昂贵，每一种都久经磨炼、相互协调，而且彼此适应（一位诗人说过，即使在那种特殊的情况下，爱情也会要求双方完全相配），而这样的满意很少能够保证。某个精通心理学的人这样说过，友谊超出了两人的范围就不可能存在完美。我的措辞不是非常严格，或许是因为我不像别人那样，经历过那样高尚的友谊。因此，我的想象更多地满足于由高尚的男女组成的圈子，他们以各种方式联系在一起，互相之间存在着一种高尚的理解。然而，我发现这种一对一的规则对于交谈过于武断，因为交谈是友谊的实践和结果。将优秀的东西搅在一起，与好坏不分同样糟糕。你如果和两个人分别交谈，那么每次的谈话都会令人愉快、使人受益；可如果是你们三人凑在一起，你就别想听到一句新的真心话。两个人交谈，一个人倾听是可以的，而三个人却绝不可能进行那种最为真挚、推心置腹的交谈。因为即便是在良友相伴的情况下，两人隔着桌子进行的谈话也绝不可能像他们私下里的交谈那样。在融洽的交往中，个人的自我就会融入那个群体的灵魂之中，这个群体的灵魂与在场各位的意识一样宽泛。朋友之间的偏爱，兄弟姐妹、夫妻之间的爱恋在这里都没用，没有这些感情掺杂进去反而更好些。这时，只有立足于群体共同思想而不可怜巴巴地局限于自我意识的人才可以讲话。理性要求实施的这项规定破坏了高尚谈话的高度自由，这样的交谈要求两个灵魂绝对相互融合。

只有两人单独相处时，才能达到一种更加单纯的交往。然而，哪两个人能谈得来取决于两人之间的共鸣。互不相干的人不会给彼此带来什么乐趣，也绝不会揣测彼此的潜能。我们有时会说某个人非常善于交际，好像这就是这个人身上一笔恒久的财富。交流只是一种暂时的关系——仅此而已。一个人号称有思想、有口才，但即便如此，他也会在自己的表兄或伯父面前无言以对。他们责怪他的沉默，就像是责怪阴影里的日晷无足轻重一样。在阳光下，日晷能够标明时间。但和能够欣赏自己思想的人在一起，他就又重新找回了自己的话匣子。

友谊要求的是一种介于相似与相异之间的中间，这种中庸之道常常会使人感到不悦，只因为其中一方很强势，而另一方只是随声附和。我宁可孤身一人直到世界末日，也不愿我的朋友凭一句话或是一个眼神超越他真实的怜悯。对抗和依从会带给我同样的障碍。让他时刻永远保持自我吧。我拥有他的存在，我从这当中获得的唯一乐趣就是他身上拥有我所没有的东西，而这也属于我。我期待他能大胆地深入我们的谈话，或者至少大胆地说出反对意见，我不喜欢他的软语妥协。宁可做朋友身边的荨麻，也别做他的应声虫。高尚的友谊所要求的条件之一就是自立的能力，高级的职务要求的是伟大而卓越的才能。在两者合二为一之前，必定先有两个独立的个体存在。人们会认识到是隐藏在这种种差异之下的共性将他们连在一起，不过在此之前，让友谊成为两种宏大而可怕天性之间的结合吧，哪怕双方相互敌视、相互恐惧。

这样的一些人才是值得拥有友谊的人，宽宏大量的人，永远将高尚与善良视为法理的人，不急于干涉自己命运的人。不要让他干涉此事。让钻石自己来决定它的生长期吧，也别指望加速真理的诞生。友谊需要以宗教般虔诚的方式来对待。我们常说选择朋友，可事实上朋友是自行选择的。尊重就是其中一个重要方面。对待你的朋友就像对待一个景观。当然他有你所不具备的优点，如果你非要把他搂在怀里，你就无法尊重那些优点。所以，站在一边，给那些优点一些空间，让它们升华、发展吧。你的朋友究竟是他的纽扣，还是他的思想呢？对于一颗高尚的心灵来说，朋友在很多方面永远是个陌生人，这样他才会从最神圣的地方靠近你。让幼稚的孩子把朋友视作自己的私人财产吧，让他们去贪图一种暂时的、扰乱一切的快乐，而不是其最高贵的利益。

我们还是用一段长的见习期来赢得加入这一行会的资格吧。我们为什么要侵犯那些高尚、美丽的灵魂，去亵渎他们呢？为什么要鲁莽行事，执意和你的朋友建立私人关系呢？为什么非要去他家里或者认识他的母亲、弟弟和姐妹呢？为什么他也必须拜访你的家人呢？难道这些东西都是我们做朋友的物质基础或是前提条件吗？别做这种无谓的纠缠了。让他对于我就像一种精神，我想从他那里获得的是一个启示、一种思想、一份真挚、一瞥目光，而不是新闻或者肉汤。我可以从低级的伙伴那里获得诸如此类的满足：谈论政治、闲聊或是什么小的便利。难道我跟朋友的交往不应该像自然本身那么富有诗意、完美、包罗万象而高尚伟大吗？与飘在天边的那片云或那丛拦住溪流的、随风起伏的绿草相比，难道我应该觉得我们的友谊不够圣洁吗？我们不能亵渎友谊，而要让它升华到那样的高度。他的眼睛是多么高贵、多么无所畏惧，他的风度举止傲视群雄、多么美丽，别担心这些会减少，因为它们只会增加、会增强。崇拜他的种种长处，希望他不要丢掉其中哪怕一点儿长处，而是把它们像家里的珍宝一样悉数珍藏。把他当作你的对手。让他对于你而言永远是个友好的敌人，他应该桀骜不驯、让你肃然起敬，而不是仅仅给你提供些小方便，因为那很快就会过时，会被扔在一边。如果你的眼睛紧贴着猫眼石的光彩或钻石的光芒，那么你反而看不清楚。我给朋友写封信，接着便能收到他的回信。这对你来说不算什么，却能让我满足。这是一件精神礼物，值得他付出，也值得我接纳。这份礼物没有亵渎任何一方。在这温馨的字里行间，心灵相信的是它自己而非舌头，它在倾诉这样的预言：有一种存在，比历史上记载的所有英雄品质都更加神圣。

尊重友谊的神圣法则，就不至于因为你缺乏耐心、急于见到它的开放而损坏了它完美的花朵。我们首先必须做到自己，而后才能有资格成为别人的朋友。这种满足感至少可以体现在犯罪当中，根据一句拉丁谚语所说的："同谋之间身份平等。"对于我们钦佩和爱戴的人，我们一开始是做不到这一点的。据我判断，即使冷静的性格当中的一丁点儿瑕疵也能毁掉整个友谊。在他们的对话中，每一方都应具有包容一切的胸襟，否则，两人之间绝不存在长久和睦的友谊。

倘若还有什么能像友谊那样伟大，那就让我们尽自己所能来获取那宏伟的气魄吧。让我们保持沉默——这样，或许会听到众神的低声细语。我们不要介入其中。谁让你去考虑自己应当向那些杰出的人物说些什么或如何去说？无论这些说法多么别出心裁、多么高雅或平淡无味。愚蠢与智慧之间有无数个层次，对你而言，说什么都没有意义。等待吧，你的心灵自然会发话。等待吧，直到必要与永恒将你制服，直到白昼与黑夜利用你的双唇。对美德唯一的奖励就是美德，获得朋友的唯一方式就是去做别人的朋友。走进一个人的家里并不等于接近他。假如两个人彼此之间没有共同点，他的心瞬间就会离你而去，你甚至连他的眼睛都来不及看清楚。我们看到高贵的人与我们遥遥相望，他们排斥我们，我们为什么还要主动送上门呢？后来，再后来，我们发觉任何的安排、任何的引荐、任何的社会习俗或惯例都对我们所奢望建立的友谊无益——其实，只有我们的天性上升到与他们同等的高度时，才有可能与他们平等相待；假如到那时我们依然无法与他们建立友谊，那就不用再去想他们了，因为我们已经变成了他们。总之，爱只是一个人的自身价值在他人身上的反映。人们有时会与他们的朋友互换姓名，就好像他们希望朋友也像自己一样喜欢自己。

我们对友谊的方式要求越高，当然也就越难与血肉之躯建立起符合实际的友谊。我们就会在世间孤独前行。我们所奢望得到的朋友只不过是梦幻和寓言罢了。然而，崇高的希望总是在鼓舞执着的心。在其他地方、在宇宙力量支配的其他地区，有人正在行动、正在忍受、正在冒险，他们喜欢我们，我们也喜欢他们。我们可以祝贺自己，因为我们早已在孤寂中度过了幼稚、愚蠢、疏忽以及耻辱的时代，于是，等我们成熟以后就会与那些英雄相见。亲身经历告诫我们，不要与低级的人联盟，因为在他们那里不存在真正的友谊。有时缺乏耐性会让我们与冲动而愚蠢的人建立盟友关系，而这种友谊也为上帝所不屑。坚持自己的路，尽管可能会在小的方面有所损失，但在大的方面却会有很大收获。你应当展示自我、表明心迹，这样就能使自己远离那种虚假的友谊。同时将世间德高望重的人聚拢在自己身边——那些人在世上徘徊，很少见到他们一两个同时出现，在他们面前，芸芸众生看起来只是幽灵、幻影而已。

担心我们的友谊过于精神化，似乎这样就会失去真爱，这种忧虑非常愚蠢。对于一些普遍观念而言，无论我们依照自己的洞察力对其做出任何的修正，自然都终将证明我们是正确的，即便在表面上它好像夺走了我们的一些欢乐，它也会以更多的欢乐来补偿我们。如果我们愿意，就去感受一下完全孤立的人吧。我们满怀信心，觉得自己拥有一切。我们前往欧洲，或是追寻某些人物，或是阅读某些书籍，本能地相信这些活动能够唤醒自己所拥有的一切，同时自我展示。其实我们都一无所有，那些人物也像我们一样；欧洲不过是死人身上破旧、褪色的腐衣，那些书籍只是他们的鬼魂。让我们丢掉这种盲目崇拜、停止这种乞讨生活。我们甚至应当作别挚友，公开反对他们说：“你们算什么？放开我，因为我再也不想依赖你们了。”哈！老兄呀！我们今天的离别只是为了来日在更高的舞台上重逢，只为彼此更多地归属对方，因为我们都已经超越了自我，难道你看不出来吗？一个朋友应当有两张面孔：既能回首过去，又能展望未来。他就是我逝去年华的结晶，是我未来岁月的先知，也是我更出色的朋友派来的信使。

我要像处置我的书那样对待我的朋友。我会将他们置于自己找得到的地方，却不常去用到他们。我们必须以自己的方式来建立社交圈子，通过一些理由就可以接纳或拒绝他。我无法与自己的朋友进行过多交谈。如果他很出色，他就能使我也非常出色，这样一来，我就无须屈尊交谈。在这不寻常的日子里，无数的预感在我面前的天空中翱翔。此时，我应当致力于探究它们。无论我陷入其中还是置身事外都能把握它们。唯一的担心就是它们会藏进天空，我会失去它们，此时，它们只是一道更加耀眼的白光。尽管我珍惜自己的朋友，却仍然无法与他们交流，无法探究他们的看法，以免失去自己的所有。尽管放弃这种高尚的求索、放弃这种精神天文学或是放弃对星辰的探究，转而对你表示关怀和同情的确能使我享有普通人的欢乐，但是，到那个时候，我很清楚自己就会一再怀念那强大却已消失的众神。不错，随后的一个星期，我会情绪低落，只能拿一些不相干的东西占据自己的头脑；这之后，我又会惋惜你头脑中白白浪费掉的学问，盼着你能再次回到我的身边。可是，假如你果真到来，或许你只是想以一些新的想法充实我的头脑，因此注入的只是你的荣耀而非你本人，然而我还是像现在一样不能与你交流。丁是，我将这种瞬间的交流归功于自己的朋友。从他们身上，我所得到的并不是他们所拥有的一切，而是他们本身。确切地说，他们打算给予我的正是他们所无法给予的东西，而这种东西却从他们周身发散出来。然而，他们与我的友谊依然充满着微妙与单纯。相逢时我们仿佛素昧平生，离别时又仿佛从未分开。

最近以来，我觉得，假如一方在努力地营造友谊，而另一方却不作适当的回应，这似乎并非不可能，而结果却出乎我的意料。受益者并非知恩图报，我又为什么要以这种遗憾来折磨自己呢？阳光白白地洒向不懂得感激的宽广宇宙，只有一小部分落在行星表面，而太阳却从未因此而烦恼过。就请你用高尚的品格来教化那些粗俗而冷漠的同伴吧。假如他不明白这其中的道理，就会马上逃之夭夭；而你却会因自己的光辉变得更加高尚，不再与鼠辈为伍，而是与天国众神一道翱翔、一道享有荣光。得不到回报的爱常常被视为一种耻辱。然而，高尚的心灵会发现真爱无法得到回报。因为真爱超越了低俗的对象，而在思考和忖度永恒的事物，当那粗劣而又牵强的面具破碎的时候，它并不感到悲伤，反倒觉得摆脱了很多俗事的重负，觉得更确信自己的独立了。可是，这样的讨论难免不会带上一种背叛友谊的味道。友谊的本质是全面的，是一种全面的宽容和信任。它绝不臆测，绝不为缺点提供温床。它把自己的对象像神灵一样对待，这样它就把双方都神化了。

论爱

心灵许下的每一项承诺都有无数种履行方式，并且伴随着它的每一种欢乐都逐渐成长为一种新需求。人无法遏制的天性在缓缓流动着，一路向前，在最初的善意中早已表现出一种普照众生、一视同仁的仁慈。这种适度的方式体现了人与人之间隐秘而又微妙的关系，而这种关系正是人生最有魅力之处；它就像某种宗教的狂热，在某段时间内牢牢地支配着某人，并在其头脑与肉体中引发一场革命，将他与他的同类联系起来，维护他的家庭和社会关系，以新的同情心将他带回到自然当中去，增强感官的机能，开发想象力，将英勇、神圣的品质融入他的个性，建立婚姻关系，使得人类社会得以永存。

爱的情感总是与年轻气盛自然地联系在一起，这似乎是在要求，如果要将这种联系描绘得多姿多彩，描绘者就必须要年轻，而且当中的每位少男少女都应当真诚坦白自己那些扣人心弦的经历。青春的美妙幻象容不得一丝一毫的成人哲学，因为成人的思想会以年迈和迂腐冻结他们鲜红的花朵。因此，我明白自己会招人非议，那些“爱情法庭与议会”的成员会指责我过于苛刻、淡泊。然而，面对这种种可怕的责难，我要向首席的检察官们申诉。因为，应当考虑到，尽管我们所谈及的激情始于青年人，但并不会舍弃老年人，更确切地说，它不愿看到自己忠心耿耿的仆人变老，而是让老年人也成为其中的一员，使他们并不亚于妙龄少女，只是方式不同，境界更高罢了。因为爱情是一团火，它能将内心深处偏僻角落里的余烬点燃，也能被另一颗心灵深处游离的火花所引燃，微微灼烧以至越烧越旺，终于，以其熊熊烈焰温暖并照耀芸芸众生，照耀所有人共同的心灵，于是也点亮了整个世界，点亮了天地万物。所以，无论我们打算描述的是二三十岁时的激情，还是八十岁时的激情，这都无关紧要了。描绘初期激情的人会忽视它的末期，而描绘末期激情的人也会缺少初期的特质。唯一的希望就是依靠耐心和缪斯女神的帮助，我们或许能寻找到规律的本质，这既生动又完美，而且十分具体，具体到无论从任何角度审视都会一览无余。

而这一切的先决条件是，我们绝不能过分拘泥于事实，必须要研究希望中的情感，而不是历史中的情感。因为每个人都会认为自己的生活受到了损坏、受到了玷污，其原因是因为每个人过的都不是自己想象中的生活。每个人都会在自己的人生经历中发现某种瑕疵，而别人的经历总是显得美好而理想。某些美好的故事曾美化过他的人生，曾给过他最真挚的教诲和精神滋润，然而，倘若让他重温旧梦的话，他必定会退缩、悲叹。唉！我也不明白为什么，成年以后无限的悔恨会使得对青春欢乐的回忆更加痛苦，也掩盖了每一个至爱的人的姓名。当它们从思想的角度看或是作为真理时，所有事物都是美好的。然而，如果将其视为经历，则全是苦涩的。详情总让人伤感，而计划总是充满希望、充满高尚。现实世界——时间和地点的痛苦王国——中充满着忧虑、破败和恐惧。玫瑰般的快乐加上思维与理想就成了永恒的狂欢。周围都是缪斯的歌声。然而，悲伤总是与姓名、个人以及今天和明天的局部利益互相纠缠。

在社交谈话中，私人关系的话题占有一定的比例，从这一比例中就能看出本性当中的强烈偏好。对于任何一位杰出人物，我们最想了解的无非是他在情感史中的经历。流通图书馆中又是哪些书在流通呢？在阅读这些爱情小说时，每当故事中闪现出任何真实与天性的火花，我们是多么喜悦呀！那么在实际生活交往中，还有什么能像表露两人感情的篇章那样更能吸引我们的注意力呢？或许我们与他们之前从未谋面，而且将来也不会再见，但是看到他们与我们眼神交换、深情流露，彼此就不再陌生。我们理解他们，以极大的热情来培养这段罗曼史。人类钟爱有情之人。天性中最吸引人的图画就是满足与仁慈的最初表现，这为野蛮与粗俗的人带来文明与高雅的曙光。村里的那个野孩子经常在校门口附近戏弄女生——而今天他跑进校门，碰到一个可爱的小女孩。她在整理自己的书包，他捧着她的书，帮她收拾，那一瞬间，他仿佛觉得女孩似乎要拒他于千里之外，仿佛她就是一片圣地。他在女孩子们中间肆意跑动，而只对一个敬而远之；这两个小邻居，刚才还是亲密无间，此时已经懂得了尊重彼此的人格。学校的女生们走进乡村商店去买丝线或是纸张，跟那个圆大脸庞、禀性敦厚的小店员闲聊起来，一聊就是半小时，她们那种一半精明、一半天真的迷人模样，谁都忍不住多看两眼。在乡村，他们完全平等，而这一点正好滋生了爱情；无须卖弄风情，从女孩子有趣的闲聊中就会自然地流露出她们乐天、多情的禀性。这些女孩子或许并不漂亮，然而，很明显她们的确与那个不错的小伙子建立了极其和睦、亲密无间的关系，他们时而开玩笑，时而严肃地谈论埃德加、乔纳斯、阿尔迈拉，谈论某某人应邀参加了舞会啦，某某人在舞蹈学校学跳舞啦，音乐学校什么时候开学啦，或者嘀咕着其他一些微不足道的事情。渐渐地，那小伙子就想要娶个媳妇，他一定完全清楚可以到哪里去找一个真诚而又可爱的伴侣，而且不用冒任何像曾为弥尔顿所哀叹的那些学者及伟人们的变故经历那样的风险。

有人曾经告诉我，说在我的一些公开演讲中，对理性的崇尚使得我对个人的交往过于冷漠。而直到现在我一想起那样的毁谤言辞，还是不禁有些退缩。因为爱的世界是由人组成的，如果不是尝试着去收回违反天性、诋毁社会本能的言辞，冷酷无情的哲学家绝不可能描述出在自然中彷徨流浪的年轻灵魂会受到爱情力量的恩惠。因为，尽管从天而降的极度喜悦只青睐稚嫩的年轻人，尽管不容置疑、无可比拟的美貌能让人神魂颠倒，但三十年后却会烟消云散，然而，留在记忆中的那些美丽才最长久，因为那是年迈者额头上的花环。但奇怪的是，在重新查阅自己的人生经历时，许多人都觉得在他们人生这本书中，最美好的一页就是对某些段落的美好回忆，在那些段落中，爱情将魅力赋予一些偶然、琐碎的事情，这种魅力胜过了爱情自身所蕴含的真理。回首往事，他们或许发觉几件并无魅力的事情，在求索的记忆看来，这些事情却要比刻骨铭心的魅力本身更加真实。然而，无论我们具体的经历如何，谁都无法忘记有种力量对自己心灵与大脑的光顾，正是这种力量创造了一切新事物，正是这种力量使他开始懂得音乐、诗歌与艺术，正是这种力量使得大自然容光焕发、昼夜交替、充满魅力；这时，一点点响动就能使心头为之一震，与某个身形相联系的琐事也会被包裹在记忆的琥珀中；这时，某某人刚一出现他就密切注视，某某人刚一离开他又努力追忆；这时，小伙子在窗前守候，只看见一只手套、一张面纱、一条丝带或是马车的车轮；这时，所有地方都不显得孤寂，也没有谁会总保持沉默，因为他们崭新的思想中有了更加珍贵的友谊和更加愉快的交流，那是任何一个老朋友都不能给予他的，尽管那些老朋友也同样真挚和纯洁；因为他喜欢的东西的形象、举止以及言语并不像其映在水中的影像，而是像普鲁塔克[①]所言，是“烧进了瓷釉中”，让人琢磨到深夜。

> 你虽已消失，却未消逝，无论你身处何方，
> 你专注的双眸，和你那颗多情的心，却依然留在他身上。

到了生命的中年和暮年，当我们回忆起那些觉得幸福还不够幸福、而必须再以痛苦与恐惧来点缀的日子时，还是会情不自禁地怦然心动；因为触及这一秘密的人会这样说起爱情，“其中的痛苦滋味胜过了其他一切的快乐”；那段日子，白昼太短，而夜晚也一样要靠回忆来消磨；那段日子，整夜地辗转反侧，反复思量着那慷慨决定；那段日子，月光也变得惬意而令人兴奋，繁星就是文字，鲜花就是暗号，空气也被谱成了乐曲；那段日子，所有的事情都似乎不得要领，街道上匆匆忙忙的男男女女仿佛也成了图画。

激情为年轻人重建了这个世界。它使得万事万物都充满生机、意味深长。大自然苏醒了。此时此刻，树枝上的小鸟们纵情歌唱，每一个音符都发自肺腑。他抬头仰望，就会发现每一朵云彩都有了自己的面孔。林间的树木、挥动的青草以及偷窥的花朵都有了智慧，这使得他几乎要担心起来，不敢将秘密托付给

---

① 普鲁塔克（46—120），古希腊传纪作家、散文家。

它们，而它们却仿佛一再央求。然而，大自然会抚慰怜悯。在这绿色的孤寂中，他找到了一个比与人相处更加珍贵的家。

清泉的源头，人迹罕至的树林。
暗淡的激情最钟爱的地方，
月下漫步，此时的鸟儿
已平安归巢，只剩下蝙蝠和猫头鹰，
午夜的钟声，片刻的呻吟
——这些就是我们赖以生存的声音。

瞧瞧林中那个优雅的疯子吧！他拥有这一切甜美的声音和景象，他在膨胀，是别人的两倍；他走起路来双手叉腰，自言自语；他与绿树青草攀谈，感受自己血管里流淌着紫罗兰、三叶草和百合花的血液，并且与浸湿足下的溪流交谈。

那种开启他感受自然美的热情促使他热爱音乐和诗歌。一个常见的事实是：人们在激情的感召下能写出上佳的作品，而这样的佳作是在其他任何情况下都无法完成的。

同一种力量所拥有的激情，同时驾驭着他的全部天性。这种力量能延伸情感，它使得粗鲁的人变得温文尔雅，并赋予懦夫以勇气。只要得到自己钟情对象的援助，它就能将勇气和信心注入最可怜、最不幸的人身上，使他们能与世界相较量。虽然他是将自己奉献给他人，但依旧有很多留给自己。拥有了新的感知，拥有了更明确的目的以及宗教般庄重的个性和目标后，他就成了一个全新的人。他不再隶属于自己的家庭，不再隶属于社会；只是在某种程度上，他是一个人，他是一颗心灵。

那么，在这里，我们更进一步地来审视一下这样一种天性，正是它在强烈影响着青年人。此时此刻我们赞颂美带给人们的启示，像欢迎光芒四射的太阳一样迎接它，因为美在带给人们欢娱的同时也带给自己惬意，仿佛它自己很满足。一位恋人绝不会根据自己的想象，将自己的姑娘描绘得贫穷而孤独。就像繁花间的绿树，在它看来，它身旁的一切都是那样娇嫩、含苞待放，散发着可爱的气息。而姑娘引导着小伙子，陪同自己的脚步，让他看到美总是与爱情和风度融会在一起。她的存在，使世界变得丰富多彩。尽管她将自己认为粗俗、卑劣的人统统逐出他的视线，却将自己化身为某种非个人的、伟大而体贴的东西作为对他的补偿，于是，在他眼中，这位姑娘就是世间一切美好事物和德行的象征。如此一来，这位情人绝不会发现自己的恋人与其亲属或别人有什么相像的地方。而他的朋友却能在她身上看到她的母亲、她的姐妹或是与她并非同族人的影子。情人眼中的她，就好比夏日的傍晚和璀璨的黎明，好比七色的彩虹和飞鸟的欢唱。

古人称美是盛开的美德。又有谁能够解析那一张张面孔和一个个形体中散发出的莫名魅力呢？我们会为柔情似水、满腹豪情而有所触动，却无法弄清楚这些微妙的情感和这些游离不定的热情指向何方。任何试图将其指向某个机体的想法就是对它的毁灭。将其指向友情关系或社会中广为描绘与熟知的爱情关系也是如此。然而，在我看来，它是指向一个迥然不同而又无法企及的领域，指向超乎寻常的微妙和甜蜜的关系，指向玫瑰与紫罗兰的暗示和预示。我们无法接近美，其性质就像白鸽脖颈上的光泽，闪闪发亮、转瞬即逝。照此来看，它与绝佳的事物相似，都具有彩虹的特征，即拒绝一切占有和使用的做法。让-保罗·里克特对着音乐说："走开！走开！你讲给我听的，是我一生一世也未曾找到而且永远也无法找到的东西。"他在说这些话时还有什么其他含义呢？同样的流畅也可以体现在每一件造型艺术品当中。一尊雕像起初让人不可捉摸，而后历经批评，接着便不再受到条条框框的约束，转而要求活跃的想象力来领悟它，并就塑造行为本身来说明它是什么，只有在这时，这尊雕像才称得上佳作。雕塑家刀下的神或英雄人物总是体现在一种过渡当中，即由感官所能表述的东西向感官所无法表述的东西过渡。这样一来，首先它不再是一块石头。这种说法同样适用于绘画作品。而对于诗歌，其成功同样不在于它能带给人平静与满足，而在于它能使人吃惊，能激发人继续追求未知的东西。就这个问题，兰多质问道："它是否指的是某种更纯粹的感官状态或生存状态呢？"

在这样的方式，只有在个人的美才能使我们的不满走向尽头的时候，在它变成了一个永无结局的故事的时候，在它暗示出希望与幻想而非世俗的满足的时候，在它让旁观者感受到自己的微不足道的时候，在旁观者感到自己就像无权拥有苍穹和落日的余晖一样无权拥有它——哪怕是恺撒也不行——的时候，只有这些时刻，这种美才能首先称得上魅力、才称得上自我。

由此，就有了这样一句俗语："假如我爱你，这样的爱对你又算什么呢？"我们之所以这样说，是因为我们觉得自己的所爱并非存在于你的意志当中，而是在你的意志之上。它并非你本人，而是你的光辉。那种东西就在你身上，而你却不知道，而且永远也弄不懂。

这与古代作家们所推崇的美的思想完全相符，因为他们说，人的灵魂尽管体现在这一世，却在上下求索属于自己的另一个世界，它正是从那里来到这个世界，然而很快便在阳光下变得麻木，仅仅能识别这个世界上的事物，而这些事物只是原物的影子而已。因此，神灵将灿烂的青春送到灵魂面前，借助这美丽的躯壳，灵魂就能追忆天国的美好生活；而在女性身上发现这种人的男子便会接近这个女人，并且在对这种人的存在形式、动作和智力的思考当中获得最大的快乐，因为它在向他暗示存在于美当中的事物本身的存在以及美的缘由。

然而，假如与物质的东西交流过多，灵魂就会变得粗俗，并将自己的满足寄托在肉体上，这样它所获得的就只有悲哀了，因为肉体的存在无法履行美所许下的承诺；但是，假如灵魂接受了这些幻象的暗示，接受了美带给其头脑的预示，灵魂就能够超越肉体，转而去欣赏个性的一举一动。恋人之间在他们的交谈与行动中相互凝视，随后，他们便步入了真正的美的殿堂。他们对美的热爱更加热烈，这种热爱同时扑灭了那种卑劣的情感，正如太阳的光芒盖过了壁炉里的火光一样。于是，他们变得纯洁、神圣了。通过与那些本身便卓越、宽宏、谦逊、公正的事物进行交流，身在爱河中的人就会更加热爱这些高贵的品质，能够更加敏锐地去理解它们。接着，他会从热爱单个的它们过渡到对它们整体的热爱，所以美丽的灵魂就像是一扇门，通过这扇门，他就能踏入所有真实而纯洁灵魂所组成的社会。在与人相伴的特殊社会里，他能够更真切地看清任何的瑕疵和污名，这些都是她的美从现实世界中沾染而来的。他能够将其指出，而且他们能在彼此愉悦、互不冒犯的情况下，相互指摘瑕疵和缺点，并在克服这些缺点时彼此给予对方全力的帮助与关怀。而且，在发现了神圣之美的特质存在于许多灵魂身上，并能将神圣的东西与从那个世界中沾染来的污名相区别时，爱河中的人便能借助灵魂的创造之梯，达到极致之美，达到神圣的爱情与智慧。

各个时代真正的智者大都是通过这种方式来向我们讲述爱情的。这样的学说既不陈旧，也不新颖。如果说柏拉图、普鲁塔克以及阿普列乌斯都曾经这样传授过爱情的道理，那么彼特拉克、安吉洛和弥尔顿也是如此。一种隐匿的审慎态度以言论主持着婚姻，这种言论控制着世人，然而，一只眼睛却在地窖里逡巡，这样一来，即便连最严肃的话语也带上了火腿和碾槽的气味。爱的理论正是在对这种审慎态度的反对与谴责声中等待真正的揭示。这种享乐主义一旦侵入对年轻妇女的教育中，那么人性中的希望与情感就会枯萎；向人们灌输婚姻的含义无非就是家庭主妇的节俭，妇女的生活只有这一个目的，到了那个时候情况就会更糟了。

然而，这种爱的梦想尽管美丽，却只是我们表演中的一幕而已。在灵魂从内向外显露的过程中，它不断地扩展自己的圈子，如同丢进池塘里的卵石或天体发出的光芒一样。灵魂之光首先会照亮附近的事物，照亮每一件器具和玩具，照亮保姆和佣人，照亮房子、院子和路人，照亮一个家庭交往的朋友，照亮政治、地理和历史。然而，各种事物总是在根据更高级、更内在的法则进行自我归类。邻里、大小、数量、习惯、个人都逐渐失去了左右我们的能力。随后，因果关系、真实的共鸣、奢望灵魂与外在环境的和谐以及不断进步、不断接近理想的本能支配了我们，于是，我们便不可能从高级的联系中退回到低级的联系中去了。所以说，即使被人们神圣化了的爱情也一定会日益疏远。这样的情况起初并不会有任何的暗示，少男少女在拥挤的房间里四目遥望，眼里全是对彼此的理解，全是这种新鲜而外在的刺激所带来的珍贵果实，这时的他们绝对不会多加思考。植物生长总是从外皮和叶蕾的突发开始。那一对少男少女从眼神交换的那一刻起，就开始以礼相待、互献殷勤，随后便会热情似火、海誓山盟，最后结为夫妻。激情将自己的对象视为一个完美的个体。灵魂完全由外在的肉体来体现，而肉体则被完全赋予于灵魂之中。

她的单纯与善变

就表现在她的脸颊上，装点得十分精美，

让人几乎要说她的身体也会思维。

假如罗密欧死了，就应当被分割成一颗颗小小的星星将天空照亮。这样一对情侣告诉我们，人生除了要像朱丽叶和罗密欧之外，别无他求。黑夜、白昼、学问、天才、王国、宗教都包含在这个充满灵魂的形式中，包含在这个形式多样的灵魂里。情侣们热衷于相亲相爱，热衷于山盟海誓，热衷于比较彼此的关切程度。当独自一人时，他们就会回忆对方的身影聊以自慰。而此时此刻，对方是否看到我所中意的同一颗星斗、同一片浮云，是否在阅读我所喜欢的同一本书，拥有与我同样的感受呢？他们反复权衡自己的感情，同时将各种丰厚的利益、朋友、机会和丰厚财产统统考虑进去，于是欣喜地发现他们为换回那种美丽、那完好无损的可爱生命，愿意付出一切。然而，人类的命运却寄托在了这些孩子们的身上，危险、悲伤和痛苦同样向他们袭来。爱在祈祷，为了自己亲密的伴侣，它与“永恒的力量”订立盟约。这一姻缘的缔造，为自然界里的每一分子增添了新的价值，因为它将整个关系网中的每一根线条都化作一缕金色的光线，让灵魂沐浴在一个全新的甜美环境中，然而，这种姻缘依旧是一种暂时的状态。鲜花、珍珠、诗篇、异议甚至另一颗心灵中的家园并非总能满足寄居在肉体中那令人敬畏的灵魂。它终究会将自己唤醒，像抛开玩具那样甩掉柔情蜜语，然后带上铠甲，去追寻更广阔而普通的目标。居住在个人灵魂中的灵魂渴望一种完美的幸福，它在其他人的身上发现了倾轧、缺陷和不协调。于是，诧异、忠告和痛苦便应运而生了。然而，将它们彼此拉近的东西就是高尚的标志，就是美德的标志；无论这些美德多么晦暗，它们都的确存在。它们层出不穷，不断地发出召唤；而关注的对象改变了，抛开了表象，依附于实质。受伤的感情得到了修补。与此同时，延续的生命证明了自己是一场各种个体位置替换、组合的游戏，它们必须充分利用它们每一个的才智，熟悉彼此的优势与劣势。因为正是这种关系的本质与目的，才应当被体现在人类彼此交往的关系中。世间的一切，无论已知的还是预知的，都被巧妙地融入了男人和女人的有机体当中。

爱情赐予我们的人，如神粮一般滋味无穷。

世界在转动，各种情况瞬息万变。有时透过心灵的窗户就能发觉寄居在肉体中的天使，发觉妖魔与邪恶也是如此。正是各种美德将它们统一起来。如果有美德存在，那么所有的邪恶都会不言自明；它们忏悔，然后逃跑。时间将恋人们曾经炽热似火的关切在彼此胸中加以冷却，激情减少而范围增加，这种情感就成了一种彻底的、真正的理解。他们毫无怨言地在时间长河中履行男女各自应负担的事务，用曾经一度穷追不舍的激情来换取彼此构想中令人惬意而又无拘无束的进展，并不管它存在与否。终于，他们发现最初拉近彼此距离的一切——那些曾经神圣的外表和充满魅力的神奇展示——都是暂时存在，却具有一种预期的目标，就像盖房子时使用的脚手架一样；心灵和头脑年复一年地净化才是真正的婚姻，从一开始就有备而来、充满远见，而且完全超出了他们的意识。一男一女两个禀赋相异而又相关的人，基于这样一些目标，就被关在同一座房子里，在婚姻中度过四五十年。看到这样的目标，我并不感到奇怪，因为幼年时代的心灵就已经预示并强调了这一危机的到来，本能会以奢华的美来装饰洞房，天性、智慧和艺术会彼此效仿，并体现在新婚的贺礼和旋律当中。

我们就是这样来接受爱的培训，这种爱不分性别、不加偏袒，而是到处寻求美德与智慧，以达到提高美德与智慧的目的。从本质上说，我们都是旁观者，因此也都是初学者。那就是我们永恒的状态。然而，我们却常常被迫感到自己的感情只是过夜的帐篷。尽管缓慢而又痛苦，感情的对象还是会发生变化，就像思想的对象会发生变化一样。某些时候，感情会支配、吸纳一个人，并迫使他将自己的幸福托付给一个人或是几个人。然而，他的心智很快就会再次复原——它那圆拱形的顶盖，在银河般的明灯下闪耀着光辉，如乌云一般席卷我们心头的爱情与恐惧必定会失去其有限的个性，而与上帝融为一体，以达到自我的完美。可是我们不必担心灵魂的升华会让我们有所失去。灵魂自始至终都值得信赖。这类关系异常美丽、异常迷人，它们必定会被其他更美好的东西所接替、取代，周而复始，直到永远。

论精神法则

你顶礼膜拜的天穹，
是屋宇又是建筑精英，
采集人所抛弃的时光，
建造高楼地久天长；
独一无二的自制工程，
不怕岁月破坏损伤，
反而以衰退促进生长，
借助潜藏于反冲、
与反作用中的雄风，
把火焰冻结，令坚冰沸腾；
通过“罪过”的黝黑手臂，
锻造“无辜”的白银坐席。

当我们在内心中回首往事时，当我们在思想之光下审视自己时，我们就会发觉生活中处处孕育着美。我们前行时，身后的万物就像那远在天际的流云，都呈现出欣然的样子。不只是那些我们所熟悉的往事，就连悲惨可怕的事物，当化作一幕幕图画呈现在我们的脑海中时，也都会令人备感亲切。河岸、水边的杂草、老房子以及愚笨的人——尽管他们在瞬间就被忽视，却依然保留着昔日的风采。即使摆放在厅堂里的尸体也能为宅子的装饰平添几分庄严肃穆。灵魂不懂得丑恶，也不懂得痛苦。假如让我们用理性的头脑说出最淳朴的真理，我们就会说：我们从未做出过任何牺牲。这一刻，我们的头脑显得特别高尚，我们也仿佛根本不会失去什么任何东西。所有的损失、所有的痛苦都是个别情况，宇宙对于心灵而言依然完好。无论烦恼还是灾难都不会动摇我们的信念。没有谁曾这样轻描淡写地表露自己的伤悲。把自己比作一匹最有耐性、鞠躬尽瘁的老马确实有些夸张，因为痛苦和煎熬是有限的，无限往往存在于笑容与平静当中。

假如人要是能一直过着一种自然的生活，不去将原本不属于自己的烦恼强加在自己头脑的话，他在思想上就能保持纯洁与健康。谁都不愿意沉陷于茫然的冥思困惑中。那就让他随心所欲、畅言心声吧，即便他对书本上的东西一窍不通，他的本性也不会在思想上给他带来任何阻力和疑惑。我们的年轻人正在受到诸如原罪、罪恶之源以及宿命论等神学问题的毒害。这些东西绝不会给任何人带来实际的困难——只要一个人不刻意去自找麻烦，它们绝对不会在他的道路上笼罩阴影。这些东西是心灵上的腮腺炎、麻疹和百日咳，没得过这些病的人无法描述出那些病症，也无法开出治病的良方。一个头脑单纯的人无法认清这些敌人。能讲述自己的信仰，能向他人阐述自己关于自我调整和自由的理论，却完全是另一码事，那需要罕有的天分。然而，没有了自知之明，或许会有种无限的力量、一种存在于内心的完美，他就成了这种力量和完美的化身。“几种强烈的直觉加上几条简单的规则”[①]就能够满足我们的需要。

我头脑中的各种形象所呈现出的等级排列绝非我的意愿。正式的研究课程、年复一年的知识教育和职业教育所带给我的东西，并不比在拉丁语学校板凳下面所读的闲书好多少；说不上教育的东西反倒比所谓的教育要宝贵得多。当我们接受一种思想时，并不去考虑它的相对价值。教育往往试图阻挠、挫败这种

① 引自华兹华斯的诗作《啊！那漫长而辛苦的追求又有何益》。

天性的指引，而这样做经常是徒劳无益的，因为天性注定要选择属于它自己的东西。

同样，我们的道德天性一旦遭受任何自我意志的干扰，就会变质。人们将美德描述成一场斗争，并大肆宣扬自己所取得的成就。于是，人人都去争论这样一个问题：高尚的天性受到褒奖，那么在诱惑下去努力奋斗的人是否还算是有德之士呢？其实，问题本身不存在是非曲直，不在于上帝是否存在。我们对别人的喜爱是视其拥有的有意识冲动与无意识本能的程度而定。一个人对自身的美德考虑得越少、知道得越少，我们就越喜欢他。普鲁塔克说，蒂莫莱昂[①]的胜利就是最辉煌的胜利，就像荷马史诗一样奔流不息。当我们看到一个人庄严、高贵，一如玫瑰般怡人的品行时，就应当感谢上帝能够使其如此，而不应当转向天使，尖酸刻薄地说："克伦普也在抵制自身的所有邪恶，他更算得上是个好人。"

在实际生活中，天性优于意志的道理同样显而易见。我们赋予历史的概念要比其自身拥有的概念更丰富。我们将经过深思熟虑、具有远见卓识的计划归功于恺撒和拿破仑，其实他们最受人称道的能力源于他们的本质而非他们自身。非凡的成功人士在坦率的情况下总是说："不要把荣誉给我们，不要把荣誉给我们。"[②]依照他们那个时代的信仰，他们这样做就已经为财富之神、命运之神或是圣朱利安建造了圣坛。他们的成功就在于他们能与思想进程保持一致，而思想则在他们身上找到了畅通无阻的渠道。他们是奇迹的有形导体，奇迹在人们眼中就是他们的所作所为。难道电线本身就能产生电流吗？其实他们自身所能带来的要比别人带来的还要少，这就像一根管子，其长处不外乎平滑、中空而已。那种表面上看上去的意愿和坚定只是一种顺从和自我毁灭。莎士比亚本人能提出有关莎士比亚的理论吗？有没有哪位数学奇才能向他人传达洞察自己方法的秘诀呢？假如他真能讲出其中的秘诀，他的方法就会立即失去其言过其实的价值，就等于将站立和行走的能力与白昼和生命力混为一谈。

---

① 蒂莫莱昂（？—前 336），古希腊城邦科林斯的一名贵族，他把叙拉古和其他西西里城邦从各自的暴君手中解救出来。

② 参见《赞美诗》第 115 篇 1 节。

这种强制的教训来自于这样的一些观察：我们的生活或许比我们所期望的更轻松、更简单，世界或许原本就是比其本身更幸福的一个地方，斗争、动乱与绝望、手足相残、睚眦必报，这一切原本都没有必要，我们错误地创造了自己的罪恶、对乐观的天性横加干涉。因为，一旦我们拥有了过去的有利条件或是如今更聪明的头脑，就能察觉自己的四周充斥着自行运转的法则。

大自然以其外在的表象给了我们同样的教训。她不会带给我们烦恼和愤怒，不喜欢我们的仁慈和学识，更不喜欢我们的欺诈和战争。当我们走出政治会场、银行、废奴大会、禁酒会或超验主义俱乐部，走进田野、森林时，她会对我们说：“这么激动吗？小先生。”

我们的所作所为都是机械的运动。到后来，就连社会上的牺牲行为和美德都会腐化变质，我们却总要横加干涉、总要肆意阻碍。爱应当带来欢乐，而我们的仁慈却并不快乐。我们的教会学校、教堂以及救济所都属于枷锁。我们自己受苦却无法讨好任何人。这些机构想要达到而未能达到的目标，却通过一些自然的途径达到了。所有的美德为什么一定要以同一种方式来表现呢？为什么人人都要付出金钱呢？对我们的同胞来说，这样的做法极其不便，而且我不觉得会有什么益处。我们没有钱，可商人们有；可以让他们来交钱、农夫交粮食、诗人诵诗、妇女做针线、工人出力、小孩养花。为什么还要让整个基督教世界来背负教会学校这种讨厌的重负呢？童年时求知，成年时施教，这是自然而又美好的事情；其实，有问题提出，就应当及时回答。不要违背青年人的意愿，将他们禁锢在教堂里，或者强迫孩子们违背自己的意愿，向他们不断地发问。

我们再把眼光放远一点，就会发现万事万物大同小异；律法、文字、教义以及生活方式仿佛都是滑稽的模仿。我们的社会为这些笨重而死板的机构所束缚，这些机构就像罗马人在山头与溪流上修建无数高架引水渠一样，在发现了水可以上升到水源的高度这一规律后就废弃不用了。它就像中国的长城，任何身手敏捷的鞑靼人都能越过。它就像一支常备军，不可能作为和平的象征。它就像一个等级森严、头衔分明、机构完善的大帝国，当人们发现市镇大会同样奏效时，它就显得多余了。

我们还是从大自然那里吸取教训吧，它总是通过各种捷径教给我们一切。

果子成熟了，就会掉下来；果子采摘之后，叶子就会落下来。水向低处流。人与动物的行走也同样是向前迈步。我们所有的体力劳动以及像撬、劈、挖、划船等力气活儿都是凭借持续的下落动作来完成，天体、地球、月亮、彗星、太阳、恒星永远都在下落。

宇宙的单纯与机器的简单有很大差异。谁若能看透道德的本质，能彻底弄明白知识如何获得、性格如何形成，他就是一位博学之士。大自然的单纯并非人类轻而易举就能弄懂的东西，而是无穷无尽的。我们不可能对其做出结论性的分析。我们通过一个人的梦想来判断他的智慧，从而明白对大自然无穷无尽的直觉就是永恒的青春。将我们僵硬的姓名和声誉与流动的意识相比较，就能感受到大自然充满野性的富饶。我们在世间的轮回只为了宗派与学派、博学与虔诚，其实自己一直都是幼稚的孩子。人们很清楚皮浪①提出的极端怀疑论是如何发展的，每个人都明白他属于中庸派，任何事物依照他的思想都能以同样的理由加以肯定或否定。他既年迈又年轻、既睿智又极其无知。他既能听得出也能感觉得到你对天使和沿街小贩的看法。除非是在斯多亚学派的虚构故事中，否则绝不存在永远的智者。我们在读书作画时，总是站在英雄人物的立场上，不喜欢懦夫和强盗，殊不知与高贵的心灵相比，我们自己一直以来都是懦夫和强盗，将来也会如此，并非只在低俗的环境里才这样。

只要稍加留意每天在身边发生的一切，我们就能发现：支配一切事物的不是我们的意志法则，而是比其更高一级的一种法则；我们的辛勤劳作不但毫无必要，而且徒劳无益；我们只有在轻松、简单、自发的行为中才能表现出强大，只有心甘情愿地顺从才能变得神圣。信仰与爱情——忠贞的爱情可以帮我们摆脱沉重的烦恼。噢，我的兄弟，上帝就在我们身边。有一种心灵存在于大自然的中心，凌驾于每个人的意志之上，这样一来，就没有人能够亵渎宇宙。这颗心灵将自己强大的魅力倾注到自然当中，只要接受它的忠告，我们就能繁荣昌盛；假如我们千方百计想去伤害自然的生灵，我们的双手就会被紧紧地束缚在两侧无法动弹，或捶胸顿足以示忏悔。整个自然的趋势教会我们信仰，我们只需要

① 皮浪（约前360—约前270），古希腊怀疑派哲学家，被认为是怀疑论鼻祖。

遵从。我们每个人都能获得指导，只要俯身聆听，就能得到正确的教诲。为什么要自己煞费苦心地选择住所、职业、朋友、生活方式以及娱乐方式呢？当然，你也许有权利排除协调的需要和固执的选择。对你来说，总有一种现实、一个合适的居所以及适合你的职责存在。将自己置于力量与智慧的洪流中，这条洪流能让浮在上面的任何东西都生机勃勃，你不费吹灰之力就能被推向真理、推向正义、推向绝对的满足。这样，你就能驳倒所有的反对者。那么，你就是整个世界，就是正义、真理和美的标尺。如果我们能够避免可悲的自我干涉的话，人类的工作、社会、文字、艺术、科学和宗教就会比当前的情况好得多，在创世之初所预示的并且人们心底依然乞求的天国就会像玫瑰、空气和太阳那样自成体系。

我所说的“不要选择”只是一种比喻而已,我用它来区分人们通常所谓的“选择”与局部的行为，如手的选择、眼的选择、胃的选择，而这些并不是人的整体行为。我所说的正义与善良是我的本性做出的选择，我所说的内心向往的天堂就是指适合我本性的理想状态或境遇。而我这一生所打算与所做的事情，就是我的各种感官所表现出的行为。我们要使人们能够服从自己选择日常行业或职业的理性，自己从事的行业习惯就不应该再成为自己行为的理由。与罪恶行当打交道算什么职业？他的品质当中也存在一种召唤。

每个人都有自己的职业，才能就是一种召唤。有一个方向可以指引他通向宇宙的四面八方。他天生的才能在悄悄邀请他去尽情发挥。他就像河流中的一艘航船一样处处受阻，却只在一个方向上畅通无阻，于是它平静地掠过逐渐加深的海峡，驶入无垠的大海。他的才能及其召唤取决于自己的生物机体，或者说一般的心灵在其身上化身的方式。他往往会去做那些对他来说既容易又有所裨益，并且其他人无法做到的事情。他无人能敌，就是因为他越是认真地去考虑自己的能力，就越能体现出他的工作与别人工作的差别。他的雄心抱负的确与其能力成正比。尖塔的高度取决于底座的宽度。人人都受这种才能的召唤，都能做出独一无二的壮举，仅此而已。假装自己受到另一种召唤，拥有一种单凭姓名、个人选择以及能表明他“非凡而与众不同”的外在标志，这样的做法实际上是一种狂热，这其实暴露了自己感觉的迟钝，无法感受所有个体统一的心灵，更无法感受人的存在。

通过工作，他能感受到满足需要的乐趣，并且创造出自己喜欢的兴趣。通过做自己的工作，他还能自我展示。放弃并不存在，这种说法是我们在公众面前讲话的恶劣习惯。某些场合，不只是每个演说家，就连每一个普通人都应当放纵自如，应当坦率、真诚地表达自己心中的力量和意图。普遍经验告诉我们：人应当尽可能地去适应自己所从事工作或行当的方方面面，并像小狗翻动转式烤肉器那样加以精心料理。这样，他就成了自己所开动的机器当中的一个零件，丧失了自我。直到能够设法全身心地与人交流，他才能找到自己的职业。他必须从中为自己的个性寻找一条出路，以便在别人眼中为自己的工作辩护。如果劳作就等于平庸，那么就让他自己凭借其思维和个性来改变它。无论他明白什么、考虑什么，无论在他看来什么值得做，都应该让他去交流，否则人们将永远都不会正确地理解他、爱戴他。无论什么时候，只要你接受了自己工作的平庸和死板，而不是将其转化为自己个性与目标的通气孔的话，那就是愚蠢的行为。

我们钟爱那些长久以来一直为人们所称颂的行为，不去考虑人的任何作为都可以是神圣的。我们认为伟大是在某些机构和场合，由某些岗位与职责构成，却看不到帕格尼尼[①]能从一把弦乐器中汲取极大的快乐，奥伊伦施泰因能从一支单簧口琴中获得满足，手指灵巧的小伙子能用一把剪刀从碎纸片中获得乐趣，艺术家兰西尔能从一头猪身上获得灵感，英雄人物则能从自己苦难的栖息地以及朋友那里得到愉悦。我们所谓的恶劣环境以及卑俗社会，其诗意尚未写就，但是很快你就能使其像其他任何事物一样受人青睐、闻名遐迩。我们在做出判断时，一定要吸取国王们的教训。王权可以对诸如款待礼仪、亲属关系、令人敬畏的死亡以及数以千计的其他问题做出自己的判断，而高尚的头脑也会这样。如果按照习惯的做法，对那些东西重新评价的话——那就是高贵。

一个人的所作所为能体现他的一切。希望或恐惧与他有怎样的关系呢？这些就是蓄积在他身上的力量。他应当明白善意并非永远不变，它就存在于自己的本性当中，只要他存在，它就能在他身上生根发芽。物质财富就像夏季的树

① 帕格尼尼（1782—1840），意大利小提琴家。

叶一样来去匆匆，那就让他将那财富撒在每一阵风中，作为他的无限性瞬间的象征吧。

他或许有自己的财富。一个人拥有的天赋是其区别于其他人的品质，是他对某类影响的敏感，是对适合自己的事物所做出的选择和对不适宜的事物的排斥，这种天赋决定了他在宇宙中的个性。一个人就是一种方法，一种进步的方式，一种选择的原则，无论他走到哪里，都在搜集自己喜好的东西，从身边瞬息万变的多样性中选择自己所需要的东西。他就像一个安置在河岸边用于围挡浮木的水栅，或是像钢碴中的天然磁石。那些栖息在他记忆中的事实、言语、人物，即便连他自己也说不清为什么被保留了下来，或许是由于它们与他的关系，其真实程度不亚于存在与未知的关系。在他看来，那些都是价值的象征。因为那些东西能够解释他意识中的各个部分，而这些都是他在传统书籍和头脑中无法觅得表达方式的部分。什么东西引起了我的注意，我就要一探究竟，这就如同有人敲我的门，我就会去找他的道理一样。相反，就算有一千个人值得我去拜访，我也不会考虑到他们的。因为有一些特别的人物跟我探讨问题就已经足够了。倘若用普通的标准来衡量，那么几件轶事，几种突出的个性、举止、面貌再加上几个插曲，就足以在你的记忆中打下烙印，这远比那些明显的特征强。这些东西与你的天赋密切相关。就让它们拥有自己的分量，不要排斥它们，而去搜寻它们在文学作品中更平常的表述吧。心里面认可的伟大就是伟大之所在，心灵所强调的东西永远都是正确的。

除了与其本性和天赋相一致的所有东西外，人还拥有一项至高无上的权利。他所到之处，即便所有的门都敞开着，也仅仅会拿走属于自己精神财产的东西，也没有任何人有任何能力阻止他这样做。企图向一个有权利知道某件事的人隐瞒秘密，这种做法是徒劳的，因为秘密终将会自行泄露。一个朋友能将我们带入到某种情绪中，他这样的行为就是对我们的支配。单考虑那种心理状态的话，他有权利这样做，因为他能够控制那种思想状态的全部秘密。这是政治家们在实际当中经常遵循的一条法则。法兰西共和国的恐怖统治曾让奥地利敬畏有加，却始终不能对其外交政策发号施令。可是拿破仑将纳博讷先生派往维也纳，这个人是一个旧贵族，拥有那一利益集团的道德、举止和名号。拿破仑说，向欧洲旧贵族国家指派与它们背景相同的人是非常必要的。这样做，事实上形成了一种共济会。纳博讷先生在两个星期内就刺探到了帝国内阁的所有秘密。

发表看法并能让别人理解，似乎是更容易的事了。然而，人们会渐渐发现最坚固的壁垒、最牢固的束缚就是别人已经理解了你的看法。一个人接受了一种观点，随后会渐渐发现这种观点是对自己最不利的束缚。

如果一位老师想要隐瞒什么观点，但他的学生却还能从中获得启迪，就像从他所出版的作品中受益一样。假如你将水倒入一个事先已经被扭曲成许多螺旋形和棱角状管道的容器中，要是你说，我把水只倒进了这里或只倒进了那里，那就等于没说——因为水不管流到哪里都会保持水平状态。人们能感受到你学说的影响力并能依照它做事，却无法说清楚自己是怎样遵循它的。在我们看来曲线上的一段弧线，到了一位高明的数学家眼中就成了一个完整的图形。我们往往是从已知来推导未知，从而就有了时代相距遥远的智者之间所维系的完美智慧。一个人不可能将自己的意旨深埋在自己的作品中，类似时代中，类似的头脑必定会发现它们。柏拉图的学说就很神秘，不是吗？可是他哪个秘密能瞒得过培根的眼睛，瞒得过蒙田的眼睛，瞒得过康德的眼睛呢？因此，亚里士多德曾这样谈及自己的作品："它们问世了，但也从未问世。"

没有谁能学会自己不打算学习的东西，即使这个东西近在眼前。一位化学家可以将自己最宝贵的秘密讲给一个木匠听，而木匠却永远也不可能成为智者——即便是给那个木匠一座庄园，他也不可能向化学家讲出这样的秘密。上帝永远都会庇佑我们免受幼稚思想的误导。在我们头脑成熟之前；我们的眼睛一直被蒙蔽着，甚至看不到近在咫尺的东西；在头脑成熟之后，我们才算看到了它们，而看不到它们的那段日子就仿佛在梦境中一般。

由此可见，所有的美好与价值并不存在于大自然之中，而是存在于人类身上。世界是虚无的，所有能让人引以为豪的事物都要归功于那外表华贵、意气风发的心灵。"绮丽美景簇拥在大地的怀中"[①]，而美景并非它自身所有。滕比河谷、蒂沃利[②]和罗马都拥有水土、岩石和天空。成千上万的地方都有同样好的水

① 该句可参见华兹斯《永生的信息》第 77 行。

② 滕比河谷在希腊，蒂沃利在意大利，都以风景优美著名。

土，而且都一样纯洁！

但人们却并没有因为太阳、月亮、地平线以及森林的存在而变得更加高尚，这就像我们经常看到的罗马美术馆中的管理员或画家的仆从不会拥有任何高尚的思想一样，图书管理员不一定就比别人聪明。高尚又有修养的人举止上的优雅，在乡下人眼中就消失殆尽了。这些就像天上的星星，其实星光还没有光顾到我们。

一个人可以看到自己创造的东西。我们的梦境就是自己清醒时知识的延续，夜晚的幻象与白天所看到的事物存在一定的比例。噩梦是白天罪恶的夸大，我们会发现自己罪恶的内心情感在邪恶的面相上显现。走在阿尔卑斯山上，旅行者有时会发现自己的影子被拉得很长，变成了一个巨人，于是举手投足都很吓人。“孩子们，”孩子们被门口黑暗的影子吓住了，一位老人对他们说，“我的孩子们，你们自己才是最可怕的。”梦境如此，几乎同样变幻无穷的世事也一样，每个人都见过巨人般的自己，却不知道那就是他本人。与他所看到的邪恶相比，善良就是相对于自己邪恶的善良。他心中的每一种品质都会在某种熟识的事物身上有所扩大，他内心的每一种情感也是如此。他就像是梅花式五点植树法，从东、南、西、北、中算起每点各一个；又如一首诗，每行首字母、中间字母和尾字母都能成词。为什么不呢？他靠近某一个人、躲开另一个人，完全依照与自己的相似程度而定，这实际上是在自己的同伴身上寻找自我，更进一步来说，在自己的行业、习惯、举手投足、吃喝之中追寻自己；终于，你对他所处的境地的每一种看法都体现了最忠实的自己。

他能读懂自己的作品。除了我们自己，我们还能从中看到什么、收获什么呢？你肯定留意过聪明的人阅读维吉尔。其实，同一本书，对一千个人来说，就是一千本不同的书。你双手捧书，从头到尾仔细阅读，可是你永远无法发现我所发现的东西。如果哪位聪明的读者想垄断他所获得的智慧或乐趣，那么他完全做得到，因为那本书现在已经被译成了英语，就像从前它被禁锢于皮鲁人的语言中一样。以好书为伴就如同与良友为伴。将小人引荐给君子，其实没有任何意义，因为他并非他们中的一员。每个群体都会自我保护，这样，群体才能绝对安全，即使他身在其中，他也不是其中的成员。

永恒的精神法则通过对人们的财产与生命进行精确衡量，来调节人们的所有人际关系。与那样的精神法则对抗有什么好处呢？格特鲁德迷恋盖伊，盖伊那么高尚、那么富有贵族气质，他的举止风度那么具有罗马风范！和他一起生活的确不枉此生，付出再多也值得；天地造化都出于这一目的。不错，格特鲁德是拥有了盖伊，可是高尚的盖伊，无论他多么富有贵族气质，无论举止风度多么具有罗马风范，如果他的心思和志向都在元老院、剧院和球房，而格特鲁德却没有任何志向和话题，那她还能迷住自己的如意郎君吗？

一个人应当拥有他自己的社交圈子。我们只喜欢天性。旷世奇才、丰功伟绩其实对我们没有什么用处，而本性相近或相似——它稳操胜券，怡然自得，美不胜收。来到我们旁边的人，或以美貌著称、或以才华闻名，其魅力和天赋可以与任何奇观相媲美；他们将自己全部本领都交给了时光和朋友，而结果总是不尽如人意。我们不对其大加赞赏，的确显得有些忘恩负义。随后，一切就绪，一个心灵相通的人，一个性情相近的兄弟姐妹悄然来到我们中间，彼此意趣相投、亲密无间，仿佛这就是我们血管里的血液，让我们感觉似乎前一个刚走，另一个就来了；于是，我们就会觉得轻松愉快，这是一种快乐的孤独。我们总是愚蠢地以为，在罪恶的日子里，只要遵照社会习俗、衣着、教养和判断的标准，就能讨好友人。然而，只有在我前进的道路上遇到的人才能做我的朋友，只有能与我相互接纳、生于同一纬度、经历相同的人才能做我的朋友。学者忘记了自我，刻意模仿世俗人的习惯和装束，想博得美人回眸一笑，并去追求一个轻佻的女子，而这个女子尚未接受过宗教的熏陶，并不懂得高贵女子心灵上的宁静、含蓄和美丽。假如他名副其实，爱情自然会送上门来。靠别人的眼睛来选择同伴的做法既荒唐又草率。社会交往应当只依靠人与人之间的共鸣而形成，忽视这种共鸣必定会受到最严厉的惩罚。

一个人可以对自己做出评定。有一则箴言值得所有人信服，即多劳多得。占据自己的位置，采取自己的态度。这样，所有人都会默许。世界一定是公平的。它让每个人自我评定自己的命运，而不横加任何干涉。无论英雄还是傻瓜，都是如此。它肯定会接受你衡量自己行为和存在的标准，无论你是鬼鬼祟祟、隐姓埋名，还是看到自己的成就直抵苍穹，与日月同辉。

同样的现实遍布整个教育当中。我们只能通过实践来传授知识，否则别无他法。只要能传达自己的思想，他就能够传授知识，但并非通过言语。施予者即为人师，接受者就是学生。只有学生被纳入与你同样的状态和原则之下时，才能有知识传授，这才是传输行为的发生；他就是你，你就是他，然后才有知识的教授；就算良机未到，就算没有良友相伴，他还是能从中受益。然而，你的主张会一个耳朵进，另一个耳朵出。我们看到这样一则广告，广告上说格兰德先生将于 7 月 4 日发表一个演说，汉德先生将在技工协会发表演讲。而我们都不会参加，因为我们清楚那两位先生不会将自己的个性和阅历传达给大家。假如我们还是期望获得他人的坦诚相待的话，我们定会历经各种不便与反对。病人是要用担架抬的，而公开演说却是一出恶作剧，一种不置可否，一种道歉，一种插科打诨；根本不是一种沟通，不是演说，甚至不是人做的事。

某个复仇女神主宰着整个思想行为和产物。因此，我们还是得明白，言语表达的行为尚未得到证实。行为本身必须自我证实，否则，任何形式的逻辑推理或誓言都无法证明它。一句话一经出口，也就蕴含着为自身辩解的成分。

任何形式的作品对公众心灵的影响程度，都可以根据其思想深度精确地加以衡量。作品汲取了多少水？如果它能唤醒你、促使你思考，如果它能以洪亮的雄辩之声提升你的身心，那么它对人们心灵的影响就会宽广、平缓而持久；如果作品中的篇章对你没有任何启迪，那么它们很快就会像苍蝇一样死去。讲出来的话、写出来的文章要想永远都不过时，就必须讲得实在、写得真诚。对我的实践没有影响力的论点，恐怕也不会影响到你。请记住西德尼的一句名言："看看你的心，然后写作。"能为自己写作的人，才能为万世的公众写作。只有你努力满足自己好奇心的事物，才配向大众公开。凡是取材于耳朵而非内心的作家都应当明白，他所失去的和他表面上所获得的同样多，等那本空洞的作品获得了所有赞誉,并且有一多半人说"多么美丽的诗篇呀！多么伟大的天才呀！"时，该作品却依然需要激情来点燃。有益的东西才能使人获益。只有生命才能赋予生命，尽管我们应当大胆突破，但只有自己能让自己更有价值时，我们才会真的有价值。文学的声誉并非全凭幸运，对每一本书做出最后裁决的人，并不是书刚刚出版时那些有失偏颇、哗众取宠的读者，而应是由读者大众和一些不受贿赂、不讲情面、不畏恐吓的天使们所组成的法庭来裁定每个人是否有成名的资格。只有值得流传的书才能流传下来。为书镀上金边，用羊皮纸和摩洛哥搓纹革制作以及将书赠送给各个图书馆的做法，都不会使得一本书的流通时间超过其自身固有的流通期限。它必将随华尔普尔[①]的“权贵作家们”一起走向自己命运的尽头。布莱克默、科策布或波洛克的作品可以维持一个晚上，而摩西与荷马的作品却能永世长存。在这个世界上的任何一个时代中，能读懂柏拉图的人都不超过十几个——人数少到无法支付作品出版一次的费用。然而，每出现一代人，他的著作都如期而至，只为了那仅有的少数人，仿佛是上帝亲手将其送到他们手上似的。“任何一本书的作者都并非他人，”本特利说，“就是这本书本身。”各种著作能否经久不衰，并非由某种好恶决定，而是取决于它们自身所特有的价值或者说取决于其内在的重要性，即其内容一贯影响人们思想的程度。“不要白费力气过分在乎你塑像上的光线，”米开朗琪罗对年轻的雕塑家说，“公共广场上的光线会检验它的价值。”

同样，每一种行为的效果可以用产生这一行为的情感的深度来衡量。伟人并不清楚自己的伟大，这样的事实要经过一两个世纪才会显现出来。他的所作所为是因为他非做不可的，那是世界上最自然的事，同时也是时势造就的结果。然而现在，他所做的一切，甚至是抬抬手指、吃点儿面包也会被认为极其伟大，能包容一切，并被称为是一种制度。

这些都是极个别天才的表现，他们表明了潮流的方向。而这种潮流就是血液，每一滴都是鲜活的。真理没有单个的胜利，万事万物都是它的有机组成部分——不仅包括尘埃和岩石，还有谬误与谎言。医生们说，疾病的规律和健康的法则同样美好。我们的哲学是肯定性的，也愿意接受否定事实的证明，正如每一道阴影都表明了太阳的存在一样。出于一种神圣的必然性，自然界中的每一种事实都必须为自己提供证明。

人的性格永远都发表自己。最难以捕捉的言行、做事情时纯粹的态度、内心的目的都能展现人的性格。只要你行动，就会体现出你的性格；即使你坐着不动，即使你睡觉，也会将它体现出来。你或许以为，在别人讲话时你沉默，

① 荷拉斯·华尔普尔（1717—1797），英国作家，《显贵作家名录》是他的一部作品。

不对时代、教会、奴隶制度、婚姻、社会主义、秘密协会、大学、党派及个人发表自己的意见，别人就会心怀好奇，期待你的论断，还将其当作一种特意保留的智慧，其实完全不是这样，因为你的沉默就是最响亮的回答。你讲不出什么圣言，你的伙伴就已经明白你帮不了他们，因为圣言是不言而喻的。难道智慧不能呼喊？难道认识不能自我表达？

要严格限制自然界中各种虚伪的势力。真理凌驾于肉体不愿顺从的各个器官之上。据说人脸不会撒谎，研究表情变化的人绝不会上当受骗。一个人本着真理的精神讲真话时，他的眼睛像天空一样明亮清澈。如果他心怀不轨、满口谎言，他的眼睛就会晦暗，有时不敢正视别人。

一位经验丰富的律师曾经告诉我，他从不害怕一个从心底就不相信自己当事人应当接受裁决的律师会对陪审团有什么影响。只要他不相信，他的不信任就会流露给陪审团，即使他再怎么辩护，他的不信任也会变成陪审员们的不信任。这也是艺术品中存在的法则，不管是什么艺术品，都会将我们置于艺术家创作这件作品时所处的思想状态之中。我们无法将自己不相信的东西说清楚，即便我们不厌其烦地再三重复都无济于事。这也是斯维登堡所表达的那种信念，他当时是在描述这样一群人：他们在精神世界里枉费心机地试图表达连他们自己也不相信的说法，然而尽管费尽口舌甚至义愤填膺，他们还是做不到。

人们常常根据一个人的价值来看待这个人。我们总是关心别人怎么看待我们，这样的做法极其无聊；同样，总是担心自己不为人所知也是如此。假如一个人明白自己能做任何事情——而且比其他人都做得好——所有人保证都会确认这一事实。世间充斥着各种各样的审判日，每进行一次集会，每次试图有所行为，他都会受到评判并被盖上标记。在每个院子里、每个广场上，在奔走呼喊的每一群孩子当中，新来的孩子在几天内就会被精确地加以考察，标上适合他的号码，仿佛他已经经历了一场对自己体力、速度和脾气的正式考验。从远方的学校来了一个生面孔，穿着讲究、口袋里揣着各种小玩意儿、盛气凌人、矫揉造作。原有的孩子心里会想：“那都没用，我们明天就能搞清楚他的底细。”“他做过什么？”就是这样一个神圣的问题，能探究人的内心，穿透每一种虚名。一个纨绔子弟可以坐在世间任何一张椅子上，此时此刻的他跟荷马、华盛顿并没有什么区别；然而，无须怀疑人们各自的能力。装腔作势、一动不动地坐着可以，却无法真正采取行动。装腔作势永远不可能伪装出真正伟大的举动，永远也写不出《伊利亚特》，也赶不走薛西斯[①]，不能让基督教遍布全世界，更不能废除奴隶制。

有多少美德，就表现出多少美德；有多少善举，就能博得多少敬仰。所有魔鬼都会敬畏美德。高尚、慷慨、奉献的学派将永远指引并统帅人类。真诚的言语永远不会烟消云散。但凡是高尚的行为一落地，就会有某颗心灵出人意料地来欢迎它、接纳它。人们常常以一个人的价值来看待这个人。他是什么样的人，就以圣光文字的形式刻画在他的脸上、形体上和命运中。隐瞒和吹嘘都对他毫无作用。在我们的眼光观察下有忏悔，在我们的微笑、问候和握手中都表白了我们的一切。他的罪恶玷污了他的人品，损坏了他留给别人的良好印象。人们不明白为什么不信任他，反正就是不信任。罪恶罩住了他的双眼，在他的面颊上刻下一道道表示庸俗的纹路，捏他的鼻子，在他脑后打上野兽的标记，并在国王的前额上写下：噢，傻瓜！真是个傻瓜！

若要人不知，除非己莫为。一个人或许可以在无边的沙漠中干蠢事，但是每一粒沙子都能看得一清二楚。他可以独自生存，却无法不向他人提供愚蠢的建议。憔悴的面容、贪婪的眼神、吝啬的行为、贫乏的知识——这一切都会泄露秘密。难道一个厨子，一个契芬奇，一个阿埃基摩[②]会被错当成芝诺或保罗吗？孔子叹曰："人焉廋哉！人焉廋哉！"[③]

另一方面，正义、英勇的行为如果不加宣扬就有可能无人知道、无人拥戴，这并非英雄们所担心的事情。其实有人知道——他自己——因为他的行为确保了甜美的和平和崇高的目标，这最终证明了行为本身就是比叙述事件本身更好的宣传方式。美德就是在行为中坚持事物的本质，事物的本质同样会彰显美德。美德就是一个由存在代替表象的永恒过程，上帝也被满怀崇敬地描述成似乎在说：我存在。

---

① 薛西斯（前519？—前465），波斯国王，曾率大军入侵希腊，洗劫雅典。

② 见于莎士比亚喜剧《辛白林》。

③ 出自《论语·为政》。

这些观察所传达的教训就是存在而不是表象。让我们表示默许吧。让我们从神圣的轮回之路中消除自己膨胀了的虚无吧。让我们忘掉人世间的智慧吧。让我们顺从万能的上帝吧，我们要明白，只有真理才能造就富足和伟大。

假如你去拜访自己的朋友，为什么还要因从前未曾造访而表示抱歉呢？这样不但浪费了他的时间，而且贬低了自己的行为。现在去拜访他好了。让他觉得至高无上的友爱来看望他了，最质朴的爱就在你的身上。还有，为什么要暗地里责怪自己从前未曾帮助过他，未曾通过礼物和问候去赞扬他，从而既折磨自己也折磨朋友呢？就让自己成为一件礼物、一句祝福吧。你可以闪烁出真实的光彩，而不用借助礼物折射出的光泽。普通人只能勉强被视为人，由于没有实质，所以他们只得点头哈腰，用泄露秘密的理由为自己辩解，只做表面文章。

我们过分迷信感觉，过分崇拜数量。我们称诗人有惰性，因为他不是总统，不是商人，也不是脚夫。我们推崇一种制度，却没有发现这种制度就是建立在我们已有的思想之上。而真正的有所作为却是那些沉默的时刻。我们生命中的各个重大时刻并非存在于诸如择业、成家、就职等看得见的事情当中，而是存在于在路旁散步时静静地思考，存在于改变我们整个生活方式的思考当中，它们告诉我们："你已经这样做了，不过这样更好。"于是，在以后的每一年中，我们就像奴仆一样伺候这些思想，并根据它们各自的能力实施其意志。这种改变或纠正是一种恒久不变的力量，它作为一种趋势贯穿我们的一生。人的理想，即这些时刻的目标，就是要使阳光穿透全身，容许规则畅通无阻地穿透他的躯体，这样一来，你的眼光所到之处，无论他在做什么，也不管是他的饮食、住宅、宗教形式、社交、欢笑还是他的表决或反对行为，都会如实传达他的性格。这时的他并非同一性质的，而是成分混杂的，所以光线无法穿透；而且也不存在穿透一切的光线。但是，当发现许多不同的倾向与一种尚未统一的生活时，观察者的眼睛却感到迷惑了。

我们为什么一定要用自己虚伪的谦逊来贬低我们真正的自我，损毁指派给我们的存在形式呢？人贵在知足。我喜欢并且崇拜伊巴密浓达，可我并不希望自己是他。我有更多的理由热爱现在的世界，胜过他那个时代的世界。假如我说得对，即便是你说"他曾经有所作为，而你却坐着不动"，这样的话，也不会让我感到丝毫的不安。我觉得，必要的时候，有所行动是好的，无所作为也不为过。假如伊巴密浓达[①]正是我认为的那种人，假如他的命运就是我的命运的话，那么他也可以无所作为、怡然自得。天空广阔无垠，为所有方式的爱与坚韧提供了空间。为什么我们还要多管闲事、自作多情呢？有所作为与无所作为同样真实。从树上砍下一块木头当作风向标，再砍下一块做桥梁的枕木；显然，木头的作用同样体现在这两者当中。

我不愿玷污心灵。我身在这里，这一点明确地向我表示心灵在这里需要一个器官。难道我不应该担当此任吗？难道要牵强地表示抱歉，假装扭扭捏捏、躲躲闪闪并认为自己不适合吗？难道不如伊巴密浓达或者荷马在那里合适吗？难道心灵不懂得自己的需要吗？况且，如果对这个问题不加任何推理，我就已经心满意足了。善良的心灵滋养着我，每天都为我打开新的能力与欢乐的仓库。我不会不怀好意地拒绝那无限的善意，因为我已经得知它以另一种形式去寻找别人了。

此外，我们为什么要被“行为”的名义吓倒呢？那只是感官玩弄的鬼把戏——仅此而已。我们明白每种行为都源于某种思想。贫乏的头脑总觉得自己一无是处，除非拥有了某种外在的标志——某种印度教徒的食品、贵格教派的服装、卡尔文教派的祈祷会、什么慈善团体、大型捐赠、高层职位或是别的什么，否则，不管怎样，总会证实它属于某种有着鲜明特征的野蛮行径。充实的心灵躺在太阳下面睡觉，它就是大自然。思想就是行为。

假如我们必须拥有崇高的行为，那就先让我们自身的行为崇高起来吧。所有行为都具有无限的灵活性，最渺小的行为也有可能充斥整个天空，遮蔽日月的光芒。让我们用忠诚来寻求一种安宁吧。让我来恪尽职守。在我还没有向自己的恩人证明自己的感激之前，为什么要去追求希腊和意大利历史上的盛景与哲学呢？我在对自己的信件一一回复之前，怎么敢去了解华盛顿的每次战役呢？对我们的大部分阅读来说，难道这不是一种无理的反对吗？总是盯着自己的邻居，就等于抛弃自己的工作，就等于缺乏胆量。那就是窥视。拜伦谈起杰克·邦

---

①伊巴密浓达（前418—前362），古希腊城邦底比斯将军、政治家，其领导底比斯脱离斯巴达的控制，并使之跃升为一等强国。

廷时这样说——

“他不知道该说什么，于是就立下誓言。”

我或许可以这样来描述我们反常的读书方法——他不知道该做什么，于是就读起书来。我不知道如何打发我的时间，于是就找到了那本《布兰特传》。这样的做法，不管对布兰特、对斯凯勒将军或是对华盛顿将军都算得上赞赏有加。我所处的时代与他们的时代同样好——我的事实、我的关系网与他们的同样好，或者说跟他们中任何一个的一样好。我们还是做好自己的工作吧，这样，其他一些游手好闲的人如果要做出选择的话，或许会将我的资质与这些人的资质相比较，或许会发现我的资质与他们当中的佼佼者完全相同。

高估保罗和伯里克利的价值而低估我们自己的价值，是由于忽略了天性相同这一事实。波拿巴只懂得一种功劳，而且总以同一种方式来奖励优秀的士兵、卓越的天文学家、杰出的诗人和著名的演员。诗人借恺撒、帖木儿、布狄卡、贝利萨留[①]的名义，画家采用关于圣母玛利亚、保罗、彼得的传统故事作画。因此，他就轻视了这些次要人物，轻视了这些平凡英雄们的天性。假如一个诗人在写一出真正的戏剧，那么他本人就是恺撒而非恺撒的扮演者，这样一来，完全相同的思路，同样纯真的情感，同样敏锐的智慧，同样迅速、昂扬、放肆的行为，再加上同样高尚、自立、无畏的心胸，所有这些就能将世上最坚固、最珍贵的一切——宫殿、花园、金钱、舰队和王国——全部托起到爱与希望的浪尖上，用其对俗不可耐的人们的冷落态度表明自己无与伦比的价值——所有这一切都是他所为，他凭借这些力量唤醒了每一个民族。信仰上帝吧，不要相信虚名、地点和个人。就让高尚的心灵化身为某个女人，化身为某个穷困、忧伤而又孤独的多莉或是琼，出去做着仆人的工作，打扫擦洗，但却掩盖不住其灿烂的光辉，相反，打扫和擦洗会立即成为至高无上的美丽德行，成为至高的人生光华，于是所有人都会拿起拖布和扫帚。到后来，瞧吧！刹那间，高尚的心

① 布狄卡(？—61)，英格兰古代爱西尼部落王后和女王，在其丈夫死后领导了一次大规模反罗马人的起义。贝利萨留（约 505—565），拜占庭帝国统帅。

灵已将自己以其他的某种形体出现，做着其他的事情，而且此时此刻它就是生灵万物的菁华与首脑。

我们是光度计，是用来计量细微元素累积程度的金叶与锡箔，感觉异常灵敏。通过细微元素上百万的伪装形式，我们认清了真正的火的实际效果。

论超灵

空间茫茫，有东也有西，
两者却不能一起游历，
两者在空间结不成旅伴，
看远处那能干的杜鹃鸟，
把每一只蛋都往窝外面挤，
只顾着自己的蛋，别的则不管死活；
一个符咒把草地石块都镇住，
黑夜和白昼也跟着倒霉，
每一种品质和精髓
如火如荼，充满了一种威力，
要把自己的意志加给时刻和世纪。

人生的每时每刻在它们的影响和后果方面各不相同。我们的信念在瞬间突发，我们的邪恶却习与性成。然而在这些短暂的瞬间里有一种深度，它迫使我们认为瞬间形成的真实比其他一切经历形成的真实还要多。正因为如此，随时出来迫使那些对人类抱有奢望的人保持沉默，即诉诸经验的论调，是永远软弱无力、徒劳无功的。我们把过去交给反对者，而我们却怀有希望。反对者必须对这种希望做出解释。我们承认人生是渺小的，然而我们怎么知道它是渺小的呢？我们的这种不安，这种古老的不满，有什么根据呢？除了灵魂赖以提出巨大要求的巧妙影射之外，那种普遍的匮乏和无知感又是什么呢？为什么人们感到人的自然史一写出来，他总要把你对他的评说置于脑后，历史就变得陈旧不堪，玄学书籍也显得毫无价值？六千年的哲学还没有摸清灵魂的所有角落。在它的实验中，归根结底，总有一种它无法分解的残留物质。人是一股源头不明的溪流。我们的存在不知道从什么地方降临到我们身上。神机妙算之士也预见不到某种难以预测的东西随即可能继续前进。我每时每刻都被迫承认事件有一种比我称之为我的意志还要高的起源。

对事件如此，对思想也这样。我凝视着那条奔流的河流，它从我看不见的地域出来，一会儿就把它的一股股流水注入我的心中，这时我看见我是一个仰人鼻息的人，不是一个起因，而是一个对这种缥缈的流水感到惊讶的观望者。我满怀希望，翘首瞻仰，摆出一副欢迎的架势，然而那些景象却从某个相反的力量那儿出现。

古往今来，对错误的最高批评家，对必然出现的事物的唯一预言家，就是那大自然，我们在其中休息，就像大地躺在大气柔软的怀抱里一样；就是那“统一”，那“超灵”，每个人独特的存在包含在其中，并且跟别人的化为一体；就是那共同的心，一切诚挚的交谈就是对它的膜拜，一些正当的反应就是对它的服从；就是那压倒一切的现实，它驳倒我们的谋略才干，迫使每个人表露真情，迫使每个人用他的性格而不是用他的舌头说话，它始终倾向于进入我们的思想和手，变成智慧、德行、能力和美。我们连续地生活，分散地生活，部分地生活，点点滴滴地生活。同时，人身上却有着整体的灵魂，有着明智的沉默，有着普遍的美，每一点每一滴都跟它保持着平等的关系，有着永恒的“一”。我们赖以生存的这种深沉的力量由于它的至福我们大家都能享受，所以不但每时每刻自足而完美，而且观察的行为和观察到的事物、观察者和景象、主体与客体都合二为一。我们一点点地看世界，如看见太阳、月亮、动物、树木；然而，这一切都是整体中触目的部分，整体却是灵魂。只有求助于我们更高超的思想，只有屈从于每个人内心固有的预言精神，我们才能知道它说的是什么。每个人的话，由于他是按照那一种生活讲出来的，所以那些思想基点不同的人听起来就空洞无益。我不敢替它辩解。我的话没有它的庄严意义，我的话说出来简短而冷淡。只有它本身才能激发它愿意激发的人，看啊！他们的言辞一定会像刮起的风一样悦耳动听，响彻千家万户。然而如果我不可以用神圣的言辞，我甚至想以渎神的言辞指出这尊神的天堂，报告我从“最高法则”超绝的单纯和力量中搜集到了些什么暗示。

在会话、幻想、悔恨、激情澎湃、惊讶以及梦的指示中，我们经常看见我们穿着伪装——仅仅是放大、加强一种真实的因素并迫使我们给予它明确注意的古怪离奇的伪装，如果我们考虑一下在这些情况下发生的事情，我们将会捕捉到很多暗示，它们将会扩大、明朗为对天性的秘密的认识。一切的一切都表明人的灵魂不是一种器官，而是在激励、锻炼所有的器官；不是一种像记忆力、计算能力、比较能力那样的功能，而是把这些当作手脚来使用；不是一种官能，而是一种光明；不是智能或意志，而是智能和意志的主宰，是我们存在的背景，智能和意志就在其中——一种不被占有而且不能被占有的无限。一束光明从里面或后面穿过我们，照到事物上面，使我们意识到自己什么都不是，而那束光明则是一切。一个人是一座寺庙的外观，一切智慧和一切善都住在里面。我们通常称为人的东西，也就是那吃吃喝喝、栽培、计算的人，并不像我们知道的那样代表他自己，而是错误地代表着他自己。我们尊敬的是灵魂而不是他本人，他只是灵魂的器官。如果他让灵魂通过他的行为显露出来，灵魂就会让我们下跪。当灵魂通过他的智能呼吸时，那就是天才；当灵魂通过他的意志呼吸时，那就是美德；当灵魂通过他的感情流动时，那就是爱。当智能要成为自己的什么时，它的盲目就开始了。当个人要成为自己的什么时，意志的软弱就开始了。在某一种细节上，一切改革的目标就是让灵魂穿过我们，换句话说，就是保证我们服从。

关于这种纯洁的天性，每个人有时候是可以察觉的。语言无法以他的色彩描绘它。它太微妙了。它难以确定、无法测量，然而我们知道它渗透我们全身，包容着我们。我们知道所有的精神存在都在人身上。古语说得好："上帝不敲钟就来看我们。"那就是说，我们的头和无垠的天空之间没有屏幕和帐篷；同样，在灵魂那里没有栅栏和墙壁；在灵魂那里，人类这个果停止了，上帝这个因开始了。墙于是就被拆除了。我们躺着，身体的一侧向着灵性的大海，向着上帝的属性。我们看到并且了解正义，爱、自由和权力也是这样。这些天理没有人能够超越，它们却凌驾于我们之上，每当我们的利害引诱我们去伤害它们时，这种情况就最突出。

我们阐述的这种天性的至高无上的权威由于它独立于在各方面约束我们的局限而闻名。灵魂制约着万物。我已经说过，它同一切经验有矛盾。同样，它也废除了时间和空间。在大多数人中间，感官的影响在很大程度上战胜了头脑，因此时空的墙开始显得实在而不可逾越；带着这些局限的轻率说话，终归是一种精神失常的征兆。然而时间和空间只是灵魂力量的反测。精神玩弄着时间：

能够把永恒挤进一小时，
或者把一小时延展为永恒。①

我们往往身不由己地感觉到：除了从我们自然出生的那一年计算的年龄，还有另外一种青春和老年。某种思想总让我们年轻，并使我们青春永驻。那种思想就是对普遍和永恒的美的热爱。每个人放弃那种观照时，总觉得：它与其属于人生，不如说属于各个时代。在某种程度上，智能的最微小的活动把我们从时间的限制中解救了出来。在疾病、郁闷中，如果给我们一首诗，或一个深沉的语句，我们就精神焕发；或者给一卷柏拉图或莎士比亚的著作，或者让我们想起他们的名字，我们顿时就产生了一种长生不老的感觉。看看这种深刻神圣的思想怎样把百千万年缩短，使它自己永世长存。难道基督的教义现在不像他当初开口传道时那么灵验？在我们的思想里，事与人的重要性与时间毫无关系。因此，灵魂的尺度永远是一个，感觉和理解的尺度是另外一个。在灵魂显

① 参见拜伦《该隐》第 1 幕第 1 场，第 536-537 行。

露以前，时间、空间和自然都退缩开了。在日常谈话中，我们把万物都归咎于时间，就像我们习惯把相距极远的星星归入一个凹面天体一样。于是我们说世界末日远还是近，说千禧年将近的，说某些政治的、道德的、社会的改革日子即将到来，诸如此类，不一而足。我们这么说的意思是：在事物的性质上，我们所观照的一个事实是外在的、短暂的，而另外一个事实则是永恒的，与灵魂同时开始存在的。我们现在认为固定的事物就像成熟了的水果，必定一个个要从我们的经验上脱落。没有人知道风从何处来，就把它们刮掉了。风景、人物、波士顿、伦敦都像过去的体制或者一缕烟雾一样是短暂的事实，社会和世界都是如此。灵魂坚定地向前看，在她面前创造一个世界，在她身后留下了许多世界。她没有日期、没有仪式、没有容貌、没有特点、没有人。灵魂只认识灵魂。事件的网就是她穿的飘动的长袍。

灵魂的前进速度是遵照它自己的法则，而不是用算术来计算的。灵魂的进步不是由那种能够以直线运动为代表的循序渐进形成的，而是由那种能够以变态为代表的状态升华造成的——由卵到蛹，再由蛹到蝇。天才的成长具有某种完整的特征，它并不让选中的个人先超过约翰，再依次超过亚当、理查，使每个人自惭形秽、痛苦不堪，而是通过一阵阵生长的剧痛，人在他工作的地方扩张，随着一次次脉动超越人们的各个阶级和群体。随着每一次神圣的冲动，心灵撕破可见与有限事物的薄皮，出来走进永恒，便呼吸起它的空气来。它跟世界上人们常说的真理交谈，逐渐意识到对芝诺和阿里安[①]有一种比对安居家中的人们还要深切的同情。

这就是道德法则和精神增进的法则。仿佛通过特定的轻率，单纯的人们不是升入某一个德行，而是升入所有德行的领域。他们便置身于包含所有德行的精神里。灵魂需要纯洁，但纯洁并不是灵魂；灵魂需要正义，但正义也不是灵魂；灵魂需要慈善，但它是某种更好的东西；这样，当我们暂时不谈道德天性，而去促进它所责令的一种德行时，就有一种低就的感觉。对于出身高贵的孩子来说，一切美德都是天生的，不是辛苦学来的。与人的心说话，人立刻就变成有德行

① 芝诺和阿里安分别是公元前3世纪和公元前2世纪的斯多亚学派哲学家。

的人。

智能生长的幼芽也在同一种情操里，它也服从同一个法则。那些能谦恭待人、能伸张正义、能爱、有抱负的人已经站在一个俯视科学与艺术、演说和诗歌、行为和风度的高台上。因为谁享受到这种道德的幸福，谁就已经预见到人们高度真实的那些特殊能力。情郎没有才能和本领，在他钟爱的女郎眼中，那都不算什么，无论她相关的才能是多么少；而把自己委托给最高精神的心，发现自己与它的一切功绩有关，并且愿意走一条康庄大道去获取某些知识和能力。在回溯这种基本而原始的感情时，我们已经从我们的边远驻地回来，立即进入世界的中心，在那里，就像在上帝的私人房间里一样，我们看见各种起因，预见到宇宙，那只是一种缓慢的结果。

神圣教导的一种方式就是赋予精神一种像我们自己这样的形体——多种形体。我生活在社会中，一起的人符合我内心的思想，或者对我生活所遵循的伟大本能表现出某种服从。我看到他们获得了那种精神。我得到证明存在着一种共性，而这些另外的灵魂，这些分离的自我，吸引着我，这是其他任何东西都做不到的。它们在我的心里激起了我们称之为激情的各种新鲜的感情：爱、恨、恐惧、仰慕、怜悯；由此就产生了会话、竞争、规划、城市和战争。人是灵魂的这种基本教导的补充。年轻时我们对人们着了迷。童年和青年在人们身上看见了全世界。然而人的更广阔的经验发现同一个天性贯穿于所有人。人们本身要我们熟悉非人的东西。在两个人之间的一切会话之中，两人心照不宣地涉及一种共性，就像涉及第三者一样。那个第三者，或者共性，是不交际的，它是非人的，它就是上帝。在认真的分组辩论中情况也是如此，特别在辩论高深的问题时，在座的人们逐渐意识到那种思想在所有的胸怀里上升到相同的高度，所有人跟说话的人一样在所说出的话里都占有一份精神财富。他们大家都变得比原来聪明。这种统一的思想，在他们头顶上形成一座庙宇似的穹窿，在那里每一颗心都带着更高尚的权利感和责任感在跳动，带着一种非凡的庄严在思索、行动。人人都意识到要达到一种更高的自制。它为大家而发光。有一种人类的智慧是最伟大的人同最低贱的人所共有的，那是我们的普通教育往往费尽心机去压制和阻碍的东西。心灵是一个，而最优秀的心灵为真理而爱真理，不大考虑真理当中的财富。他们怀着感激之情到处接受真理，不在上面贴任何人的标签，带任何人的印章，因为它早在很久以前就属于他们了。渊博、勤奋的思想家并不垄断智慧。在某种程度上，他们强烈的倾向使他们不能真正思考。我们认为有些人并不太敏锐，也不太深沉，说起话来不费周折，却提出了宝贵的意见，这正是我们长期以来求之不得的东西。有些东西只可意会不可言传，有些事情任何谈话都要说起；在前一种情况下，灵魂的活动更经常。它俯视着每一个社会，人们无意识地在彼此身上寻找着它。我们的认识比实践要强。我们并没有掌握我们自己，我们同时却知道我们更高明。我感到在我跟邻居的琐碎谈话中，同一个真理经常出现，我们每个身上的某种更高超的东西在俯视着这场插曲，在我们每个人的身后，天神在向天神点头。

人们都是屈尊相见。他们给世界提供平常而卑微的服务，于是抛弃了自己固有的高贵，这样，他们就像那些阿拉伯酋长，住在简陋的房间里装出一副穷酸相，好逃避帕夏的强取豪夺，却在戒备森严的内部隐居处炫耀他们的财富。

灵魂显现在所有人身上，同样也存在于人生的每一个阶段。它在幼儿身上已经成熟。在与自己的孩子打交道时，我的拉丁语和希腊语、我的成就和金钱对我毫无用处；然而我所具有的灵魂却大有裨益。如果我任性，他就发动他的意志逐一反对我的意志，并且任我堕落到凭借自己力气大打出手的程度。然而，如果我放弃了我的意志，替灵魂行动，把灵魂定为我们俩之间的裁判，那么，同一个灵魂就会从他年轻的眼睛里流露出来，他就与我互敬互爱。

灵魂发现并揭示真理。我们看见了真理也就认识了真理，让怀疑论者和冷嘲热讽的人信口开河去吧。如果你对愚蠢的人说了他们不愿意听的话，他们就要问你："你怎么知道它是真理，不是你自己的一个错误？"我们从观点上看到了真理，也就认识了真理，就像我们醒着时，我们知道我们在醒着一样。埃曼努尔·斯威登堡有一句名言，一语道破了人的知觉的伟大："能够证实一个人喜闻乐见的任何事物，并不是一个人的理解力的证据；然而能够辨明真的就是真的，假的就是假的，这才是知性的标志和特点。"在我所读的书里，好思想把整个灵魂的形象归还给我，就像每一个真理会做的那样。对于我在书中发现的坏思想，同一个灵魂则变成了一柄洞察秋毫、斩断一切的利剑，把它一剑砍掉。

我们比我们所知道的聪明。如果我们不愿意干预自己的思想，而愿意完全彻底地行动，或愿意看看事物怎样存在于上帝身上，我们就知道了那件事，也知道了每件事、每个人。因为万物和人的创造者就站在我们身后，把他令人敬畏的全知通过我们投射到事物上。

然而，除了在个人经验的某些进程中认识它自己，灵魂还揭示真理。在这里，我们应当设法凭借灵魂的在场加强我们自己，并且设法用那种降临的一种更高贵的语气说话。因为灵魂传达真理是自然界至高无上的事件，由于它不是从自己身上给一点东西，而是给它本身，或进入或变成它所启迪的那个人，或者根据那人所受的真理，把他带到它自己那里去。

我们用“启示”这个词来辨别灵魂的宣告，即它对自己个性的显示。这些总是伴随着崇高的感情。因为这种交流就是神圣的心灵流进我们的心灵。它是个人的涓涓细流在汹涌澎湃的人生大海前所表现出来的一种退落。对这一中心指令的每一个明确的理解都在人们心里激起敬畏和喜悦。对于接受新的真理，对于一次伟大行动的表现，所有的人都会感到一阵激动，它是从天性的心中流露出来的。在这些交流中，观照能力并没有与行为意志分开，不过洞见来自服从，服从却来自一种快乐的知觉。个人感到受灵魂侵袭的每个时刻都是难以忘怀的。由于我们性情上的需要，个人一意识到那种神圣的存在，某种热情就随之而来。这种热情的特性和持久因个人的情况不同而不同，从一种迷狂、出神和预言的灵感——这是它较罕见的显露——到美好的感情最微弱的闪光，它用的这种形式，就像我们家里的火一样，温暖着人们所有的亲友，使社交变为可能。某种发狂的倾向总伴随着人的宗教意识的开始，仿佛人们被“过强的光照懵了”[①]似的。苏格拉底的出神、普罗提诺的“融合”、波菲利[②]的梦幻、保罗的皈依、伯麦的曙光、乔治·福克斯和他的贵格教徒的震颤、斯威登堡的启发都是如此。这些杰出人物所表现出的陶醉在日常生活中也不胜枚举，只是表现得不那么触目惊心而已。无论在什么地方，宗教史都暴露出一种热情的倾向。摩拉维亚教派和寂静教派

① 引自英国诗人托马斯·格雷（1716—1771）的《诗的进步》第3章第2节第7行，这句话指的是弥尔顿。

② 波菲利，罗马新柏拉图主义者。

的销魂，新耶路撒冷教会语言中对《圣经》的内涵的揭示，加尔文教会的“复兴”，卫斯理派的“经验”，都是个别灵魂与普遍灵魂交融时所带的不同形式的敬畏与喜悦的震颤。

这些启示的性质是相同的，它们都在感知绝对法则。它们在解决灵魂自己的问题。它们不回答理解力提出的问题。灵魂回答问题所用的不是言语，而是被询问的事物本身。

启示就是灵魂的显露。对启示的流行看法则是：它是一种算命方式。在灵魂过去的谶语中，理智想找到感官问题的答案，并答应根据上帝的口气说人能存在多久，他们的双手要做些什么，谁将是他们的伙伴，附带说明姓名、日期和地点。然而我们切不可干撬门压锁的勾当。我们必须制止这种低劣的好奇心理。一种用言语表示的回答是不可靠的，其实它并非回答你提出的问题。别要求对你已经起航去游历的国家加以描述。那种描述并没有向你描述什么，而明天你就会到达那里，一旦住在那里，你就会了解那里的情况。人们提出的问题涉及灵魂的不朽、天国的职业、罪人的情况，等等。我们甚至梦想着耶稣已经留下了这些问题的准确答案。那种崇高的精神绝对不说他们的方言。永恒不变的观念基本上是与真理、正义、爱这些灵魂的属性相关的。耶稣由于在这些道理感情里生活，对感官命运漠不关心，注意的仅仅是这些属性的表现形式，因此从来不把持久的观念和这些属性的本质分开，对灵魂的持久性不置一词。于是，就留待他的门徒把永久性同这些道德因素割裂开来，把灵魂的不朽当成一个教条来教，并且用证据来维持它。一旦把不朽这种教条分开讲授，人就已经堕落了。在爱的奔流中，在对谦恭的仰慕中没有持续的问题。富有灵感的人从来都不问这个问题，也不至于堕落到求助这些证据。因为灵魂是忠于自己的，充溢着灵魂的人不会离开无限的现在误入一种有限的未来。

我们渴望问的关于未来的这些问题就是一种对罪孽的表白，上帝无法回答它们。言辞的答案无法回答事物的问题，答案不在一种专横的“上帝的旨意”里，而在人的天性里，所以一层面纱掩盖了明天的事实；因为灵魂除了愿意让我们阅读因果的密码，别的任何密码都不让读。借助于这层掩盖事实的面纱，它引导人们的子子孙孙生活在今天。得到这些感官问题答案的唯一方法就是摒弃一些低劣的好奇心，通过接受把我们漂浮进天性秘密中的存在的潮流，工作生活，工作生活，于是出其不意地，一往直前的灵魂已经为它自己建造好一种新状况，问题和答案也就合二为一了。

借助于那同一种熊熊燃烧着直到把万物融入汹涌澎湃的光明的海洋里的祭火和天火，我们彼此见面认识，并了解每个人的精神面貌。谁能说他根据什么了解他的朋友圈子里的几个人的性格特征？没有人能。然而他们的行为和语言没有令他失望。对于那个人，尽管他知道挺不错，却绝不信任；而另一个人，虽然他们很少谋面，却有可靠的迹象相通，表明他也许就像一个对他自己的性格感兴趣的人那样值得信任。我们彼此了如指掌——我们当中哪一个对自己公正，而我们所教、所见的东西仅仅是一种渴望，或者是我们真诚的努力。

我们都是精神的识别者。那种判断高高地包含在我们的生命或无意识的能力之中。社会交流——它的贸易、宗教、友谊、争执——是对性格的一种广泛、深入的调查。在正式法庭、小型委员会上或者原告与被告当面对质的场合，人们站出来接受审判。他们违心地暴露出从中可以看出性格的那些决定性的琐事。然而谁来审判呢？审判什么呢？不是我们的理智。我们不是通过学习和技艺了解他们。不，智者的智慧正在于他不审判他们，他让他们自己审判自己。他仅仅宣读一下他们自己的裁决并记录在案。

凭借这种不可避免的天性，个人意志将被征服，并且不顾我们的努力和缺陷，你的天分将会从你的心里讲话，我则从我的心里讲话。我们将要教导我们的本质，不是自愿的，而是不自愿的。思想进入我们的头脑，用的是我们从来没有任其开放的渠道，思想离开我们的头脑，走的是我们从来没有自愿敞开的路子。性格在我们的头上教导。真正进步的可靠标志就在人使用的语气中发现。他的年龄、教养、交游、书籍、行为、才干、甚至这一切的总和，也不能阻止他尊敬一个比他自己的还要高尚的精神。如果他没有在上帝那里找到他的家，他的举止、言谈形式、措辞特点还有所有见解的整体构架，都将会不自觉地招供出来，他愿意怎么干，就让他拼命干到底吧。如果他已经找到了他的中心，上帝的光芒就会穿过他，穿过一切物质的伪装，穿过讨厌的脾气的伪装，穿过不利的环境的伪装。寻求的语调是一种，拥有的语调则是另一种。

宗教导师或文学导师之间——赫伯特这样的诗人和蒲柏这样的诗人之间，斯宾诺莎、康德、柯勒律治这样的哲学家和洛克、佩利、麦金托什、斯图尔特这样的哲学家之间，那些被认为能言善辩、阅历丰富的人和被随处可见的一种能预言未来、被无穷的思想压得癫狂的神秘主义者之间的绝大分歧就是：一类从内部讲话，或依据经验讲话，是事实的参与者和占有者；另一类从外部讲话，他们仅仅是旁观者；或者也许根据第三者的证据对事实有所了解。从外部对我说教毫无用处。那样的事我自己也能够轻易办到。耶稣总是从内部说话的，用一种超越一切人的身份说话的。那里面就有奇迹。我事先就相信应当如此。所有人翘首期待着那样一个导师的出现。然而，如果一个人不从面纱内讲话——在那里，词语跟它谈及的内容是一个——那就让他低声坦白去吧。

同一种全知流入智能，便造就了我们所谓的天才。世界上的很多智慧其实并非智慧，最明智的一类人显然不为文名所囿，而且也不是作家。在不计其数的学者和作者中间，我们并没有感到什么神圣的存在；我们觉察到的是一种技艺，而不是灵感；他们有一种光，却不知道它从何而来，就声称是他们自己的；他们的才能是某种被夸大了的官能，是某种发育过度的器官，因此，他们的力量就是一种疾病。在这些例证中，智能上的天赋所造成的并非对善的印象，而几乎是恶的印象,我们反而觉得一个人的才能是他在真理中前进的拦路虎。然而，天才是宗教性的。它更多地吸引了共同的心。它并不反常，而是跟其他的人大同小异。在所有伟大的诗人身上，有一种人性的智慧比它们运用的任何才能都优越。作家、才子、党人、正人君子并没有代替人。人性在荷马、乔叟、斯宾塞、莎士比亚、弥尔顿的心中闪光。它们以真理为满足，他们不加以雕饰。他们似乎对那些装点着低劣的流行作家的狂乱激情和暴烈色彩的人无动于衷。提供信息的灵魂通过他们的眼睛再次看见了它所创造的事物并给予保佑，他们允许这样的灵魂自由通行，因此他们就是诗人。灵魂比它的知识优越、比它的任何作品聪明。伟大的诗人使我们感到我们自己的财富,于是我们便不大想到他的作品。他跟我们的心灵最好的交流就是教导我们蔑视他所做的一切。莎士比亚把我们带向那样一种高尚的智力活动，以至提示了一种财富使他自己的也相形见绌；于是我们感到他创作出的光辉著作，在其他时刻我们誉为自在天成的诗歌，对真正的天性的掌握并不比对一个过客投在岩石上的影子更牢靠。在哈姆雷特和李尔身上表现自己的灵感也能表现出各种事物，如同话语从嘴里吐露出来一样，哈姆雷特和李尔都是从灵魂里表露出来的，那么，为什么我们看中他们，仿佛我们没有那样一个灵魂似的?

除非完全占有，否则这种活力在任何条件下都不会降临到个人的生活中。它来到谦卑、单纯的人这里，只会到愿意除去洋气和娇气的人那里去；它是以洞见的身份来的，是以宁静和庄严的身份来的。当我们看见它所托身的人时，我们就明白了各种程度的新的伟大。人拥有了那种灵感体验，说话的语气也会随之改变。他跟人们谈话并不顾他们的看法。他是在审问他们。灵魂要求我们坦诚。虚荣的游客想引用贵族老爷、王子、伯爵夫人的话来点缀他的生活，因为他们对他就是这么说、这么做的。野心勃勃的平民百姓向你展示他们的汤匙、饰针和戒指，并把给他们的贺卡和贺词都保留着。比较有教养的人在讲述他们的经历时，专门挑选那些令人愉快、富有诗意的事情——罗马之行啊，他们看见的天才人物啊，他们结识的卓越的朋友啊；更有甚者，他们或许还会讲到昨天欣赏过的壮丽风景、山中风光和遐想之类——就这样竭力给他们的生活添上一种浪漫色彩。然而升腾起来崇拜的上帝的灵魂却是朴素真诚的，它没有丝毫的玫瑰色、漂亮的朋友、骑士的派头以及冒险经历，无需别人的赞美；它置身于现在的时刻里和平凡岁月的认真的经历中——因为此时此刻和鸡毛蒜皮的事情对于思想已经无孔不入，并且能够吸收那光明的海洋。

如果与一个极其单纯的心灵交谈，文字看上去就像锤炼字句。最单纯的语言最值得写下来，然而它们又是那么便宜，又都是理所当然的事，所以在灵魂的无穷的财富中，那就像从地上捡起几颗石子，或者像给小瓶里装上一点点空气，而整个地球和大气层都是我们的。除了扔掉你的虚伪装饰，与人披肝沥胆、推心置腹、言而有信之外，其他的在那里都不够资格，都不能让你成为那个圈子中的一员。

这样的一些灵魂就像众神对待你一样对待你，就像众神那样周游世界，接受你的机智、你的恩惠甚至你的德行，而不表露出丝毫的赞赏——而是表明你的职责，因为他们把你的德行溶入他们自己的血液中，像他们自己一样高贵甚至过分高贵，如同众神之父。他们坦白的友爱姿态对作家们用来彼此安慰、自我伤害的互相吹捧表现出多大的谴责！这些灵魂决不奉承。如果这些人去看克伦威尔、克里斯蒂娜女王、查理二世、詹姆士一世和土耳其大头领，我并不觉得奇怪，因为从他们自己的高度上讲，他们就是国王的同类，而且必须感受到天下会话中低声下气的语调。他们必须是对王子们的天赐，因为他们就像一个国王面对另一个国王那样面对着那些王子——不回避、不退让，给一种高尚的天性以对抗的振奋和满足、坦白的人性的振奋和满足甚至友谊的振奋和满足，还有新思想的振奋和满足。他们让王子们成为更聪明、更优越的人。像这样的灵魂使我们感到：诚挚远远胜过奉承。于是坦白地跟男男女女打交道，从而建立起最大的诚挚、打消任何耍弄你的念头。那就是你所能表示的最高敬意。他们的“最高赞誉”，如弥尔顿所说：“不是奉承，而他们最坦白的劝告却是一种赞誉。”①

在灵魂的每一个行为中都有任何上帝的统一，这是不可言喻的。最单纯的人在真心诚意地崇拜上帝时，就变成了上帝；然而这种更好、更普遍的自我的流入是万古常新、无法探究的。它激起了敬畏和惊奇。上帝让偏僻的地方有了人烟，抹去了我们的错误和失望的疤痕，浮现出上帝这样的形象对人是多么珍贵、多么大的安慰啊！当我们打碎我们传统的神，与我们高谈阔论的神决裂时，上帝就会降临人间，照亮人的心灵。那是心本身的加倍，不，是心的无限扩大，因为有一种生命力促使它向四面八方的一种新的无限扩张。它在人身上激发出一种确实可靠的信任。人并非相信，而是看见：至善就是真，而且可以在思想中轻易消灭所有特殊的游移和恐惧，静候时间明确的启迪，解开他的私人秘密。他确信他的福利对存在的心极为珍贵。法则面临着他的心灵，他充溢着一种如此普遍的信赖，它把满怀的希望和人间最稳妥的规划都卷入它的洪流之中。他相信：他无法逃脱他的善。真正要归你的事物受着你的吸引。你跑着去寻找你的朋友。让你的脚奔跑吧，你的心灵却不必跑。如果你没有找到他，难道你就不愿默认这样反而最好吗？因为在你和他的身上都有一种力量，所以能够很好

① 参见弥尔顿《论出版自由》第4段。

地把你的才能和兴趣吸引你去作的贡献，也就是爱人和求名。难道你没有想到你没有权利去，除非你同样愿意受阻不去？啊，只要你还有一息尚存，就要相信：那响彻寰宇、你应当听到的每一个声音都将会在你的耳边震荡！属于你有意来帮助或安慰你的每一条格言、每一本书、每一句俗话一定会通过敞开或曲折的渠道被你理解。将紧紧拥你入怀的不是你荒唐的意志，而是你身上那颗伟大、体贴的心所渴望的每一个朋友。而且，因为你身上的那颗心就是大家的心；自然界哪里也没有一个阀、一堵墙、一条岔道，而是只有一股血液源源不断地通过所有人无休止地流动循环，就像地球上的水汇成一片海洋一样，它的潮看上去也是一个。

那就让人把所有天性和思想的启示都记在心里吧，这也就是说：如果责任感也在那里的话，那么上帝就与他生活在一起，自然的源泉就在他自己的心灵里。然而，如果他要知道伟大的上帝说了些什么，他必须像耶稣说过的那样："进入他的卧室，关上门。"上帝不愿意向懦夫们显灵。他必须倾听他自己的声音，使自己躲开其他人虔诚的腔调。甚至他们的祈祷也对他有害，除非他已经做了自己的祈祷。我们的宗教依赖信徒的人数，这实在是太庸俗了。一旦要求——无论如何拐弯抹角——人数，就要发出公告，那样一来，宗教就荡然无存了。谁发现上帝对自己而言是一种甜蜜的包罗万象的思想，谁就绝对不会数他的伙伴的。当我们坐在那种存在中时，谁敢闯进来呢？当我安于谦恭、当我心里燃烧着纯洁的爱时，加尔文或斯威登堡又能说什么呢？

无论求助于多个人还是一个人都一样。仰仗权威的信仰不是信仰，依赖权威只是表明了宗教的衰微和灵魂的隐退。很多个世纪以来，人们给耶稣的地位是一种权威的地位，这一地位也表明了他们自己的特点。它不能改变永恒的事实。灵魂伟大而坦白。它不阿谀奉承，不步人后尘，决不抛开自己求助于他人，它相信自己。在人的巨大可能性面前，一切单纯的经历和伟大的传记都要退避三舍，无论它们多么纯洁。在我们的预感向我们预示过的那个天国面前，我们不能随便称赞我们所看到或读到的任何生活方式。我们不仅可以确认我们的伟大人物寥寥无几，甚至还可以绝对地说，一个也没有；而且关于任何生活特点或生活方式，我们也没有令人满意的历史记录。历史所崇拜的圣徒和神人，我们被迫有所保留地承认下来。虽然在我们寂寞的时刻，我们从对他们的回忆中吸取了一种新力量，但是由于我们将他们重重地压迫在自己的注意力上，正如他们受到那些没有思想和循规蹈矩的人的压迫一样，因此他们感到疲劳，又在侵犯他人。灵魂纯洁、孤独而有创见，把自己奉献给纯洁、孤独而有创见的人，他在这种情况下也乐意托身于它，引导它并通过它来讲话。于是它就显得快乐、年轻而敏捷。它并不聪明，却能洞察万物。它不算是神圣的，但却是天真无邪的。它把光明称为自己的，并且感受到草木生长、石头落地，都依照一条低于它的天性而又依赖它的天性的法则。它说，看啊，我被生育在那伟大普遍的心灵里。我尽管不完美，却崇拜我自己的"完美"。不知道怎么回事，我易于接受那伟大的灵魂，反而却忽略了太阳和星辰，觉得它们完全是一些千变万化、稍瞬即逝的偶然事件和印象。永恒的自然的越来越多的波涛涌入我的心田，在我的考虑和行动中，我变得热心公益，关心人类。于是我的生活充满了思想，行动洋溢着活力，这些都是不朽的。由于敬重灵魂，明白了古人说的"它的美是无限的"[①]，人将会看到世界是灵魂创造的永久的奇迹，对某些具体的奇迹就不那么惊讶了；人将会知道：所有的历史都是神圣的，不存在渎神的历史；宇宙表现在一粒原子、一分一秒之中。他不愿再编结一种像百衲衣一样污迹斑斑的生活，[②] 却愿意跟一种神圣的统一生活在一起。他会与他生活中低贱、轻浮的东西决裂，然后随遇而安。他将平静地面对明天，疏忽了那把上帝带在身边的信任，这样，在心底里就已经有了整个未来。

① 引自普罗提诺《论美》。

② 参见《哈姆雷特》第 3 幕第 4 场，第 102 行。

论财富

当一位新人被介绍进入某一团体时，所有人都急切地想知道，这个人以什么为生？这是人之常情。一个人如果不懂得如何通过无可指摘的手段谋生，就称不上是一个完整的人；而对于一个社会来说，在每一位勤勉的成员都能以诚实的手段谋生之前，它仍然是粗俗、野蛮的社会。

每个人都是一位消费者，同时也应该成为一位生产者。如果一个人不能做到在还清自己债务的同时为社会公共财富的积累做出一点贡献的话，他就还没有在社会上找到正确的位置，或者说没有实现自身价值。他既没有充分发挥自己的天赋，又没有创造出高于社会最低限度生活费的财富。然而，他在本质上是一个奢侈浪费的人，他需要成为一个富有的人。

财富来源于人类对大自然的利用——从挥舞着铁铲和斧头最笨拙的敲击发展到探索现代艺术的奥秘。与笨重的体力劳动相比，完善合理的秩序能够创造更多的财富，因此，在思想和所有生产活动之间必须存在一条固有的纽带。虽然大自然本身具有一定的影响力和抵抗力，但是人类仍然可以用智慧将它的某种资源从富饶的地方调节到贫瘠的地方，平衡供需、优化组合、开拓工艺、创造更多价值——这在美术、演讲、音乐或记忆等方面都有所体现。人类通过对大自然的利用创造了财富，而致富之道不在于勤奋、更不在于节俭，而在于拥有清醒的头脑，进行周密合理的统筹规划，在于利用天时地利采取合适的行动。一个人天生长有坚实的臂膀和修长而有力的双腿，而另一个不具有这一优势的人却能根据河流的走向和市场的发展趋势判断出潜在的土地需求，于是在河边开垦出一大片空地，待价而沽，第二天就能陡然而富。与一百年前相比，蒸汽机的能力并未增长，但是它的用途增加了。当初有个聪明的家伙，看到密歇根州的小麦和牧草白白腐烂，灵机一动，将蒸汽机用于磨面。如此一来，突突作响的蒸汽机响彻密歇根州，使密歇根州成为纽约和英国的面粉供应地。在大洪水之后，大量的煤炭深埋在地下的矿层里，直到一位劳工用凿子和绞盘机将它们掘出地面，成为给人类带来财富的“黑宝石”——它们称得上这一美誉。每一篮煤炭都象征着人类的进步和文明。煤炭是一种可以随身携带的气候，它能将热带地区的温度带到拉布拉多境内和地球两极。而且，它本身就是一种运输手段，随时可以到达任何需要它的地方——瓦特和斯蒂芬森在人类的耳边轻声诉说了他们的秘密：半盎司的煤能牵引两吨重的物体向前移动一英里。通过以煤运煤的方式，火车和轮船可以将加尔各答的温暖带到加拿大，而当地的工业实力也因此得以大大增强。

当农民的桃子被运进城后，这些桃子就有了新的命运。与生在同一棵树上却被随意扔在地上的那些桃子相比，它们的价值增加了一百倍。商人的本事就在于将“物以稀为贵”的道理运用得恰到好处。

财富最初开始于一架能遮风挡雨的结实屋顶，开始于一台可以为你带来大量甘泉的水泵，开始于两套在你淋湿时可以及时更换的衣服，开始于一捆可以取暖的干柴，开始于一盏优质的双芯灯，开始于一日三餐的温饱生活，开始于可以在大地上纵横驰骋的一匹马或一辆车，开始于可以穿越海洋的一艘轮船，开始于几种常用的生活工具，开始于可以阅读的几本书，开始于生活中方方面面的必需品——我们可以借助这些工具和附属品尽可能地增强我们的实力，就好比我们又多了一双手和一双脚一样，眼界变得开阔，生命力也更加旺盛，而且还延长了寿命、增长了学识，并且拥有了一颗仁慈之心。

财富就是在这些生活必需品之上逐渐积累起来的。在这里，我们必须重申大自然在寒冷的北方气候下所设置的不可更改的严酷法则。首先，大自然需要每一个人都能自食其力。如果一个人的父辈恰巧没有给他留下任何遗产，那么，他就必须出去工作，必须勤俭节约、辛苦积累，必须竭尽所能以免陷入痛苦且屈辱的困境——那是大自然对乞丐的施压。大自然会让他得不到片刻休息，直到他能自力更生为止；大自然让他忍饥挨饿，不时地嘲弄和折磨他，并且夺走他的温暖、欢笑、睡眠、朋友以及白昼，直到他通过不懈的努力赚得那条属于自己的面包。而后，大自然又会宽和而又足够严厉地敦促他去为自己赚取诸如此类的东西。对他来说，每一个商店的橱窗、每一棵果树以及每时每刻产生的念头都会成为一种新的需求，而为了满足这些需求，他的内心就会迸发出一种要去实现它的能力和自尊。试图说服一个人减少自己的欲望是没用的。哲学家都强调清心寡欲的妙处，然而一个人怎么能仅仅满足于一座茅屋和一把干瘪的豌豆呢？他生来就想让自己变得富有，他生活的方方面面都离不开金钱；他的欲望和好奇心总是诱使他去征服大自然的某个部分，直到他在地球或其他星球的利用中获得满意的财富。除了解决温饱外，财富还需要享有城市的自由、世界的自由，需要旅行、器械、科学所带来的便利，需要音乐、美术以及最好的文化和朋友。那些真正富有的人，是能将人类的所有才能都用来为自己谋利的人；而最富有的人，则是懂得如何从大多数人的劳动中获利以及如何从遥远国度或以往时代的人们的劳动中获得利益的人。饥渴与甘泉之间的联系，同样存在于人类和大自然之间。大自然中的一切事物都在为人类各尽所能。即使是冲击赤道和极地的大海也有其可怕的用处，那些强大的帝国处心积虑、厚颜无耻地追求制海权。大海则说："小心，如果你能控制我，那么我就能拥有通往全部大陆的钥匙。"熊熊烈火同样具有相同特点。

火焰、蒸汽、闪电、地心引力、铁矿、铅、水银、锡和黄金都离不开火。还有树木丛生的森林、各种气候繁殖的水果、各种各样的动物也同样有用。另外，用来耕种的牲畜、化学工厂的纤维、织布机上的梭网、火车的巨大牵引力、神奇的机械发明——一切伟大而精致的东西，包括矿产、煤气、电波、热情、战争、贸易、政府等，都是人类的天然伴侣；而且，每个人身体和智力的结合情况，会决定他对应用工具的追求程度。他的工具箱就是整个世界。他取得了成功，或者说他所受的教育刚好发挥了作用，就像他的才能与大自然密切结合得恰到好处，又或者说，他的学识刚好能让他游刃有余地处理事务一样。

在这些方面能力出众的民族，必然是强大的民族。撒克逊人是世界的商人。如今已经过去了一千年，仅仅就这个民族的独立气质——其中最值得称道的一点就是经济独立——而言，它依然堪称领先于世界民族之林。任何一个撒克逊人都不依赖政府的供养和津贴，社会中不存在依靠家庭领袖的收入养活整个家庭的生活方式，也没有氏族制度和裙带联姻关系；政府不会征收苛捐杂税，但每一个社会成员都必须为政府分摊财政负担。在英国，人们通常认为，如果他们不能维持和改善自己的社会地位，那么完全是自己的责任；于是，他们会在今后的生活中继续努力拼搏。正因为如此，英国人的生活常常是富足和安宁的。

经济本身又常常与道德紧密相关，因为一个人是否经济独立对道德起到至关重要的作用。贫穷容易使人道德败坏。在某种程度上来说，一个债务累累的人就是一个奴隶。美国的金融界认为，一个百万富翁很容易成为一个守信用的人或是正派的人，然而，如果是一个人的经济状况极其困窘，那么，没有人会指望他能做到正直守信。当有人在美国东海岸的大都市看到高级宾馆和豪华住宅里的奢靡放荡、纵情享乐、毫无节制的现象以及家庭间的冷漠关系时，他一定会感觉到，无论男人还是女人，只要他陷入了极端贫困之中，就不认为他会保持正直的品性，仿佛对他来说，美德已经成为一种难以负担的奢侈品，或者正如伯克[①]所说："美德成了一件让人们望尘莫及的昂贵商品。"当然，他可以将自己的生活必需品和享受的快乐限定在令他满意的标准之上，但如果他希望获得思想的力量和特权，能够规划自己的生涯并且能按照自己的主张改造世界，那么他必须将自己的欲望限制在能力可以满足的范围之内。因此，能够自我独立而满足自己意愿的人才是富有的人。

真正的男子气概，是尽全力去做力所能及之事。在这个世界上，随处可见无所事事的纨绔子弟，他们怂恿美女和才子穿上各自的华丽服装，一起去宣扬只有花花公子才持有的观点：自食其力的人不值得尊敬，而只有懂消费却不赚

① 埃德蒙·伯克（1729—1797），爱尔兰裔英国政治家和作家。

钱的人才是可敬的。那些选民们会说出这样的谬论，是因为聪明人并不总是聪明的，他们经常信口雌黄。一个坚毅勇敢的工匠，也可能会在自己的举止中流露出某种负面情绪，如果他不想被枯燥乏味的劳作束缚，那么他就必须做好自己的工作，通过它所创造的价值来弥补他失去的优雅情趣；不管他是鞋匠、雕刻匠还是律师，任何一位圆满完成工作的人都有权利享受一定程度的自我满足。没有别人的抚慰，他依然意志坚强，因为他出色的作品就是最好的补偿。坐在长凳上的技工心态平和、神情泰然，一副胸有成竹的样子，平等地与各种身份地位的人打交道。艺术家创作出如此真实自然的图画，以至于人们对他的作品无从指责和批评；被拍卖的雕像美轮美奂，不但没有沾染拍卖场的商业气息，反而晋身庄严肃静的艺术殿堂。

大城市里的社交界是幼稚的，把财富视作手中的玩具。在那里，人们把享乐的生活看成是炫耀的资本；对于这种现象，一位浅薄的观察者认为，这就是公认的充分利用财富的最佳表现，而豢养宠物就是最终目的。但是，这种消耗多于生产的方式必然会使我们义愤填膺，最终向富有的人宣战。任何虚假的事物都是人们过分珍爱的结果。

拥有智慧的人尊重财富，将它视为从大自然吸取的营养物质，视为地球元气转化而来的、造福人类思想所必需的营养品。他们要求的是能力——而非糖果——是那种能够实现自己理想的能力、是那种实践自己思想的力量。对于头脑清醒、目光锐利的人而言，世界存在的最终目的，是让人们运用一切自然资源，用于更伟大的事业。哥伦布认为地球的形状对航海不利，并且给几何学提出了问题。地球上很少有人比哥伦布更忠于这个地球，但他仍然被迫在自己的地图上留下了大片空白。他的继任者继承了他的地图，同时也继承了他急于填补地图上空白的焦急心理。

投资入股。如果没有这些人的狂热煽动，没有他们吸引民众投资，我们又怎么能建立自己的工厂，又怎么能迅速地建设遍布北美的铁路网呢？这些民众的疯狂难道不是实现了少数人的利益吗？投机天才反映了少数人谋求全球利益的疯狂本性。最终，平衡才得以保持，犹如森林里一棵树压倒了另一棵树，但是并不会夺走土壤里所有的营养。而铁路大亨、铜矿矿主、交通管理者、烤烟作坊业主、消防队员等各类人所能得到的自然分配的机会，也像明矾、碳素、氧气等物质的比例一样，受到大自然分配规律的限制。

发财致富，就意味着有机会去结识精英分子和杰出作品。它意味着你可以通过航海控制大洋，参观名山大川，领略尼加拉瓜大瀑布、尼罗河、大沙漠、罗马、巴黎和君士坦丁堡，参观画廊、图书馆、兵器库和各种大企业。读过洪堡《宇宙》一书的人都曾经追随书中主角的步伐漫游世界，他的眼睛、耳朵和心灵全部用科学、艺术和其他一切人类的智慧武装起来，而他正在利用这些工具为人类知识宝库添砖加瓦。丹农、贝克福德、拜尔宗尼、威尔金森、拉雅德、凯恩、莱普修斯和利文斯顿正是这样做的。萨提说："富人无论身在何处，即使待在自己家中，人们也寄希望于他身上。"富人把更多的东西带入人类生活。他们踏遍天涯，从城市到乡村，从海洋到高山，从远东到欧洲庄园，为的是寻找可利用的资源。整个世界都在富人的视野之中，他有钱去征服它。他来到海边，那里停泊着豪华的轮船，以供他横渡波涛汹涌的大西洋。正如波斯人所言："他们不惜使用能够铺满整个地球的皮革，只为了穿一只鞋。"

据说，国王的手臂往往很长，但事实上，每一个人都应该拥有长长的手臂，以便抓住生活的机会，从太阳、月亮和星星那里获取他所需要的工具、能力和知识。这样看来，对于财富的追求难道不合理吗？但是，我迄今为止也没有看到一个真正称得上富裕的富人，或者说，从大自然那里得到了足够启迪的富人。教会的圣坛和报社用一些陈词滥调来谴责人们致富的渴望。可是假如人们听取了这些卫道士的谗言而放弃发财致富的努力，那么他们就又会不惜一切地教导人们攫取权力和财富。在内在渴望的驱使下，人们希望尽快拥有控制自然的力量。在不同的时代，文化都从财富中产生，比如古罗马的恺撒皇帝、利奥十世、法兰西的君王们、塔斯堪尼的大公们以及英格兰丹文夏尔、唐莱、韦尔农、皮尔斯等地的郡主们，如果没有他们，就没有梵蒂冈或卢浮宫这样满是无价艺术品的宝库了，就没有大英博物馆、法国植物园和费城的自然历史研究院，同样也就没有博德里安、安姆布罗西安、皇家图书馆和国会图书馆了，而这些是符合所有人的利益的。同样，那些曾经的探险活动，比如库克船长的环球旅行，罗斯、富兰克林、理查逊、凯恩等人对磁场以及极地的研究和考察，都是对所有人有益的。随着他们不断地测量地球的表面，我们人类也逐渐富裕起来，我们的航海图也增加了安全系数。我们所有关于宇宙和地球的知识都仰赖于他们的努力，因此，在这样的大前提下，国家或个人的经济打算都会忘记节俭的原则。

尽管每个人都认为富足的生活不仅仅是生活的悠闲方便，还在于拥有某些财富或剩余产品，但是这些财富和产品并不一定必须由他亲自掌握。他往往对此无欲无求。歌德有句话说得好："只有真正理解财富的人才称得上是富有的人。"有些人天生适合拥有财富，他们能够使整个行业活跃起来，而其他人则做不到。他们有钱却不优雅，仿佛是财富与个性相互妥协的结果，他的财富好像都是偷来的。只有那些善于管理的人才有资格拥有财富，而不是只知道一味地积攒或储藏钱财的人。那些专横的经营者只不过是胃口极大的乞丐罢了，真正称得上富翁的人是那些为更多的人创造就业机会，为所有人开辟生活出路的企业家。这些人一旦成为富人，人民也将富裕起来；而当他们穷困潦倒一事无成时，人民也变得贫穷了。也就是说，能否为艺术珍品和自然杰作提供机会，是关乎文明兴衰的大问题。当前的社会主义思潮已经发挥了很好的作用，它促使人们开始思考，某种文明的优点以及目前被少数富人独享的东西——例如为所有人提供科学艺术的手段和设备——是如何被众人分享的。有很多东西不常用到，也只有少数人能够享用。每个人都希望亲眼看见土星的光环、木星和火星的卫星与环带以及月球上的山峦和火山口，可是有多少人买得起天文望远镜？即便买得起，又有多少人愿意不厌其烦地保养、展览它呢？还有电器和化学仪器之类的东西也是如此。通常每个人都需要查阅图书，但他又不希望买下每一本百科全书、字典、表格、图纸、地图、官方文件以及那些他想了解却不知名目的各种鸟兽虫鱼、花花草草的标本。

对一个训练有素的人来说，它的设计艺术是精制优雅的，就像音乐一样充满感召力和魅力。然而，供展出的绘画、雕塑和铸造艺术品，在除去制造费用之外还需要其他花销，比如租用画廊的费用、保管的手续等。由于普通人很少能有利用这些艺术品的机会，因此这些艺术品也将因获得大多数人的欣赏而提高自身价值。在古希腊的城邦中，任何人假装拥有艺术品都犯了亵渎罪，因为艺术品应该属于全体人民所有。有时候我也会有这样的想法：住在大城市里的我，能否按照自己的意愿欣赏音乐、随心所欲地演奏我喜欢的曲子。

假如每一个州、城镇和学校都拥有这类财产，那么自然会使其中的居民关系变得密切起来。一座城镇的存在也将拥有某种文化底蕴。欧洲的封建秩序确保财富得以在某些家族中延续下去，而这些家族购买和保存珍贵物品，并向公众开放；而美国的民族制度把土地分割成许多小块，几年后，公众利益应当进入小块地产的领域，并向公民提供文化娱乐。

人生来就应当富裕，或者说，只要发挥自己的能力，按大自然的规律做事，人就能自然而然地富裕起来。财产是思想的产物。这种思想游戏，要求参加者头脑冷静、推理正确、反应敏捷，并且富有耐心。高级智力劳动将大量取代笨重的体力劳动。在漫长的岁月中，无数聪明人已经找到了最好、最省力的工作方法，而这些在艺术、文化、农业、医学、制造业、航海、贸易等领域积累下来的方法和经验，就构成了今天我们世界的价值所在。商业是只有少数人才能玩的有技巧的游戏，并非人人都可以玩。好的商人是那种才智平庸但拥有丰富常识的人。他相信事实，凡事只有亲眼看见才肯做决定；他完全相信算术的正确，一个人的运气好坏总有原因，而赚钱也是有原因的。人们谈论某人赚钱了，似乎是在谈论一个奇迹，他们相信生活中存在奇迹。但是好的商人知道，所有的经营活动都必须循规蹈矩，一分钱一分货；凡事都有原因，天上不会掉馅饼；而所谓运气只是“不屈不挠、志在必得”的另一种说法。他在做每一笔交易的时候都力求稳妥，喜欢小笔的可靠的利润。做生意的基础在于诚实的品格和实际的态度，而所谓商业大师，则在这些基础上增加了一系列精心计算。与在小范围内开展小规模的经营活动相比，真正困难的是以高度的精确和实事求是的态度，把幅员辽阔的众多地域的经营汇拢起来以获得最终的巨大利益，同时规避风险。拿破仑喜欢那个马赛银行家的故事。有个人来拜访这位银行家，参观了主人的豪宅，领略了主人的热情好客，但很不喜欢银行会计室洋溢的铜臭气息。银行家却对他说：“年轻人，你太天真了，不了解民众的真正构成。真正而唯一的力量，其本质上都是一样的，无论它们是由金钱、水还是人构成的。民众只是一种运动的中心而已，但它必须由人启动，在人的带领下运动。”也许，这位银行家或许还说过，启动并运转民众是依据物质法则进行的。经济的成功，离不开对自然法则的准确应用。由于这些法则具有思想道德的本质，它们也就能被人们从思想道德上遵从。政治经济学就像一本书，我们可以从中阅读人类生活，了解那凌驾于所有个人以及敌对影响之上的法律的产生过程要胜过任何一种圣经。金钱具有代表性，它反映出金钱拥有者的本性和运气。硬币本身就是民俗、社会与道德变化的一种精细测量表。农夫贪图钱财是有道理的，因为他的钱财不是捡来的，而是花费了很多劳动才能赚来一块钱。为了赚钱，他累得腰酸背痛。他知道这些钱代表着多少土地、风霜和阳光，也知道在这些钱里，需要付出多少谨慎和耐心、多少锄地和扬场的汗水。要拿到这一块钱，就必须付出相应的全部劳动。在城市里，金钱来自文人流动的笔尖或者股票涨价，因为来得容易，所以在城市里金钱也容易被轻视。我希望农夫要珍惜自己的钱财，只拿它去买实实在在的面包，这才是物有所值。农夫的钞票来得沉重，而职员的钞票则来得轻巧，动辄就跳出钱包，上了牌桌和赌场。更奇怪的是，钞票对哲理变化具有非凡的感应力，金钱是社会风暴的测量仪，标志着革命的动态。

文明的每一点进步，都使每个人手中的财富变得更有价值。不久前加利福尼亚还是个荒凉的地方，钱在那里能买到什么东西呢？就在几年前，钱在那里能买到小酒馆、痢疾、几个凶恶的旅伴以及犯罪；此外还有如西伯利亚一般荒凉的乡村，在那里钱几乎什么东西也买不到。在罗马，金钱能换来美和奢华。四十年前，一美元在波士顿买不了多少东西，现在它却能在这座古老的城市买到许多东西，这完全是因为铁路、电报、轮船以及纽约和其他城市的巨大发展。可是作为一个大都市，还应当拥有许多本地无法买到的东西，即使花大价钱也买不到。佛罗里达的一块钱，在马萨诸塞州不值一块钱。美元本身不具有价值，它只是价值的代表，代表着最终的道德价值。我们用美元来衡量玉米或房屋的收购价格，或者严格地说，这不是通常意义上的玉米或房屋，而是指雅典的玉米和罗马的住房，我们花钱是为了吃上面包、住进房子，并且发挥自己的智慧、诚实和力量。财富具有精神的特质，也具有道德功用。美元的价值在于购买适当的东西，随着世界上所有才能和美德的发展，美元的价值也将不断增加。在大学里花上一块钱，要比监狱里花的一块钱更有用；而在一个温和有序、遵纪守法的社区里花一块钱，当然也比在那些充满赌博、斗殴和纵火的犯罪多发地区花的一块钱更有价值。

无论是银圆还是纸币，现金都可以看作是其流通范围内所有善恶事件的揭发者，正因为社会公正程度不断提高，美元才得以不断增值。假如一个商人拒绝出售他的选票或者坚持某种权利，那么他在马萨诸塞州会获得更多的平等，而由于他的举动，那里的每一亩土地都会变得更值钱。假如你把州议会里的十个诚实商人换成十个声名狼藉的家伙，让他们控制同等数目的资本，看看吧，后果立刻就会出现：资产保险率下降，银行信用发生危机，公路变得危险，学校受到影响；青少年会把毒品偷偷带回家，而法官将为此坐立不安，裁决难免失误，因为法官本身也已经失去自信和约束；由此引发的连锁反应，连教会也会放松对社会生活的节制。一棵生长良好的苹果树，如果你每天都将它根部的沃土挖走一点，换上一点沙子，不出几天这棵树就会死掉。苹果是没有知觉的生物，但如果你持续不断地这样对它，我想它也会觉得什么地方出了问题。同样的，如果你把社团里的一百个好人都换成坏人，或者引入一种败坏道德的制度，那么，不比苹果树愚蠢多少的美元岂不是也会很快完蛋？美元的价值是社会性的，因为它是社会创造的东西。每一个城市的新进入者，只要他具有某种可出售的才能或技艺，就能为城里的其他人提供劳动并创造新价值。如果这个世界诞生了一位天才，那么无论他身在何处，整个世界都将因此受益，并大大提高世界的诚实度。曾经是各国主要弊端的犯罪问题，目前也已经得到控制。人们发现，欧洲的犯罪率和面包的价格同时升降。假如巴黎的罗斯柴尔德家族拒不付账，那么曼彻斯特、佩斯利和伯明翰的人们就会被迫当强盗，爱尔兰的地主也会被枪杀。警察的记录已经证实了上述事件。事件的影响还会波及纽约、新奥尔良和芝加哥。若非如此，经济力也会通过民众运动牵动政治巨头的注意力。比如，罗斯柴尔德家族拒绝了俄国的贷款，此后平安无事，罗斯柴尔德家族承受了全部后果。但如果战争爆发，大部分人类卷入战争，各种可怕后果接踵而至，结果革命爆发，新制度诞生。

财富本身就有制衡机制。政治经济学的基础是不干涉政策，而唯一安全的游戏规则是在供需关系的自我调节中被发现的，不必人为地制定法规。如果你偏要参与其中，你必定会为那些控制消费的法令伤透脑筋。不要滥发奖金，而要制定平等的法律，以此来保证生活和财产，无需任何施舍。拥有才能和美德，它们自然会带来财富。在一个自由而公正的国度里，懒汉和笨蛋不会得到财富，而勤劳勇敢、有毅力的人才会发家致富。

自然法则贯穿于所有的商业活动中，就像电池驱动玩具一样。人们很难保持海平面的高度，而根据供需关系来保持社会价格的平稳则更难。人们在使用计策或者调节手段时总会得不偿失，会遭到物价反弹、商品饱和、破产等报复。至高无上的自然法则无动于衷地在原子与星系之中运行。谁能知道，在人们吃掉一块面包、喝掉一品脱啤酒的时候，天下会发生了什么变化！人的愿望无法改变品脱和便士的单位分量，面包和啤酒也越吃越少，但是消费掉的那部分面包和啤酒并非浪费，而是物有所值——这些食物滋养了人的身体，使他得以完成自己的工作。这样一来，你就能知道各个国家预算所能教给你的经济知识了。微观经济的有趣之处在于，它能够反映宏观经济的特征；用这种眼光来看，一座房屋、一个人的方法都能与太阳系发生联系，而交换原则在整个自然界都是通行的。无论我们如何讨厌那些虚伪的伎俩——那些像自杀一样被我们用来互相欺骗的伎俩，但当我们碰到一些无法更改的事实时，我们也会满足于此。当他发现事物本身的价值时，他就会变得很满足。在大企业里，这一点表现得更明显。比如顾客说："你的纸张不够细或不够粗，它太厚了或者太轻了。"厂商能为你提供任何厚度的纸张。对厂商来说，纸的类型根本无所谓，不同类型的纸张都有不同的价格罢了。而由于一磅白纸是那么贵，他可以把它做成任何你喜欢的样子。

在所有的交易中，都有一种排除恶作剧的调节方法。比如，你要租房子，却希望价格便宜。房东可以降低房租，但他不想花很多钱去修理房子，所以房客就住进了一个糟糕的房子里，而房东和房客之间的信任关系也被破坏了。你解雇了自己的雇工，并对他说："帕特里克，等我忙不过来的时候会再找你的。"帕特里克满意地走了，因为他清楚下星期会长出野草，葡萄也该栽秧了。哪怕你不愿意再雇用他，那些个甜瓜、南瓜、黄瓜之类的也非请他回来不可。谁不希望市场上的劳动力价格一清二楚、简简单单？如果它确实是最好的，它自然就会那样。因为一年到头，我们总不免要雇佣木匠、锁匠、园丁、牧师、诗人、医生、厨子和车夫。

假如圣米歇尔的梨子一先令一个，那么它的栽种成本就得花费一先令。如果波士顿最好的价格是一分钱十二只梨，那么他们每分钱只有六只梨的风险。你可能看不出来一只好梨子要花掉你一个先令，但是它却让整个社区花掉很多钱。这个先令，代表了梨子的天敌的数量以及在成熟之前可能遇到的风险。煤炭的价格反映了煤矿的狭隘性质，它把矿工强制囚禁在某个区域。所以，人的工资都是根据出工情况和风险程度来制定的。“如果风永远由西风转西南风，那女人也能开船出海了。”正如这个船主所言，所有的东西都有价钱，没有贵贱高低之分。而我们所见到的明显的价格差别只是小店主玩弄的小把戏而已，目的是为了规避讨价还价所带来的损失。一个来自新罕布什尔州乡下的小伙子，在刚进波士顿时，满脑子记得的还是家乡的物价水平。所以当他住进头等旅馆时，还以为自己要比富兰克林和马尔萨斯博士更聪明，因为旅馆很便宜。但是当他花钱享用一顿昂贵的晚餐时，他却失掉了某些有益的教育机会。他失去了警惕性，失掉了上进心！也许他以后会认识到，自己走进那家旅馆是背离了艺术女神，而向复仇女神顶礼膜拜。金钱往往让人们付出过高的代价，权力和享乐也绝不会便宜，正如古代诗人所说：“诸神用公道的价格出卖一切东西。”

美国商业史上有这样一个补偿损失的例子。1500 年到 1812 年的欧洲战争，把世界航运逼入美洲的腹地。这时，不少美国商船不断被人劫持。当然，对船主而言这是严重的损失，而对国家而言，却意味着战争赔偿。由于我们签订了每磅棉花三便士、每磅烟草六便士之类的运输保险，这就给美国带来了巨大的繁荣，而早婚、个人致富、城市兴起、各州高速建设等好处也随之而来。战争结束后，由于上述条约所规定的对劫持货物的补偿，我们收获的经济赔偿远超所损失的赔偿，而美国也因此变得富裕强大起来。但是我们付账的日子还在后头。被我们的超额利润榨干了的英国、法国、德国等国家，很快就向美国送出成百上千的贫困移民，他们都是被美国的富裕名声吸引想来淘金的人。最初我们雇用这些移民，增进了自己的繁荣；但当我们采用并扩展了社会与劳动保障的制度之后，便产生了种种限制和控制手段。我们开始拒绝雇用贫穷的移民，但他们根本不听这一套。他们的工资降低了，而我们即使不付工资，也必须缴纳同样数目的税。而后，犯罪事件的增多，大部分也是由于移民造成的。我们必须为此承担额外的费用，包括犯罪所造成的损失、法庭与监狱的开支、警察的工资和装备等。我还没有计算教育后代的巨额开销呢。所以，当我们以为从1800年的外国人手里大赚一笔的时候，现在就是我们还债的时候了，而且这些债必须要还。我们不可能摆脱移民，也不可能忽视他们的要求，这已经成为美国政治中无可避免的一个因素。而且，为了赢得选票，两大政党都不惜一切地讨好移民。更严重的是，我们的任务不是让移民得到他们在家乡所能得到的东西，而是让他们获得美国人所应该享受的权利。这种观念、时尚和衡量道德的标准，让问题变得复杂起来。

此外，还可以提出一些不太让人心烦的经济措施。由于这个题目很细碎，很容易让人厌倦。这就好像构成我们身体的一些动物特征，尽管它们说起来让人不舒服，但却是我们强健身体必不可少的组成部分。我们的天性让我们重视结果，而实际上我们必须利用手段和方法。在现实中，我们往往用目的的光辉来掩盖方法和手段的缺点，这是一种聪明的做法。闹事的暴民就是被他们的手段所害，他们过分看重手段，却忘记了自己的目的。

第一，要根据自己的性格脾气来决定消费的水平。只要你有足够的能力挣钱，你的投资就是保险的，即便你像一个国王一样奢侈。大自然赐给每个人某种特长，让他能够完成别人不能完成的事情，这样一来，他就成为社会需要的人。这个先天的安排，决定了这个人的劳动和开销的程度。它需要拥有与自己的才能相匹配的手段和工具，为此，就必须协调每个人的能力和工具。认真做好自己的工作，而不是敷衍了事。你要了解这其中蕴含的经济学原理。一个人算不算放荡挥霍，并不表现为他终年花钱、挥金如土，而表现为他所花的钱对他在职业上的进步完全没有帮助。很多人和国家破产的根源本身就是工作，它使人们偏离了原来的目标。只要符合你生活目标的事情，就是有益的；相反，当它背离了你的生活目标，它就一无是处。在这里必须划出一个严格的界限：除非每个人都能各尽其能、各尽其职，否则社会就不会长久繁荣，而会衰败下去。

把钱花在应当花的地方，不要花不该花的钱。画家奥尔斯顿最喜欢说的是，自己建了一座简朴的房子，里面布置了平庸的家具，因为他不愿意讨好任何与他合不来的来访者。我们都有同情心，并且像孩子一样想得到自己见到的东西。但是，当一个人发现自己的才能，并开始减少其他花哨的开销时，他就迈出了自立的第一步。这就好比已经订婚的姑娘，不必再为了获得其他男人的青睐而挖空心思、刻意打扮了；而发现了自己才干的男人，也不必把花销用在才能之外的地方了。蒙恬说过："当他是个少年时，他靠奇装异服招摇过市；而成年后，他的府邸和农庄自然会表现出他的爱好来。"让那些发现了自己才干的人，从那些无关紧要的浪费中脱身而出吧，让那些现实主义者不要再关心表面现象了吧。最好让别人去履行社交生活中烦琐的礼仪和修饰吧。美德属于节俭的人，但他们也有某些邪恶之处。因此，在谦卑过后，我发现骄傲在某些时候也是一种美德。依我看来，正当的骄傲值得上一年五百美元到一千五百美元的收入。骄傲是一种优雅而经济的性格，和邪恶不共戴天。骄傲并非虚荣，一个骄傲的人不需要外在的家具和漂亮衣服，他可以住在小公寓里，只吃些粗粮；他能够在地里干活，能够步行与穷人聊天或在上流社会的沙龙里沉默地坐一晚。而虚荣心却要劳命伤财，必须得靠骏马、俊男美女和锦衣玉食才能呈现自己，而结果是你一无所获、难有结果。相比之下，骄傲只有一点不足，即虚荣的人表现得大方，而骄傲的人则显得自私。

艺术是一个爱嫉妒的女人。如果某个男人拥有绘画、诗歌、音乐、建筑和哲学方面的天赋，那么他就会像一个糟糕的丈夫一样。他应当对风气的变化非常敏感，不用职责限制自己的自由，以至于无法完成正常工作。二十年前，在我们这一地区的知识阶层中，曾经出现过某种田园牧歌式的狂热理想。这是一种基于亲近大地和原野的冲动，企图将农业劳动和知识的长进结合起来。很多人亲自去实践自己的理想，其中一些人变成了真正的农民。但是，最后所有人都从狂热的信念中清醒过来，不再认为学术可以和农耕结成一体。

那个面容苍白的学者皱紧了眉头，下了狠心离开书桌去呼吸一口新鲜空气。他在花园里漫步，在走了几圈之后他找到了更好的表达方法。他弯下腰去，想拔掉玉米苗旁边的野草，拔掉一棵，发现还有两棵，紧挨着还有第三棵。他伸手去拔第四棵，却看见远处有数不清的野草。学者觉得很热，蹲着也不舒服，他逐渐从那白痴一般的田园梦想中清醒过来，回到早期的思绪中。他发现，尽管他到花园来只是想放松放松，却被一棵蒲公英打乱了计划。一座花园就像我们经常在报纸上看到的那种陷阱，它们不停地抓住行人的手臂和衣角，吸进他的胳膊和腿，直到吞下整个人。人一时昏了头，就会为庄园增加一块土地而拆掉自己的围墙。土地虽然不是坏东西，但有时候也会把事情弄糟。假如一个人拥有了土地，实际上是土地拥有了他。现在你要想请他离开家乡也不可能了。

那些树木和树苗、地里的甜瓜、玉米和篱笆以及所有他要做却还没做的事情都拦着他。现在他发现，自己对那些树木和藤蔓的关心对自己没有好处；而长时间的散步，出门走上几英里，可能有利于他的健康。对他来说，长途跋涉并不算辛苦事儿，相信爬山的时候也会酝酿出一些好文章。但这种终年在一个小花园厮混的生活是令人沮丧的，让人容易胡思乱想。植物的气息让他全身疲软，剥夺了他的经历。他发现自己的骨头硬了，容易发脾气，无精打采的。所以说，阅读和园艺这两种才艺，就如同电极的正负极那样互相排斥，因为一方致力于碰撞出火花和电流，而另一方却让人精力分散，两方令主人无法同时兼顾。一个雕刻家的手精巧有力，绝对不能去垒石墙。作为一个寻求抽象真理的学者，他需要单独工作的机会，以便集中精力思考，甚至恨不得自己的灵魂出窍才好。这种人难道不应该有更多的精细要求吗?

第二，根据自己的才能，系统地计划自己的消费。大自然自然有其运行规律，经济学里也有潜在的系统。仅凭节省和不花钱，是无法拯救面临破产的家庭的；而丰厚的收入也不能保证够你任意挥霍。成功的秘密不在于金钱的多少，而在于收入和支出的平衡。也就是说，把支出控制在一定范围内，并保证有源源不断的稳定的进项，即使这些进项数目不大，但是累积起来也就成为财富。然而对普通人而言，往往是收入增加的时候，开销也快速膨胀。结果无论是在英国还是其他地方，人们发现巨额的收益并不能保证财富增长，借钱还息的侵吞机制很难控制人们的贪婪心。如果土豆已经被病菌侵害，那么再去种更多的土豆又有什么用呢？在英国这个全球最富有的国家，曾经有人对我说，那些显赫的贵族和夫人们其实和平民一样没有什么多余的钱；而那种不愁金钱的自由，和在美国一样是非常少的。需求是一个不断长大的巨人，而你所拥有的财富的外套永远也无法遮盖住它。我记得在握威克夏旅行的时候，有人带我去看一座莎士比亚时代的漂亮庄园。据说，这个庄园每年的租金约为一万四千英镑。但是在老主人的二儿子出生后，他的父亲却不知道如何供养他。长子当然要继承庄园，可是第二个儿子怎么办呢？有人建议让教堂来供养二少爷，让他在这个家族赞助的教区里安家立业。结果事情就这么解决了。这件事情说明，巨额的收益对人的好处不大，这在英国已经成为定律。人们注意到，抽奖中彩、巨额遗产之类的天外横财并不能让人们永远富裕下去。因为这种意外之财，没有为财富的享有者提供学习、赚取财富的能力。而随着巨额财产的意外降临，往往会催生许多仓促的要求，而新财主不知道该如何应对这些要求，结果使财产迅速消失。

每种经济必定自成系统。比如农场，春播秋收、自给自足，无须通过发工资或开商店来支撑它。耕牛是农场运营中重要的奴仆，如果农场主不重视养牛，但又需要牛来耕地，那么他只有靠企求或者偷盗来解决这个问题了。农场提供了人们所需要消费的一切。假如有人生病了，邻居就会来帮忙，每户帮他干一天或半天的农活，或者借给他一头牛一匹马；为了不耽误他的农活，大家会帮他锄草、晾晒种子、收割麦子。大家知道没有人雇得起短工，除非他卖掉自己的地，所以必须互相帮助。到了秋天，农夫可以卖掉一头牛或者一只猪，同时用这点钱去缴税；剩下的钱，他可以用来买所有的消费品：从铁器到布匹，从糖到茶叶，从咖啡到咸鱼，从煤炭、火车票到报纸。

每个行业都存在大师，因为实践本身是变化多端，难以捉摸的。比如，农夫的房子和他的土地并不是一成不变的财产，它们的价值是起伏变化的。它们需要你像从酒桶里往外倒酒一样小心一样细心对待。农夫知道怎样处理这些事情，他会堵住所有的漏洞，把洒出来的酒盛起来，然后才倒空酒桶。但是有个从康希尔来的傻瓜试了一把，洒掉了所有的酒。同样的，无论是对待石板街道还是储木场，都得像侍弄花朵那样费心。另外，人们的投资也有风险，只要你没有认真看守，它就会溜掉。只要看看那些试图把上两代的遗产留给后代的结果，你就知道这种情况是多么常见了。

考克殷先生在乡下买了一栋房子，并养了几头奶牛。他以为这些奶牛只要喂些干草，就可以一天挤两回奶。可是三个月后，他的奶牛就挤不出奶了。该怎么处理这些干瘪的奶牛呢？会有人买走它们吗？考克殷先生甚至还买了两头耕牛耕地，但很快这两头牛也变得瘦弱残废了。该怎么处理这些病牛呢？农夫通常在春耕结束后把牛喂肥，秋天再把它们给宰了。但是考克殷先生哪里有工夫去喂牛、杀牛呢？他既没有草场，每天又都得乘车上下班。他还想种一些树，而种树的地中间必须种一些庄稼才行，可是他能种什么庄稼！于是考克殷放弃了种树，改而种草。一两年之后，疯长的草必须全部犁掉，再种什么呢？可怜的考克殷！

第三，遵守来自乡间的风俗和天然形成的规则。这种天然规则并不是单方面的规定，也不是让你盲目执行自己的计划，而是让你在实际中听懂大自然默默倾诉的秘密：天下万物都不愿意受人摆布，它们只向那些善于观察的人展示规律。不需要什么人指手画脚，乡间风俗自然会安排一切。我不懂种植，也不知道怎么砍柴，甚至在买下了宅基地、田地或森林之后，我也不知道该如何料理它们。但是不用担心，民俗早已经妥善安排一切，是铺砂子还是用泥浆，什么时候翻地，什么时候修剪施肥，是种草还是种玉米，你都不必操心，也不要故意违反。大自然在每件事上都有最佳的模式，而且只要我们注意观察、仔细倾听，就能发现大自然已经把秘密清楚明白地告诉我们了。即使我们忽视了这个秘密，它也会让我们尽快理解的，因为当我们自行其是而不得结果时，自然会认真研究自然规律。正如外科医生一样，他切开碎骨是为了矫正错位的骨头，并且让骨头通过肌肉的运动而自动复位。正是通过这些天然形成的规则，维系着人类所有的技艺。

在英国的铁路建造史上有两位著名的工程师。其中一位布卢梅尔先生在架设铁路的时候，穿山越河、横贯公路、截断城堡，受到了地理学家的赞赏，却让他的公司付出了高昂的代价；而另一位斯蒂芬森先生则正相反，他相信顺着河流的方向自然能够找到路径，就像美国的西部铁路沿着韦斯费尔德河修建一样。结果斯蒂芬森成了最安全、最省钱的铁路工程师。我们抱怨奶牛毁了波士顿城，但在草场上散步的每个人都应当感谢那些奶牛，如果没有它们，就没有树丛和小山上的一条条捷径。探险者和印第安人深知美洲野牛迁徙道路有多么重要，因为它们肯定是翻山越岭的最佳路径。

有一个刚刚离开码头广场和奶作坊街的城里人，跑到乡下去买田买地。他觉得最重要的是必须从未来的窗户里看到美丽的景色。所以他要求新书房的窗户要朝西，每天日落时分，晚霞映照在蓝色的山脊上，景色美不胜收。什么?三十英亩土地，再加上如此良辰美景，才要价一百美元?简直是太便宜了，就是卖我五百美元我也觉得便宜。于是城里人立即着手买地。他的眼睛因激动而昏花，想着赶紧确定打桩的地点。但是负责平整土地的工头却认为并不划算，因为要三百车碎石才能填平通往大路的地段，垒墙的石匠估算要挖出四十英尺的地基，而送面包的人则担心他永远无法把车赶到这家的大门口，精明的邻居对他的谷仓也挑出了各种毛病。结果，那个城里人发现，这片土地原来的主人——那个农夫选择了最适宜通风光照的位置建房，也考虑到了水源、污水处理以及通往草场、菜园、天地和大路的便利性。因此，虽然主意是在码头广场那里产生的，但事情得按照自己的轨迹发展。长年的经验使农夫变得聪明，而愚蠢的城里人得学会向乡下人请教。城里人到处碰壁，最后只好投降。而卖主农夫假装听取买主的意见，但是城里人却对他说："你可以随时随地对我提出尽可能多的问题，比如说该怎样建造围墙、怎样打井、怎样布置地里的作物。但是你提出的问题最后还得你自己来回答。因为这些事情我都不懂，这些问题本来就应该是你而不是我来回答。"

在家庭中，同样也存在潜在的支配系统，它凌驾于主人和主妇、家长和儿童、亲戚和朋友之上。这是命中注定的约束，是无法用才能、美德或性格来对抗的。假如一个倒霉的丈夫在书里读到一种新的生活方式，并且打算在家里实行，那就让他试试看吧，假如他有这个胆量的话。

第四，经济学的另一个要点是，尽量追求你熟悉的、与你相配的东西，而不要指望异想天开的收获。友谊能换来友谊、公正能换来公正、军事素质能换来胜利，而好丈夫的品行自然能换来妻子、孩子和美满的家庭。诚实的商人会得到巨额利润、船队、货栈和金钱。优秀的诗人能赢得声望和文学界的信任，但是商人和诗人的收获不能互相交换。可惜的是，仍然有一些人会有一些混乱的妄想。赫茨伯是个今朝有酒今朝醉的家伙，他以此为豪，甚至看不起善于持家的福尔隆。当然，赫茨伯穷困潦倒，而福尔隆家境殷实。奇怪的是，赫茨伯竟然认为他有钱就花的习惯是高尚的，而福尔隆因此要向他出让土地。

我还没有讲完我的想法，让我们更深入地看看这个问题吧。有一条哲学原理认为，人是按程度划分的，世界上的任何事情都会在他身体里反复重演，他的身体就像是世界的某种缩影；而他身体所有的东西，也会在他心灵的国度里不断重复；而他头脑里的一切，也会在比他心灵更高级的道德系统中周而复始地运转。

第五，服从大自然的规律。万物都要向上发展或者向前进步。经济学的关键在于他自身也必须进步，或者说，无论我们做什么事情，都必须抱定更高的目标。正如格言所说，金钱如同血液，或者说，人所拥有的房产只是他身体的扩大表现，它也需要像人体那样获得各种保养。所以，对商人来说，格言是没有用的。什么“最好的花钱的办法是还债”“生意是靠做出来的”“时间就是金钱，机不可失”“正确的投资是购置必需的工具”，这些商人惯用的口号并不能容纳更高的意识。这些账房里的格言，可以看作粗略的宇宙法则。商人的经济学是心灵经济学的一种粗糙的象征，它花钱是为了权利而非享乐。它对收入进行投资，也就是说，它集腋成裘、日积月累，把文化生活、感情生活和日常生活集中起来，同时增加更多的投资。商人其实只有一个原则，即吸纳和投资，他的目标是做资本家。要把所有的煤炭渣滓都集中起来烧掉，泄漏的瓦斯也要烧掉，而利润不应当增加消耗，应当增加的是资本。这样的人必定会成为资本家。他是会花掉收入，还是拿去投资呢？他的身体和每个器官都受到同一法则的支配。他的身体就像一个储存生命液体的罐子。他会花钱购买享受吗？这条通向毁灭的道路既简单又短暂。那么他会杜绝消费，转而囤积资产吗？按照自然规律，万物力争上游，体力也会转化成为心智和道德的力量，因此，商人的思想也会经历神圣的动荡和酝酿。他吃进的面包为他提供了最初的力气和动物的生命欲望；经过较高层次的转换后，产生了想象力和思想；在更高的层次上，它形成了勇气和毅力。这就是人们所需要的复合收益，它是资本成倍、数十倍增值的结果，人也因此被提升到最有力的境界。真正的节俭永远是高水平的消费，是持续地投资、急切地贪婪，渴望自己能把钱花在精神创造上而非花在改善物质生存状况上。人所谓的富裕，也不在于他能否不断重复动物般的自我满足，而是通过新增长的力量，亲身体验到高级生命的愉悦，并且踏上通往最高境界的道路。

论命运

几年前的一个冬天，关于时代学说的讨论恰好在我们这几座城市风靡一时。更凑巧的是，四五位著名人士都曾就这一主题向波士顿或纽约市民发表过演说；而恰巧也在同一个冬天，有关同一主题的学说又在各类著名的期刊杂志上大量刊登发表。然而，在我看来，时代问题应归结为生活准则的实际问题。我应该如何去生活？我们任何人都没有资格去解答时代问题。我们的几何学无法测量当今流行思想的无限轨迹，也发现不了它们的周期，更不能调和它们之间的冲突，只能顺从自己的思想倾向。假如我们必须服从某一项不可违抗的命令，那么，这种思想倾向最有利于我们思索和选择自己的道路。

在我们实现愿望的最初阶段，总会受到一些不可突破的局限性的束缚，但我们仍怀着极大的希望，满怀热血地要改造人类。经过了多次的尝试之后，我们发现应该更早一点着手才能实现这一希望——从孩子们入学时起就应该对他们进行教育。然而，学生们并不叛逆，我们根本无法造就他们；因此我们判定，他们并非可塑之才。于是，我们必须更早一点开始我们的改革——从孩子出生那一刻起，换句话说，这个世界本身也有它不可更改的命运或法则。

然而，假如确实存在一种不可违抗的命令，那么这种命令也会将自己隐含起来。如果我们必须承认命运的存在，那么我们也要肯定自由、个人的重要性、职责的庄严以及人格的力量。前者是真理，而后者同样真实可信。但是我们的几何学无法丈量这两种极端的事物，更无法使它们协调一致。我们应该做些什么呢？或许，我们应该坦率地服从每一种思想，用不同的手法弹奏这架竖琴；或者，如果你愿意，可以重击每一根琴弦，这样你就会察觉到，其实每一根琴弦都威力无比。对于其他的思想，我们也应该顺从，那样的话，我们就会对它们有充分的了解，从而怀着合理的希望调和它们之间的关系。我们相信，必然性与自由、个人与世界始终相辅而行，而我的思想倾向同样与时代精神并行不悖——尽管我们并不知道它们是以怎样的方式来保持和谐的。

无论是伟大的人物还是伟大的民族，都从不充当自夸自大的人或小丑的角色，他们能预见到生活中的危难，并鼓足勇气坚强面对。斯巴达人视宗教信仰为民族的化身，即使面对死亡的威胁也毫不动摇。土耳其人始终相信从他们降临到世界上的那一刻起，他们的厄运就被镌刻在一片坚硬的树叶上了，于是他们在面对敌人的骑兵时更加毫不畏惧、勇往直前，无论是土耳其人、阿拉伯人还是波斯人，都相信命运是不可更改的。被命运之轮碾压的印度教教徒，同样持有坚定的信仰。我们上一代的加尔文主义信徒对命运多多少少也有同一种敬畏。他们感觉宇宙的重量压得他们动弹不得，他们究竟能做些什么呢？富有智慧的人总能意识到，这个世界上的确存在着某种无法消除的事物，它就像一条绑带或绳索一样束缚着整个世界。

在科学领域中，我们必须考虑到两种事物：力量和环境。对于一个卵来说，我们所能了解的全部就是，它是一个类似囊状的小细胞；即使再过五百年，你找到了一位更细心的观察者，借助更精密的显微镜，他能得到的也是同样的结论。在植物或动物组织中，情况都是如此，生命最初的力量或痉挛都来自于气泡。是的，这就是一种不可更改的环境！环境就是本性。本性就是你所能做的一切。然而，也有很多事情是你无法做到的。我们拥有两种事物——环境和生命。我们过去总认为，积极的力量就是世界的全部，但是我们现在了解到，消极的力量或者说环境几乎占了一半。本性是强加给你的环境，是迟钝的头脑、隐蔽的毒蛇和沉重坚硬如岩石一般的颚骨；它是一种必不可少的机能，具有暴力倾向；

它是工具的存在环境——以机车为例，在轨道上它能够纵横驰骋，可一旦脱轨，就有可能酿成灾祸；再比如冰鞋，它在冰上是人们的羽翼，而到了地面却成了束缚行动的铁镣。

自然之书就是一部命运之书。她不断地向后翻动着巨大无比的纸张，一页又一页，从不回翻。她在某一页停下来，那页纸张就成了花岗岩地面；一千年以后，它就成了一层板岩；又过了一千年，它成了地下煤层；再过了一千年，那里就成了一片泥灰土，从此开始出现植物形态；此后，第一批奇形怪状的动物、类似植物的海生动物、三叶虫类、鱼类也相继出现；而后便是原始形态的蜥蜴类动物——她在这些外表奇特的生物身上只塑造出未来雕像的轮廓，却隐藏了自己君主的美好形态；再到后来，地球的表面慢慢冷却、干涸，生物种类逐渐改良，人类得以诞生。然而，当一种生物的生命到达极限时，它就不会再次重生。

世界上的所有生物都不是完美的，都会受到这样或那样的限制，尽管如此，能够存活到今天的就是最好的种类。部落间也有等级之分——一个部落可以接连取胜，而另一个部落却始终都是失败的一方——这与社会阶层的重叠性大体相同。我们从历史中可以了解到，一个民族所产生的影响力是无法估量的。英国人、法国人以及德国人将美国和澳大利亚的每一处海岸和整个市场都据为己有，垄断了这些国家的商业贸易。我们希望自己的民族体系具有朝气蓬勃、争强好胜的特质。我们始终追随着犹太人、印第安人和黑人的脚步。我们都知道，有些民族曾花尽心思要消灭犹太人，然而却没有得逞。让我们看一看诺克斯——一位鲁莽得令人反感的作家，却一针见血地指出了许多真理——在他的《种族残篇》中那些令人不快的结论："大自然只尊重纯正的种族，而非杂种。""每一个种族都有属于它自己的生活环境。""从一个生物群体脱离出来的种族就像一棵被大自然遗弃的苹果树一样，它的生命力会慢慢衰退。"现在，你一定对其中的蕴意深有体会。德国人和爱尔兰人的命运与黑人相同，他们也拥有大量的天然肥料。为了开沟筑渠、做苦工维持生计以及买到便宜的谷物，他们要乘船横渡大西洋，然后再坐马车来到美国，在大草原上走累了，就躺在青草地上休息，然后再次踏上征程。

在这个标志着世界核心的、植物繁茂的花园里，已经有丑陋的岩石露出地面，我们必须重视这一现实。对生活的描写如果否认这些令人反感的事实，就失去了它的真实性。一个人的力量正是由某种必然性凝聚起来的——他通过多次尝试，逐渐接触到这种必然性的各个方面，直到彻底摸清了它的内在规律为止。

贯穿整个自然界的基本因素——我们一般称之为命运——作为一种局限性而为人所知。凡是束缚我们的事物，我们都可以称作命运。如果我们是残忍野蛮的，那么命运也会呈现出它凶残可怕的一面；当我们变得文雅高尚时，阻碍我们的事物也会逐渐变得美好。如果我们提升自己的精神和文明，那么与我们对立的事物也会呈现出高尚的形态。

古代斯堪的纳维亚的诸神用钢铁或山峦的重量也无法制服芬里厄巨狼——因为它不停地猛咬，或者用脚乱踢；于是，他们便将一条比蚕丝或蛛丝还要柔软的魔绳缠在它的腿上。这个方法帮助诸神收服了芬里厄巨狼，因为它越是乱踢，绳索就缠得越紧。同样，命运的圆箍也是如此柔软而坚实。无论是白兰地、神酒、硫磺醚、地狱之火、灵液、诗意还是天赋，都无法摆脱这条柔软的绳索。如果我们赋予命运以诗人在提及它时惯用的崇高意义，那么即使思想本身也不能凌驾于命运之上，因为只有遵从永恒的法则，思想才会发挥作用，思想中所有固执和古怪的因素都是与其最基本的本质背道而驰的。

然而，在道德的世界中，命运往往凌驾于思想之上。命运以一位维护者的身份出现，它打击高傲的气焰，鼓舞低落的情绪，并要求人们富有正义感——如果有人丧失了正义之心，那么它迟早都会给予强有力的还击。它会支持一切有益的事物，而竭尽全力消除有害的事物。人类的洞察力本身和意志的自由，也只是命运中顺从的一部分因素。然而，我们还不能妄下结论，要揭示自然的束缚或本质的差别，尽量公平地对待命运的其他因素。

我们就是这样在物质、心灵、道德、种族和社会阶级的缓慢发展中，同样也在思想和性格中追溯着命运。尽管束缚和局限性到处都是，但是命运也有它自己的主人，而局限性本身也会受到限制；换一个角度来看，它们的意义也会变得不同。尽管命运是无法测量的，但是在这个双重世界中的另一个事实——力量，同样也是无穷无尽的。假如说命运逼迫和束缚着力量，那么力量同时也伴随并反抗着命运。我们可以尊崇命运为自然的历史，但历史并不只限于自然史。

人类也不能无视自由意志的存在。去冒一次自相矛盾的危险吧——自由等同于必然性。如果你愿意站在命运这一边，并宣称命运就是一切，那么我们将要说,人类的自由是命运的一部分。在灵魂深处永远蕴藏着抉择与行动的推动力。智慧可以废除命运。只要一个人懂得思考，他就是独立于命运之外的。没有什么能够比奴隶吹嘘自由更令人厌恶的了，因为绝大多数人都是奴隶；还有一些人，他们从来不敢思考或采取行动，智慧将一些类似于《独立宣言》的纸上言论或选举的法定权利误认为是自由，这真是浅薄至极；然而，尽管如此，对于人类而言，能以另外一种方式——即以显示的观点看待命运，就是一件对身心有益的事情。一个人与现实之间最合理的关系应该是利用与被利用、支配与被支配的关系，而不是在它的面前卑躬屈膝。圣贤云："不要过分看重自然，因为她的名字叫宿命。"过多地考虑这些局限性会导致自卑。常常把天数和星术挂在嘴边的人，将会陷入更危险的处境，实际上他们所害怕的厄运正是被他们自己邀请来的。

只有懦弱的人和品行不良的人才会把过错归咎于命运。利用命运的正确方式是将我们的行为准则提升到自然的崇高状态。大自然的力量是粗野狂暴的，它们只能被自身所征服；让人类也用自身的力量来征服自己吧。让他清空内心那些虚无的幻想，通过本性的风度和举止来证明他是命运的主宰。让他用与地心引力一样的力量坚定自己的意志。任何权利、劝说和贿赂都不能让他放弃自己的人生目标。人应该站在有利的地位去与一条河流、一棵橡树或一座高山进行比较。他应该能屈能伸、拼搏不息，更应该具有能够阻止厄运发生的力量。

如果一个人具有不畏生死的勇气，他就获得了操纵命运的力量。如果你相信命运中对你有伤害的事物,那么就去相信这一点吧,至少是为了你自己的利益。因为，假如命运的确占有如此优势，那么人也只不过是它的一部分而已，因而我们可以用命运来对抗命运；假如宇宙中存在一些凶残的不测，那么我们这些小原子在反抗时同样凶残。如果不是我们体内空气具有反作用力，我们早已被外界的空气压扁了。如果将一支用很薄的玻璃片制成的试管装满海水，它就能抵得住海水的冲击力。然而，用命运对抗命运只是一种躲避和防卫的表现，倘若想出奇制胜,就还需要一种崇高的创造力。思想的启示使人类摆脱了奴役状态，获得了自由。如果真理进入了我们的心灵，我们就会瞬间膨胀到与真理一样庞大的体积，仿佛我们长到和宇宙一般大小。我们就如同自然法则的创立者，我们为自然代言、具有超凡的能力、能够预知一切。

命运是人们难以洞察的起因。海水淹没船只和水手，如同淹没一粒灰尘那样容易。然而，当人们学会游泳、学会扬帆后，那些曾经将船只吞没的波浪就会顺从地为他们开路，大海也会像载着一朵浪花、一根羽毛、一粒原子一样悠然地承载着他们前行。寒冷并不体贴人们，它会使你的血液感到刺痛，能把人像露珠一样冻结。然而，如果你学会滑雪，冰雪就会为你提供一种优雅的、富有情趣和诗意的运动。寒冷能使你的四肢更强健，能使你的头脑更清醒；它能激励你成才，使你成为时代的先驱者。

命运与改善密切相关。如果在对宇宙的描述中否认它在不断进步这一点，那么这样的描述就是不完整的。整体和局部都是向着有益的方向共同发展的，而且它们在比例上也是分配最均匀的。在每一个个体身后，组织已经关闭；在他面前，自由之门已经开启。在最新的种族——人类中，每一种高尚的思想、每一个新的领悟、每一种从同伴那里得到的爱慕和赞美，都是人类在逐步改善、从命运走向自由的标志。意志从它赖以生存的组织外壳中解放出来，正是这个世界的最终目标。每一种不幸的遭遇都是一种鼓舞和颇有价值的暗示。人类无论在哪一方面付出努力，都是一种进步的趋势，即使有时会与成功擦肩而过。

令人不可思议的是，大自然把一个人的性格所结出的果实与它的命运相协调。野鸭喜爱湖水，雄鹰喜爱蓝天，涉禽喜爱海边；猎人喜爱森林，会计喜爱账房，战士喜爱前线。因此，事件与个人是在同一个根茎上共同生长的。生活是否充满乐趣取决于享受生活的那个人，而非工作或环境。生活本身就蕴含着一种狂喜。我们生活的酒杯里那额外多出的一滴葡萄酒，会让我们欣然接受陌生的伙伴和工作。每一种生物都能从其自身发掘出属于它自己的环境和领域，正如鼻涕虫在梨叶上一如既往地建造它那黏糊糊的房子、棉蚜虫在苹果上不辞劳苦地搭建它的温床一样。年轻时，我们用彩虹装扮自己，行动像黄道带[①]一样所向无前；

① 指人们所想象的存在于天球上黄道两边各延伸约 8° 的带状区域。

而在年老时，我们周身发汗——痛风、热病、风湿、古怪、疑惑、焦虑和贪婪，这一切让我们面目全非。

一个人的命运是他的性格所结出的果实。一个人拥有的朋友越多，就越能说明他具有人格魅力。我们向希罗多德[①]和普鲁塔克苦苦追问命运的实例，却不知道我们自己就是最好的典范。“我们根据自己的庇护神来安排自己的命运。”这句古老的箴言已经说明每一个人的脾性都能完整地在他的性格中表现出来，因此，我们为逃避自己的命运所做的全部努力只会适得其反，它会把我们更快引向自己的命运。我发现，与其优点受到表扬相比，一个人更喜欢别人恭维他的地位，因为他喜欢以自己的地位来证明最根本或最全面的优点。

最后，还是让我们为美妙的自然性建立起崇高庄严的圣坛吧，因为它使宇宙万物相互协调，把原告和被告、朋友和敌人、动物和植物、食物和捕食者归为在自然界中共存的同一种类。在天文方面，空间尽管广袤无垠，但却不存在任何异质的天体；而在地质方面，时间尽管无穷无尽，但过去与现在却遵循着同样的自然法则。我们完全不用惧怕自然，它只是“哲学和神学的具体表现”而已。我们为什么要害怕被野蛮的自然力制伏呢？我们自己不正是由这些自然因素所组成的吗？让我们因这美妙的必然性而变得更坚强吧，因为它让人类勇敢地相信，我们无法躲避指定的危险，也不能招致未指定的危险；它或粗暴或温柔地教导人类去感知，这世界上并不存在偶然性，却有一种无以言表的法则贯穿于整个宇宙中，并且这种法则并非来自于灵感，而是来自于智慧——但它不属于个人的智慧，也并非与个人无关的智慧；它蔑视言语，超越一切感知，深刻了解人类——然而，它却赋予自然以生机，恳求纯洁的心灵去汲取它自身所具有的无限威力。

---

①希罗多德，公元前5世纪古希腊历史学家，有“历史之父”之称，他的作品主要涉及希波战争，是人们所知的叙述体史书的最早典范。

论历史

在创造一切的圣灵看来，
世上的万物都不分大小：
它所到之处，就生出了万物，
而它到遍一切的所在。

我是整个儿地球的主人，
也占有七星与太阳年，
恺撒的手与柏拉图的头脑，
基督的心与莎士比亚的诗稿。

每一个人都存在着一个共同的心灵，每个人都是进入这个共同心灵及其各个方面的入口。人一旦被赋予这种理性的权利，他就会成为拥有全部精神财产的自由公民。柏拉图想到的问题，他也能想到；圣徒能感觉到的真理，他也能感觉到；对于任何人在任何时候的遭遇，他都可以理解。无论是谁，只要进入到这个普遍存在的心灵，他就参与了一切现有的或可行的行动。因为这是唯一的、最高的力量。

历史记录下了这一心灵的工作。它的精神由整个一连串的岁月来阐释。能够对人作出解释的唯有这个人的历史。人的精神从一开始出发时，就从容且永不停息地把属于它的全部本领、思想和感情都体现在恰当的事件中。可是事实总是比思想慢半拍，所有的历史事实都是以规律的形式预先存在于心灵里，换句话说，每一条规律反过来是由起主导作用的环境造成的，而自然的局限性一次只能有一个规律产生效用。一个人就是一本记录着全部事实的百科全书。一颗橡树果里孕育了一千座森林；而在人类始祖身上，早已经蕴藏着埃及、希腊、罗马、高卢、不列颠以及美国。一个又一个时代，部落、王国、帝国、共和国以及民主国，都仅仅是把一个人多种多样的精神应用到了这个多姿多彩的世界上而已。

这个人的心灵书写了历史，而他又必须阅读历史。斯芬克斯的谜必须由她自己解开。如果一个人的身上体现出全部历史，那么就要从个人经历的角度来解释全部历史了。我们生命中的每时每刻都与千秋万代有着相通的关系。从大自然的仓库中，我汲取用来呼吸的空气；从亿万英里之遥的星球上，我获取看书用的亮光；我的身体之所以能保持平衡，全凭离心力和向心力的平衡。同理，时刻应受到时代的指引，时代也应由时刻来解释。每个人都是一个共同心灵的又一个化身，在他的身上能表现出心灵的所有特点。他个人经历中的任何新奇的事情，都反映出绝大多数人曾共同做过的事，而他的个人危机又和民族危机紧密相连。每一场革命起初都是一个人心灵里的一种思想，如果同一种的思想在另外一个人的心灵里出现，那么将会对这个时代产生至关重要的作用。每一次改革最初只是一种个人看法，如果它同时成为其他人的看法，那么这种看法必定会解决这个时代所面临的问题。别人所说的事实必须与我身上的某种情况相符，才能使其有可信度、可以理解。在我们阅读时，我们必须变身成为希腊人、罗马人、土耳其人、教士和国王、殉道者和刽子手，我们必须把这些形象和我们隐秘经历中的某种实体紧密相连，否则我们就不能正确地学习到任何知识。我们的遭遇和哈斯德鲁巴[①]或恺撒·博尔吉亚[②]的遭遇相同，都是关于这种心灵的力量和堕落的一种证明。对你而言，每颁布一部新的法令、每发生一场新的政治运动都是非常有意义的。你站在它的各个招牌前说："在这个面具下隐藏着我善变的心灵本性。"这纠正了我们太接近自己的这个毛病。这使我们的行为得以客观逼真地展现：螃蟹、山羊、蝎子、秤、水壶，一旦被用作黄道十二宫的标志，就立刻身价倍增；同样，在所罗门[③]、阿尔西比亚德斯[④]、喀提林[⑤]这样一些古人身上，我能够冷静地看到自身的罪恶。

正是普遍的性质赋予特殊的人和物应有的价值。包含这种普遍的性质的人神秘而不可侵犯，我们还用各种法律来加以维护。因此，所有的法律都取得了它们最终存在的理由，一切法律都或多或少地表明它掌握这种至高的、无限的精髓。财产也掌控了灵魂，包含着伟大的精神实质，所以出于本能，我们起初就利用武力和法律，以及广泛而复杂的措施来护卫它。即便我们对这一事实只有一点模糊的认识，也相当于我们的整个白昼有了光明，相当于提出了维护权利的最高要求，相当于发出了对教育、正义、慈善的呼唤，相当于奠定了友谊、爱情、自助的基础。值得注意的是，我们在阅读时总是不自觉地感觉自己超乎常人。通史、诗人、传奇作家，他们所描绘的最壮观的场景——在僧侣和帝王的宫殿里，在意志和天才的成就中——从没有使我们失望，从没有使我们有侵入他人领地和高不可攀的感觉；反而是在看到他们雄浑的笔触时，我更加觉得轻松安逸了。莎士比亚所说的关于国王的话，连坐在墙角读书的柔弱的小孩都觉得可能会发生在他身上。对于伟大的历史时刻、伟大的发现、伟大的抗争、人类的繁荣昌盛而言，都会引发我们的共鸣——因为那里自然会有人为我们制

---

① 哈斯德鲁巴，古罗马迦太基统治者，为人卑劣，在罗马人入侵迦太基时私下里投降，将迦太基城拱手相让。

② 恺撒·博尔吉亚（1475—1507），教皇亚历山大六世的私生子，曾任巴伦西亚大主教，枢机主教，因为人放荡、生性暴虐而声名狼藉。

③ 所罗门（前1000—前930），古代以色列王国国王，加强国防，发展贸易，以武力维持其统治，使犹太王朝达到鼎盛时期，以智慧著称。

④ 阿尔西比亚德斯（前450—前404），古希腊雅典杰出的政治家、演说家和将军。

⑤ 喀提林（约前108—前62），罗马共和国贵族，因竞选执政官失败而策动武装政变，遭执政官西塞罗镇压，在率部反抗中战死。

定法律、探索海洋、发现陆地、打击敌人，而我们在那种场合下也会那样做、那样欢呼。

对于形势和性格，我们有着同样的兴趣。我们尊敬富人，因为他们从外表上看来拥有着自由、权力和风度——我们感到这都是人类与生俱来的，我们本来也该拥有。因此在每个读者看来，禁欲主义者、东方人或现代作家所讲的关于聪明人的性格，都描写的是他自己的观念，描写的是暂时未达到但终究会达到的自我。所有的文学都描写了智者的性格，书籍、纪念碑、图画、谈话都是画像，任何读者都能从中发现他正在形成的面貌。沉默的人和善谈的人都在赞扬他、呼唤他，无论他走到哪里都会被人默默提及，这似乎使他兴奋不已。所以，一个真正有进取心的人绝对不渴望别人在谈话中提到自己、赞美自己。他听见别人赞美的声音并非是在赞美他，而是赞美他所追求的性格，但听起来比赞美自己更甜蜜，在人们谈论性格的每一句话中，甚至在每一个事实与环境中——在奔流的河水里、在沙沙作响的稻田里也会听到这种赞美。宁静的大自然、高山峻岭以及日月星辰的光辉都暗示出了赞美，表达出了敬意，流露出了爱恋。

这些仿佛是在幽暗潜浅意识里透露给我们的暗示，我们应该在清醒的时候利用它。学生应该是主动地而非被动地阅读历史，他应该把自己的生活当作正文，把书籍当作注释。这样的话，缪斯就只能发出神谕，而对不尊重自己的人从来不会这样做。如果他觉得古代声名远扬的人在那时所做的事比他现在正在做的事更有意义的活，那么我并不指望他能够正确地阅读历史。

这个世界就是为了教育每一个人而存在的。历史上所有的时代、社会形态和行为方式，都跟每个人的生活有着某种相符之处。每一件事物都倾向于用奇妙的方式来简化缩略自己，并且把自己的优点奉献给每一个人。他应当能看到他可以亲身体验全部的历史。他必须待在家中，以免受到国王贵族的欺凌，但他却清楚自己比世界上所有的地理和政府都要伟大；他必须转变阅读历史的一般观点，从罗马、雅典和伦敦转移到自己身上，他要确信自己就是法庭，如果英国或埃及有话要对他说，他就要对这个案件进行审判；反之，就让它们永远保持沉默。他一定要养成并保持住那种崇高的见解，事实从此透露出它们隐秘的含义，诗歌和历史的记载都差不多。在我们利用历史上的重要记载时，就会彻底暴露出心灵的本能、大自然的目的。时间把事实的棱角磨碎，使其化为闪烁的苍穹。没有一个铁锚、巨缆、篱笆会使一个事实永远也是一个事实。巴比伦、特洛伊、苏尔[①]、巴勒斯坦甚至早期的罗马，都已快成为传说虚构的故事了。伊甸园，日头停在基遍[②]，到后来已经成为各个国家的诗歌了。当我们把一个事实制成一个星座悬挂在天空，把它当作一个不朽的标志时，谁还会关心真正的事实呢？伦敦、巴黎、纽约必须走同样的路。“历史是什么？”拿破仑说，“不过是意见相同的一则寓言罢了。”我们的生活四周遍布着埃及、希腊、高卢、英国、战争、殖民地、教会、法庭、商业的痕迹，就像许许多多的花朵和杂乱无章的装饰品，有些严肃，有些轻佻。对于这些，我不想再做更多的说明。我相信永恒。在我自己的心灵里，我能够发现希腊、亚洲、意大利、西班牙和英伦三岛，能发现每个时代和所有时代的天才和创造性的原则。

我们总是会在个人的经历中提及一些引人注目的历史事实，并加以证实。就这样，一切历史都将变得主观；换言之，严格地说，没有真正的历史，只有传记。任何一个心灵都必须亲自学会这一课——一定要重温生活中所有的滋味。只要是人的心灵没有见过或不曾经历过的，它就不可能知道。为了便于管理，前一个时代早已把某些事物提纲挈领地归纳为一个公式或一条法则，可是却有一面墙阻挡着那个公式或那条法则，我们的心灵无力去证明这件事实，也无法从中获得好处。在某时、某地，心灵将会要求对这一损失进行补偿，并且能够得到补偿，那就是亲自实践这项工作，弗格森[③]所发现的许多天文学方面的东西早已众人皆知，但是他本人却因此受益匪浅，这些发现对他以后的天文学研究起到了不可忽视的作用。

历史必须如此，否则它就毫无价值，国家制定的每一项法律都指出了人性的每一个事实，就是这样，我们一定要从自身看到每一个事实的必要理由——看出它能够怎样，必须怎样。以这种态度对待一切事务，对待政治家的一篇演说，

① 苏尔，黎巴嫩南部港口城市，古时曾是腓尼基的一个奴隶制城邦——推罗。

②《圣经·旧约·约书亚记》第10章第12节记载：以色列先知约书亚向上帝祷告：“日头啊，你要停在基遍……”

③ 詹姆斯·弗格森（1710—1776），苏格兰天文学家、天文学工具制造者。

对待军事家的一次胜利，对待为某个主义或宗教的殉道精神，对待革命期间的恐怖以及宗教复兴的狂热。我们假设我们自身在相同影响下受到的感染应该相同，取得的成就也应该相同；我们的目标是在精神上把握好每一步，而后再达到我们的伙伴，即我们的代表所达到的同一个巅峰或谷底。

所有对于古代的探索——金字塔、被发掘出的古城、“悬石坛”、“俄亥俄圆圈”、墨西哥、孟菲斯的所有好奇心——全是一种欲望，要消灭这种野蛮、荒诞的“彼地”与“彼时”，而用“此地”与“此时”取代。贝尔佐尼在底比斯的木乃伊坑和金字塔里挖掘、测量，到了后来，他终于发现了那种奇异的工程与他息息相关之处。直到最后，他让自己彻底地相信：这种工程的建造者和他是同样的人，用同样的工具，有同样的动机，而且他自己也是为了同样的目的而工作。此时此刻，所有的问题都有答案了。他的思想和那些寺庙、狮身人面像、地下墓穴紧密联系在一起，并且在它们中间满意地游历了一番，它们就在他的内心复活了，或者说成了“此时”。

一座哥特式教堂，它显然是我们所建造的，又不是我们建造的。当然，它是由人建造的，但是我们这些人却造不出它。可我们却在潜心研究它的建造史，我们将自己置身于建造者的地位与状况之中。我们回忆起森林里的居民和最初的寺庙，然后坚持最初的形态，后来随着国家财富的增加而加上了装饰；木头一经雕刻后立即身价倍增，于是也开始雕刻堆起一座教堂的大量石头。我们考察了这个过程后，再加上天主教会，它的十字架、音乐、仪式队列、圣徒纪念日和偶像崇拜，这样一来，我们就是建造那座大教堂的人了；我们已经看出来了它能够怎样，一定要怎样。我们掌握了充分的理由。

人和人之所以存在着各种各样的差别，其原因就在于人们奉行的原则大相径庭。对于物品的分类，有的人是根据颜色、大小和外形上的偶然差别；有的人则根据内在的相似之处或因果关系。随着智力的进步，原因就会被看得越发清晰，而不注意表面上的差异。在诗人、哲学家、教徒的心目中，万物都是友好的、神圣的，万事都是有益的，每一天都是神圣的日子，每一个人都是神圣的人。他们的目光紧盯着生活，对境遇不太重视。内因的一致性和外表的多样性，都是由每一种化学物质、植物和动物在发展变化中教会我们认识的。

创造万物的大自然，像云彩与空气一样柔软、流动。既然我们被她支撑着、包围着，那么我们为什么还要做那种顽固的研究，只知道夸大那寥寥几种形式呢？我们为什么还要注重时间、大小和外形呢？灵魂不了解这些，而天才由于遵循自身的规律，所以知道应该怎么去捉弄它们，就像一个小孩子和一个白胡子老头玩耍，在教堂里游戏一样。对于偶然想起的东西，天才都会去研究它，而且深入到事物发展的胚胎时期，他看见光线是怎样从一个天体上发出的，在照到大地之前又是怎样射向四面八方的。天才透过各种各样的伪装注视着单原子元素，看到了它促使着自然界轮回转生。天才通过苍蝇、毛虫、蛴螬、卵，发现了那永恒不变的个体；通过无数的个体，看到了不变的种；通过大量的种，看到了属；通过所有的属，看到了恒定不变的类型；通过所有的有机生命界，看到了永恒的统一。自然如同一朵变幻不定的云彩，始终如一，但又从不相同。她就像一个诗人用一个寓意写成许多则寓言一样，把同一个思想铸造成许许多多的形式。由于物质的粗野和坚韧，一个敏锐的精神可以把万物随意地变换扭曲。坚硬的物体在它面前化为柔软而明确的形状，可就在我看到它的时候，它的外形和结构又发生了改变。所有东西都不像形式那样善变，但是它从不完全否定自己。在人的身上，我们仍然可以观察到各种遗迹和暗示，我们认为这是低等种族奴性十足的标志。在人的身上，这些东西反而使人显得更加高贵与优雅。犹如埃斯库罗斯作品中的伊娥变成了一头母牛，简直无法想象，可是作为埃及的伊西斯女神，她遇到了奥西里斯主神时，她真是变幻莫测啊！她变成了一个美艳不可方物的女人，不留一点变幻的痕迹，只留下一对新月形的牛角作为她眉毛上的绝妙装饰品。①

历史的同一性都是内在表现，多样性是外在表现。事物的表面层出不穷，而核心的原因却简单至极。一个人的行为那么丰富，可是我们从中看出的却是同一种性格！看看我们有关希腊天才的信息来源吧。我们有希罗多德、修昔底德、色诺芬和普鲁塔克所撰写的那个民族的文明史，详细记载了他们的言谈举止和所作所为。在他们的文学里，我们看到了同一种民族心灵一次次的表现，也就

---

①伊娥是赫拉的一位女祭司。宙斯爱上了她，为了瞒过自己的妻子，便把她变成了一头母牛。经过长期漫游，她在埃及恢复了原形。伊西斯又名哈索，是一牛头美女之神。

是在史诗、抒情诗、戏剧和哲学里，这是一样很完善的形式，我们发现这种心灵再次反映在他们的建筑里。它本身就是一种适度的美，局限于直线和方块——一种建造组合成的几何图形；随后我们又发现它在雕刻作品中表现，那是“写在沉着冷静的表情上的一种语言”，那些雕刻作品的形态多姿多彩、动作自由奔放，但又不悖离理想的宁静，犹如信徒们在诸神面前进行某种宗教舞蹈的表演，即使痉挛般的疼痛或垂死的挣扎，也绝对不敢在他们舞蹈的形态和礼仪上出现丝毫出格的举动。这样，关于一个杰出民族的天才，我们有一种四重的含义：对于情理而言，还有什么能比一首品达[①]的赞歌，一尊半人半马怪兽的大理石像，帕特农神庙的石柱和福基翁[②]临终前的行为更毫无关联的事呢？

任何人都一定观察过一些相貌和形体，虽然它们并没有任何相似之处，却给每位观察者留下一种相同的印象。某一幅画和一本诗集，即便没有呼唤起一连串栩栩如生的形象出来，也添加了一种山中小径漫步那样的情致，虽然对我们的感官而言，这种相似并不明显，但它的隐秘之处却是我们无法了解到的。大自然只是对仅有的几种法则不停地进行排列组合和重复。她哼唱着古代名曲，只是调子变化无穷而已。

大自然的所有作品像一家人一样有某种崇高的相似之处；她喜欢把某种相似表现在出人意料的地方，令我们大感惊讶。我看见过森林里一位老酋长的头，这立即让我想起一座光秃秃的山顶，那额上的条条皱纹让人想到层层山岩。一些人举止上就有一种华贵的仪态，就像帕特农神庙里那简朴而又让人敬畏的雕像以及最古老的希腊艺术的遗迹那样。每一个时代的书籍中都能找到格调相同的作品。圭多的宫画《曙光女神》[③]只是一个早晨的想象，就像画里面的马匹只是早晨的一朵云彩一般。假如有人不嫌麻烦，愿意观察他在某种心情中喜欢做和不喜欢做的各种行为，他就可以看到其中相似的链条有多么紧密了。

有位画家告诉我，谁如果不或多或少地变成一棵树，那么谁就画不了树。

---

① 品达（约前518—约前438），古希腊诗人。

② 福基翁（约前402—前318），雅典政治家、将军。

③意大利17世纪画家圭多·雷尼的作品《曙光女神》的复制品，作为托马斯·卡莱尔的礼物，悬挂在爱默生的客厅里。

若只是去研究小孩的体型轮廓的话，谁也画不出那个小孩，只有花一段时间深入观察他的动作和游戏，借此进入他性格的内部，然后才可以随心所欲地画出他的各种形态。因此就有罗斯“进入一只羊的性格深处”之说。我认识一个制图员，被雇佣来做一种公共测量工作，他发现一定要先讲清楚岩石的地质结构，他才能画出那些岩石。各种各样的工作其实都起源于同一种思想状态。相同的是精神，而不是事实，艺术家之所以有能把他人的灵魂唤醒去参与某种活动的力量，其原因就是靠一种更深沉的领悟，辛苦练就的各种手艺倒还在其次。

有人说：“普通的灵魂靠干活带来收益，高尚的灵魂靠自身赢得好处。”这么说是为什么呢？因为一个深沉的性格以它的行动和语言，以它的面貌和神情，能唤醒我们身上等同于雕像或绘画陈列室所提供的那种力和美。

文明史和自然史、艺术史和文学史都必须从个人历史的角度来阐释，否则必定都是空谈。所有的东西都跟我们发生关系，都能使我们产生兴趣——王国、学院、树、马甚至铁梯；人是万物之源。圣克罗齐教堂、圣彼得堡大教堂的圆屋顶只不过是对一个神圣原型所做出的蹩脚的仿造罢了。斯特拉斯堡大教堂则体现了斯坦巴克[①]的灵魂。真正的诗歌就是诗人心灵的体现，真正的船是造船人自己的化身。假如我们可以把人解剖开来，我们就可以在他身上看到他的作品最后一些笔路产生的理由，犹如蚌壳里的每一根壳针、每一种色彩，都提前存在于水生动物的分泌器官中一样。所有的骑士制度和武士制度都寄寓在礼仪之中。一个有礼貌的人会把你的名字念得婉转优美，即便是贵族的头衔也有所不及。

日常生活那些琐碎的经验总是在向我们证实一些古老的预言，并把我们充耳不闻的话和视而不见的迹象变为实物。一位女士在和我在森林里一起骑马时对我说，她一直感觉森林在等候着，好像住在里面的精灵暂停了一切活动，等待着路人通过一样似的。这种想法早就有诗歌在描述仙女们跳舞时用到过：当人的脚步临近时，舞蹈就停下了。假如谁在半夜看到月亮挣脱出云层的阻挠，那么谁就与天使长一样亲眼目睹了创造光明和世界时的情景。我仍然记得在某个夏天的旷野里，我的伙伴指着一大团的云彩让我看，它跟地平线持平，可能

① 欧文·凡·斯坦巴克（1244—1318），德国建筑师，斯特拉斯堡大教堂的设计建造者。

有四分之一英里宽，非常像教堂里画的小天使的样子，在中央有一个圆块，很容易添上眼睛和嘴，把它点缀得栩栩如生，还有一对撑开的对称的翅膀在两边支撑。天空中出现过一次的东西就可能经常出现，它无疑就是那种人们非常熟悉的装饰品的原型。我曾经在夏日的天空中看到一连串的闪电，它立即向我展示：希腊人所绘的天神手中的雷电，就是从大自然中获得的。我看到过石墙两边堆放的积雪，它很容易让人想到紧紧挨在一座塔上的普通建筑物上用的旋涡形饰品。

只要置身于最初的环境中，我们就可以把建筑上的样式和装饰一一重新发明出来，因为我们所看到的是各个民族只是在装饰自己原始的住所。多立克柱式的神庙存留着多立克人所居住的小木房的风格。中国的宝塔显然就是鞑靼人的帐篷。印度和埃及的神庙依然显露着他们祖先的坟茔和地窖的遗迹。“在用天然岩石建造房屋和坟墓的习惯，”黑伦在他的《埃塞俄比亚人研究》中说，“自然而然地决定了古埃及努比亚建筑的主要特征，就是规模宏大。在这些自然形成的洞穴中，眼睛看惯了巨大的造型，因此，一旦用艺术来衬托自然，如果不想弄得自身轻贱，就不会显得小气。那些殿堂无比宏大，只有巨人才有资格坐在堂前或者守护在柱子旁，而普通大小的雕像、整齐规范的门廊和偏厅，跟那些大家伙联系在一起，将会显示出怎样的一种形态呢？”

将森林里那些枝繁叶茂的树木稍加改造，变成一个喜庆或者肃穆的连拱长廊，这明显是哥特式教堂的起源，因为那些裂开的柱子上的箍带仍然代表着从前捆绑拱廊的绿色枝条。任何在松树林开辟出一条路走着的人，都觉得这座树林有着建筑物的相貌，特别是在冬天，其他树木那光秃秃的形象更是凸现了撒克逊人这种低矮的拱门。在树林里，一个冬季的下午，我们可以很容易看到装扮哥特式教堂的那五彩缤纷的玻璃的起因——透过树林里交叉着的光秃秃的树枝间所看到的西方天空的色彩。所有对大自然充满向往和爱好的人，一旦走进牛津古老的建筑群和英格兰的大教堂，就都会感到是森林征服了建筑师的心灵，他的凿子、锯子、刨子都是对森林里的蕨草、穗状的花朵、刺槐、榆树、橡树、松树、枞树和云杉树的仿制。

哥特式教堂是石头开了花，然而由于人类不知满足地要求和谐，这烂漫的春光又被要求所节制。一座花岗岩的石山绽放成一朵永不凋零的花朵，它具备了植物比例匀称、浓淡有致的美，更具备了轻盈与细致的神韵。

同样，所有公共事务都应该以同样的方式个性化，所有个人事务都应该普通化。因此，历史既要有变动性，又要保持真实性；传记变成既深沉又崇高。波斯人的建筑物里纤细的柱身和柱头，显然是模仿莲花和棕榈的茎和花的结果；同样，波斯的宫廷在它辉煌的时代也未抛弃部落的游牧生活，他们在埃克巴坦拿度过春天，然后迁徙到苏萨消夏，再到巴比伦过冬。

在早期的亚非历史中，游牧和农耕是两种敌对的生活方式。亚洲和非洲的地理环境使游牧生活成为唯一的选择，但是对那种拥有土地和市场的便利而建立城镇的人们来说，游牧民族就显得十分可怕了。因为游牧生活会对国家产生危害，所以农业就成了一种宗教性指令。在英美等近代文明国家里，这些倾向仍然在国家和个人身上继续着从前的战斗，由于遭到牛虻的袭击，非洲的游牧民族不能无所顾及地到处漫游，因为牛虻发狂地叮咬牛群，所以迫使该部落在雨季迁徙，把牛群赶到较多沙土的高原地区。亚洲的游牧民族，逐月随牧草迁移。欧美的游牧生活则是出于商业贸易和好奇心理，从阿斯塔波拉斯河的牛虻到波士顿湾的那些狂热的英国迷和意大利迷，这确实是一种进步。有些圣城必须在约定的日期去朝拜，严厉的法律和习俗有助于加强民族联系，这对于古代的漫游而言就是一种约束；而久在一个地方居住所累积的好处则限制了当前人们的巡游。这两种敌对倾向有时候在个人身上也得到充分体现，有时喜欢去冒险，有时则想休息，就看哪一种倾向正好占据优势了。一个体质健壮、心情舒畅的人能够迅速适应环境，他坐在自己的车里，走南闯北，无论在哪都一样的感觉舒适。在海上，在森林里，在雪地中，他仍旧能睡得暖、吃得香、交往愉快，就像在自己家的壁炉边一样，否则，或许他的智慧更深地隐藏在更广阔的观察力当中，不管他的眼睛看到什么新鲜事物，都能引起他的兴趣。游牧民族贫穷饥饿到无路可走的地步，而这种精神上的游牧生活如果过度发展，就会让人把精力耗费到一些乱七八糟的对象上，导致心灵的崩溃，在另一方面，那种闭门不出的智慧倒是一种节制或满足，因为它在自己土地上发现了生命的所有元素；如果不从外引进一些东西加以刺激，它就有日趋单调和堕落的危险。

个人在他身外所看到的所有事物都符合他的心境，而当他不断前进的思想将他引入那件事或一系列事实所属的真理时，一切事物对他而言又都是可以理解的了。

原始世界——德国人所谓的“史前世界”——我能够在自己身上进行深入研究，犹如我能够用探索的手指在地下墓穴、图书馆里和别墅遗迹的破碎浮雕和无头无臂的雕像上摸索它一样。

人们都对希腊各时期的历史、文学、艺术、诗歌感兴趣，从“英雄时代”或称“荷马时代”到四五百年后的雅典人和斯巴达人的家庭生活，这种兴趣产生的基础是什么呢？还不是因为所有人都亲身经历了一次希腊时代。希腊时代是肉体性的时代，是感官完美的时代——是精神自然与身体完全统一地展现出来的时代。在这个时代里生存的人的体形给雕刻家提供了赫拉克利斯、菲玻斯和朱庇特的原型。它们不像现代都市里充斥的那种面容模糊不清的雕像。他们五官端正、线条清晰，眼窝的构造也与现在不同，因此眼睛不能斜视，不能左顾右盼，想看哪里就必须把整个脑袋都转过来。那个时代的仪态讲究的是直率与豪放，人们所敬仰的个人品质是勇气、谈吐、自制、正义、力量、机敏、洪亮的嗓音、宽阔的胸膛。人们不知道奢侈、风雅是什么。由于人口稀少、生活贫困，因此每个人都是自己的仆人、厨师、屠夫和士兵，自给自足的传统锻炼了身体，让它能够做出神奇的事情。荷马史诗中的英雄阿迦门农和狄俄墨得斯就是如此。色诺芬在《万人大溃退》中对自己和同胞们的描绘也没什么差别。“部队在跨过亚美尼亚的泰利波斯河后，下起了很大的雪，队伍悲惨地躺倒在雪地里，只有色诺芬光着膀子爬起来拿起一把斧子开始劈柴；于是别人也都爬起来，跟着他一起干。”在他的军队里，自上而下言论极为自由，他们为战利品而争吵，为每一个新下达的命令而与将军们争论；色诺芬口齿非常伶俐，而且比大多数人都厉害。所以在受到责难后必定会反唇相讥，优秀的小伙子们总是既要讲荣誉准则，又要纪律松弛，谁还看不出这就是一帮优秀的小伙子呢？

古代悲剧最大的魅力——其实也是所有古代文学的魅力——就在于剧中人物能说话朴实，说起话来，就像一些有着真正智慧的人，自己并没有感觉到，那时候反思还没有成为心灵的主要习惯。我们崇尚古代，并不是崇尚古老，而是崇尚自然。希腊人不善于反思，可他们的感官和身体却完美无瑕，具有世界上最优秀的体质结构。成年人的行为动作和小孩子一样单纯优美。他们制造花瓶、书写悲剧、雕刻石像，都是按照健康的感官应当做的那样做——即趣味高雅。那样的东西各个时代都在继续制作，包括现在，哪里有健全的体魄，哪里就有这些东西；然而作为一种类别，从它们超凡的结构来看，它们都是非常优秀的，它们将成年的精力和童年的纯朴融会贯通，这些风格之所以有着无穷的魅力，就在于它们就是人们所具备的风格，众所周知，因为每个人都曾经历过童年。

更何况，古往今来总有一些人仍然保持着这种本色，一个有着孩童般纯朴的天才和天生就有精力的人仍然是一个希腊人，他重新点燃了我们对希腊女神的爱情。我赞赏菲罗克忒忒斯[①]对大自然的爱恋。在阅读那些对睡眠、星辰、矿石、山脉、波涛的精彩述语时，我感到时间好像一片退潮的海水一般流走。我感觉到了人的永恒，人的思想的一致，仿佛希腊人的伙伴也是我的朋友。日月、水火与他的心紧紧相连，也跟我的心紧紧相连，这样一来，人们所宣扬的希腊人和英国人的差别、古典派和浪漫派的分歧，就都成了不切合实际的论调了。当柏拉图的一个思想成为我的一个思想——当点燃品达灵魂的真理同时也点燃了我的灵魂时，时间就已经不存在了。当我感到我们两个人的灵魂在一种知觉中相遇，我们两人的灵魂色彩一致，似乎合二为一时，我们为什么还要测量纬度，计算古埃及的年代呢?

学生用他自己的骑士时代来解释骑士时代，用与他自己类似的小经历体验来解释海上探险和环球航行的时代。对于世界宗教史，他也有一把相同的钥匙。当远古的一位先知的声音仅仅只是对他重复着他童年时的一种情绪、他青年时的一种祈祷的时候，他就会破开一切混乱的传统和扭曲的制度，接触到其中的真理。

那些稀有却又放肆的精灵们一次次出现在我们中间，不断地给我们揭示大自然的全新事实，我看到上帝的使者经常在人间行走，让平凡听众的心灵感知他们新的使命。显然，祭坛、男女祭司们都是受了神的感召。

---

① 古希腊戏剧家索福克勒斯同名悲剧里的主人公。

耶稣让那些贪图感官享受的人感到惊奇，也让他们敬畏不已。他们无法把他和历史相结合，或者使他与他们协调一致，但当他们逐渐知道了尊重他们的直觉，并且渴望过着神圣的生活时，他们自己的虔诚就能解释每一件事和每一句话。

对摩西、琐罗亚斯德、摩奴[1]和苏格拉底自古以来的崇拜在心灵里那么容易就被驯化了。我在这些崇拜中找不到任何一点古代的痕迹，这些崇拜是他们的，也是我的。

我不必飘洋过海或跨越世纪，却看到了最古老的祭司。我的面前曾多次出现了某个敷衍劳动，却全神贯注地做默祷的人，一个以上帝名义行乞的受俸牧师，他好像要证明19世纪诸如柱头修士圣西门、忒拜英雄和第一位嘉布遣会修士一样。

东西方的教士权谋，如麻葛、婆罗门、督伊德和印加教士的权谋，都可以在个人私生活中得到解释，一个严苛的顽固的形式主义者对一个小孩有一种束缚性影响，会压制他的精神和勇气，瘫痪他的理解能力；但是这却并不会激起那个孩子的愤慨，只会使他害怕和服从，甚至会同情这种专制——这很正常，等孩子长后就会明白，他看出小时候压迫他的人自己也是一个孩子，被某些名字、字句和形式所奴役着，而奴役他的人也只是那些名词与形式的工具而已。事实让他明白了巴力[2]神是怎样受崇拜的，金字塔是怎样建成的，就连商博良[3]发现所有工匠的姓名和每一片瓦的造价也比不上事实的教育作用，他发现亚述和乔鲁拉冢群就在他的门口，而他本人就是制定方案的人。

再说，所有深思熟虑的人都向他那个时代的迷信提出抗议，于是他亦步亦趋地追随古代改革家的某些做法，在追求真理时，他也像他们一样发现道德又有沦丧的危险。他再次领悟到需要多么强大的力量来取代迷信的束缚。改革的身后，总是跟着一个放荡的时代。世界史上出现过很多次这样的情况，当代的革命家也都慨叹自己家里的虔诚也在减退。有一天，马丁·路德的妻子对他说：

① 摩奴，或称“蛮奴”，印度神梵天之子，他曾口述过一部法典。

② 原文为 Belus，可能是指迦南教的主神巴力（Baal）。

③ 让·弗朗索瓦·商博良（1790—1832），法国埃及学家、语言学家。

“博士，为什么我们在教皇统治时期祈祷的次数那么多、那么虔诚，而现在却次数又少、态度又冷淡呢？”

进步的人发现文学中——不仅历史，还有寓言——有多么丰厚的一笔宝藏啊！他发觉诗人绝不只是描写怪诞奇异情景的怪人，而是用他的笔写出对人人都适用的内心自白的普通人。他在诗句中发现自己的秘密传记，他对那些句子知根知底，即便那都是在他出生前写下的句子。他在个人的冒险中一一体验着伊索、荷马、哈菲兹、阿里奥斯托、乔叟和司各特的每一则寓言故事，并通过自己的头脑和双手去验证。

希腊人的美丽寓言全都是想象力的结晶，而非幻想的产物，所以都是普遍的真理。普罗米修斯的故事的寓意是那么广阔，又是那么永远符合实际。它是欧洲历史的第一章（这则神话用一层薄幕遮住了真正的事实、机械工艺的发明和向殖民地移民）。除了这主要的价值之外，它同时也描绘了宗教史，相当接近于后世的信仰。普罗米修斯是古老神话中的耶稣。他是人类的朋友，他站在永恒天父的不公正的“公正”与人类之间，情愿为他们忍受一切痛苦。可是这与宗教改革主义者的基督教（加尔文宗）略有出入，将普罗米修斯表现成天神的挑战者也与宗教有出入，这里它代表一种精神状态。哪里的人们用粗鲁、客观的方式宣扬有神论，哪里很快就会出现这种心态，它好像是人的一种自卫，抵抗一种谎言，即人们都不满意只存在一个上帝这个为人所信的事实，而且觉得敬仰上帝实在太麻烦。如果可能，他会偷造物主的火，跟上帝分庭抗礼，脱离上帝独立生活。《被缚的普罗米修斯》是怀疑主义的传奇故事，这庄严的寓言中的每个细节都适用于任何一个时代。诗人们说，阿波罗曾经为阿德墨托斯放羊。当诸神降临人间的时候，没有人知道。耶稣无人知晓，苏格拉底和莎士比亚也没人知道。安泰俄斯是被赫拉克勒斯掐死的，否则每当他接触到他的大地母亲，他就又恢复了力量。人就是那个被制服了的巨人，在他衰弱的的状态下，他的身体与精神却通过与大自然交流的习惯而获得活力。音乐和诗歌的力量，似乎在广袤的天空中恣意翱翔，并且解答了奥菲斯的谜语。哲学的理解能够在无穷无尽的形式变化中看出相同之处，这使人能够认清那变化多端的海神普罗透斯。我不是普罗透斯是什么？昨天我笑了或者哭了，昨夜我睡得跟死人一样，今天早上我则站着、奔跑着，这个我还会是什么呢？我举目四望，所看见的芸芸众生岂不都是普罗透斯的种种转世形式吗？我可以用任何生物、任何事实的名字来象征我的思想，因为每一个生物都是人的替身或病人。在你我看来，坦塔罗斯只不过是一个名字。它的意思是指我们无法喝到思想的泉水，虽然它永远在灵魂的视线内闪闪发光。灵魂的轮回转世绝不是寓言，我倒希望它是；可是男人和女人只是半个人。农场、田野、森林、地上、地下河水中的每一个动物，都想方设法在这些身体直立、面向天空、会说话的人类中获得一席之地栖身，并留下它的特征和形态的印记。啊，我的兄弟，不要再让灵魂堕落了——它正在朝那种形式堕落，而多年来你已经不知不觉沾染上了那种习惯。关于斯芬克斯的那个古老寓言对我们接近而适用。据说她坐在路旁，让每一个路过的行人猜谜。如果那人猜不出谜底，她就会吃掉他；如果他要是猜中了，斯芬克斯就会当场死掉。我们的生命是什么？不过是长着翅膀的事实或事件的永恒飞翔。它们用各种方法来向人的灵魂提问。有些人不能用高超的智慧应付回答面前的问题，就需要为它们服务。对于这些人，事实是一种负担，控制他们、压迫他们，把他们变成墨守成规的人，有“见识”的人，他们对事实的绝对服从，甚至熄灭了他们身上那种人之所以被人依赖的光明的每一星火花。但只要人忠于自己最好的本能或感情，拒绝事实的统治，就像一个来自高等种族的人能与灵魂紧紧相依且通晓原则一样，这些事实自然就会适当地顺从下来，并各得其所，它们认识自己的主人，即使它们中间最平庸的也能为他增光添彩。

每个词都应该是一件事情，我们在歌德的《海伦娜》中看出了这种同样的渴望。他经常说，喀戎、格里芬、福耳库斯、勒达和海伦都会对心灵产生某种特别的影响。当时，他们就是永恒的存在，在今天看来就像奥林匹克竞技会上出现的一样真实。由于反复琢磨，他运用自如地写出了自己的风格，并将他们写得有血有肉。虽然他写的诗像梦一样模糊朦胧，可是它却比同一个作者所写的剧本中某些非常通俗的戏剧情节更有吸引力，因为它使人的心灵挣脱了循规蹈矩的生活——用大胆自由的构思，连贯、惊奇的场景唤起了读者的创造力和想象力。

对于诗人的平庸性来说，宇宙的天性力量太过强大了，它骑在他的脖子上，假借他的手写作；因此诗人有时候似乎要表达一种纯粹的随想或疯狂的浪漫史时，实际写出来后却成了不折不扣的寓言。所以柏拉图说："诗人说出来的至理名言，连他自己也搞不懂。"中世纪所有的虚构故事意义都很明显，其实他们只是把当时的心灵严肃认真、辛苦追求的东西用一种隐含、嬉戏的方式表现出来而已。魔法以及人们认为它所具有的一切神奇能力实际上是对科学力量的一种深刻的预感。飞鞋、神剑、与天地斗争、能利用矿物的秘密功效、能通晓鸟语，诸如此类，都是心灵朝正确方向做出的模糊的努力。英雄的神威勇猛，永葆青春的神力，这些事都是人的精神企图"使事物的外观符合心灵的愿望"的努力。

在《穿林》和《高卢的阿马狄斯》中，花环和玫瑰会在忠贞不渝的女人头上绽放，在背信弃义的女人头上却会凋谢。在《男孩和披风》这个故事里，就是一个老练的读者也会对温柔的吉尼拉斯的胜利感到惊讶，并表现出由衷的快乐；实际上，任何关于精灵们的假设——她们都不喜欢别人叫她们的名字，她们超凡的能力都是变幻无常的，寻找宝藏的人一定不能讲话，诸如此类，都是不值得信任的——我发现在康科德身上完全适用，无论在康沃尔或布列塔尼情况如何。

最新的传奇是否情况有变呢？我读过《拉马摩尔的新娘》。威廉·阿什顿爵士就是代表一个粗鄙诱惑的面具，雷文斯伍德·卡斯尔则代表清高骄傲的贫穷，国家的对外使命只是诚实企业的一个班扬式的伪装。或许我们大家都会射杀一头会毁灭善与美的野牛，办法是克服那些不义和淫荡的东西。露西·阿什顿是忠诚的别名，她的美丽是永恒的，哪里出现灾难，她就出现在哪里。

但是人类的人文史与哲学史一样，还有一种历史——外部世界的历史也在天天前进，而人类也同样牵扯其中。人是时间的纲领，也是大自然的相关物，他的力量存在于广泛密切的关系里，因为实际上他的生命是与有机物和无机物的整个生物链紧紧纠结在一起。在古罗马，修筑的官道四通八达，从首都广场通到帝国的每一个行省的中心，使首都的军队可以通行到波斯、西班牙和英国的每一个市镇，同理，从人的内心似乎也发端延伸出许多宽敞大道，通向自然界每一个物体的心里，迫使它屈服于人的统治。一个人就是一堆关系，一团相连的根须，从这儿开出的花，结出的果，就是世界。他的天赋与他身处的大自然有关，并且能预知他将要居住的世界，正如鱼的鳍能感知水，蛋壳里的雏鹰的翅膀能预感到天空一样。如果没有世界，人就无法生存。把拿破仑关进一座孤岛的监狱里，使他的本领不得施展，找不到阿尔卑斯山去爬，找不到赌注去下，他就只好去捕风捉影，也就会显得愚不可及。如果把他迁到广袤的国土中，让他生活在人口稠密、复杂的利害关系和相互敌对关系的环境中，这时你就会发现：拿破仑其人，也就是说，被你看到了的那个具有拿破仑的身影和轮廓的拿破仑，并不是真正的拿破仑。这只不过是塔尔博的影子①。

他的本质不在此地，
你所见的仅是
人性中最小的痕迹
如果整个身躯都在这里，
那就未免高大无比，
只怕贵府容之无力。

《亨利六世》

哥伦布需要一个地球，才能决定他的航线。牛顿和拉普拉斯需要无数年代和星球密布的天空。你可以说牛顿心灵的性质里已经预见到了一个有引力作用的太阳系。戴维或盖-吕萨克自幼就开始研究粒子的相互吸引与排斥，他们的大脑也预示了组织的定律。胎儿的眼睛难道不能预见光明？亨德尔的耳朵难道预告不了和声的魅力？瓦特、富尔顿、惠特莫尔、阿克莱的建设性的手指难道不能预告金属可熔、坚硬、可锻造的本质，不能预告岩石、水、木头的性质？小女孩可爱的特性难道就预告不了文明社会的优雅与装饰？这里也使我联想到人对人的行为。人的一颗心灵可能数年间一直在沉思着自己的思想，但他从中所得到的自我认识，也许还比不上爱的激情一天教给他的多。一个人如果没有对

① 塔尔博，莎士比亚《亨利六世》第一部主角，率英军与法国圣女贞德作战，后因援军未到阵亡。文中所引一节，系该剧本第二幕第三景中，塔尔博在被俘时回答，讥笑其只能俘获“塔尔博的影子”，而未能俘其“本质”。

暴行感到过愤怒，没有听到过雄辩的发言，没有参加过举国欢腾或人心惶惶的激动，那他如何了解自己呢？没有一个人能够事先预料他的经历，猜测一种新事物会揭示怎样的能力和感情，就像他今天画不出明天才要初次见面的一个人的容貌一样。

我现在不愿进一步研究这笼统的陈述以探讨这种一致的理由。总之，历史的读法和做法，都需要参照这两件事实，也就是说，心灵是一个整体，自然只是它的伴随物。明白这一点就够了。

所以，灵魂便采取一切方式为每一个学生收集、再现它的宝藏。学生也应当体验这个经历的全部过程。他要将大自然的光线汇聚到一个焦点上。历史不再是一本枯燥乏味的书。它将体现在正义和明智的人身上，你不用一一告诉我你读过什么书，用什么语言写的，书名是什么。你应该让我感觉到你经历了哪些历史时期。一个人应当是名人殿。他应当像诗人们所描写的那个女神一样，穿着一件绘满奇妙事件与经历的长袍走来走去——他自己的体态与容貌由于其高贵的智力，将成为那件色彩斑斓的祭袍。我将在他身上发现史前世界，在他的童年看到“黄金时代”、“知识的苹果”、“阿尔戈英雄的远征”、亚伯拉罕的天命、“圣殿的修建”、“耶稣的降临”、“黑暗时代”、“文艺复兴”、“宗教改革”、新大陆的发现、新科学的发现和人身上的新领域的开发。人将成为潘的祭司，将晨星的祝福和天上人间的一切有记载的福利都带进陋室。

这种要求是不是有些过分自负？那么就把我所写的全盘否定算了，因为假装知道我们不知道的事有什么用呢？然而修辞学的毛病就是：我们着重一个事实就好像非得使人误解另一个事实。我们把自己的实际知识看得一文不值。你听听墙里的老鼠，看看篱笆上的蜥蜴，脚下踏着的真菌，木头上生出的苔藓。对于生物界的任何一种生物，无论从感情上还是从道德上讲，我对它们生活的世界都知道些什么呢？这些生物与高加索人种一样古老——或许更加古老一些，它们在人类身边默默地不发表意见，从来没有任何记载说到它们彼此间传递过什么语言、有过什么暗示。书上有没有指出过五六十种化学元素和各个历史时代有什么关系呢？况且，历史对人类的哲学史做了什么记载呢？历史是否解释过我们隐藏在“生”与“死”两个名词下的种种神秘呢？然而，每一个书写历史的人都有一种智慧，能推测到我们姻亲关系的范围，曾经把事实看成象征。我们所谓的“历史”只不过是一种肤浅的乡村故事，看到它真感觉到汗颜。为什么我们一定要把罗马、巴黎和君士坦丁堡挂在嘴边呢！罗马对老鼠和蜥蜴都知道些什么？对于这些邻近我们的生物体系而言，奥林匹克运动会和法国督政府又有什么意义呢？不仅如此，它们有什么食物、经验和援助能提供给猎海豹的爱斯基摩人、乘独木船的卡纳卡人、渔民、码头的装卸工人和脚夫呢？

我们天性的位置在中央，关系极为广泛。要真正表现我们的天性，而不是只要古老的，记载的全是我们阅读已久的自私与骄傲的历史的话，我们必须将之写得更加博大精深——从一种伦理改革出发，从灌输一种万古常新、疗效无穷的良心开始。对我们来说，那一天已经来到，就在我们不知不觉间，它的光辉已经照耀在我们身上了。然而科学与文学之路并不是通向大自然的途径。比起那些解剖学家或文物工作者，愚人、印第安人、小孩、未受过教育的农家子弟倒是距离阅读自然的光照更近一些。

论艺术

灵魂总在不断向前发展，因而它从不会自我重复，而是在每一个行为过程中，力图展示一种全新的且更公平的统一性。倘若我们依据目的采用通俗的作品区分方法，分别从实用和美的角度出发，那么这种统一性在实用作品与美术作品中均有体现。所以，我们在美术作品中的目的并非模仿，而是创造。在风景画中，画家应当表达超出我们已知的、更加美好的创造性。他还应当忽略掉自然的细枝末节和平淡无奇，仅向我们展现其精神和辉煌。他应当明白自然风景之所以美丽，是因为它所表达出的思想在他看来是有益的：而之所以如此，是因为那幅风景也同样表现出了他所观察到的那种力量；于是，他就会开始重视自然的表现方式，而不是自然本身，并在自己的临摹画作中去大加赞美那些使他愉悦的特征。他能表达出那种阴郁中的阴郁，灿烂中的灿烂。在肖像中，他应当刻画人物的性格，而不是面部表情，而且必须将坐在那里的人仅仅视为一种相似的内在本质或一种并不完美的图片。

除了创作激情之外，我们在所有精神活动中所发觉的删节与选择又能是什么呢？它是一种更高层次的阐释先导，这种阐释会教我们以简单的象征符号来传达更深刻的含义。除了是大自然自我表现完美的成功之作外，人还能是什么呢？除了是比地平线上的各种轮廓更精细、更集中的自然风景外，又能是什么——难道是大自然的折中主义吗？人的语言及其对美术和自然的热爱，除了是大自然更完美的成功之作外，还能是什么？忽略掉所有艰难的路程以及非常的空间和体积，其精神和道德是否会浓缩成一个动听的字眼，或是最为巧妙的笔触呢？

然而艺术家必须凭借其所处时代和国度的这些象征性符号，向同胞传达自己更广泛的含义。所以，艺术中的创新总是源于陈旧。当代的天才将永不磨灭的印章印在作品上，赋予它一种超乎于想象的魅力。只要这一时代的精神实质能够征服艺术家，并在其作品中得到充分的表达，那么这种精神实质就会继续向未来"未知"、"必然"和"神圣"的欣赏者展示自己。任何人都不可能将这种"必然"因素完全排除，任何人都不可能彻底摆脱自己的时代和国度，不可能创造出一种与宗教、政治、惯例、艺术都毫无关系的模式。尽管他从未像这样独具匠心，从未如此执着，从未如此富于想象，却也无法彻底抹去自己创作中源头思想的每一丝痕迹。逃避恰恰会暴露出自己所想要逃避的惯例。他所呼吸的空气以及与自己同时代人赖以生存和劳作的思想，都在强迫他去超越自己的意志，走出自己的视线，去分享这个时代的风格，即便他并不清楚这种风格是什么。那种在作品中无法避免的风格所表现出的魅力之所以胜过了个人的天才，就是因为有一只巨手在指导并把握着艺术家的画笔或手凿，让他去刻画人类历史的线条。这种解释便赋予了埃及象形文字以及印度、中国和墨西哥神像以价值，无论它们多粗糙、多难看。那些文字和神像展示了人类灵魂当时的高度，尽管缺乏想象，但却是源于一种像世界一样深刻的必要性。我现在能否再加上一句：造型艺术现存的所有作品在这里体现出了自己至高的价值，如同历史一般；就像在命运的肖像画上加上的一笔，美丽而完美，所有的存在按照这种秩序都会达到至福的境界？

由此，从历史的眼光来看，艺术的职责就是教育人们去感知美。尽管我们沉浸在美好的事物当中，但我们的双眼却看不清楚。这就需要将美的一个个特色展示出来，来帮助和引导我们尚未觉醒的鉴赏力。作为形体奥秘的研究者，我们亲自雕刻或者绘画，要么就去观赏已完成的雕像和绘画作品。艺术之美在于超凡脱俗，在于将一个物体从纷繁复杂的多样性中分离出来。一种事物如果脱离了与诸多事物之间的联系，尽管并不具备思想性，却也会带来喜悦与冥想。因为我们感到幸福与否都是徒劳的。婴儿就是处于一种快乐的混沌状态中。其实，他的个体特征以及实践能力都取决于每天在区分事物中所取得的进步，而且是每次区分一个。爱和所有的激情将一切存在都集中在一个形体周围。某些头脑习惯于向他们所邂逅的某个物体、某种思想、某个字眼赋予一种排斥一切的充溢的感情，并且使它们暂时成为世界的代理人。这些头脑就是艺术家、演说家和社会领袖人物。演说家和诗人所掌握的措辞精髓，就是超凡脱俗以及通过超脱来达到夸张的力量。这种措辞能力，或者说捕捉某个物体瞬间风采的能力——尤其体现在伯克、拜伦和卡莱尔身上——这正是画家和雕刻家展示在色彩和石头当中的力量。这种力量依赖于艺术家对其所关注的物体的洞察力的深度。因为每一个物体都植根于自然界的核心，代表着世界，并对我们加以展示。因此，天才的每一件作品都是当时时代的暴君，它将所有的注意力都集中在了自己身上。这个时期当中，创作这样的作品就成了唯一值得称道的事情——无论是十四行诗、歌剧、风景画、雕塑、演说、修建神庙的计划、战争计划还是航海探险计划。很快，我们又会转向其他某个东西，与前者相同，这个东西又会将自己塑造成为一个统一体，譬如精心布置的花园。于是，没有什么事情会比精心布置花园更值得去做了。假如我并不熟悉空气、水和泥土，那么我会认为火是世界上最好的东西。因为在属于自己的时刻充当世界之最，是所有自然物体、所有真正的天才以及所有内在本质的权利和属性，无论他们是谁。一只松鼠从一个枝头跃向另一个枝头，将整个森林作为自己的快乐大树，它在我们眼中并不亚于一头狮子——因为它美丽、自信，此时此地，它就是自然的代表。在我凝神倾听的时候，一首美丽的歌谣会吸引我的耳朵和心灵，就像从前的史诗一样。主人手中的小狗或一窝小猪仔同样能让人赏心悦目，这样的现实图景并不亚于米开朗琪罗创作的壁画。从这一系列精美的事物身上，我们终于认识到世界的浩瀚、人性的丰富。它可以向任何方向奔向无限。然而，我同时认识到，第一件作品中令我惊讶、让我着迷的东西，同样会在第二件作品身上再次出现；一切事物的卓越性都是同一的。

绘画和雕塑的职责似乎仅仅是启发。美丽的图画很容易就能向我们透漏它们最后的秘密。这些美丽的图画只是几个神奇的点、几根神奇的线条和几种神奇的颜料，它们却能创造出变幻无穷的“人物风景画”，我们就生活在画中。绘画对于眼睛而言就像舞蹈对于肢体一样。躯体在学会了自制、灵活与优雅之际，舞蹈大师的舞步也会被悉数抛到脑后；因此，绘画教给了我色彩的绚丽和形式的表现方式，于是，随着我在艺术当中见到更多的作品和更高超的天才，我就能够发现画笔创造的无限丰富，发现艺术家自由选择可能的形体时表现出的淡然心态。假如他能画出每个事物，为什么还要去画某个事物呢？随后，我张开的眼睛看到了大自然在户外创作的永恒画卷，画卷中是来往的大人、小孩、乞丐和淑女，他们有的穿红，有的戴绿，有的穿蓝，有的着灰，有的长发飘飘，有的两鬓斑斑，有的面色白皙，有的容貌黝黑，有的满面皱纹，有的像巨人，有的像侏儒，有的扬扬自得，有的精灵古怪——上有蓝天，下有碧海和土地。

雕塑陈列馆将这个道理讲得更加质朴无华。如果说绘画教给我们色彩，那么雕塑则讲的是形态的解剖。有人曾说过这样一句话：“我在读荷马的作品时，所有人都仿佛成了巨人。”等我欣赏完一些精美的塑像，随后走进一个公共会场时，我明白了那句话的含义。我也发觉绘画与雕塑就是眼睛的体操，是其对眼睛观察和好奇机能的训练。没有一尊雕像能像活生生的人一样，他无数的优点以及永恒的多样性胜过了所有完美的雕塑。我所置身的这个美术馆又如何呢？没有哪个风格独特的艺术家能创造出这些变化无穷的群雕和各式各样新颖独特的独雕。严肃而喜悦的艺术家本人，就在这里对自己的石料进行即兴创作。他突然有了一个想法，然后又有一个，每时每刻他都在修改自己塑像的整体气质、姿态和表情。让那些有关油彩和画架、大理石和凿子的胡说八道统统滚开，除非睁开你自己的双眼去把握这永恒的艺术，否则一切作品都是伪善的垃圾。

最终，所有创作参照的都是一种原始力量，这一点正好解释了所有高尚艺术作品具有的共同特性——它们普遍可以被人们理解，可以使我们回复到最简单的思想状态，而且都是宗教性的。既然其所表现出的技巧都是原始灵魂的再现、是纯洁之光的喷射，那么它应当对自然物体造就的东西制造出类似的印象。在幸福的时刻，自然在我们的眼中是完善的艺术——是天才的作品。倘若有人具有单纯的艺术趣味和艺术敏感，超脱于地方文化和时代影响，那么这个人就是最优秀的艺术批评家。尽管我们走遍天涯去寻找美，但我们必须随身携带这种能力，否则美就无法找到。美的精华是一种更精细高超的魅力，胜过蕴含于表面和轮廓中的技巧，胜过艺术规则的传授，也就是说，是一种来自人性艺术品的辐射——一种通过石头、画布或音符的奇妙表达，一种我们本性当中最深刻、最纯朴的属性，因而那些拥有这些属性的心灵终究最能理解美的精华。在希腊人、罗马人的石刻建筑中以及托斯卡纳和威尼斯大师们画作中至高无上的魅力就是他们所表达出的普遍语言。一种道德本质、纯洁、爱与希望的告白从它们身上散发出来。我们赋予它们的东西被原封未动地拿了回来，而在记忆中却对其做了更美好的阐释。到梵蒂冈旅行的人，从一个展室到另一个展室，穿过雕塑、花瓶、石棺和枝形大吊灯的陈列馆，穿过美的各种形态，所有的一切都是用最丰富的材料制成，这个人必定会置身于一种危险当中，这就是忘记了创作这些作品的原则的单纯性，也忘记了它们的原型均来自他自己心中的思想和法则。他研究这些美妙遗迹的技术规则，却忘记了这些作品并非从来都这样丰富，忘记了它们都是许多时代、许多国度的共同心血，忘记了每一件都出自于某位艺术家孤寂的作坊，或许是这样的艺术家在对其他雕刻作品的存在一无所知的情况下，经过艰辛的努力创作出来的。他们的创作都源于生活、家庭琐事以及个人交往、恐惧、关切、贫穷的酸甜苦辣，除了贫困、希望与担忧之外没有任何其他的模型。这些都是他的灵感，都是打动你心灵和头脑的感受。遵循自己的力量，艺术家会在自己的作品中找到表现自己固有个性的出路。他不应当受到自己材料任何形式的钳制与阻碍，而是应出于释放自我的需要，将手中的顽石变成蜡，完全、合理、充分地传达自己的思想。

我记得自己小时候，就曾听说过意大利绘画的奇妙。我当时想象那些伟大的作品必定是非常陌生的东西，是一个色彩与图形之间惊人的组合，是一种满是原始珍珠和黄金的异域奇观，就像民防军的短矛与旗帜在小学生的眼睛里和想象中就是各种点缀。我要目睹并了解我不了解的东西。当我终于来到了罗马，终于亲眼看到这些画作时，却发现那些天才带给初学者的不仅有快乐，还有怪诞和夸张，这种特质本身直接穿透了单纯与现实。它熟悉而真挚，那是一种我早已在许多形体中遇到过的古老而永恒的事实——我也正依存于此；它就是我所熟知的那种简单明了的“你我”——一种司空见惯的东西。我已经在那不勒斯的一座教堂里有过相同的经历，在那里，我发现只有地点有所改变，于是我对自己说：“你这个傻孩子，你越过四千多英里的海洋来到这里，难道就是为了寻找与家乡一模一样的东西吗？”这样的事实，我再次在那不勒斯学术宫的雕像馆里见到了，然而，我又一次来到罗马，来到拉斐尔、米开朗琪罗、萨基、泰坦以及达·芬奇的画作前，又发现了同样的事实。“什么，老鼹鼠！你怎么在地底钻得这么快？”它伴着我旅行，我以为自己将它落在了波士顿，结果它却也随我到了梵蒂冈，接着又来到了米兰，到了巴黎，使得这趟旅程滑稽得就像一架踏车。现在，我要求所有的画作都驯服于我，而不能让它们使我眼花缭乱。画作绝不应当过于绚丽。常识和坦白最能让人惊叹。一切高尚的行为都很单纯，所有杰出的画作也应如此。

拉斐尔的《基督显圣容》就是这种特殊才能的杰出代表。一种平静、慈祥的美在整个画面上闪耀，直指心扉。它简直就像是在直呼你的名字。耶稣那慈祥而庄重的面容，超越了任何赞美之词，然而，这却让所有期待浮华的人感到失望！这种熟悉、纯朴、唠家常式的面容让人好像见到了一位朋友。画商们的建议有它的价值，然而当你的心灵为天才所触动的时候，就不要去倾听他们的评论。画不是为他们所作，而是为你所作，是为眼睛能被单纯与高尚的情感所打动的人所作。

然而，等我们讲完了所有关于艺术的美言，最后必须要坦白地承认：我们心目中的艺术都是初级的。我们绝妙的赞美之词所针对的只不过是艺术的目标和承诺，而非艺术的实际效果。有人认为创作的黄金时代已一去不返，这是对人类能力的庸俗构想。《伊利亚特》或《基督显圣容》的真正价值是其作为力量的标志。它们是趋势潮流的怒波与细浪，是永恒创作成就的象征，即使在其最糟糕的状态下，灵魂也会将它们充分揭示出来。倘若艺术不与世间最强烈的影响力并驾齐驱，倘若它既不讲实用也不讲道德，倘若它疏远了良知，倘若贫穷而粗俗的人无法感到它是在用高贵的声音激励他们的话，那么艺术就尚未成熟。艺术的行为要比技艺高尚，技艺是残缺或损坏的本能夭折的产物，而艺术是创造的需要。然而在本质上，恢宏而普遍的艺术无法忍受残缺或束缚的双手，无法忍受创造出残缺和怪物，一切画作与雕塑皆是如此。艺术的目的就是对人与自然的创造，一个人能够在其中释放自己的所有能量。只要他有能力，他就能画画、雕刻。艺术应当使人兴奋，打破四周所有的壁垒，唤醒观赏者身上那种普遍联系与力量的感觉，这种感觉正是艺术在艺术家身上的表现，其最高的结果就是造就出新的艺术家。

漫长的历史早已目睹了各种特定艺术形式的衰老与消亡。雕刻艺术很早以前就丧失了任何实际作用，它原本是一门实用艺术，一种写作方式，一种对于感激和奉献的原始记录；在一个对形式具有美好感知的民族当中，这种幼稚的雕刻曾被琢磨出最辉煌的效果。然而，现在却成了粗俗、不成熟的民族的游戏，而非富有智慧和精神的民族的阳刚之作。在一棵枝叶茂盛、果实累累的橡树下，在充满了永恒双眼的天空下，我站在宽阔的大道上；然而，在造型艺术作品特别是在雕刻艺术中，创作已经走投无路。我无法逃避这样一个事实，即在雕刻艺术中，存在着某种微不足道的表象，就像玩具和剧院的虚饰一样。自然超越了我们的思维情绪，我们尚未穷尽它的秘密。然而美术馆却可以任由我们的摆布，但有时它会显得轻浮。牛顿总在关注行星和太阳运行的轨道，他对彭布鲁克伯爵在“石头玩偶”嗜好中的发现会感到好奇，我对此并不奇怪。雕刻可以让学生明白形体的奥秘有多深奥，明白灵魂可以在多大限度内将自己的含义转换为雄辩的言谈。然而，在需要贯穿一切、不容许伪造和死板的崭新活力面前，塑像显得冰冷而虚伪。绘画和雕刻是对形体的赞颂与欢迎。然而真正的艺术绝非凝固，它总是在流动着。最甜美的音乐并非存在于圣乐当中，而是存在于人类的声音中，存在于那种发自生命瞬间充满温柔、真理和勇气的声音中。圣乐早已脱离了清晨、太阳和地球，而规劝的声音却与这些东西息息相关。一切艺术作品都应是即兴的表演，而非超脱于现实。一个伟人在思想和行动上就是一尊崭新的塑像。一个美女就是一幅让旁观者痴迷却不堕落的画作。生活既是一首抒情诗或一部大型史诗，也是一首诗歌或一部浪漫故事。

如果能找到合适的宣读者，创作法则真正的宣言就会将艺术带进自然的王国，消灭掉其分离和对立的存在形式。现代社会中，创造性与美的源泉几近枯竭。

通俗小说、剧院或舞厅让我们觉得自己都是世界这座贫民窟里的乞丐，没有尊严、没有手艺、没有勤奋。艺术显得既贫穷又低下。那种旧式的悲剧“必然性”甚至曾降临到古代维纳斯和丘比特们的头上，并曾对这些反常形象闯入自然表现出深深的遗憾——即认为它们无法避免，认为艺术家陶醉于自己对形体的激情中，对此他无法抗拒，这种激情在这些精美的夸张之作中得到了体现——这种“必然性”不再推崇手凿和铅笔。然而，艺术家和鉴赏家们此时却在艺术当中寻求展示他们的天才，或寻求一个避难所以摆脱生命中的种种罪恶。人们在自己的想象当中创造形象，而他们对此并不满意，于是他们逃向了艺术，在圣乐、塑像、绘画中传达自己美好的感知。艺术也同样像兴起的感官一样加以努力，将美从实用中分离开来，将作品作为不可避免的东西加以修补，如果厌恶它，就将它交给快乐。这些安慰和补偿就是美和实用的分离，而这是自然法则所禁止的。这并非出于宗教和爱，而是出于消遣，这种美一旦被发现，就会让追求者堕落。他再也无法在画布、石块、声音和抒情作品当中获得崇高的美，所形成的只能是一种柔弱、故作正经、病态的美，而这绝不是美；因为手所能做的事情绝对不会超越通过个性启发所创作出来的作品。

这样，艺术分离本身就成了分离的艺术。艺术绝不应当是一种肤浅的天才，而必须源自人的内心深处。现在的人看不到自然之美，于是去造一尊塑像，以为这就是美。他们觉得人们乏味、迟钝、不可理喻，于是讨厌他们，而用颜料袋和大理石块来自我安慰。他们抵触生活，觉得生活平淡无奇，于是创造了死亡，并称之为富有诗意。他们打发掉一天的无聊琐事，便奔向骄奢淫逸的白日梦。他们吃喝玩乐，指望着以后实现理想。就这样，艺术遭到了诬蔑；虚名向心灵传达了自己低级和邪恶的感知；在想象当中，它充当了某种违背自然的东西，从一开始就与死亡结下了不解之缘。从更高的境界出发——在人们吃喝玩乐之前就去为理想效劳，在吃喝中、在呼吸中、在生命运转中为理想效劳，岂不是件乐事？美必须重返实用艺术，应当忘记美术与实用艺术之间的区别。如果能真实地讲述历史、高尚地生活的话，要区分两者就不再那么容易，也不再那么可能了。在自然中，一切都是有用的、美好的。因为它是活生生的，是流动的，是充满活力的，因而是美的；它之所以有用，是因为它对称而美好。美不受法律的制约，也不会在英国或美国重复自己在希腊的历史。它会像往常一样悄无声息地到来，在勇敢者与细心者当中一跃而起。我们试图寻找天才，重复美在古老艺术形式中的奇迹，然而这种做法是徒劳的；在崭新和必要的事实当中，在田野里和大路旁、在商店和磨坊里寻求美与神圣是它的本能。它会从虔诚的心灵出发，对铁路、保险公司、股份公司、我们的法律、基层议会、商业、电池、电瓶、棱镜、化学家的曲颈瓶加以更神圣地利用，我们目前在它们当中寻求的仅仅是一种经济的利用方式。我们大的机械工程——如工厂、铁路和机械厂——当中自私甚至残忍的地方，不就是这些工程遵从利益驱动的结果吗？一条负有崇高而充分使命的汽船，在大西洋两端的新旧英格兰之间架设桥梁，假如运行得如行星一般准时抵达了它的港口，这就是人类与自然达成和谐所走出的第一步。在圣彼得堡，小船在磁力的吸引下沿着勒拿河行进，本身就是崇高庄严的。当科学从爱中获得时，科学的力量就能得到爱的修补，这些力量就像是对物质的创造的补充和延续。

论补偿

时间的双翼黑白交插，
因为同白天和黑夜混杂。
群山巍峨啊大海深沉，
恰好维持着颤抖的平衡。
月有圆缺啊潮有涨落，
表现出盈与缺的不和。
多与少的仪表扫过空间，
把电星与光锥测探。
星球穿过永恒的大厅决不逗留，
其中就有那寂寞的地球，
它是一个飞向空际的平衡力，
就像一颗小星星把补充作用起，
或者像一点起补偿作用的星火，
在中性的黑暗中倏尔掠过。
人是榆树财是藤；

卷须缠绕紧如绳；
脆弱的小环虽然把你骗，
藤蔓终归难损大树干。
所以，柔弱的小孩你别怕，
神祇把毛虫也不敢踏。
戴桂冠者功业永存，
权力依附于用权的人；
你没有份？凭那飞快的脚，
瞧！它催你赶快去关照；
自然造万物归你所有，
或在空中飘浮，或受岩石掣肘，
劈山下海本领齐备，
就像影子紧跟着你。

自儿童时期起，我就有想写一篇有关“补偿”的论文，因为那时候的我就认为，在这个主题上，生活高于神学，人们懂得的知识远比牧师所教导的要多。我曾在一些文献中摘录了相关的教义，这些文献的多样性使我产生了许多奇特的幻想；更加令人不可思议的是，它们时刻都会浮现在我的脑海里，甚至还出现在我的梦中。那些文献就相当于我们手中的工具、篮子里的面包、街上的各种交易，相当于农场、住宅、问候、交际，相当于债务和存款、个人的影响力、人类的本性以及天资等等。在我看来，这些事物同样可以向人们折射出神圣的光辉，并且不带有一丝传统的痕迹，因此人们的心灵就可以沐浴在永恒之爱的洪流里，并与他们所熟知的永恒不变的事物交谈；无论它们属于过去还是属于未来，此时此刻，它们都绽放出神圣的光彩。另外在有些时候，如果某种教义带着一种强烈的直觉被陈述出来，那么在我们的面前就显现出基于这种直觉之上的某种真理；它会像漆黑的旅途中一颗闪耀的明星，照亮那曲折的道路，使我们永远也不会迷失方向。

最近，由于在教堂里听到一次布道，我加强了这些愿望。那位因为坚持正统而受人敬重的牧师，用极普通的态度一步步阐述“最终审判”的教义。他假设今世不可能进行这种审判；坏人有钱有势，好人困苦不堪，然后就依据道理和《圣经》，极力主张双方在来世要做的一种补偿。对于这种教义，听众似乎并不大惊小怪。据我观察，在散场时，人们各自离去，对布道不置一词。

但是，这种教义有什么含义呢？牧师口中说的好人在今生受苦受难是什么意思呢？难道就是说房子、土地、官位、美酒、骏马、锦衣、美食都给作恶多端的人，圣徒只能一贫如洗、受尽歧视；难道是说后者要在来生才能得到一种补偿，就是有朝一日也给他们同样的报酬——股票和金钱，鹿肉和香槟？这补偿一定是在计划之中的，因为还有什么呢？难道就是说允许他们得到赞美和祈祷？允许他们得到爱人和为人们效劳的权利？唉，他们现在就可以做这种事。信徒要做出的合理推断就是“将来我们一定会有现在的罪人们所拥有的那种美好时光”，或者一语道破天机——“现在你们犯罪，很快我们也将会犯罪，如果可以，我们能现在犯就一定要现在犯；由于现在还没钱没势，所以我们期待在明天一雪前耻的机会。”

这种教义的荒谬之处就在于这样一种大到不合理的让步：坏人有钱有势，正义现在不能推行。那位牧师的盲目性表现在于：他听从对构成一种财势的市场所做的低劣估价，而不是面对世人并且给背离真理的世人定罪，而不是宣布灵魂的存在和意志的全能，从而建立起善与恶、成功与虚伪的标准。

我也从当今普及的宗教著作中发现了一种类似的低劣论调，也发现文人们偶然涉及相关课题时所提出的同一类教义。我认为，我们流行的神学只是在礼仪上而非原则上说服了它所取代的迷信。然而人强于这种神学。他们的日常生活证明了它的虚假。每一个胸怀坦荡、具有远大抱负的灵魂用自己的经验将这种教义置于脑后，而且所有人有时候都感觉到了那种他们虽然还无法证明的虚伪。因为人们并不知道，他们有那么聪明。他们在学校里、讲坛上听到的东西都没能回头想想，如果在谈话时说出来，听者可能会哑口无言。如果有人在各色人等的聚会中对天意和神规妄加论断，那么回答他的就是一种沉默，这种沉默并非说他没有表达能力，而是向旁观者充分表达听者的不满。

我试图在本篇和下篇文章中尽力去记录一些可靠的事实，以便它们能明显标示出补偿规律的道路；假如我真的能为这个圆圈画上一笔，哪怕是最短的弧线，那么我也一定会喜出望外的。

在整个自然界，对立的现象或者说作用力与反作用力的现象随处可见：黑暗与光明，温暖与寒冷，潮涨与潮落，男性与女性，动植物对空气的吸入与呼出，心脏的收缩与舒张，离心力与向心力，等等。在磁针的一端增加磁力，另一端就会产生相反的磁力；假如南极吸引，那么北极就会排斥。如果要扩张这里，就必须压缩那里。一种必然的二重性将大自然一分为二，因此，每一种事物都只体现出自身的一半，但同时也将暗示出使之完美的另一半，比如精神与物质、男人与女人、奇数与偶数、主观与客观、内在与外在、上面与下面、运动与静止、肯定与否定。正因为有了这种共存，才造就了完整的世界。

这个世界就是通过这种方式表现自身的二重性的，它的每一个组成部分都是如此。万物的整个体系都表现在每一个粒子当中。在一根松针、一粒谷子里，在每个动物群的每一个个体中，都有某种类似于海潮涨落、白昼黑夜、男人女人的东西。反作用在自然力中表现得如此气势磅礴，在这些小小的范围内也要重演。例如，生理学家发现，在动物界中，没有一种动物生来就是大自然的宠儿，然而却始终都有一种补偿在平衡着天赋与缺陷之间的关系。同一只动物身上如果一部分有所增加，则另一部分必然减少。如果头部和颈部增长了，那么躯干和四肢一定有所缩短。

另外一个例子是机械力的理论。我们在功率上有所增加，在时间上就必然有所减少；反过来也是如此。还有一个例子就是行星的周期或补偿误差。气候土壤在政治历史中的影响也是一例。寒冷的气候能强身，贫瘠的土地繁衍不出热病、鳄鱼、老虎或蟹子。

在人天性与状况的基础中，也体现着同样的二重性。过火导致不及，不及又造成过火。有甜必有酸，有善必有恶。人如果贪图感官上的享乐而肆意放纵，相应的惩罚就会接踵而至。这就是要说明生命不息、中庸不止的理由。如果想延年益寿，在生活上就要有所节制。每一点智慧必定会有其愚昧之处。你在某件事上有所收获，那么在另一件事上就会有所损失。假如财富有所增加，那么利用它的人也一定会相应增加。倘若采集者采集得过多，那么大自然肯定会拿走放进这个人胸中的东西；膨胀了财产，却葬送了财主。大自然憎恨一切垄断和排外的现象。尽管海浪掀天，但立即又会趋于一个平面，虽然状况迥异，但容易取得平衡，前者速度并不比后者快。在专横跋扈的人、富强幸运的人与其他人之间总是存在着某种平均主义，将他们基本上拉到同一水准上。如果一个人对社会而言太过强大、凶残，而且从性情和立场上讲，是一个坏公民——一个乖戾的恶棍，身上有海盗的一股闯劲——大自然就会送给他一群漂亮的子女，都在乡村学校里女教师的班上学习，对他们的疼爱和惧怕就会把他一脸的杀气化为满身斯文。因此，大自然设法软化坚硬的花岗岩和长石，摒弃野猪的粗犷习性，融入羔羊的温顺，合理地维持着自身的平衡。

农民热衷于权力和地位是件好事。但是总统为了入主白宫却付出了高昂的代价。一般来说，为了暂时保持一种举世瞩目的形象，他心甘情愿在宝座后面的真正主人面前含羞忍辱。或者，人们是否渴望天才的伟大能够更加牢固而永久呢。谁对这个东西都没有免疫力。谁利用意志或思想的力量成为伟人，无数人都视而不见，谁就背上了显赫的炸药包。随着每射进一次光，就出现新的危险。他有光明吗？他必须对那永不停息的灵魂的新的启示保持忠诚，以此来为那些光作证，而且总要超越让他志得意满的那种同情。他必须憎恨父母和妻儿。他是否拥有世人所爱慕和觊觎的一切？他必须将他们的爱慕抛诸身后，必须用他对自己真理的忠诚来折磨他们，因而必须成为笑柄、遭到嘘声。

这条规律写下了各个城市和各个国家的各种法律，要对它加以建立、划分或组合纯属徒劳。事物拒不接受长期的错误管理。对于一种新的恶，虽然还未出现种种遏制，但遏制还是存在的，并且一定会出现。如果政府惨无人道，政府首脑就难以活命。如果征税过高，国家的税收就会毫无成效。如果刑法太过残酷，陪审团就会拒绝定罪。如果法律太过宽容，私人复仇就会趁机插手。如果政府极端民主，公民就会精力过剩，压力就会遭到抵制，生活就会闪出更强烈的光芒。人的真正生活和满足似乎在逃避极端艰苦或极端幸运的境遇，似乎对各种环境都能泰然处之。在各种政府的统治下，性格的影响从未改变——无论在土耳其还是新英格兰，都大体如此。在古埃及的专制帝王统治下，历史坦诚地承认：人能享受到多大自由，就取决于文化能给予人多大自由。

这些现象呈现出这样一个事实：宇宙体现在它的每一个粒子里。自然界的每个事物都包含着大自然的一切机能。每一个事物都是由一种隐秘的材料构成，正如每一种状态的改变都被生物学家看作一种类型：马被看成是跑着的人，鱼被看成是游泳的人，鸟被看成是飞翔的人，树被看成是扎根的人。每一种新的形式不但是对该类型的主要特征的重复，而且相对应地重复了另外每一种类型的所有细节、目的、促进、妨碍、能力和整个体系。每一种职业、行业、技艺、事务都是世界的一个大纲，与别的每一种事物都息息相关。每一个事物都是人生的一种完整的象征，是人生的善与恶、人生的考验、人生的敌人、人生的进程和目标的一种完整的象征。每一个事物必须以某种方法容纳完整的人，详加表述他的全部命运。

世界将自己浓缩在一滴露珠里。显微镜也无法发现这个因过于微小而不完美的微生物。然而，眼睛、耳朵、味觉、嗅觉、运动、节制、欲望以及主宰着永恒的生殖器官，都能在这小小的生物中找到各自的空间。可以说，我们的生命力活跃于每一种行为中。无所不在的教义就是：上帝完全重现在每一个苔藓和蛛网之中。世界的价值在于设法将自己展现在每一个角落中——有善的地方，就会出现恶；有吸引，就必然有排斥；有力量的地方，就会存在束缚。

因此，世界是有生命的。宇宙万物都是有道德的。我们体内的灵魂是一种情感，而身外的灵魂则是一种规律。我们能感受到灵魂的骑士；在外界客观的历史中，它已向我们展示出决定命运的力量。“它如果存在于世界中，世界便因它诞生。”正义永远不会被推延。一种完美的公正在协调着生命的各个部分。“上帝的骰子总是灌上铅的。”世界就像一个乘法表或一个数学方程式，无论你怎样移项，它都能维持自身的平衡。无论你取什么数字，都会得到它的准确值，不多不少。每一个秘密都有泄露的时候，每一种罪恶终将受到惩罚，每一种美德自然都会得到回报，每一个错误也都完全可以改正——无声无息，却确定无疑。我们所谓的报应就是一种普遍的必然，只要有部分出现的地方，就一定会因它的存在而出现整体。在看得见烟的地方，你就一定也能看到火。假如你看到一只手或一条腿，那么你就会知道，它所属的躯干随即定会显现。

每一种行为都可以得到相应的回报，或者换句话说，可以通过一种双重的方式来完善自我。首先，这体现在事件中，即真正的自然本质中；其次，它体现在环境中，即表面的自然现象中。人们把环境称为报应。如果因果报应存在于事件中，则可以被灵魂察觉。只有通过知性，存在于环境中的报应才可以发觉。报应与事物是密不可分的，但它往往会拖延很长时间，直到多年以后才会出现。在抽打之后才会出现明显的鞭痕，然而鞭痕之所以随之而来，是因为它是伴随着抽打的。罪恶与惩罚都生长在同一条根茎上，惩罚是在快乐之花中偷偷成熟的果实。原因与结果，手段与目的，种子与果实——尽管是两种事物，但紧密相连、不可分割，因为结果已经在原因中开花，目的也预先在手段中存在，而果实则是由种子孕育而生。

尽管世界愿意成为整体，拒不接受分裂，但是我们还是想方设法各自行动、相互分离、据为己有。例如，我们为了满足感官享受而将它与人格的需要彻底分离。人的智慧总是在被利用来解决这个问题——如何把感官上的甜美、强壮、鲜艳等等与道德上的甜美、深沉、清白分开，也就是说，再一次设法使这个表面被刮得连底也保不住，再一次设法顾头不顾尾。灵魂说，吃吧，肉体就大吃特吃；灵魂说，男女的灵魂和肉体应该合为一体，肉体只是肉的合体而已；灵魂说，为了美德的目的统治万物吧，肉体却为了自己而主宰万物。

灵魂极力通过万物生活和行动。这大概是仅有的事实。万物必将附加到它身上——能力、欢乐、知识、美。某个希望自己成为一个关键人物，竭力树立自己的形象，千方百计地谋取一种私利；具体来说，他想骑马就可以骑马，想穿衣就可以穿衣，想吃就可以吃，想统治就可以万众瞩目。人极力想要成为伟人，他们会拥有地位、财富、权力、声名。他们以为伟大就是占有自然当中甜的那一方面，而不会有苦的那一方面。

这种割裂手法被坚决抵制。必须承认：迄今为止，有这种图谋的人甚至都没取得过哪怕一丁点儿成功。我们一缩回手，分开的水就又合为一体。一旦我们设法把这些东西从整体中分离出来，欢乐就从欢乐的事物中脱离，利益就从有利的事物中脱离，力量就从强大的事物中脱离。我们无法把事物一分为二，单独提取感官上的好处，就像我们不能得到无表之里、无影之光一样。“用一把草杈把自然撵出去，她就又跑了回来。”[1]

生命用种种不可避免的状况把自己包围起来，不明智的人力图回避它们，一个个还胡吹什么他并不知道；它们没有碰过他——然而他们嘴上还在吹牛，灵魂里却藏着状况。如果他在一个部位上逃过了它们，另一个更加要害的部位就会受到它们的攻击。如果他在形式和表面上逃过了它们，那是因为他已经抗拒了生命，逃脱了自我，报应就是死亡。任何想把利益和负担分开的尝试都以失败告终，这种失败非同小可，所以，千万别尝试这种实验——因为进行这种实验就象征着疯狂——可是在背叛和分裂的情况下，既然疾病早就在意志中开始，那么智力也即将被传染。这样，人在每个物体中就看不见完整的上帝，只能看见一种物体对感官的诱惑，而看不见对感官的危害；他看见美人鱼的脑袋，却看不见龙的尾巴；而且认为他可以把想要的和不想要的明确分开。“你默默地住在天顶，那么神秘，啊，你这无与伦比的伟大上帝，怀着一种不倦的天意，把某种受罚的盲目洒向为所欲为的人！”[2]

在寓言、历史、法律、谚语、会话的描绘中，人的灵魂是忠于这些事实的。它在文学中情不自禁地说起话来。所以，希腊人称朱庇特为“最高心灵”；可是由于传说中认为他有太多卑劣行径，所以他们就顺理成章地向理性赔罪，办法就是将这个如此恶劣的神的双手捆住。他被塑造成英国国王那样的无可奈何。普罗米修斯知道一个乔武必须乐于接受的秘密[3]，密涅瓦知道另一个。他无法得到自己的雷霆，密涅瓦掌管着他们的钥匙。

“在众神之中，只有我知道
打开那些坚固的门的钥匙，里面的地下室里
睡着他的雷霆。”[4]

① 引自古罗马诗人贺拉斯《书札》第1卷第10章。

② 引自圣·奥古斯丁《忏悔录》第1卷。

③ 普罗米修斯知道西蒂斯注定要生一个比其父还要强大的儿子，在知道这一点后，宙斯（乔武）对西蒂斯的欲望便冷了下来。见埃斯库罗斯《被缚的普罗米修斯》和《松绑的普罗米修斯》。

④ 见埃斯库罗斯《复仇女神》第894—896行。

众人对万物的介入供认不讳，对它的道德目的供认不讳。印度神话以同样的伦理道德作为结局，创作和传播任何不道德的寓言似乎都是不可能的。曙光女神忘记了为她的恋人要青春，所以，虽然提托诺斯有了长生之术，却还是龙钟老态。阿喀琉斯也并非无懈可击，圣水没有浸到他被忒提斯所抓的脚踝上。《尼伯龙根之歌》里的齐格弗里德也做不到不朽，因为在他用龙血浸身的时候，一片树叶落到他的背上，所以那块被树叶遮住的地方就成了他的致命要害。情况必须如此。上帝所造的每一件事物都存在缺陷。似乎总有这样一种惩罚性的事件出人意料地偷偷潜入，甚至潜入人的幻想企图借以消遣、并摆脱古老的清规戒律的最狂放的诗歌中——这种反击，这种枪炮的后坐力，证明规律无可避免；证明在自然界，没有什么是白给的，一切都要付出代价。

这就是复仇女神那个古老的教条。她对宇宙进行监控，不允许任何违法行为逍遥法外。据说，复仇三女神就是正义的维护者，如果天上的太阳偏离了轨道，她们就要惩罚他。诗人们说石墙、钢剑、皮鞭对于自己主人的过错怀着一种隐秘的同情；埃阿斯给了赫克托一根皮条，后来它被拴在阿喀琉斯的战车车轮上，把赫克托这位特洛伊英雄在战场上拖来拖去。赫克托给了埃阿斯一柄宝剑，埃阿斯后来死于这把剑下。据记载，塔西亚人为竞技的优胜者忒吉尼斯立了一尊雕像，忒吉民斯的一个对手却趁着黑夜去敲打雕像，试图把它弄倒，最后他搬动了雕像底座，但却被倒下来的雕像砸成肉泥。

这种来自寓言的声音带有某种神圣的意味。它来自于超越作者的意愿的思想。它是每个作者的精华所在，里面毫无私人意见，甚至连作者本人也对它一无所知。它是从他的性格中奔流出来的，而不是胡编乱造来的。你不会在只研究一个艺术家的时候发现它，但是研究的艺术家多了，你就会把它视作他们所有人的精神并把它提取出来。它不是菲狄亚斯[①]，而可能是我所了解的那个早期希腊世界的人的作品。对于历史来说，菲狄亚斯的姓名和情况无论多么方便，一旦我们接受到最高明的批评后，就都会令人困惑。我们要弄清楚，在特定的

① 菲狄亚斯，公元前5世纪的古希腊伟大雕刻家。

历史阶段人倾向于做什么，而且在做的过程中什么被菲迪亚斯、但丁、莎士比亚的干预意志，也就是人在当时工作的工具，所妨碍，或者如你想说，所更改。

世界各国的谚语对这一事实的表现更引人注目。谚语一直是理性的文学，或者是对一种绝对真理毫无保留地陈述。谚语就像每个民族的《圣经》，是直觉的神圣殿堂。嘈杂喧闹的世界，专搞形式主义，坚决反对现实主义者用自己的话说出这种事，但是允许他用没有矛盾的谚语去说。这种被教堂、议会、学校都否定的通用法则，却在所有的市场、商店里用奔放的谚语不停宣讲着，其教育意义就像鸟和苍蝇一样真实无疑，并且无处不在。

宇宙万物都具有双重性，一重反对另一重；两者针锋相对，一报还一报；以眼还眼，以牙还牙，以血还血，以爱还爱。付出后必定会有回报；向外洒水的人，自己身上也必定会被溅到一些水。上帝说，你想要什么呢？那就一手交钱，一手交货。没有冒险，就不会有收获。要根据你完成的劳动给予你报酬，这样才最合理。不劳动者不得食，害人者反而害己。诅咒往往先降祸于发出咒语的人。假如你把一条铁链拴在一个奴隶的脖子上，那么它的另一端自然就会缠在你自己的脖子上。满肚子馊主意的人必定没有好报——恶人是最愚蠢的家伙。

我之所以这样说，是因为生活中的事实就是这样的。我们的行为受制于凌驾在我们意志之上的自然法则，同时也是其特点的一种表现。我们通常都没有远见，对公共利益漠然置之，但我们的行为却在不可抗拒的磁力作用下，与世界的磁极保持一致。

一个人一说话就等于对自己做出论断。真心也好，违心也罢，他的每一句话都被他的同伴在心中为他画像。他说出的每一种看法都影响着他自己。它是一个投向目标的线球，然而它的另一头仍然装在投掷者的口袋里。或者它更像一柄投向鲸鱼的鱼叉，它从小船的一盘绳子上松开，飞向前方，如果鱼叉质量不好或者投掷技术太烂，它就会调头把叉手叉成两截，或者叉沉小船。

作孽者，必受罚。“谁如果有一点自大妄为的做法，谁就会深受其害。”伯克[1]说。一心想要单独过时尚生活的人，看不到他在力图独享欢乐时，反而把

[1] 埃德蒙·伯克（1729—1797），英国政治家。

自己排除在欢乐之外。宗教中的排他主义者，看不出他竭力把他人拒之门外时，等于把自己关在天堂的门外。谁把别人当小兵或者九柱戏一样摆弄，谁就会受到像他人一样的惩罚。如果你无视别人的心，就一定会失去自己的心。诸如妇女、儿童、穷人的所有人都会被感觉化为物。俗话说："我不是从他的钱包里弄到手，就是从他的皮肉里榨取到。"这确实是一种必然成功的哲学。

在我们的社交中，一切违反爱和公正的做法很快就会受到惩罚；至少，它们必然与恐怖相伴。当我决定以一种单纯的关系与同伴相处时，我们之间就不会发生任何不愉快的事情。当我们相遇时，彼此的性情完美地扩散并渗透，就像水与水相互融合，或者像两股气流相互混合一样。然而，一旦我们的交往违背了单纯的关系，各自抱有自私的想法，或者出现了对我有利、对同伴不利的情况，同伴就会感到不公平。于是，他躲开我，就像我躲开他的距离一样远。他的目光再也不会寻求我的目光，我们之间产生了隔阂。他的心中产生了对我的仇恨，而我的心中也产生了对他的恐惧。

社会上的所有陈规陋习，不管是普遍的还是特殊的，任何用不公正手段聚集的财富和权力，都会受到同样方式的报复。恐惧是大智慧的良师，也是一切革命的先驱。一个出自它的教诲就是：哪里有他出现，哪里就有腐朽。它是一个以腐肉为食的乌鸦，虽然你不明白它为什么盘旋，但是那里必定有死亡。我们的财产、法律以及有教养的阶级全都胆小怕事。恐惧世世代代都是政府和财产的预兆，对它们满面怒容、喋喋不休。那种晦气的鸟不会无缘无故地飞到那里。它表明那里存在必须纠正的大错。

我们的自愿活动一中止，就立刻产生了对于变化的期待，这种期待也具有类似的性质。晴空万里的正午的恐惧，波吕克拉忒斯①的绿宝石，对成功的畏惧，那种本能——使每一个慷慨的灵魂把一种高尚的苦行主义和替人受罪的美德的任务强加在自己身上，诸如此类，都是通过人的思想感情所产生的并不稳定的正义平衡。

精于人情世故的人深知，最好是边走边把账结清，而且也非常清楚：人通

① 波吕克拉忒斯，古希腊神话中统治萨摩斯的暴君。他由于走运而害怕复仇女神，曾向海里扔进一颗绿宝石，可那宝石却装在一条鱼的肚子里返回到他的手中。

常会贪小便宜吃大亏。借钱、借东西的人其实先欠了自己的债。一个人得到了一百种好处，但却没有一点回报的举动，难道他得到了吗？一个人出于懒惰或狡诈，借了他邻居的用具、马匹和金钱，难道他有所得吗？这一举动立刻让人们认为一方在施恩，一方在欠债；也就是说，立刻认为一方优越，一方低劣。在他和他邻居的记忆里一直停留着这笔交易，每一笔新交易的相互关系都要按照其性质而改变。或许他很快就会明白：宁可折断自己的骨头，他也不去坐邻居的马车，而且也知道了"对于一件东西，他所付出的最高价格莫过于开口乞求"。

一个明智的人，会把这种教训向生活的各个方面推广，而且还会知道：面对每一个请求者，每一种满足对你的时间、才能和心愿的合理要求，就是谨慎的本分。永远偿还，因为无论早晚，你都必须要偿还全部债务。你公正与否，人与事一时之间还无法做出论断，但是那仅仅是延迟罢了。最终你必须把你自己的债务偿还。假如你够明智的话，你就会害怕成功，因为那只能增加你的负担。利益是大自然的目标。然而每当你获得一种利益，你就要交一笔税款。谁把大部分利益给予别人，谁就伟大。谁只受恩不报恩，谁就卑鄙——这是世界上唯一的卑鄙事情。在大自然的秩序中，我们不能从谁那里受益就报答谁，或者说这很难做到。然而，我们得到的利益必须报答给他人，一个行业对应一个行业，一种行为对应一种行为，一分钱对应一分钱。当心不要在手上集中太多好处，否则它很快就会腐烂长蛆。快点用个什么方式打发出去吧。

同样一些无情的法则也会关照劳动。谨慎的人说，最宝贵的劳动最便宜。我们在一把扫帚、一块席子、一辆马车、一把小刀中买到的是某种良知在一种共同的需要上的应用。在你种地时，最好的办法是出钱雇佣一个能干的园丁，或者买到能应用到园艺上的优秀知识。做水手时，买应用到航海上的优秀知识；持家时，买应用到烹饪、缝纫、服务上的优秀知识；做代理人时，买应用到账目和事物上的优秀知识。所以你事必躬亲，或者事事身体力行。可是，由于事物具有双重性格，劳动中和生活中一样不容许半分虚假。小偷偷的是自己身上的东西。骗子骗的正是他自己。因为知识和美德才是劳动的真正价值，财富和信誉只是标记而已。这些标记就像纸币一样是可以伪造和偷窃的，然而标记代表的那个东西，即知识和美德，却是无法伪造和偷窃的。不真正发挥智力、不服从纯洁的动机，那么劳动的这些目的就是达不到的。具有物质和道德性质的知识是骗子、窃贼、赌徒敲诈不到的，因为他们真正的关心和辛苦把它交给了知识的运用者。自然法则就是：做这件事，你就有这种能力；不做这件事的人，就没有这种能力。

从削木桩到修建城市、创作史诗，人的劳动尽管形式有很多差别，但都是宇宙的完善补偿的一个重大例证。给予与取得绝对平衡，事物必有其价值的学说，不付其价不得其物，无价之物不可能获得——在账项中的崇高并不在国家预算、光明与黑暗的规律、大自然的一切作用与反作用中的崇高之下。我不能怀疑那些每个人都看见蕴藏在他们所熟悉的进程中的崇高规律，那些在每个人的凿刃上发光、由他的测锤和量尺量定、在商店账单的总额中像在一国的历史中那样明白、严格的伦理，向他推荐了他的职业，虽然几乎不会点名道姓地提及，还把他的事业扩大到超乎他想象的程度。

品德和自然的联盟促使万物结成了一条反对罪恶的统一战线。叛徒受到世界上所有的美好规律和物质的践踏和鞭挞。他发现整个世界都没有恶棍的容身之所，事物都是为了真与善而安排的。一犯罪，大地就变成玻璃制造的。一犯罪，就好像地面上落了一层雪，就像它在森林里暴露每一只鹧鸪、狐狸、松鼠和鼹鼠的踪迹那样。你无法收回已说出去的话、不能抹掉足迹、不能吊起梯子，以便自断后路、不留线索。某种该死的情况总要泄密。自然的规律和自然物质——水、雪、风、引力——对窃贼而言都变成了绊脚石。

另一方面，这种规律对任何正确的行动都万无一失地适用。爱护别人的人必定受人爱戴。所有的爱都是天经地义的，就像一个代数方程的两边一样合理。善人具有绝对的善，这种善就像火一样把万物的性质与它自己的性质同化，如此一来你就不能伤害他。可是，就像被派去与拿破仑作战的皇家部队一样，拿破仑一来，他们就改旗易帜、化敌为友，同样，种种灾害，如疾病、攻击、贫困，最后都被证明是恩人：

“萧瑟的风和滔滔的水，
助长了勇士的力量和神威，

但对它们自己却无关紧要。”①

软弱和缺陷甚至都来帮助善良的人。有点自大的人都会身受其害，同样，有缺陷的人会在特定场合身受其利。寓言中的牡鹿赞赏它的犄角，却讽刺它的脚；但是猎人来了的时候，却是脚救了它的命；后来，它的犄角卡在灌木丛中，就此断送了性命。人活着其实应该感激他的缺点。一个人无法彻底领悟一个真理，除非他与这个真理曾经较量过；同理，一个人无法彻底了解人们的障碍和才能，除非他深受障碍的苦恼，看到了自己因为缺少某种才能而遭受失败的命运。难道他的气质上有一种令他与他人格格不入的缺陷？那倒好，他只能去自寻其乐，反而培养了自立的习惯；这样一来，正如受伤的牡蛎一样，它用珍珠修补了自己的贝壳。

我们的力量源自我们的软弱。只有被刺痛、狠狠打击之后，才会激起被秘密部队武装起来的愤怒。伟大人物总是甘于渺小。一旦坐在有利的软垫上，他就会沉沉睡去。如果他遭受压力、折磨和失败，他就有了学习的机会；他就增长了谋略和勇气，他就得到了信息；了解自己孤陋寡闻，治愈了他的自大狂妄；学会了稳重和真正的技能。明智的人喜欢把自己置于受攻击的境地。他比攻击他的那个人更喜欢发现自身的缺点。在伤疤愈合之后，就像一层死皮一样从他身上脱落，攻击者眼看胜利在望了，看啊！他却变得坚不可摧。与赞扬相比，非难更加安全。我讨厌在报纸上有人为我辩护。只要所说的都是攻击我的话，我就感到某种成功的把握。但是，一旦有人对我赞不绝口，我就感觉自己好像手无寸铁地暴露在敌人面前。总之，只要我们不屈服，那么任何一种恶行都是恩人。桑威奇岛上的居民相信：如果他杀死一个敌人，该敌人的力量就会转移到他自己的身上，同理，我们获得了我们所抵抗的诱惑的力量。

如果我们愿意这么说的话，保护我们抵御灾难、缺陷和仇恨的同一些卫士，还保护我们免受自私和欺骗的攻击。我们制度中最好的东西并不是各种规矩，我们智慧的标志也并非精于经商。在漫长的一生中，人们受苦受难，却总是无

① 引自华兹华斯的诗作《1802年9月于多佛附近》。

法摆脱这样一种愚蠢的迷信：他们有可能被骗。可是，人只能自己骗自己，不可能受到别人的欺骗，正如一件东西不可能既存在又不存在一样。我们的全部交易中都有一个一声不吭的第三者。事物的性质和灵魂为履行每一个合同作出保证。这样，诚实的服务就不可能遭受损失。如果你服侍的主人是个忘恩负义的人，那就更好地服侍他吧。借上帝之手干预你的债务。举手之劳一定会得到报酬。报酬拖得越久,就越对你有好处；因为这一资产的价格和用途就是利滚利。

力图欺骗自然、力图引水上山、力图拧沙成绳的历史，就是迫害的历史。干这种事的人无论是许多人还是一个人，无论是一个暴君还是一群暴民，都没有任何区别。一群暴民是一伙自愿丧失理性、阻挠自己工作的行尸走肉组成的社会，暴民就是自愿把人性贬为兽性的人。适合它活动的时刻就是黑夜。和它的性格一样，它的行为也是疯狂的。它会困扰一项原则，它会鞭打正义，它会把公理千刀万剐；它所用的办法就是烧毁所有具有上述品质的人的房子，并对他进行人身攻击。它就像男孩子的恶作剧，他们跟着消防车跑，要扑灭那涌向群星的红霞。他们的敌意却将不受亵渎的精神转向作恶的人。殉道者不容侮辱。每抽一皮鞭就是一条名声的舌头，每一座牢房是一个更加繁华的住所，每一本被烧的书、每一座被烧的房子都将全世界照亮，每一句被禁或被删的话都响彻人间。当真相大白、殉道者沉冤昭雪的时候，明智、体谅的时刻总要来到社团那里，如同来到个人那里一样。

因此，宇宙万物都在鼓吹自己对环境的冷漠。在人类社会中，这种现象极其明显。任何事物都具有善与恶的两面性。每一种利益背后都必然隐藏着一种负担。我学会了知足常乐。然而，补偿的规则并非冷漠的规则。对于那些没有头脑的人而言，在听到这样的陈述后一定会说，做好事能有什么好处呢？任何事情都有利弊之分，如果我想得到好处就必须要为它付出代价；如果我失去了这个好处，那么我还会得到其他好处作为补偿；所有的结果都是不偏不倚的。

对于心智，即灵魂的本性而言，灵魂中还存在着一种比补偿更深刻的事实。灵魂并不是一种补偿，而是一种生命，因为它时刻存在着。环境像波涛汹涌的大海，海水以完美的平衡时涨时落；在不平衡的海面下，潜伏着“本质”的原始深渊。“本质”或上帝不是一种关系，也不是一个部分，而是一个整体。存在就是巨大的肯定，排除了否定，有自我平衡，把所有的关系、部分和时势都吞进肚子。自然、真理、德行就是从那里涌进来的。恶就是没有或离开同一种事物。子虚乌有也许真正像茫茫黑夜或阴影一样耸立着，活的宇宙把它作为一幅背景，在上面把自己画出来；然而事实并非凭空出现，它不起什么作用，因为它不存在。它既不行善也不作恶。它就是恶，因为不存在劣于存在。

我们觉得由于种种恶行，把我们的报答骗走了，因为罪犯坚持他的罪恶，一味抵抗，而且在任何地方都不以明显的方式改邪归正或接受审判。当着人和天使的面，对他的胡说八道没有一针见血地批驳。因此难道他就智胜法律一筹？因为他满身的邪恶和谎言，所以他已与自然永别了。邪恶也会以同样的方式向知性演示一番，可是只要我们看不见它，这致命的扣除就会结清了那永恒的账目。

另一方面，不能说正直的获得就一定以某种损失为代价。对于美德和智慧来说，根本不存在惩罚，因为它们的本质非常和谐。我的本质体现在一种善良的行为中，这种善良的行为是我对世界的一种补偿。我在战胜了“混沌”和“乌有”的沙漠里种植花草，并看见黑暗向地平线渐渐退去。当以一种最纯洁的意义去考虑爱、知识和美丽时，这三种事物就不存在过度之说。灵魂拒绝一切束缚，并且永远肯定乐观主义，否定悲观主义。

人的生命应该不断进步，而不是停滞不前。信任是人的本能。在运用到人身上时，我们的本能用的是灵魂“较多”和“较少”的存在，而非它的不存在；勇士比懦夫伟大，真正的人、仁慈的人、智慧的人与傻瓜和恶棍相比，是一个人性较多的人，而不是一个人性较少的人。对于美德而言，它的好处是没有负担的，因为那是上帝的化身，是无与伦比的美好事物的体现。物质利益却秉承着沉重的负担，如果它不是伴随着功劳或汗水而来，那么我决不会让它在我身上扎根，而任凭清风把它吹走。不过，凡是属于本性的好处都来自于灵魂，如果用本性的合法硬币，或者说用心智所允许的劳动去购买的话，就可以正当地拥有它。我不会再希望得到不劳而获的利益，比如无意间发现的一罐埋在地下的黄金，因为我清楚它会给我带来新的负担。我也不想拥有更多身外之物——财富、荣誉、权力和地位，因为这种拥有是表面上的，而负担却是无法避免的。认识到补偿的存在，明白了挖掘宝藏并不值得，就不会背负上任何负担。平静的生活更能带给我永恒的快乐。我缩小了可能发生的危害的影响范围。我理解了圣伯尔纳[1]的至理名言——“除了我自己，没有什么能对我造成伤害；我所受的伤害是我自己无法释怀的，如果不是因为我自己的过错，我决不会是一个真正的受害者。”

对性格的不平等所做的补偿，就存在于灵魂的天性里。天性悲剧的根源似乎就是“较多”和“较少”的区别。“较少”自然会怨恨或憎恶“较多”，当然也会因“较多”的存在而烦恼不已。看看那些才能较少的人，他们在暗自悲伤，不知道如何施展和利用自己的才能。他们极力躲避人们的目光，并担心人们会因此责备上帝。那么，人们到底应该为他们做些什么呢？这对他们来说真的很不公平。不过，在对这种现象进行了一番仔细审视之后，却发现这些极大的不公平突然不见了踪影——是爱使它们瞬间消失了，就像太阳融化了海里的冰山一样。当所有人的心和灵魂都融为一体时，由“他的”和“我的”这种区别而引起的痛苦也就走到了尽头。即使我与伟大的邻居相比自愧不如，我仍然也可以去爱、也可以被爱，而付出者则把别人的爱视为自己的伟大。所以我发现我的兄弟就是我的保护人，真心诚意为我办事，而我如此企慕的财产就是我的。灵魂的天性囊括万物。耶稣或莎士比亚的灵魂只是一些碎片而已，而借助爱的力量，我却可以使它们变得完整，并把它们融入我自己的意识形态中。他的美德不也是我的美德吗？他的智慧，假如不能成为我的，那就称不上是一种智慧。

自然灾害的历史也同样如此。那些时隔不久就要对人的成功加以破坏的变革就是一些其规律为生长的大自然的广告。根据这种固有的需求，每个灵魂都在舍弃它的一整套事物，它的朋友、家庭、法律、信仰，就像贝类动物爬出它的美丽而坚硬的壳，因为这个壳再也无法让它成长了，然后慢慢形成了一个新的居所。这些革命时有发生，是适应个人活力的，到后来，革命在某种更愉悦的心态下继续推进，所有社会关系极为松散地围绕着个人，可以说，变成了一种透明的液态膜，透过它所看到的活的形体并不像大多数人的情况那样，是一种硬化了的多相组织，包括很多日期，没有固定的特点，人就囚禁在里面。之

[1] 圣伯尔纳（1090—1153），法国基督教神学家，明谷隐修院的创始人和院长，神秘主义者，著有《论恩宠与自由意志》《致圣殿骑士团书》等。

后扩张就产生了，昨天的人就很难被今天的人认出来了。但总会有这么一天，人的外传应该这样，一天天脱去死去的情况，就像一天天更换自己的衣服一样。然而在我们废弃的地产上，这种生长正在休息，而不是正在前进和抵抗，而不是与神圣的扩张合作，它就这样突然来到我们身边。

我们不能与我们的朋友分离，我们不能让我们的天使走开，我们根本看不出他们只是出去一下，而随后进来的却是天使长。我们是旧事物的盲目崇拜者。我们不相信灵魂的富有、永恒和无处不在。我们不相信今天有某种力量可以与昨天的美好事物相抗衡，或对其进行改造。我们在旧帐篷的遗址上流连忘返，因为那是我们曾经生活过的地方。我们不相信灵魂能再次喂养、庇护、激励我们。我们再也不会发现如此宝贵、甜美、优雅的事物了。我们只能坐在那里，无助地哭泣。来自上帝的声音说道："要永远奋发向上！"我们不能在废墟中止步不前。然而，我们却不愿意信赖新事物，我们就像脑袋朝后的怪物一样，总是一边走路一边回头观望。

然而，随着时间的消逝，不幸的补偿也会同样出现在理智面前——热病、伤残、绝望、破财、丧友，在它们发生的那一刻，似乎是无法补偿和弥补的损失。然而，岁月的长河却显示出一种神秘的补救力量；事实上，一切事物中都潜藏着这种力量。它准许或强制一种新的认识的形成，并接受在今后的岁月中尤其重要的新的影响力。然而，那些要在阳光充足的花园里成长的人，在那里并没有立足之地，并且对他们来说，头顶的日照过于强烈。不过，由于园墙倒塌和园丁的忽视，他们却长成森林中的一种榕树，为周围的人们遮阴、结果。

论谨慎

我个人很少有谨慎，并且还是消极的谨慎，我有什么资格谈这个问题呢?我的谨慎表现为逃避和得过且过，而不是想办法巧妙地引导、耐心地修补。我没有理财的能力，不善于花钱，看过我花园的人都觉得我必须得再有一个花园才行。然而，我热爱真实，厌恶那些圆滑和没有领悟力的人。那么，我谈论谨慎的资格就完全和我谈论诗歌一样。我们不仅通过人的经历来写作，还要靠灵感和斗争来写作。我们描绘那些我们并不具有的品质。诗人欣赏精力旺盛和才华出众的人，商人培养儿子成为牧师或律师，在一个不讲究虚荣和自私的地方，你将会根据对他的赞美发现他所缺乏的东西。更何况，如果我不把爱和友谊这些好听的词语和一些恶俗的词语加以区别，再加上长期受感官的好处，就很难保证我是个诚实的人了。

谨慎是感官的优点，它是表面的科学，是内心生活的外在体现。它把思想看成是上帝，按照事物规律来促进事物的发展；它也愿意遵照身体条件来寻求身体的健康，按照聪明法则来追求心灵的健康。

感观世界是一个外露的世界，它的存在并不是为了自己，而是具有某种象征意义；这种真正的谨慎表明法则承认共存性，并且知道它是下级的职务。知道它工作的地方是表面而非中心，一旦被孤立起来，谨慎就是虚伪的，当它成为实体化了的灵魂的“自然史”时，当它感到法则的美时，谨慎才是合乎情理的。

人们对世界知识的了解程度可以分很多种，这里只要指出三种就可以了。一种人活着就是为了某个象征性的东西，把健康和财富视作最终目标；另一种人的志向要比前一种人高，他们认为活着就是为了象征的美，诗人、艺术家和科学家都属于这样的人；第三种人的志趣又比象征性的意义要高，他们活着是为了所展示的事物的美。第一种人是聪明人，他们有常识；第二种人有情趣；第三种人有精神领悟力。长期以来，一旦有人超越了整个等级，看见并欣赏那种象征意义里的东西；然后，他对于象征性的东西也能独具慧眼；最后，当他在自然界神圣的岛上搭建帐篷时，却反对在上面修建房屋，因为他尊敬从每一个裂缝里迸发出的上帝的光辉。

世界上充斥着各种卑劣的、虚伪的谨慎，这种言行热衷于物质上的，好像我们只剩下视觉、听觉、味觉、触觉等感官了。这种谨慎崇拜算计，它不捐助也不赠送，也很少借贷，对任何事情只是抱着一个态度。这是一种病态，就像不断变厚的皮肤，直到最后一个个充满活力的脏器全都坏死。然而，文化由于解释了表面世界的遥远起源，为了达到作为目的的人的完美，所以把其他一切都当作是健康和肉体生命而贬为手段。它没有把谨慎视作一种单独的能力，而看成是和肉体及其需要进行交谈的智慧和美德的一种名声。有教养的人总是这样的感觉，这样说话，仿佛是大笔财富或伟大成就，个人的影响或优美的演说，具有能证明精神力量的价值似的。如果一个人失去了它的平衡，为了自身的缘故而沉溺于任何事业或欢乐，那么他可以成为一部机器里的好螺丝或齿轮，却不是一个有真正修养的人。

由于把感官当作第一性的，因此虚伪的谨慎只不过是酒鬼和懦夫的信条，只不过是一切喜剧的题材，它是大自然的笑料，也是文学的笑料。由于承认一个内在的真正世界，因此真正的谨慎便限制了这种感官至上论。一旦做出这种认识，对于世界的秩序、事物和环境则会出现不同的看法，不同程度的注意力就会因此得到很好的报答。因为我们存在于自然里，受到太阳起落、月亮盈亏的影响，容易受到气候和区域的影响，对于社会的善恶都很敏感，喜欢美好的事物，担心受到饥饿和寒冷，所以它在这些书本里学到了所有的基本教训。

谨慎接受世界的各种规则，它既不要求探究自然，也不刨根问底，因为人的存在受它们的制约，并且遵循这些法则，这样它就可以享受到它们原来的利益。它也遵循时空、气候、需求、睡眠、生老病死的法则。太阳和月亮这两个伟大的世界秩序的遵守者在天空上旋转，从各个方面赋予人存在的范围和周期，这就是固守物质，不会违背它的化学方程式。这就是一个有人定居的星球，受到自然法则的束缚，在外部又将受到新的束缚，即转加到年轻人身上的人间的各种牢笼以及对财产的限制和瓜分。

我们都吃五谷杂粮，呼吸周围的空气，难免因空气太冷或太热、太湿或太干而受到侵害。时间对我们而言，富裕的时候显得空空荡荡，十分完整；但当自己被琐事缠身时，门需要刷油漆，锁要修理，有时候还有病有灾，还要缴税，有时候可能还要和一个没头脑、没心肝的人打交道。这些事情都吞噬了时光。所以我们都要尽力做自己力所能及的事情，如果我们在夏天的林中走路，难免要遭受蚊虫的叮咬；如果我们要去湖边钓鱼，就要做好湖水溅湿衣服的思想准备。所以对无所事事的人来说，气候是件操心的事情。我们常常告诉自己，不要太关注天气了，但还是要注意天阴会下雨。

这些挤占岁月的琐事引导着我们，每年为期四个月的冰雪气候使得在北温带的居民比热带地区里享受太阳的人更聪明、更具有生存能力。在岛上居住的人们可以成天随心所欲地游荡。等天一黑，他们就可以在月光下找个地方睡觉。只要是在有椰子树生长的地方他就可以坐享其成，甚至连一句祈祷的话都不需要。而北方人就不一样了，他们必须待在家里，要烧制食物、储备木柴。他们要和大自然产生某种新的联系，而且由于大自然神通广大，使得即使在严寒的条件下，他们的生存能力依然大于南方人。这种事情的意义非凡，价值是如此之大以至于一般人都不太了解。赋予他拥有敏锐的感知力吧，如果他有手，就让他开始做事；如果他有眼睛，就让他辨别是非；他要把化学、自然史和经济学的知识都装进脑海，他拥有的越多，他愿意破费的就越少。时间总是带给人们一些揭示它们价值的机会。某些智慧来自于每一种非常自然和单纯的行动。与音乐相比，热衷于家务事的人可能更喜欢厨房里的钟，更喜欢听木头在壁炉里燃烧时发出的噼里啪啦的声音。人们在农场和店铺里为达到目的必须想尽办法才能取得成功，这并不比在政党或战争里要采取的策略逊色。勤劳的管家在小木屋里捆扎柴禾、在地窖里搁放水果的过程中所发明的方法，跟在战争中或在国会档案中发现有意义的资料一样有用。在下雨天，他制造了一个工作台，或者把他的工具箱摆到一个角落里，里面装着钉子、锤子、凿子、钳子等工具。在这里，他又重温了过去年轻时的乐趣，尝到了像猫对阁楼、橱柜、谷坊的喜爱之情，尝到了对长期管家生涯而带来种种便利的喜爱。从他的花园或养殖场中，这位管家能找到很多逸闻趣事。在这个美好世界中的每一个角落里，都会有这种欢乐在静静地流淌，人们可以从中发现支持乐观主义的一切理由。让一个人遵守规则——任何规则，他就可能一帆风顺。在我们的欢乐中，本质中的区别要远大于量的区别。

另一方面，任何忽视谨慎的做法都会遭到自然的惩罚。如果你认为感官是起决定性作用的，那就遵从它们的法则。如果你相信灵魂，当满足感官的甜蜜在因果迟缓的树上尚未成熟时，就别想它。和那些感知不准确的或不完整的人打交道，就好比在自己眼睛里滴醋一样。据记载：约翰逊博士曾这样说过："如果那个孩子说他从这个窗户往外看，假如他是从那个窗户向外看的，我就用鞭子抽打他。"我们的美国观点表现为对准确的知觉非同一般的喜欢，"不错"这句非常流行的话可以证明这一点。对于不遵守时间、对于事实毫无思绪、对于明天漠不关心表现出一种惶恐，但这种惶恐并不是全国性的。时空遵循的是美好的法则，一旦被我们的拙劣表现搞砸了，就像是捅了马蜂窝。我们的言行要想合理，就必须恰当、适时。在六月里，清晨磨镰刀听起来就是一种悦耳的声音。然而，如果时间太晚，都到了翻晒干草的季节时，那还有什么比磨石或割草机的声音更吵人的呢？性情懒惰的人和睡觉的瘾君子糟蹋的远远不是他们自己的事情，因为他们损害了与他们打交道的人的情绪。

我看过一句针对某些绘画的批评，当我看见那些不忠实于自己的感官的混日子的、闷闷不乐的人时，就想起了那句评语。最后一代魏玛大公是一个理解能力超强的人，他说："有时候我看着一些伟大的艺术品说，特别是刚刚德累斯顿说，有一种特性在很大程度上取得了这样一种效果，它把画像画得栩栩如生，又赋予生命一种不可抗拒的真。这种效果就是我们击中我们画的所有画像的重心。我的意思是，让那些人物稳稳地站着，手紧紧地攥着，眼死死地盯着该看的地方。即使没有生命的器皿和凳子之类的画像——也要把它画得一丝不苟——一旦它们不能依赖重心，所有效果就都没了，而且会产生一种不稳定的样子。在德累斯顿美术馆里的拉斐尔（我见过的唯一的效果惊人的画）是你能想象到的最宁静的、最恬淡的作品，一对向圣母、圣子膜拜的圣徒。但是，它给人的印象比十个钉到十字架上的殉道者的形象还要深刻。因为，除了那无法抗拒的形象美之外，它还最大程度上具有了所有人物都垂直这一特性。”在人生的画面上，我们需要的正是人的直立。让他们脚踏实地地站立着，而不是虚浮和摇摆不定的。让我们知道在哪里能找到他们，让他们辨别清楚什么是在他们记忆中或梦想中的，什么是现实中或名副其实的，这样才是真正尊重他们自己的感官。

然而，什么样的人竟然妄言指责别人不谨慎呢？什么样的人才算得上谨慎呢？在这个方面，我们所谓的最伟大的人物其实是最渺小的。在我们和自然的关系中有一种至关重要的联系，它扭曲了我们的生活方式，使得每一种法则都和我们相抵触，这样一来，它似乎就唤醒了世界上所有的智慧和耐心都去思考如何“改变”这个问题。我们必须探询什么才是最高意义上的谨慎，人性的例外是包含着什么样的健康、美和天赋？如果大家意见统一，我们就不能知道动植物的各种特性和大自然的各种法则。但这依然是诗人的最高梦想。诗歌和谨慎应该是一样的。诗人是制定法则的人，这也就意味着，最直白的抒情应该是教导和示范，而非谩骂和羞辱。然而，现在这两样东西势不两立、渐行渐远了。我们违反了一个又一个的法则，到了最后，我们站在废墟中偶然还能窥见理性和现象之间的一种巧合时，反而会大吃一惊。其实，美就像感情一样，应当永远是每一个男女的天性，但实际上却难得一见。健康或者健全的身体应该是很普遍的，天才的父亲应当也是天才，每一个孩子都应当富有灵感。但是，现在这种灵感从哪个孩子身上都看不到，它到哪里都不行。出于礼节，我们有时候也会称一般的庸才为天才，把能带来滚滚金钱的人才叫作天才，把今天闪闪发光以便明天可以吃好睡好的才能也叫作天才；有组织能力、能指挥社会的人是能手而不是圣手。这些人运用他们的才华使得奢华更符合道德意义，而不是去废除它。天才总是一副苦行僧的样子，虔诚和爱也是如此。那些试图更优秀的灵魂们说，那些所谓的天才都像是一种疾病，而在他们抵制欲念的仪式和境界中发现了美。

人们用某种借口来掩饰自己的不良嗜好，然而真正有才华的人是没有这类嗜好的。有才气的人喜欢把他对感官法则的种种冒犯看成是小事，如果把这些事情与他献身艺术的事相比，简直不值一提。他认为他的艺术没有教会他淫荡、嗜酒以及妄想不劳而获。他的艺术因他的神性而减弱了，由于缺乏一般的常识而逊色。他看不起这个世界，认为这个被轻视的世界随时会报复他。谁忽视了所谓的“区区小事”，谁就会一点点地消亡。歌德的塔索很可能成为一幅绝妙的历史画像，而且是真正的悲剧。我认为一个类似理查三世的暴君，屠杀十几个无辜的人还不如安东尼奥和塔索相互谩骂令人悲哀，因为他们两个人的表面上都是对的。一个是按照处世准则生活，而且一贯信守不渝；另一个则充满着所有圣洁的情感，但又舍不得种种欲望却不服从它们的法则。那是一种我们大家都能感觉到的悲哀，一个我们无法解开的结。塔索的例子在现在传记里很常见。一个天才，一个充满激情的人，无视自然规则，放纵自己，很快就会变得不识时务、满腹牢骚，变成一个“别扭的远亲”，对人对己都成了烫手的山芋。

学者双重的生活方式让我们相形见绌，当某种超越谨慎的东西开始活跃的时候，学者的确令人敬重；但在需要常识的时候，他却变成了一个累赘。昨天，恺撒还没有那么伟大；今天，在绞刑架下的犯人也不会更可悲。昨天他沐浴在一种理想国的光辉中，他是人中龙凤；现在，他却贫寒交迫，那只是自作自受。他就像旅行者所描述的那些常常去君士坦丁堡集市的可怜虫们一样，整天鬼鬼祟祟、面黄肌瘦、衣衫褴褛。晚上趁集市没关的时候溜到鸦片铺里吞云吐雾，这时候就变成了先知了。天才的悲剧就是这样，他和很多琐碎的事情纠缠多年，终于心力交瘁、一事无成，像一个被针扎死的巨人一样轰然倒下，谁没有见过这样的悲剧呢？

大自然毫不犹豫地将这种最初的痛苦和屈辱让一个人去承受，他就应该把这种痛苦和屈辱当作暗示来接受。除了获得通过劳动和牺牲而所得的正当果实之外，他绝对不要期望得到其他好处，这样做岂不是更好吗？健康、食物、气候、社会地位，自有它们的重要性，他会一视同仁的。大自然也是一位终身顾问，也是衡量我们的尺度。让他区分昼夜，让他控制我们的饮食，让他明白在个人经济上所用的智慧跟用在一个帝国上的是一样多的，从中所汲取的智慧也是一样多的。世界的法则就写在他手里的每一块钱上。即使它只拥有的是“穷光蛋查理”的智慧，按照“高斗进、低斗出”的谨慎，或者表现出一种为了节约一点时间或力气而只是保存实力的谨慎，它知道了也没关系。谨慎永远不会闭上眼睛。铁如果仅仅放在五金店里，就可能生锈；啤酒如果在不适当的环境下酿造，就可能立刻变酸；船舶上的木头在海水里航行就不会腐烂，但是如果放在船坞里可能会缩水、变形。钱对我们来说，拿去投资虽然可能有风险，但如果我们一直保存着钱而不让它流通，就绝对产生不了利润，而且还容易丢失；如果去投资，就可能轻易造成某个股票的下跌。铁匠的观点是，铁越打就越好；晒干草的人说，让草耙尽量接触到镰刀，让马车尽可能地接近草耙。有的人很会做生意，在他手里，铁不会生锈，啤酒不会变酸，木头不会腐烂，布料不会过时，股票不会下跌，就因为会做生意的人会让这些东西尽快脱手，就好比过薄冰时，要安全通过就得保持较快的速度一样。

一个人应该学会一种更高档、适合的谨慎。他应该知道，自然界中的每一件事物，甚至是尘埃或羽毛都是按照法则而非靠运气运动的。他应该知道，种瓜得瓜、种豆得豆的道理。一个人如果自力更生，就能掌握自己的命运，这样一来他就不会把人际关系搞僵。对他而言，如果拥有众多的财富，就能享受到更多的自由，让他先对人们施加一些小恩小惠吧，不然在等待中会失去了多少人生啊，让他不要让自己的朋友等待。在相互交谈中会有很多空话和承诺，他的讲话应该是关乎命运的。当他穿过熙熙攘攘的人群，撑着松木舟历经风雨后，发现一张让他感觉到告诫的字条：要超越一切分散注意力的力量，保持自身存在的完整，要在任意驱使他们的狂风暴雨以及种种隔阂和事变中保持一致并持之以恒，使一个人的微弱力量在多年以后依然能再次出现并履行自己的诺言。

我们不能只盯住一种性格，就试图规定它的法则。人性是平衡的，不喜欢矛盾。不能由这群人来保证一种外部安宁的谨慎，又由另外一群人来保证英雄主义和圣洁，因为这都是协调一致的。谨慎必须综合考虑时间、人、财产、存在形式等因素。但是，什么样的灵魂就会表现为什么样的外在，一旦灵魂改变，外在也必然改变或者不复存在。换言之，善良的人必然是聪明的、忠贞的、深思熟虑的人。违背真理，对说谎的人来说就是自杀，对人类社会则是一道伤疤。时间会湮灭谎言带来的益处，坦诚吸引坦诚，将双方置于一种方便的立足点，把他们的商务变成一种友谊。对别人信任，别人也会信任你；尊重别人，也同样会得到别人的尊重，不过他们对自己的所有贸易法规都对你做出了一种有利的例外。

所以，谨慎并不是回避困难或者不愉快，不是逃跑，而是勇气。要想平安宁静地度过一生，就必须打起精神，作出决定。直面你的恐惧，你的坚定就会让你没理由害怕。诚如拉丁谚语所言："战场上首先被击败的是眼睛"，如果你能泰然自若，一场战争未必会比一场击剑或足球比赛更危险。能看见瞄准的大炮以及发炮火的士兵，就已经在炮弹的射程之外；害怕暴风雨的，往往是房子和船舱里的人。整天与天气搏斗的水手，不惧风雨或烈日，随着脉搏的有力跳动，健康自然就会恢复。恐惧是个糟糕的顾问，夸大别人的威力，实则每个人都是外强中干。他自己内心软弱，外人看来却很凶狠。你害怕"狰狞"，"狰狞"也害怕你。你希望最卑鄙的人能善待你，却对他的恶意感到惴惴不安。然而，即便是亡命之徒也害怕你抛开一切无所畏惧。社会之所以能够常常维持安宁，原因正如孩子说的话一样，因为一个害怕，另一个不敢。远远望去，人们一个个八面威风、不可一世；一旦与之交手，他们就全都成了孬种。

俗话说："有礼不花钱"，多计算爱的好处。据说爱是盲目的，但仁慈是可以被感知的。爱不是一块头巾，二十一滴眼药水，如果你遇到一个宗教狂热分子，或者一个反对党人，眼睛千万不要只盯在那些分歧上，尽量在唯一仅存的共同点上接触——只要太阳还照耀在你我头上，只要上天还普降甘霖；不知不觉中，那些仅存的共同点会很快扩大，而分歧会慢慢烟消云散。如果坚持对抗，那么圣保罗也会撒谎，圣约翰也会憎恨。一场宗教辩论会把优秀纯洁的灵魂变得下流、可怜、渺小、伪善。他们会遮遮掩掩、躲躲闪闪、拐弯抹角、自鸣得意、假装忏悔，实则是为了吹嘘、求胜，哪一方在思想上都没有增益，也没有习得更好的品性。虽然你们的观点针锋相对，但还得装作意气相投，说出别人的心声，并用智慧和爱把悖论变成真理，没有一点怀疑。这样你至少会得到一种充分的解脱。灵魂自然流露的动作远远胜过蓄谋已久的动作，所以你永远不能在争论中充分表达自己。由于不能正确把握思想，也不能恰如其分地表达自己，因此只是被迫沙哑地、言不达意地为自己辩白。然而如果假装赞同，从此它就会得到真正的承认。尽管人们有着千差万别的表面，但骨子里都是一心一意的。

智慧不会让我们对任何人或一群人保持不友好的关系。我们拒绝对他人表示同情和亲切，好像我们在等待某种更好的同情和亲切到来。然而这些从哪里而来，什么时候才来？明天与今天一样。我们准备生活，却在蹉跎生命。朋友、同事、身边的人相继离开我们，而我们很难再碰上新的可以亲近的人。我们已然老去，不再关心时尚，也不再指望获得任何大人物的帮助。让我们沉浸在当前的惯性和爱恋中，继续穿着舒服的旧鞋子吧。毋庸置疑，我们可以轻易地挑出朋友的毛病，可以轻易地念出一些高贵的名字，这更容易让我们异想天开。每个人的想象都有自己的朋友，有了那样的朋友，生命显得更加可贵。然后，如果你不能与朋友和睦相处，你就会失去他们。他们的高贵会逃之夭夭，如同放在花园里的草莓会芬芳不再。

由此，真诚、坦率、勇气、爱、谦恭和所有的德性都可归入谨慎，都是一种保护一种当前幸福的艺术。我不知道是否所有的物质最终都被发现是由氧或氢等元素组成的，但是这个礼仪和行为的世界是用一种材料制成的，从我们愿意的地方开始，相信没过多久，我们就会开始念十诫。

论智能

在化学元素周期表中，每一种元素相对排列在它前面的元素来说都带有负电荷，对排列在它后面的元素来说都带有正电荷。水溶解木、铁、盐，空气中包含水，电火花又溶解空气，但是智能以它不可抵挡的溶剂溶解了火、重力、法则、方法和自然界中最莫名、最微妙的各种现象。智能潜藏在天赋之中，轻易不被人看见，天才是建设性的智能。在所有的技能或构造中，智能是一种早于行动和建设的简单的普通能力。

我愿意展示智能的历史，然而什么样的人能够标明智能所拥有的透明本质的进程和界限呢？人们总是先问简单的问题，但最聪明的医生也可能被不谙世事的孩子问倒。既然心灵的活动把意志融入感知、把感知融入行动中，那么我们如何分门别类地把它归结为心灵的知识、心灵的道德、心灵的工程呢？当一个转变成了另外一个，智能本身仍然单独存在着。心灵的视力不像眼睛的视力，而是和已知的事物连为一体。

在普通人看来，智能和智能活动意味着对抽象真理的思考。对时间和地点的考虑、对你和我的考虑、对益处和害处的考虑，压抑着大多数人的心灵。智能将你所考虑到的问题和一些片面的个人看法予以区分，将所有地方的和人的关系区分开，了解真正的事实，好像它只是为了自身的原因而存在似的。赫拉克利特[①]把感情看成是彩色的浓雾。在善与恶的感情浓雾里，人们很难沿着直线走。智能不带有任何感情色彩，而是以更科学的眼光冷静而超脱地看待所有存在的事物。智能脱离于人体，荡涤了人的人格，它只是将个人看作是一件事实而不是看作本我或自我。如果谁陷入与人或地点有关的事物中，那么他就无法看清眼前的问题。而这正是智能一直在考虑的事情。自然展示出可感可知的万物，智能可以看穿一切形式上的东西，能发现相距遥远的事物之间千丝万缕的内在相似性，把万物归纳为寥寥几个原理。

当某个事实成为思考的主题时，也就推高了这一事实。所有的智力上和道德上的事物，只要没有成为我们自主思想的思考对象，就仍然被命运的力量支配；它们就是日常生活中的琐事，容易受到变化、担忧和希望的影响。每个人都带着一定程度的悲观态度看待他的人生境遇。正如一艘因被惊涛骇浪冲击而搁浅的船一样，人们受困于绝境中，就容易受到即将发生的事情的摆布。然而，如果一个被智能分开了的真理，那就不再臣服于命运了。我们把它视作一位不忧虑的神。所以，我们生活中的任何琐事或者我的幻想和反思，由于没有受到无意识的纠缠，就成为了一种不一般的、永恒不朽的事物。智能是恢复了的往事，然而已经不再腐朽，一种比古埃及技术还要高明的技艺，已经把恐惧和腐朽驱逐出去，忧虑也没有了。智能是奉献给科学的。我们所听到的、可供我们沉思的东西并不会给我们造成威胁，而使我们成为智能的人。

智能在每一次扩展中的成长都是自发的，而强有力的心灵却无法预言那种自发性的次数、方式和状况。上帝通过一扇神秘的门进入每个人体内。在反思的时代开始很久以前，心灵就在思考。心灵走出黑暗，不知不觉地进入了今天耀眼神奇的光芒中。在儿童时代，人的心灵就按照自己的方式，从旁边的创造中去接受或处理所有的形象。在心灵进行反思或有意识的思考之后，这种固有的法则依然支配着它。在最困乏、最迂腐、最内向的自我折磨的人一生中，绝大部分的生活都是无法估计、无法预见、无法想象的。而且事实必须这样，除

① 赫拉克利特（前540—前470），古希腊唯物主义哲学家，辩证法奠基人之一。

非人能提着自己的耳朵把自己提起来。我是谁？我的意志都做了些什么，使我成为这个样子？谁都不是,也什么都没做。在这个时候和各种事情之间的关系中，我沿着力量和心灵的暗流进入这种思想里，我的机智和任性都没有进行阻挠或帮助，但也没有给予任何帮助。

我们的自觉行动总是最好的行动，总能带来最好的结果。如果你昨天晚上睡觉前对一个问题思索良久，今天早上起床或在外散步还是要费尽心思，结果还不如你突发奇想所起的作用大。我们缜密的思考就是某种意义上虚伪的接受者。因此，我们思想的真实性被我们意志所败坏，或者很大程度上是被疏忽了。我们并不能左右自己的思想在想什么，只能开放我们的感官，尽我们所能，从事实中清除一切障碍，才能让智能看见事物的本质。我们也很难控制自己的思想，相反，我们是自身观念的囚徒。观念随时能将我们吸引进它的天堂，这样我们就不会过多地考虑明天，只是像孩子似的呆望着。等我们从痴迷中幡然醒来，试图回想起我们到过哪里，看过什么，而且尽可能地重新复述所看见的景象。我们尽可能地回忆起这些心醉神迷的事情，我们用那抹不掉的记忆带走了结果。于是所有的人，所有的时代都会去证实它，它就叫“真理”。但是，一旦我们停止转述，试图更正或发明什么，它就称不上“真理”了。

如果我们仔细想想什么人曾鼓励并且帮助我们，我们就会知道自发或直觉的原则比精心的计算或逻辑的原则更优越。第一包含着第二，却也具有实质性和潜在性。我们在每一个人身上都要求一种长久的逻辑,对于没有这种逻辑的人，我们就无法原谅，可是又无须把它说出来。逻辑是直觉的进一步发展或按照最恰当的方式展现出来的一种形式，而它的作用则不言自明，一旦它作为建议形式出现，并具有独立的价值，那就失去了自身的意义。

每一个人的头脑中都会有一些被别人遗忘的形象、语言或事实，人们并未努力把它们记在心里。这些东西为他阐明了许多重要的法则。我们的所有发展进步就像花蕾一样，也是一种循序渐进的过程。植物先是有根，然后再发芽，最后才开花结果；人也一样，最初具有一种本能，然后有看法，最后才是形成一种知识。尽管看似没有任何理由，但要一直相信本能。催促它也是徒劳。只有坚持信任它，它才能最终发展成为真理，而你最后也一定会知道其中的理由。

每一个人都有自己的思维方式，一个真正严谨的人从不照搬大学的教条，而是将你所聚集起来的能量用一种自然的方式发挥出来，令人惊喜交集。因为我们无法得知彼此的秘密，所以人天赋方面的差异是无法与他们共有的财富相提并论的。对你来说，难道苦力和杂役就没有什么逸闻趣事，没有奇异经历吗？其实，每个人的经历都和专家大师一样多。即便是再粗枝大叶的人，他心灵的墙壁上也会涂满事实和思想，总有一天会有人打着灯笼照着看的。每个人拥有智慧和文化的程度，就表明他对别人的生活方式和思维方式有多少程度的兴趣，特别是对那些还没有被学校的教育方式束缚的心灵。

在一颗健康的心灵中，这种本能的活动是永不停息的，而且通过各种文化形态使自己在信息方面变得更丰富、更频繁。我们不仅要观察，还要费劲地去观察；我们特意考虑一种抽象的真理，睁开眼睛去交流、阅读，一心去了解某一类事实的神秘法则，这个时候就迎来了反思的时代。

世界上最艰巨的任务是什么？是思考。我无法摆出一副死盯着抽象真理的架势。我总会退缩不前，不是在这方面就是在另一方面。有人说，没有人能够面对上帝，和他面对面地生活。我似乎也明白了说这话的人的意思。比如，一个人心无旁骛地深入研究政府的基本原则，但他长期的关注并没有任何用处，然而思想却在他脑海里不断涌现。我们只是去理解而已，朦朦胧胧地预感到这是某种真理。我们说，我们要出去走走，真理就会在我们眼中逐渐清晰。我们走出去后，却找不到真理，仿佛我们只需要通过在图书馆的静思才能捕捉到这些真理似的。然而当我们回来时，发现距离真理还是很遥远。后来，突然间，真理又出现了，某种难以捉摸的光出现了，那正是我们原来需要的性质和法则。智能的法则仿佛类似于我们现在赖以呼吸，心脏赖以跳动的那种自然法则。所以，现在人们必须用头脑去劳动、必须克制自己的活动，去看看伟大的心灵在昭示着什么。

人在智能活动、道德意志等方面宣扬了自己的不朽。每一种智能活动主要是展望未来，它目前的价值是次要的。仔细检查一下究竟是什么使得人们喜欢上莎士比亚、塞万提斯等作家。从每一个作家那里获得的真理都如同是个灯笼，作家用灯笼完全照射着事实和思想，将它们储存在心灵里，随手乱放在他的阁楼上的草席和废物都变成了珍宝。在这些作家的私人传记或信件中，每一件对琐碎事件的记录都成了对新原理的阐述，并以活泼有趣或新鲜迷人而使得所有人都兴高采烈。人们会说，作家从哪里弄到这些的，并且会认为他们的生活中有一些神圣的东西。其实并没有，只要人们也弄一盏明灯，把他们的阁楼也好好地搜索一下，也会拥有无数同样好的东西。

我们每个人都很聪明。人和人之间的差异不是体现在智慧上，而是体现在技艺上。我曾经在一个学术性的论坛上结识一个人。他对我总是唯唯诺诺、言听计从。他知道我爱好写作，便以为我的经历总是有惊世骇俗之处，其实我认为他的经历和我没什么不同，我同样可以借鉴他的经验。他过去坚持旧的观念，现在坚持新的。而我却习惯把旧的和新的糅合在一起，但他却从未这样做过。这一点在适逢重大事件中也同样可以适用。也许，如果我们遇到莎士比亚，也不要自感形秽；不，是应该有一种不卑不亢的态度——这些作家只不过有一种技巧，能利用、编造他的故事而已，而这一点正是我们所缺乏的。因为，尽管我们完全不具备再创造出像《哈姆雷特》和《奥赛罗》那样的不朽之作，但是可以看看这种机智，这种人生的广博知识，这种滔滔不绝的雄辩在我们大家身上所受到极大的欢迎。

如果长时间在阳光下采摘果实、晒干草或者耕田，然后走进屋子、闭上眼睛，尽管过了五六个小时，人依然还能够看见苹果在灿烂的阳光里熠熠生辉，看见那锯齿状的叶子在风中摇曳。尽管你可能并不知道，但映象就保存在人的记忆器官中。因此，生活让你很熟悉存在记忆中的许多自然形象，虽然并不了解，但一阵灵光闪过后，那活跃的能力突然就抓住了适当的形象，成为了表现瞬间思想的词语。

我们要经过很久以后，才能发现我们自己是多么富有。我们相信，历史是听任我们摆布的：我们没有什么东西可写的，没有什么东西好去判断的。尽管我们曾经拥有比较精明的日子，但是却总去回忆那些很多不好意思说出口的童年岁月。直到最近，我们才开始怀疑我们所认识的一个人的传记实际上只是对卷帙浩繁的通史的微型诠释。

我们明白，建设性智能——一般称作“天才”——也和感受性智能的情况一样有两种因素的平衡。建设性智能产生思想、警句、诗歌、计划、设计、体系等。它是心灵的产物，是思想和天性的结合。天才必须具备两种特性：思想和名声。第一种是启示，多次的出现或不断地研究都无法了解它。它总是让探究者感到惊奇，让他们感到不知所措。它就是降临在世界上的真理，现在是一种首次进入宇宙的思想，是古老的、永恒的灵魂之子，是一片真正的、无限的伟大。

它好像要继承一切已经存在的东西，要指明尚未诞生的东西。它影响着人的每一种思想，并去改革每一种制度。然而，如果想让它切实可行，那就需要一种能将它传播给人的媒介或艺术。为了使之能够被传授出去，它就必须转化成图像或者可以感觉到的物体。我们必须学习这种实用的语言。如果主体无法把灵感向感官描绘出来，那么即使是最神奇的灵感也会和它们的主体一起消亡。光线透过空间是看不见的，只有当光线照射到物体时，才能让人知道光线的存在。当精神力量被吸引到外在事物时，它就升华成为了一种思想。对我来说，它和你之间的关系第一次使得你和所信奉的价值变得明朗起来。因为如果缺乏绘画才能，画家创造的天才就会被遏制、遗忘；在我们快乐时，一旦打破了沉默、把握准确的规律，我们就会是胸有成竹的诗人。

所有人都可以掌握基本的真理，这样一来，大家的头脑里就拥有了某种交流的技艺和能力。然而，只有在艺术家身上，它才能被得心应手地运用。就这种能力而言，两个人之间、同一个人在不同的时刻之间都不是同等对待的，其中还有很多我们不明其详的法则。我们在平时所知道的事实，和在非凡或灵感来的时候是不变的，但它不是坐下来等着给它画像的。它们不是单独存在的，而是存在一个错综复杂的系统里。天才的思想是自发产生的，然而绘画或表达的能力，则蕴含在最丰富和最流畅的天性中，它是一种意志的混合物，是一种对自发的控制状态；如果没有这一点，任何创作都是徒劳的。这就等于把所有的天性都转变成为思想的精辟论断，并加以运用和选择。表现想象的词汇似乎也是自发的，它不是完全或主要从经验中诞生，而是来自一个更丰富的源头。画家如椽的大笔不是去有意识地模仿，而是向往作者心灵中各种形态的缘由。谁是第一个绘画大师？我们对人体非常熟悉。即使一个小孩子也都知道，在一幅画中胳膊或腿是否被歪曲了、姿势是否自然端庄；虽然小孩子从来没有经过专业的绘画方面的训练，也没有听过有关这方面的讲课，也不会正确无误地画出一个鼻子或眼睛。尽管都远远不具备专门知识，尽管谁也都不去考虑五官和头部的比例，但是一个美好的体形会让大家都赏心悦目，一张美丽的脸也会使大家怦然心动。我们或许因为梦的缘故而了解这种技巧的源泉，因为我们如果一意孤行，无意识的念头就接踵而来，这时我们就成为了巧妙的制图员。我们通过男人、女人、动物、花园、树林、神怪等形象来娱乐。我们那支神奇的用来绘画的笔灵巧而娴熟、不虚幻又不夸张，它能合理设计、巧妙安排，它的构图非常讲究，着色也浓淡有致，它所画出来的图画栩栩如生，让我们内心充满了恐惧、温情、渴望和悲痛。艺术家的临摹也不是单纯地模仿，而是为精神中涌动的色彩所触动、所感化。

建设性心灵不可或缺的各种条件似乎一旦结合起来，就会让人永远记住一篇精彩的文章或一首优美的诗歌。但是，我们随意泼墨并且进入自由创作的空间中时，我们似乎认为，再没有比将这种随意的交流进行下去更容易的了。在思想的王国里，四周都有一堵围墙，缪斯却让我们自由进入她的领域。啊，世界上的作家成千上万。一个人往往认为杰出的思想就像空气和水一样平常，每一个新涌现的才能会把旧的才能排斥在外。然而，我可以把我们所有的好书算一算，不，我们可以记住任何一首优美的诗歌长达二十年。是的，世界上的辨识智能总是比创造智能先进得多，所以最好的书也有许多高明的评论家，而能写出最优秀作品的人却凤毛麟角。但是，出现建设性智能的条件却很罕见，智能是一个整体，要求每一项组成部分都是完整大额，如果一个人专注于一个思想，或者野心勃勃地试图结合过多的思想，反而不会做到完美。

真理是我们生命的组成部分，然而如果一个人把他的注意力集中在真理的某一个方面，而且长期不变，那么真理就容易被歪曲而不再是其本来面目了，反而成为谬误。这就像空气一样——它是自然中的元素，也是我们鼻孔里的气息，但是如果同一股空气长时间吸进身体而不出来，那么人可能就会窒息直至死亡。语言学家、政客或宗教狂热分子，由于夸大了某个问题而丧失理智并且执迷不悟时，都是令人讨厌的。那是一种早期的癫痫，那种思想也成了一座监狱。

如果学生为了避免这种过错、为了使自己开明一些，一心要把看见的每一个事实都逐一完整化，从而把历史、科学或者哲学等学科构成一个机械的整体，这样做会不会好一些呢？世界拒绝用加减的办法来进行分析。当我们年轻的时候，花费大量时间在笔记本上记满了宗教、爱情、诗歌、政治、艺术的定义，希望过几年能将世界上所有的理论都压缩进自己的百科全书中。然而，年复一年、日复一日，我们并没有完成自己的工程，我们终于发现，我们的曲线是抛物线，它的弧度使得它永远都不能有交点。

智能的完整性所传达给作品的效果，既不是通过分离也不是通过结合，而是依靠一种警惕性才能在最佳状态中随时发挥作用。它具有大自然所同样具有的完整性。虽然勤奋无法通过积累或处理小节来创造一个宇宙，但是世界的确以缩影的方式重现了每一个事件，如此一来，所有的自然法则都可以通过细小的物体来体现。智能总是有一定的体现，其熟练的标志就是对同一性的事物有了认识。有造诣的人就像是自然界里的陌生人，我们一直在和这些人交谈。云彩、树木、草芥、飞禽都不属于他们，也和他们无关，世界仅仅为他们提供住所和餐桌。但是，诗人的诗歌应该是和谐完美的，这一点骗不了大自然，无论诗人露出怎样的面孔，她都能够感受到一种清楚的血缘关系，在她所有的变化中发现的与其说不同，还不如说是类似。我们渴望新思想，并不断地受这种刺激，当我们接受新思想时，那只是旧思想又换了一副新面孔而已，虽然我们把它据为己有，但还是立刻就会向往另外一个新思想。我们并非真正变得富有了，因为真理还没有从自然物体上反射给我们就已经在我们心中了，而天才会把万物的相似物融入智慧中的每一件作品之中。

如果一个人缺乏建设能力，那也注定他没有什么机会成为诗人。但每一个人却是这种降临人间的圣灵的接受者，而且可以掌握如何注入的法则。智能责任的整套规矩与道德责任的规矩很相似，学者必须拥有一种严格的自我否定的能力。他必须将真理视为神明，不惜为它赴汤蹈火，为了真理宁肯承受失败和痛苦，这样他的思想宝库才能与日俱增。

如果一个人的心灵必须在真理和宁静之间进行唯一的选择，人心就像钟摆一样很难决定，偏爱宁静的人有可能接受他接触到的任何一个信条、哲学、政党——最有可能是来自他父亲的。这个人可能得到了休息、商品和名声，但因此也就被真理拒之门外。偏爱真理的人将远离停泊的港湾，不断向远方漂流。他会有意识地避开教条，接受一切对立的否定面，他的存在是中庸的。他屈从于悬而未决和不完备，然而，他最终会追求到真理而别人不行，因为他比别人更尊重存在的最高法则。

有的人必须走遍天涯才能找到那个能带给他真理的人。到那个时候，他一定会知道听比说更神圣、更伟大，听话的人有福了，说话的人受苦了。只要我听到了真理，我就如沐春光，意识不到这其实是对我天性的约束。我从听到的和看到的当中得到很多启示，感觉就像海水可以任意地进出我的灵魂。然而如果我说话，我就要界定，就要限制，就变少了。当苏格拉底说话时，吕锡和梅内克塞诺并不因为他们沉默而感到羞愧。他们其实也不错；在苏格拉底说话时，他同样也听从他们的、喜欢他们的。因为一个纯粹的、正常的人应该拥有和一个善于言辞的人表达出来的同一个真理。然而，因为雄辩的人能把真理明确地表述出来，因此在他的身上存在似乎就少了点。于是他就怀着更多的喜爱和尊敬之情转向了那些沉默而美丽的人。有一句古话说道："让我们保持沉默吧，因为众神都是这样的。"沉默是一种能融化个性的溶剂，也会让我们变得既伟大又平凡。每个人都是通过一连串的经验而不断进步的，其中每一次经验似乎在当时都有一种最大的影响力，然后又被另外一种新的影响力所取代。坦白地说，让他接受各种影响吧，智能是如此，道德也是如此。我们所接近的每一个新的心灵似乎都要求我们放弃过去和现在的所有财产，一种新的学说最初似乎推翻了我们的一切观念、生活方式和情趣。对年轻人来说，全部接受古代先贤的学说或者对他们的解释也都是如此，并表示忠心感谢。先把他们全部接受，然后再批判，除非赢得了他们的恩赐，恐慌很快就会过去，过多的影响也会消除，他们就不再是一个使人心惶惶的扫把星了，而是在你的天空中灿烂绽放并且和你的光辉岁月结为一体的明星。

尽管他全身心地投入到事业中去，但并不等于他会为那些不能吸引他的事业效力，无论那里有多少名声和权威等着他，因为那不是他自己的事业。完全的自助属于智能。正如一个表面张力使海洋平衡一样，一个灵魂是所有灵魂的平衡器；它必须处理事物、书籍、天才，就好像它是君王一样。如果埃斯库罗斯就是人们所认为的那种人，那么，在他已经把欧洲人教育了几千年之后，他还是没能尽职尽责。现在他应该同意为我当一名娱乐大师。如果他做不到，那在我看来，他的名声对于他来说就一文不值。我要是不把一千个埃斯库罗斯献给我的智能作为一个整体的话，那我就是一个傻瓜。关于抽象真理，也就是心灵的科学，尤其要坚持同一个立场，培根、斯宾诺塞、休漠、谢林、康德或者任何一位向你提出心灵哲学的人，或多或少都只是你意识中的事物的蹩脚的解释。对于这些，你有自己的看法，或许还有自己的叫法。因此，不要过于羞涩地探讨那晦涩难懂的学科，而是说，他没有把你的意识反馈给你，他没有成功，就再换一个试试。如果柏拉图不行，也许斯宾诺塞可以；如果斯宾诺塞不行，也许康德可以。无论如何，当问题解决之后，你会发现其实真理并不深奥，作家只不过是把一个简单、自然、平常的情况还原给你罢了。

让我们结束这些说教吧，虽然论题很多，但我还是不愿意谈及真理和爱之类的话题。我只要粗略地数数智能法则，就会立即想起那些高尚而孤立的人，他们一直是智能的先知和追随者。每当我们隔一段时间阅读他们高深的专著时，更加觉得那些人平静、伟岸的仪态显得神奇，这些精神贵族在世界上畅行无阻。因为信念在灵魂里，必然也在智能中。在他们的逻辑中有那样广阔的东西，思想中有如此基本的东西，所以当它出现在修辞和文学尚没有分开的时候，它就好像是诗歌、是音乐、是舞蹈、是天文学同时还是数学。灵魂用一种阳光般的几何学打下了天性的基础。它的应用范围和能力证实了他们的思想真理和伟大，因为它拥有事物的整个清单做证据。然而那些表明它的崇高同时也看起来有些滑稽的东西，就是那些单纯的、宁静的、像孩童般的天使坐在云端。不同时代的人在喋喋不休，而对同一个时代的人彼此却什么也不说。由于认为他们的讲话是通俗易懂的，是世界上最自然不过的事情，因此他们便在一个论点上又加上一个论点，一刻也不理会后来者的惊愕。因为，人类连他们最简单的论据都不理解，他们也不会突发好心地加上一条解释，也不对被惊呆了的听众显示丝毫无礼和不快。天使们是如此迷恋天国里众神的语言，他们不愿意被人间刺耳的语言玷污自己的嘴唇，所以尽情讲自己的语言，不必理会人间到底有没有人听得懂。

论 圆

大自然集中到球体里蛰伏，
而她那傲慢的短命生物
却紧紧依附在球体表面，
把天体的轮廓看个仔细；
如果它们发现其中的奥秘，
一个新起源就在这里。

眼睛是第一个圆，而它所形成的地平圈是第二个；在整个自然界里，这种基本图形从未曾在我们眼中消失过。它是构成整个世界的密码中最重要的符号。圣奥古斯丁把上帝的本质描绘成一个圆心无处不在、圆周却无迹可寻的圆。我们终生都在研究这一最基本图形的种种含义。每当我们考虑人类每一个行为的圆形的循环或者自我补偿的特征时，已经推出一个寓意。现在，我们要探讨另一个寓意：任何一个行动都有可能被超过。我们一生都在学习这样的真理：围绕任何一个圆都可以再画一个圆，自然没有终结，而每个终结点都是一个新的开端；正午时分总有升起另一缕曙光，[1] 每个深渊之下都还有更深的深渊。

这一事实，就其象征的“无法达到的”、转瞬即逝的“完善”的道德事实而言，圆可以让我们很方便地把人类各方面的不同能力联系起来，因为人的双手永远不能绕过那种圆满完善再合拢，同时既鼓励又批判同一种行为。

自然界不是永恒的，宇宙是流动、易变的。永久只不过是一个表示程度的词。在上帝看来，我们的地球在上帝看来就是一个透明的法律，不是一个固定的事实。法律溶化了事实，使其保持液态。在我们的文化身后，拖着这样一连串城市和制度。让我们上升到更高一层观念上看，这一切都必将消亡。希腊雕刻已经融化，仿佛一座座冰雕；有的地方还遗留着遗迹或残片，仿佛在六七月的山谷里依稀可见的点点残雪。曾经创造这些奇迹的天才，现在却在创造其他事物。希腊文学似乎生命力更长久一些，但今天也在经历同样的没落，正不可避免地坠入新事物为旧事物挖掘的深渊之中。新大陆建立在旧星球的废墟上，新品种孕育在先前解体的旧品种中，新工艺摧毁了旧工艺。看看那些因新一代液压传动的出现而被资本废弃了的导水管吧；同样，火药毁弃了堡垒，铁路废弃了栈道和运河，蒸汽机取代了风帆，而电力又淘汰了蒸汽机。

站在饱经多少个世纪风雨的花岗岩高塔前，你赞叹不已。但是不要忘记，搭建这座高塔的正是靠人的双手，建设者总比建设本身更好，造塔的手也更容易推翻它；而比手更高明、更灵敏的，却是那指挥手工作的、看不见的思想。所以，在粗糙的果后面，总有一个更精细的因，而这个深思熟虑的因，本身又是一个更精细的因所造成的果。在秘密揭开之前，每件事看上去都是永久不变的。对一个家庭妇女而言，一个富足的产业就是一个坚定永久的事实；对一个商人而言，任何东西都能轻而易举地创造，也能同样轻易地失去；对一个农民而言，一个肥沃的、精耕细作的果园就是一笔固定产业，就像一座金矿或者一条河；可是在一个农场主看来，这个果园未必就比庄稼的收成稳定。大自然看上去亘古不变得让人厌倦，然而它也像其他一切事物一样有个必然的因。一旦我了解了这个因，这些田野还会一动不动地绵延千里，这一片片悬在枝头的树

[1] 参见弥尔顿《失乐园》第5章第310-311行。

叶还那么重要吗？永久只是一个表示程度的词汇。凡事都要取中间。对思维而言，卫星的活动范围不见得会比棒球大。

每个人的关键就在于他的思想。虽然他看上去身强力壮、睥睨一切，但他仍然有一个必须要服从的舵，即他的思想，所有出自他的事实都是按照思想来分类的。要改造他，就要让他接受一种能够驾驭自己原始观念的新观念。人生是一个自我发展的圆，它从一个小得几乎看不见的圆圈开始，向四面八方衍生，不断涌现出一个个越来越大的圆，而且永无止境。这种圆的形成，轮外有轮，究竟会扩展到什么程度，就取决于个人灵魂的力量。因为每一种思想都以事实上的圆形波浪的形式出现——譬如一个帝国、一种艺术准则、一种地方风俗、一种宗教仪式——它迟缓地努力着，把自己倾泻于波脊上，凝固和封闭生命。如果灵魂足够强壮敏捷，它就能从四面八方冲破那个界限，在大海上扩张出另一个圆圈，也可以掀起另一个高潮，与之并行的是再次凝固、封闭的内在动机。然而心灵拒绝禁锢，在它最初、最小的激动之中，它已经倾向于用一种巨大的力量无边无际地向外扩张。

每一个终结只是一系列新事实的开始，每一条普遍规律只是某种内在的更普遍规律的特殊表现。对我们而言，没有边界、围墙和圆周。人类完成了他的故事——多么精彩！多么肯定！它改变万物！它顶天立地！看啊！那边也出现了一个人，在我们刚刚宣布的某个圆的边廓，他绕着那个圆又画了一个圆。如此看来，第一个画圆的人只是第一个发言的人，他唯一能做的就是立即在他的对手之外再画一个圆。人们自己就是这样周而复始、生生不息的。今天的结果萦绕于心，躲也躲不开，但可以把它压缩成河流，而那仿佛在解释天性的原理也融入河流，成为一种更大胆的概括。在明天的思想里将会有一种力量，把你的信条以及各国的一切信条、一切文学都高高擎起，引领你进入一个连史诗都从未梦想过的天堂。每个人与其说是世界上的一个工人，还不如说他只不过在提示自己应当成为什么。人们现在忙忙碌碌，只是在预示下一个时代。

我们一级一级爬上行动的神秘梯子，这些梯子就是行动，新的视野就是力量。所有结果都会受到随后的结果的威胁或评判，似乎每个结果都会被新结果反驳，而它只不过是受到了新结果的限制罢了。新学说总是遭到旧学说的憎恨，对那些守旧的人来说，新学说的出现就是一个怀疑主义的万丈深渊。但是，眼睛很快适应了新事物，一个因多个果对眼睛和新事物有利。随后，新事物表现了它的优点和长处；再然后，它筋疲力尽，在新时期的曙光面前黯然失色、一蹶不振。

不要害怕新的结论。难道那看上去粗俗的事实，会危害你的精神吗？别跟它对抗，因为它同样会升华你的物质论。

如果求助于意识，人类世界就没有永恒不变的东西可言。每个人都认为自己没有被充分理解，包括他身上可能存在的真理，包括他最终依赖那神圣的灵魂，我看也只能这样。他一定要搜索到最后的房间和密室，即便它过去从未被打开过。总是存在一种不能明了、无法分解的残留物。也就是说，每个人都相信自己存在更大的可能性。

我们的情绪并不信任自己。今天我浮想联翩，下笔如有神，但我不能说明天也会有同样的想法和表现力。在我写作的时候，笔下的一切仿佛是世界上最顺理成章的东西；然而就在昨天，我却只在现在频频观望的方向上看见一片空虚；同样我并不怀疑，一个月后，我会诧异到底是谁写出了这些东西。呜呼！这动摇的信仰，这懈怠的意志，这些巨大的涨潮中的巨大落潮！其实，我就是自然界的上帝，我也是墙边的一株野草。

人不断地努力超越自我，在最后的高度上再上一层楼，却在与万事万物的关系中暴露了这种努力。我们渴望认可，却不原谅认可的人。大自然的甜蜜就是爱，但是，如果我有一个朋友，我的缺陷就会折腾着我，爱我就等于指责对方。如果他足够高明到忽略我的缺陷，那我就可以爱他，并通过我的爱心把自己提高到新的高度。一个人的成长可以通过成长过程中一连串的朋友看出来。为了真理，他失去一个朋友，就会得到一个更好的。当我林中漫步，思考着我的朋友时，我就想，我为什么要同他们玩这种偶像崇拜的游戏呢？在不是故意忽视的情况下，我能很快发现所谓高尚的人的局限。我们一边嘴上大加称赞他们富裕、高贵和伟大，一边又在心里悲哀。神圣的精神啊，我为了这些人抛弃了你，可他们却不是你！我们表现出来的每一种关怀使我们丧失了天国，我们用天使的宝座换取短暂的狂欢。

这样的教训我们一定要接受多少次呢？一旦我们发现了别人的局限，就不再对他们感兴趣了。唯一的罪过就是局限。一旦你发现了一个人的局限，他就全玩完了。他有才能吗？他有事业心吗？他有知识吗？毫无用处。对你来说，昨天他无限迷人，是一个伟大的希望，一个值得畅游的大海；而今天，你就发现了他的海岸，原来所谓的海洋不过是池塘而已，即使再也看不见他，你也觉得无所谓。

正如法律条文一样，我们的思想所采取的每一个行动都调和着许多似是而非的事实。亚里士多德和柏拉图被视为两大学派的领袖，而一个聪明的人会让亚里士多德柏拉图化。在各自的思想上后退一步，分歧就会调和，只要把他们看成一个原则的两个极端，而我们永远也不会后退到排除一个更高的远见的程度。

当伟大的上帝任由某个思想家在这个星球上自由活动时，世间万物都会岌岌可危。就像一座城市突然遭遇一场大火一样，谁也不知道哪里安全，大火又将烧到什么程度。任何一种科学都可能在明天被推翻，而任何所谓不朽的声名都可能被修正和批判。人的希望、心中的思想，各国的宗教和人类的道德风俗，完全受到一种新的观念支配。观念总是把神性重新灌输到心灵之中，然后才会有随之而来的激动。

勇气就是恢复自我的能力。拥有勇气的人，即使他被驳倒、被击败，无论身处何方，他都能重新站稳脚跟。而要做到这一点，只能靠相信新的真理胜过旧的真理，只能靠接受来自各方的真理、靠着这样坚定的信念。他的法则、社会关系、宗教和世界，随时随地都可能被取代，随时随地都可能消亡。

唯心主义的程度不同。最初我们学着在学术上玩玩唯心主义的概念，就像磁铁曾经也被当成玩具一样。然后，我们在青春期、在诗歌中看到，它也许是真的，在零星的事物中它的确是真的。再后来，它的面目威严起来，我们便认定它一定是真的。现在它表现得既合乎道德,又合乎实际。我们知道上帝的存在，他就在我的心中，万物都是他的影子。贝克莱的唯心主义只不过粗略地说明了耶稣的唯心主义，而耶稣的唯心主义又是对以下事实的粗糙说明，即一切本性都是自我完善、自我组织的一种迅速扩散。更明显的是，历史和世界的状况随时依存于人们心灵里的知识分类。此时此刻人们之所以珍视当下的事物，是因为那些出现在人们精神世界里的观念，是因为那些像树木结果一样造就事物现有秩序的观念。一种崭新的文化会立即导致人类制度的革命。

谈话就是一场圆的比赛。在谈话中，我们拔掉了各种限制沉默的界标。谈话双方并不会受到他们共有的、甚至在这种神灵降临下表现出的那种圣灵的审判[①]。明天，他们就会从这个尖峰时刻退去；明天，你就会发现他们背负着那些古老的约束。但是，趁着辩论的火舌卷上我们的墙壁时，先让我们来看看比赛的情形吧。每一个新的发言人点燃一支新的火焰，把我们从上一个发言人的压迫中解放出来，同时用他自己伟大而孤傲的思想压迫着我们，紧接着又把我们转让给另一个拯救者。这时候，我们似乎恢复了自己作为人的权利。啊，在宣布每一个真理的时候，我们知道什么样真理才被认为无论在何时何地都正确，都是深刻的呢？社会像雕像一样冷冰冰地坐着。我们大家都站在等待，十分空虚——也可能知道我们能够充实，因为被巨大的象征包围着，虽然它们对我们来说并不是象征，而是平凡琐碎的玩具罢了。然后，神降临了，把那些冷冰冰的雕像变成了热情如火的人，他的目光闪过，就烧光了那些掩盖真相的薄纱。于是，每一件陈设、杯盘、椅子、钟以及床上铺盖的意义便一目了然了。在昨天的迷雾中，像庞然大物一般若隐若现的事实——财产、气候、教养、美貌等诸如此类的东西奇怪地改变了它们的比例。我们认为已经固定不变的一切都在摇晃，嘎嘎作响。文学、宗教、城市、气候都离开了它们的根基，在我们眼前舞动。这时，我们又看见了快速的谨慎！谈话固然不错，沉默则更胜一筹，并使谈话自惭形秽。谈话的长度代表着诉说者和倾听者之间思想的距离。如果他们在某一点上完全理解，语言就失去了存在的必要。如果他们在各个点上都一致，那就不需要再费口舌。

文学，是我们现在的圆之外的一个点，通过它也许能画一个新的圆。文学为我们提供了一个可以俯瞰现实生活的高台，为我们提供了一台可以用来移动现实生活的起重机。通过满腹的古代学问，我们尽力把自己安顿在希腊、迦太基和罗马的房屋里，仅仅是为了我们能更明智地评价法国、英国和美国的房屋

---

① 圣灵降临节，复活节后的第五十日，庆祝圣灵来到门徒们中间。这段文字参见《圣经·新约·使徒行传》第2章第1-4节。

和生活方式。同样，我们可以从狂放的大自然、从纷杂的琐事、从高尚的宗教中看透文学。不识庐山真面目，只缘身在此山中。天文学家要以赤道为基线，才能观测到任何一个星星。

因此，我们尊重诗人。所有的智慧和论据并不在百科全书、形而上学理论或“神学大全”里，而是存在于十四行诗或者戏剧中。日常生活中，我喜欢重复走老路，而不相信变化或改革的力量。但是某个彼得拉克或者阿里奥斯托①，凭借他的丰富的想象力，为我写了一篇充满了大胆思想和行为的颂歌或传记。他尖锐的语调激发了我，打断了我的惯性链条，于是，我睁开双眼，面对自己的可能性。他向世界上所有的笨重破旧煽动翅膀，而我也能在理论和实践中选择一条笔直的道路。

我们对世界宗教同样需要考察一下。我们从教义问答手册中绝对看不出基督教来——从牧场、从池中的小船、从林鸟的歌唱中，我们倒可能看出来。我们被自然风光净化，沉浸在田野提供给我们的美丽形体的海洋里，我们就可能偶尔正确地回顾一下传纪。基督教受到人类精英的珍视，这是完全正确的；然而，从来没有一名年轻的哲学家的教养落入基督教教会的范畴内，保罗的精彩经文并没有受到他的特别推崇：“那时候，圣子自己就归服于那使万物服他的神。这样，神就超越于万物之上，做万物的主宰。”无论让人们的要求和美德变得那么伟大、那么受人欢迎，人的本能还是迫不及待地趋向非人和无限，并且乐意这样引经据典地武装自己，反对盲从者的教条主义。

自然界可以被想象成一组同心圆，不过我们经常在大自然中发现新情况。这就告诉我们，我们所处的这个表面并不是凝固的，而是流动变化的。这些多样性、紧密相连的性质，这种化学和植物，这些金属和动物好像只是由于自身的缘故而存在着，而实际上它们只是一些手段——是上帝的语言，是和其他语言一样转瞬即逝的语言。考察过原子的亲和性的博物学家或者化学家，都尚未发现同声相应、同气相求只是一个不完全或相似的法则。你必然会吸引属于你的东西，不必苦苦追求。这难道说明他有什么特殊本领吗？即便如此，上述说

① 二者都是意大利文艺复兴时期的诗人。

法也只是接近事实而已，而非终极结论。无处不在是一种更高深的事实。朋友或事实都不必通过微妙的地下渠道与各自对应者相互吸引，实际上，他们都是通过永久的灵魂孕育而来的。因和果是一个事实的两面。

同一种永恒前进的法则，包罗了我们称之为德性的一切，又按照一种更好的德性逐一消灭每一种德性。伟大的人物不是按照俗世的原则谨言慎行，他的全部谨慎都源自于他的伟大。然而每个人都能看到的是，他牺牲了谨慎并将它奉献给神；如果将其奉献给安逸和享乐，他还不如仍安于谨慎；如果把它奉献给一种伟大的信任，那么飞驰的马车就可以省去骡子和车厢了。杰弗里穿上靴子穿越森林，以免被蛇咬到脚，而亚伦根本就没有想到那种危险。多少年来，两人都没有遭遇过袭击。然而，在我看来，在千方百计防范灾祸的同时，你已然落入灾祸的手中。我认为最高明的谨慎实际上也是最拙劣的。这是不是说，我们从轨道中心突然偏离到边缘上去了呢？仔细想一想，有多少次我们要退入可怜的谋算之中才能得到安宁，或者把今天的边缘造成新的中心。况且，对于最谦虚的人来说，你最勇敢的感情是非常熟悉的。贫穷、卑贱的人就像你一样有办法表达终极的哲学事实。“什么也不用保佑”“事情越坏，表现越好”，这些谚语深刻地体现了日常生活中的超验主义。

一个人的公平就是对另一个人的不公平，一个人的美就是另一个人的丑，一个人的智慧就是另一个人的愚蠢。如果你在观察事物时站得更高一点，你就会发现现实就是如此。一个人认为，还债是天经地义的事情，对那种让债主苦等的情况深恶痛绝；可是另一个人会有自己的看法，他会扪心自问：我先还谁的债？是富人的还是穷人的？是欠着钱财债、欠人类思想的债还是欠大自然的天赋债？对经纪人来说，只有算术这唯一的原则。对我来说，商务是小事一桩；爱、信仰、真诚的性格、远大的志向，这些才是神圣的东西。我不能像你一样，把一个责任和其他责任截然分开，全力以赴地偿还钱财债务。如果继续生活下去，你一定就会发现我性格的进步，就会了解这些债务，对更高的要求也不会不公平。如果一个人全力以赴地偿还金钱债务，难道是公平的吗？难道他只欠了经济上的债务吗？难道对他的所有要求都必须放到房东和银行家的要求之后吗？

没有一种终极的善，一切都是最初的。社会的善就是圣徒的恶。我们惧怕革新，就是因为我们发现，我们必须把我们的善行，或者说我们敬重的东西扔进那已经吞噬了我们从前恶行的同一个深渊之中。

> “原谅他的罪恶，也原谅他的美德，
> 那些微小的过错，一半都变成了正确。”

那也是消除我们悔悟的至高无上的力量。我暗暗自责自己日益变得懒散、无用；但当上帝波涛涌入我心中时，我不再计算失去的时间。我不再斤斤计较我接下来能在一个月或一年中取得什么成就，因为上帝赋予这些时刻一种全在和全能。它不需要任何经久的东西，而只保证心灵的力量与要做的事情相称，不考虑实践的问题。

循环论证的哲学家啊，我听见有人说你已经掌握了一种高明的波浪主义，冷漠地对待一些行动，并且不停地教诲我们，如果我们是真诚的，我们的罪恶就会转化为坚硬的岩石，我们可以在其上面建造上帝的庙宇！①

我并非刻意为自己辩护。我高兴地看到，在植物界中，糖的原则占优势；我也同样高兴地看到，在道德中，善的原则源源不断地涌进自私所留下的每一个裂缝和漏洞，并且涌进了自私和罪恶本身。这样，恶就不再是纯粹的，就连地狱本身也不再纯粹，因为它也不是自得圆满的。然而，就在我想入非非、坚持己见的时候，我要提醒读者不要误入歧途：我只是一个实验者。不要重视我的所作所为，也不要辱没我的所作所为，好像我正在定义事物的真假似的。我对万事万物都没有定论，对我而言，没有一件事是神圣的，也没有一件事是亵神的。我只是在做实验，我是一个没有止境的探索者，身后没有过去。

然而，这种万物皆有的不停的运动和进步，我们只有通过和灵魂里某种稳固的原则相对比才能明白。但在圆的永恒扩张继续进行的时候，那永恒的增生器也在坚持。那个圆心比创造优越一些，也比知识和思想更优越，所以它把所有的圆都包含进去了。它不断努力，想要创造一种像它自己一样广阔、优秀的

---

① 参见《圣经·新约·彼得前书》第2章第5节。

生命和思想，但却徒劳无功，因为已经造就的东西在指导怎样造就更好的一个。

这样，就没有睡眠、停顿和存留，只有万物的更新、萌芽和生长。我们为什么要把残破的痕迹嵌入新的时间呢？大自然厌恶衰老，其他所有的疾病都是从衰老这个疾病中衍生出来的。这些名目众多的疾病——狂热、放纵、疯狂、愚蠢、罪恶——都是老年的某种表现；它们是凝滞、保守、挪用、惰性、陈旧、僵硬，不是新颖，也不是前进。我们无须把每一天都变成灰色。当我们与高于我们的东西交谈时，我们就不会变老，而是会变得年轻起来。幼年、青年，勇于接受，意气风发，用虔诚的目光仰望，不把自己当作一回事，而是沉湎于四面八方涌来的教导。而古稀之年的老头老太则假装自己是个万事通，他们已经老了，放弃了希望和抱负，把现实当作必然来接受，并且以高人一等的姿态教训青年。让他们变成圣灵的喉舌吧，让他们看到真理吧！这样一来，他们的眼睛就会仰望，他们的皱纹就会消失，他们就会再次青春洋溢。这种衰老不应悄悄地在人类心灵上蔓延。自然界每时每刻都是新的，过去总是被吞没、被忘却，只有将来才是神圣的。除了生命、变迁、奋发的精神，再也没有可靠的东西。爱不能受誓言和契约的束缚，而去防范一种更高尚的爱。再崇高的真理，在明天新思想的照耀下也会变得平凡。人们希望安定，他们只有在不安定的情况下才会有希望。

生活就是一系列惊人事件的综合。在我们存在的当下，今天猜不出明天的情绪、欢乐和力量。我们能够大概描述出一些比较低级的情况——比如日常的行动和感觉，但是，上帝的杰作、灵魂的全部生长和普遍运动却是隐藏着的，那是无法预知的。我知道真理是神圣而有益的，但是我不知道它如何让我受益，因为如此存在是如此认知的唯一入口。进步的人类的新立场，具有旧立场的一切力量，而且全部更新了旧立场。它拥有过去的一切能量，本身却是清晨的清新气息。在这新的时刻里，我抛弃了原来积存的全部知识，觉得只是空虚无聊的旧思想。现在，我有生以来第一次仿佛能够正确认识任何事物。简言之——我们不知道它们的意义，除非我们正在爱和追求。

灵巧维护陈旧事物的完整，力量和勇气建造新的道路，通往更美好的新目标——才能和性格的区别就在于此。性格造成了一种压倒一切的现在，一个欢乐而坚决的时刻，它让大家看到：很多没有想到的事情都是可能发生的，而且十分美好。性格暗淡了某些特殊事件的印象。我们并不大考虑征服者的任何一场战役或成功。过去我们夸大了困难，而对征服者来说，那是轻而易举的。伟人并不是被震撼或被折磨的，事件过身时并未留下什么印象。有时人们会说："看看，我战胜了什么，看看我多么高兴，看看我彻底战胜了这些倒霉的事情。"如果他们仍然把那些倒霉萦绕于心，这说明他们并没有彻底战胜。真正的征服就是让灾难烟消云散，仿佛它只是在历史进化的早期飘过天际的一丝云彩罢了。

我们希望能够忘记自己，出其不意地忘记自己的缺点，失去我们的记忆，不知道怎么做、为什么做一件事；总而言之，就是画一个全新的圆。没有热情，就没有伟大；生活的道路无比奇妙，必须得放弃。历史上的伟大时刻，就是通过天才和宗教作品的力量达到的。奥利弗·克伦威尔说："当一个人不知道正在走向何方时，他就达到了最高点。"梦与醉，鸦片与酒精是在仿冒这种天才的境界，因此才会对人们产生危险的吸引力。同理，人们求助于比赛和战争中出现的狂热，用某种形式模仿心里的熊熊烈焰和慷慨。

论自助

人就是自己的救世主，
灵魂能塑造一个老实而又完美的人，
光明、声势、命运全由它指导；
人的一切遭遇来得不早不晚。
我们的行为如果善，就是我们的天使；
如果恶，就是悄悄从我们身旁走过的夺命死神。

——波蒙和弗莱契作《老实人的命运·尾声》

前不久，我读了一位杰出作家[①]写的几首诗，这些诗立意新颖、不落窠臼。人的灵魂总是会从字里行间听到一种告诫，从作品中看见真理。这些诗句所灌输的情感比它们包含的任何思想更有价值。人要相信源于自己的思想，相信从自己内心深处认为适用的东西——这才是天才。如果人把隐藏的信念说出来，那这种信念一定会成为普遍认同的感受；因为内在是于最适当的时候外化

① 也许是美国人华盛顿·奥尔斯顿（1779—1843），也许是英国人威廉·布莱克（1757—1827）。

的——而人最初的思想会被“最后的审判”的号角吹送到耳边。

基督教义里宣称：上帝的儿子耶稣在人间布道，被钉死后升天。他代表上帝审判人的灵魂，在他前面天和地分开，再无任何阻挡，所有死者都站在他面前被记录在生命册里。耶稣审判着每个死者，如果是罪人就被判入地狱受苦受难，第二次死也就是灵魂的死亡，凡在世行善的人，耶稣就赐给他生命之水，灵魂就会得到永生。这就是“最后的审判”。这个主题在基督教中是一个传统的题材，在教堂里必须装饰有这个主题的画，它是宣扬因果报应的；人死后凡善者升天，恶者下地狱。而最著名的莫过于意大利文艺复兴时期的伟大画家、雕塑家和建筑师米开朗琪罗·博那罗蒂用了近六年的时间，于1536年为罗马西斯廷教堂创作的教堂壁画《最后的审判》。

超越性的神力通过末世的审判而被宣泄无余，同时，人们日夜向往期待的真理、无土、永恒……一个充满着光明和希望的“大地”，一个寄托着人类归宿的宇宙空间进入它自身的“无蔽”状态之中去了。尽管心灵的声音每个人都非常熟悉，但是我们认为在西方的传统中，有很多人最大的功绩就是蔑视书本和传统，只讲述自己思考得来的东西，从西方的《圣经》中的摩西到古希腊的柏拉图，再到英国的启蒙思想家弥尔顿都是如此。他们的功绩在于告诉世人应当学会发现和观察从内心一闪而过的心灵的微弱光芒，而不是仅仅遵从先圣从远古散发的光彩。

可是人们往往不够自信，经常擅自摒弃了自己的思想，就因为这是他自己的东西。在天才的每一部作品中，人们认出了他们自己抛弃了的思想：它们带着某种疏远的威严回到我们的身边，当人们知道了伟大的艺术作品对我们的教益不过如此时，就应该明白要心平气和坚定不移地坚持我们自发的印象。不然，当有朝一日，一位陌生人非常高明地说出恰恰正是我们一直想到和感到的东西成就了他时，我们将被迫从别人那里取回我们自己的见解，并感到异常的羞愧懊恼。

每个人在求知的时候，有一天会坚信这样一种信念：嫉妒等同于无知，模仿无异于自杀，一个人无论好坏，都必须把自己看作自己的命运，虽然广阔的宇宙不乏善举，可是如果不在自己得到的那片土地上辛勤耕耘，那么就不会有哪怕是一粒富有营养的粮食自动送上门。对他而言，蕴藏在他身上的力量实际上非常新奇，因此除他之外没有谁知道他有什么本领，而且不经尝试，连他自己都不知道。眼睛必须在一个有光线的地方才能看见东西，而人们借助特殊的设备，如红外摄像头，就能够观察到肉眼看不到的东西，甚至还能“透视”。同样，一张面孔、一个人物、一件事实给某人留下了深刻的印象，而对别人却没留下任何印象，这不是平白无故的。人脑中的视觉神经和记忆神经元要能更好地为大脑服务，就一定得满足必要的条件。必须认识到这种观念，才能产生良好的结果。一个人只有尽心竭力地工作，才能得到报答，才能感到宽慰和欢乐；如果他说的或做的并非如此，那么他将得不到安宁。那是一种没有解脱的解脱。还在尝试之中，他的天赋就抛弃了他，没有灵感的眷顾，没有发明，也没有希望。

信赖你自己吧：每一颗心都随着那根心灵的琴弦颤动……接受你的同时代人构成的社会，接受种种事件的关联。伟大的人物一向都是这么做的，而且像孩子似的把自己托付给他们世代的精神，表明自己的心迹：绝对可信的东西就藏在他们的心里，通过他们的手在活动，在他们的存在中起主导作用。大家现在都是成人，必须在最高尚的心灵里接受那相同的超验命运；我们不是躲在角落里的幼儿和病夫，也不是在革命前临阵脱逃的懦夫，而是领导者、是自救者，听从全能者的努力，向着混沌和黑暗挺进。伟大的人物一向都是这么做的，而且像孩子似的把自己托付给他们时代的天才，表明自己的心迹：绝对可信的东西就藏在他们的心里，通过他们的手在活动，在他们的存在中起主导作用。

按照进化规律，人在儿童、婴儿、襁褓期间，人的眼光还远未被世俗征服，在成人面前，他们的心灵是完整的，没有那种分裂和叛逆的心灵和那种对一种感情不信任的态度。大家在面对这些嗷嗷待哺的婴孩时，反而不安起来。人在幼年时不顺从任何人，反而人人都得顺从他，所以当大人逗婴孩玩时，一个婴孩的啼笑撒娇一般会感染大人，让他们也变成婴孩。同样，思想的灵感也对青少年和成年赋予自己应得的泼辣和魅力，使它令人羡慕、和蔼可亲，使它的要求不容忽视。不要因为青年人不能跟长辈平等地对话，就认为他没有能耐。但他们很清楚该怎样跟他的同龄人谈话。不管是羞怯还是大胆，他都会知道怎样使我们长者变得无关紧要。

不愁没饭吃的小孩子，不屑于做点什么或说点什么去讨好他人，这种气质正是人性的健康态度。因为他们不考虑后果，不计较得失，所以能做出一种独立、真诚的决断。孩子在做客时，就像剧院廉价座位上的观众一样没有约束、不负责任，躲在角落里观察着那些从眼前经过的人和事，并以孩子迅速简要的方式对他们的功过进行质询和判别。他们当中有的十分有趣，有的傻里傻气，有的能言善辩，有的令人讨厌。但孩子仍然很孤傲，你得去接近他，他却不主动接近你。然而成年人显然不能做得这么挥洒自如，可以说他在成人、融入社会后，就被自己的意识关进了监狱。一旦有什么显赫的行动或言论，立刻就等于身陷樊笼。这时候，成千上万人在注视着他，有的同情，有的愤恨，他必须考虑周围人的态度。无一人例外！如果谁能避开这种种束缚，或者虽已履行，但现在又能以原来那种不受影响、不囿于偏见、不畏强暴的纯真来履行，那么这个人就一定是令人敬畏的。这个人应该经常对目前的事态发表看法，这些见解显然不是一己之见，而是警世的通言，永远坚守自己的立场，而且是不受他人干扰、不偏不倚的立场！

这些是人们离开群体独自生活时听到的声音。可是一旦进入世俗世界，人们所希望的就难以实现，这种希望也就逐渐减弱，乃至杳然无声了。社会是一家股份公司，每个成员都达成一个协议：为了尽可能地向每个股东提供食品，就必然剥夺他们的自由和教养。这时，顺从成了求之不得的“美德”，“自助”则是它深恶痛绝的东西。虚伪的社会喜欢的不是真情和创造者，而是名义和陈规陋习，它在压抑每个成员的天性，社会在强迫人去做一个顺民。这些都是在“善”的名义上进行的。

所以，谁要获取不朽的荣耀，就决不可被“善”的空名义牵累，而必须弄清它是否就真的是善。而判断的标准，归根结底，就是人自己心灵的完善，别无其他。来一番自我解放，回到最初的你那里去，你一定会赢得全世界的赞同。小时候，我有一位良师益友总是用教会古老的教条纠缠我，我还记得我是怎么样不假思索地予以回答的。我说，如果我是完全按照内心生活，那我跟神圣的传统有什么关系呢？我的朋友启发说：“这些冲动也许从下而来，而不是从上而来。”我回答：“我看未必。不过如果我是魔鬼的孩子，那我就按照魔鬼生活好了。”

在我看来，天性的法则是唯一神圣的法则。好与坏只是一些名义上的虚幻的东西，这里那里随便可以挪用。凡是符合他自己性格的东西都是正确的，凡是违背自己性格的东西都是错误的。如果一个人在所有的反对势力面前立身行事，那么除他以外的一切就都是虚有其名，徒具其表的。在面对强大的反对势力前，人不应该向社会虚名或保守体制投降，反而应该更信心百倍地向前冲，试图说出粗犷的真理。假如恶意和虚荣穿着慈善的外衣，那能行得通吗？如果一个愤怒的、一意孤行的人僭取了恢宏的废奴事业，带着来自巴巴多斯[①]的最新消息来找我，为什么我不应该对他说："疼你的孩子去吧，疼你的伐木者去吧：人的善良应该是有选择的，要有和善、谦虚的风度，而伪善流露出的软心肠可能是对千里之外的人与事的关注，这种伪善容易漠视身边人的冷暖。"虽然有时这种真善可能会让人觉得粗暴无礼，可是真话比假仁假义更得体，只有真爱才会有真恨。仁爱论在呜咽哀鸣的时候就一定要把仇恨论宣扬为它的对策。当我的精神召唤我的时候，我就避开父母妻子和兄弟。[②]我要在门框上[③]写"想入非非"。我希望它最终要比想入非非要好些，可是我们不能把一天的光阴耗费在解释上面。别指望我会说明我为什么想群居或为什么想独处的原因。也不要像现在的善人所做的那样，给我讲什么我有义务改变所有穷人的处境。他们是我的穷人吗？我告诉你，你这愚蠢的慈善家，我一分钱都舍不得送给那些与我无关的人。有一个阶层的人，由于有种种精神上的共鸣使得我可以任由他们调遣；如果必要，为了他们赴汤蹈火也在所不惜。可就是不干你那名目繁多、廉价的慈善活动，不搞那愚人学校的教育，不建造那些徒劳无功的救助站，况且现在已经造起了很多，都没什么用场。不给酒鬼们施舍，不搞那些重复的救济团体——虽然我不无羞愧地承认：我有时候也不得不破费一块钱，可那是一块缺德的钱，很快，我就会有勇气不给的。

按照流行的评价，美德在一些人眼里与其说是大家的循例规则，还不如说

① 英国法律于1833年废除了包括巴巴多斯在内的西印度群岛的奴隶制。

② 参见《圣经·新约·马太福音》第10章第37节："爱父母过于爱我的，不配做我的门徒。"

③ 参见《圣经·旧约·申命记》第6章第9节："我今日所吩咐你的话……又要写在你房屋的门框上。"

是特例。他们认为，人之所以会做出一些所谓的善举，如见义勇为、乐善好施之类，是因为他们干这种事就算是生活在世界上的一种赔礼或辩解——就像病号和精神病患者交付昂贵的膳食费一样。他们的德性就是苦修多赎罪。在基督教的基本教义中，人要不断地忏悔、“赎罪”，才能不断地纯洁灵魂，死后得以升入天堂。我只想生活，不想赎罪。生活仅仅是为了生活本身，不是为了给人看。我倒宁愿自己的生活格调低一些，才能真实、平等，而不愿意它光彩夺目、动荡不定。我希望自己的生活是健全甜蜜的，而不需要一些刻意的规定，比如一天定量定点的饮食。我要的是“你是一个人”这样的主要证据，而不是撇开人只讲他的行动。我知道，无论我做出还是避免这些所谓的高明行动，对我本人来说并没有任何区别。我不同意在我拥有固有权利的地方再购买特权。我虽然才疏学浅，却实际存在着，所以无需为了使我自己或我的同伴安心而要人家给予保证。

一个人必须要做的是与自己有关的事，而不是别人所想的事。这一规定，在实际生活中应该严格遵守，在精神生活中也同样如此，因此完全可以借此来区分品格的伟大和渺小。因为在现实生活中总是存在这样一些人，他们认为对别人的职责非常了解，甚至比当事人自己还清楚，这就使得规定显得更严了。在世界上，按世人的观点生活容易；在隐居时，按自己的想法生活也不难。可是伟人之所以成为伟人，就在于他在稠人广众之中尽善尽美地保持了卓尔不群的个性。

对你而言，之所以有人会反对顺从一些已经过时的习俗，就是因为如果照着陋习去做会分散一个人的精力，它浪费你的时间，使别人对你自己的性格印象模糊。就好比给一座将倾的危房装修，为一个腐烂的蔬果刷果漆，替一个僵死的圣经社会卖力，跟上一个大党投政府的赞成票或反对票，像无能的管家婆一样只会通过摆餐桌来掩饰——在这一切的掩盖下，人们就很难发现真正的你。并且，有太多的精力已经从你自己生命中悄悄地溜走了。然而，做你的工作，人们就会了解你。通过努力工作，你就会充实你自己。一个人必须考虑：顺从这种把戏完全是捉迷藏。如果我知道你的派别，我就能预料到你的论调。举一个牧师的反面例子。一位牧师把该教会制定的一种临时制度宣布为该教堂布道的题目，可能将长期坚持下去。这位牧师不可能说出一句更贴切、自然的话，因为作为一个教区的牧师，他把他定的制度说得天花乱坠，却决不会去干那种事情；他保证只看问题的一个方面——允许看的那一面，不是作为一个人去看，而是作为一个教区牧师去看，这些难道别人就不知道？他是一个受聘的律师，法官席上的那些派头都是空洞透顶的装腔作势。由于大多数人已经用一块手绢蒙住了自己的眼睛，同时又把自己拴在某一个通用的观点上，因此这种顺从使他们不仅在几件事上弄虚作假、不仅编造几句谎言，而是在所有的事情上都弄虚作假。他们所说的每一个“真理”都戴着伪善的面具。他们的二不是真正的二，四也不是真正的四；所以他们说的每一句话都让我们十分懊恼，我们不知道该从哪里下手让他们改邪归正。与此同时，人的本性也迫不及待地给人们穿上各自依赖的党派的囚服。这样，人逐渐长成了一副面孔、一种身材，并渐渐地学会了最温顺的蠢驴似的表情。特别是有一种禁欲修行的经历，它也成功地在一般历史中大显身手，这里所指的是“那颂扬的嘴脸”①，那强装的笑容，那是在与人相处、在毫无兴趣的谈话中搭讪时装出来的。肌肉不是自然地活动，而是由一种低劣不堪、专横跋扈的力量拨弄，紧紧地绷在脸的轮廓上，心里实在不是滋味。

如果谁不顺从的话，人们就对谁横眉冷对、对他横加鞭笞。因此一个人就必须懂得如何去判断一张愠怒的面孔。在大街上、在朋友的客厅里，他会遭人白眼。如果这种反感也像他自己的一样来源于轻蔑和反抗，他不妨哭丧着脸回家了事。可是群众愠怒的面孔，与他们欣喜的面孔一样并没有更深层次的原因，而是随风向的变化、报纸的操纵而转换。然而，群情激愤比议院或学府的不满更可怕。一个阅世深沉的坚强人物，忍受有教养的阶级的愤怒并不难。他们的愤怒有理有节，因为他们胆小怕事，本身是不堪一击的。然而，如果在他们阴柔的愤怒之外再加上大众的愤慨，如果把无知贫穷的人也鼓动起来，如果把社会底层愚昧野蛮的势力也激发起来咆哮号叫、龇牙咧嘴，那就需要宽大的襟怀和宗教的修养大显神通，把它当作区区小事来对待了。

---

① 参见英国诗人蒲柏《与阿勃斯诺特医生书》。

令我们不敢自信的另一个恐惧就在于，我们总是要求前后一致；把我们过去的言行奉若神明，是因为别人的眼睛里只能通过我们过去的行为这唯一的资料来推算我们的轨迹，而且我们也不愿意让他们失望。

可是人为什么要有头脑呢？为什么把记忆的死尸拖来拖去，唯恐与自己在某个公共场合所发表的言论相矛盾呢？就算人自相矛盾，那又有什么了不起呢？智慧的一个标准似乎就是绝不一味地依赖人的记忆，甚至也不太信赖纯粹是记忆的行为，而是把过去带给众目睽睽的现在来进行鉴定，并永远生活在一个新时代里。在你的形而上学里，你已经拒绝赋予上帝人格；然而当灵魂的种种虔诚意向到来的时候，那就全心全意地服从它们好了，即使它们竟然赋予了上帝形体和色彩。正如约瑟把他的衣裳丢在淫妇手里一样，把你的理论丢开逃跑吧。

愚蠢的惯性是渺小心灵上的恶鬼，受到小政客、小哲学家的顶礼膜拜。如果强求一成不变，伟大的灵魂就一事无成。他还是去关心墙上自己的影子算了。现在你有什么想法，就斩钉截铁地说出来，明天再把明天的想法用同样的语言说出来，尽管它可能跟你今天说的每一件事相矛盾——“啊，那你一定会遭到误解。”——难道遭人误解就那么糟糕吗？毕达哥拉斯被人误解过，苏格拉底、耶稣、路德、哥白尼、伽利略、牛顿，凡是血肉之躯的每一个纯洁和智慧的精神都是如此。被别人误解得越深，就越能成就伟大的历史功绩。

谁也不能违反自己的天性。他意气风发却受他的存在规律牵扯，犹如安第斯山和喜马拉雅山尽管重峦叠嶂，但在地球的曲线中仍显得微不足道。无论怎样估价、考验一个人，都没有什么关系。一个人的性格就像一节离合体或亚历山大体诗歌——把它顺着读、倒着读或斜着读，拼出的字都一样。上帝允许我过这种令人愉快、表示忏悔的林中生活，在这样的生活中，我不瞻前顾后，只是每天记录我真诚的思想，我毫不怀疑人们将会发现这种思想对称和谐，尽管可能我无意如此，也看不出它具有这种性质。我的书应当散发出松树的芳香，回响着昆虫的嗡鸣。我窗前的燕子应当把我们看成什么样子。但性格的教育作用远在人们的意志之上。人们总以为他们仅仅借助于外部的行为来传达他们的善与恶，殊不知善或恶时刻都在散发着一种气息。

每个人的行为尽管千变万化，但是总会有一种一致性，这样，每一个行动在它们关键的时刻都有共性，显得诚实、自然。因为无论看上去如何千差万别，但由于出于一个意愿，因此仍将表现得非常和谐。那种差异如果在思想保持一定距离、一定高度时，就可能不被人所知。某种趋势能把它们都融为一体。这就好像最好的船只的航程也是千曲百折的，而如果从远处看这条航线，它就成了直线或者是接近平均的趋势。一个人真正的行动会把自己解释明白，还会把其他真正的行动解释明白。任何人的顺从却什么也解释不了。人要尽量地去独立行动，自己的所作所为就会逐一证明自己是正确的。伟大则求助于未来。如果一个人一贯坚持做正确的事情并且得到人们的赞许，那他将非常坚定地去继续做某件事情，有理由说："不管将来如何，现在都只要把眼前的事情做好。"人拥有这样的能力就足以恃才傲物。如果能看透事物的假象，那所做的决断就将永远是正确的。人的性格是年积月累形成的。人们现在的一些举动、言辞都有原来年代的烙印，今天的辉煌注定带有对从前美好时光的记忆。是什么造成了议会和战场上的英雄们的威严，如此令人心潮澎湃？是对往日一连串伟大岁月和胜利的共识。这些伟大的岁月和胜利合成一束光辉，照亮现在依旧奋勇前进的人，也铸就了无数成功者应该享有的荣誉。他好像由一队看得见的天使护送。正是这种东西把雷霆送进了查塔姆伯爵的声音，把威严送进了华盛顿的举止，把美国投进了亚当斯的眼帘。对我们来说，荣誉固然令人肃然起敬，因为它不是昙花一现的东西，它将永远照耀后人。荣誉一直是古老的美德。今天人们依然崇拜它，就因为它不仅仅属于今天，还属于未来。人们依然热爱它、敬仰它，因为它不是骗取人们热情的陷阱，而是促使人能够自力更生，因而具有一种古老纯洁的血统，即便是表现在一个未谙世事的年轻人身上也是如此。

我希望现在我们已经是最后一次听到屈服和顺从。从此，将这两个词扔进历史的垃圾堆，让人们再次听说会觉得是无稽之谈。让我们听到的不再是开饭的锣声，而是一声斯巴达横笛的吹奏。[①] 让我们再也不要点头哈腰、赔礼道歉了。在古希腊斯巴达奴隶起义中，斯巴达克斯就是用号角、芦笙和横笛作为起义的信号，把熟睡的角斗士们唤醒。斯巴达横笛象征着警觉。如果一位伟大的人物

① 爱默生用敲锣开饭表示松懈，吹斯巴达横笛象征警觉。

要来我家吃饭。我无意讨好他，倒是希望他应当想讨好我。我要站在这里维护自己的人性，尽管我想让它慈悲为怀，但我更要使它真心诚意。让我们冒天下之大不韪，谴责当代那种圆滑、平庸、沾沾自喜的作风，并把已经成为一切历史结论的事实扔到习俗、贸易和公司的面前：哪里有人做事，哪里就有一个伟大负责的思想家和活动家在工作；一个真正的人是万事万物的中心，而不属于其他时间与空间。在一般情况下，社会上的万事万物容易让人联想到别的人和事，除了性格和事实外别无他物。人如果要顶天立地，使周围的一切环境都显得无关紧要，就需要无限的空间、芸芸众生和时间来完成他这种无限的构想。这时，这个人就成了一个时代、一个国家、历史前进的动因，而后代子孙将紧紧追随着他的步伐。比如恺撒、亚历山大等君主，不但建立了疆域辽阔的帝国，还创造了让后人遵循的制度；制度会成为他们本人生命延续的影子，正如古代隐修会之于独修者安东尼、宗教改革之于路德、贵格会之于福克斯、卫理公会之于卫斯理、废奴运动之于克拉克森。比如基督诞生了，千千万万个心灵在他的天才哺育下成长，忠于他的天才，久而久之，人们就把他的美德与人的潜力混为一谈了。再比如西庇阿被弥尔顿称为"罗马的巅峰"。一切历史都很容易从中找到少数几个坚强认真的人物的传记。

在历史上，那些英雄人物很清楚自己的价值，他们把万物踩在自己的脚下，眼空四海。在当时那个为他们而存在的世界上，这些英雄人物不像慈善堂的孤儿、街头的乞丐或爱管闲事的人一样探头探脑、偷偷摸摸、鬼鬼祟祟。但当他们走在任何一条街上，像一个普通人一样望着一座高塔或一尊大理石神像，依然会自惭形秽，因为他发现自己身上不具备与造塔和雕像的本领相符的本领和气质。在他看来，一座美轮美奂的宫殿、一尊挺拔的雕像甚至一本有价值的传记，都具有一种拒人于千里之外的傲岸神气，很像一套装饰华丽的物件，似乎对人这样说："你是谁？"其实这一切都是归他所有，它们还要得到他的眷顾，祈祷他施展本领把它们据为己有。就像有一幅经典画作，它等着人们去鉴定，等着伯乐去发现它的价值，由人来决定是否值得称赞。在西方有一则家喻户晓的寓言故事，说的是有一个酒鬼醉得不省人事，躺在了公爵府门口。公爵的仆人误认是放荡不羁的公爵潦倒不堪，就给他梳洗打扮。天下就有这么巧的事情，公爵当天正好不在，而这个酒鬼还偏偏与公爵长得很像，于是等这个酒鬼醒来，就被当作了公爵，人们也极尽阿谀奉承之能事，并且向他许下各种承诺，而这个酒鬼也乐于将错就错，成为那个糊涂“公爵”。在中国也有类似的寓言故事。隋末唐初的时候，有个叫淳于棼的人，家住在广陵。他家的院中有一棵根深叶茂的大槐树，盛夏之夜，月朗星稀，晚风习习，是一个乘凉的好地方。淳于棼过生日的那天，亲友都来祝寿，他一时高兴，多喝了几杯。夜晚，亲友散尽，他一个人带着几分酒意坐在槐树下歇凉，不觉沉沉睡去。梦中，他到了大槐安国，正赶上京城会试，居然高中头名状元，并因此招了东床驸马。婚后，夫妻感情非常美满。淳于棼被皇帝派往南柯郡任太守，一待就是二十年。淳于棼在太守任内政治清廉，很受当地百姓的称赞。后由于敌兵入侵，皇帝命淳于棼出战迎敌。淳于棼接到圣旨后不敢耽搁，立即统兵出征。可惜他对兵法一无所知，手下兵马被杀得丢盔卸甲、四散奔逃，淳于棼也差点被俘。皇帝震怒，把淳于棼撤掉职务、遣送回家。淳于棼气得大叫一声从梦中惊醒，但见月上枝头、繁星闪烁。这时他才知道，所谓南柯郡不过是槐树最南边的一枝树干而已。这种寓言故事之所以广受人们的欢迎，就是因为它维妙维肖地象征了人的处境——人生在世，就是一名醉鬼，然而有的时候清醒过来，运用他的理性，发现自己原来就是一名真正的王子。

我们像在行乞、寄生一样地读书，沉迷于历史长河中被我们的想象所迷惑。与命若悬丝的平民百姓相比，王国和贵族、权力和庄园简直是高不可及的字眼；可是现实生活对二者来说都是一样的，二者都要面对同样多的琐事。为什么要把那些英雄人物视若神明呢？即便他们功德盖世、业绩彪炳史册，但难道他们穷尽天下所有的恩德吗？正像中国古代有句谚语说的那样：“一人兴国，一言兴邦。”难道真是这样吗？今天一个人的得失完全靠一个人的行为，就像从前要靠追随英雄人物的丰功伟绩一样。一旦普通人不这样做，反而按照独到的见解行事，那么历史的光辉就会从王公贵族的身上转移到同样创造了历史的普通人身上了。

社会一直被精英引导着，他们像磁石一样吸引着各个群体的注意力。而高高在上的国王们按照他自己的意志在人们中间活动，制定法律和自己的度人度事的标准，给人的嘉奖是荣誉而非金钱。人们对于上述种种做法听之任之，他们处心积虑所表现出来的耿耿忠心就等于象形文字，大家模糊地用它来表达关于自己的权利和体面，也就是每个平头百姓的权利的意识。

当我们开始探索自信的根源时，原来那些行为所表现出来的困惑就迎刃而解了。什么样的人值得信赖？产生普遍性的依赖所基于的原始“自我”又是什么样的？那些肉眼看不见、仪器探测不到、科学对之束手无策的星星之光，凭什么依然能照亮人性中的阴暗呢？这种探究使我们追本溯源，发现原来那既是天才的本质，也是美德和生命的本质的所在，也就是所谓的“自发性”或“本能”，我们把这种基本智慧叫作“直觉”，之后的教导则都是“传授”。在许多无法解释的事实中，万事万物都拥有它们共同的根源，那是一种令人深思的力量。当生存感在万籁俱静的时刻从灵魂里冉冉升起，而我们却浑然不知；它与万物空间、光、时间和人的生命与存在拥有共同的根源，与它们合而为一。人先分享万物赖以生存的生命，然后把万物视为自然界里的种种现象，而忘记我们和它们具有同一个起因。这就是行动和思想的起点，是产生灵感的温床，是一种赋予人智慧的灵感。我们躺在无边智慧的怀抱里，它使我们成为它的真理的接受器和它的活动的器官。当人们发现正义和真理时，人们往往不主动做任何事情，而只是让灵感的光辉一闪而过。如果有人要追问这种灵感从何而来，要是有人试图窥视这造成万物起因的灵感，那一切都成了所谓的哲学问题。我们所能够证实的是它是否存在。每个人都可以区别他内心有意的行为和无意的知觉，而且知道一种绝对的信仰应该归因于他那些无意的知觉。他也许在表达那些知觉时会出差错，可是他知道这些东西就像白昼和黑夜一样是毋庸置疑的。没有思想的人在陈述知觉和陈述见解时同样容易产生矛盾，或者在前一种情况下更容易产生矛盾；因为他们无法区分知觉和观念。他们主观地以为自己想看见这件事就能看见这件事，想看见那件事就能看见那件事。然而知觉不是无源之水，而是无法逃避的。如果我看见了一种特性，我的孩子们随后也会看到，最后，全人类都会看到——虽然碰巧是我第一个看到它。因为我对它的直觉就像太阳一样，是一件明晃晃的事实。

灵魂和神灵的关系非常纯洁，所以企图插足其间予以帮助反而有亵渎的嫌疑。情况一定是这样的：在上帝说话的时候，他应当传达的是所有的事，而不是一件事；他应当使他的声音响彻全世界；他应当从现在思想的中心散播出光明、自然、时间、灵魂，把全体从头开始，重新创造。每当一个心灵单纯、并接受了一种神圣的智慧的时候，旧事物就会消亡——手段、导师、经文、寺庙全都崩溃了；这个心灵生活到现在，把过去和未来全都并入现在的时刻里。万物都因为与它息息相关而显得神圣无比——而且彼此不分上下。万物都被它们的起因融入它们的中心，而且在普遍的奇迹中，一个个微小、特殊的奇迹就消失了。因而，如果一个人声称了解上帝，并谈起对上帝的看法，而且使你回想起另一个世界、另一个国度的某个消亡了的古老民族的用语时，别信他的话。橡树是橡实的圆满和完成，难道父亲就比孩子高明？因而，为何如此崇拜过去呢？过去的一个个世纪都在密谋反对灵魂的健全与权威。时间和空间只是眼睛造成的生理颜色，而灵魂却是光明；它出现的地方就有白昼，它消失的地方就有黑夜；而历史是一种无礼的行为，一种伤人的举动，如果它不仅仅是关于我的存在和形成的一种令人愉快的寓言的话。

有些人总是胆小怕事、内疚于心，也没有刚强正直的气质；他不敢说："我认为""我就是"，而是一个劲地援引圣贤之言，甚至当他面对一片草叶和一朵盛开的玫瑰时，都可能感到无地自容。而对于那些玫瑰来说，只要它存在，那它每时每刻都是尽善尽美的。没等叶蕾完全绽开，它就已经开始整个生命活动；在盛开的花朵里未见其多，在无叶的根茎中也未见其少。它的天性得到了满足，同时也满足了大自然,时时刻刻都是一样的。然而在人的生命旅程中有跌宕起伏、有记忆，他不生活在现实中，而是眼睛向后，哀悼过去，否则就是对周围的机会不予理会，却踮起脚尖展望未来。如果他不跟大自然一起超越时间，他在现在生活中就不会快乐、不会坚强。

这一点应当是一目了然的。然而看看即使坚强的智者有时也不会听从权威的话，除非他说的是我并不了解的大卫、耶利米或保罗的话。他不会永远对几篇经典文章、先贤传记津津乐道；也不会像小孩子一样，成天死记硬背老奶奶、学校老师布置的课文，等长大以后，又死记硬背偶尔看见的名言警句。再后来，等他们具备了曾经说过这些话的人们的观点时，他们才算了解这些作者的观点、才算了解这些人、才算摒弃那些所谓的名言，因为只要他们自己也遇到同样的条件，他们随时也能把话说得一样富有哲理。如果我们活得真实，那我们将会看得更加真实。那就能像生活的强者一样保持坚毅，否则就和弱者一样继续软弱。当人们有了新的知觉时，他将很乐意地像扔垃圾一样将窖藏了多年的财宝从记忆里抛弃。当一个人与上帝生活在一起时，他的声音就像潺潺的溪水和沙沙的谷田一样甜美。

现在到了最后，关于这一论题的最高真理仍然未曾提及，大概也无法提及，因为我们所谈的一切只不过是对直觉遥远的记忆。我通过现在最能接近的手段来表达的那种思想就是下面这样的情况。当善接近你的时候，当你身上有生命的时候，那不是通过常规的渠道达到的，你是发现不了别人的足迹的、是看不到人的面孔的、是听不到任何人名字的——那种渠道、那种思想、那种善一定是新奇无比的。它必定将实例和经验统统排除在外。你要走的路是从他人那里来的，而不是到他人那里去。一切曾经生活过的人们都是被那种善遗忘了的代理者。恐惧和希望同样都在它的影响之下。即使在希望之中，也有某种低下的东西。而在人产生幻想的时候，没有什么可以称之为感激的东西，严格来说，也没有可以称之为欢乐的东西。当人的灵魂凌驾于激情之上时，就能看见同一性和永恒的因果关系，能发现真理和正义的自我存在，因为知道万事将能如人意，于是便处之泰然。大自然无垠的空间，大西洋、南太平洋——漫长的时间间隔，一年又一年，一个世纪又一个世纪——都没关系。这种我想到和感到的东西过去构成了每一种原先的生活与环境状况的基础，就像它们现在构成了我的现在的基础，构成了所谓的生和死的基础一样。

真正有价值的只是正在生活的，而不是已经生活过了的。物体虽然静止了，但力依然存在，只是存在于一种从旧状态过渡到新状态的时刻，存在于海湾的汹涌澎湃和奔向目标的投射过程之中。这是一个世界讨厌的事实，却是灵魂形成的事实，因为它永远贬低过去，把所有的财富变成贫困，把所有的信誉化为耻辱，把圣徒和恶棍混为一谈，把耶稣和犹大都推到一边。只有这样，才能相信自助。那我们为什么还要瞎唠叨自助呢？因为有灵魂，就有力量，它不是自信力，而是作用力。祈求他人的帮助只是一种可怜的、表面的，仅仅是说话方式而已。还是说能起到可依赖的作用的事情，因为它起作用，存在着。当一个人能主宰自己时，便能得到别人最大限度的服从。除了自己，谁能做到这一点呢？这时候他可以不费举手之劳，就能借助精神的引力而吸引别人围着他转。当人们在谈论某人显著的美德时，有人认为它华而不实。那是他们看不到美德就是“顶峰”，也看不到一个人或一群人，如果他们对上述道理有适应能力和领悟能力，就不需要借助外在力量，就能征服和驾驭所有的国家、城市、国王、富人和诗人，因为那些都不是顶峰。

正如在每一个论题上一样，这就是我们如此迅速地在这一论题上所取得的终极事实：一切转变为永远神圣的“一”。自我生存就是一种最根本的属性。它不同程度地进入了所有较低级的事物，并依照程度的不同而制定了各种衡量善恶、对错与否的标准。真实的万物的真实程度取决于它们所包含的各种优点。商务、农耕、狩猎、捕鲸、战争、辩论……这些对个人影响来说都是重要的东西，并且作为一种证明自我存在的事物和不纯行动的实例，表明这不单单是人类的活动，也使得这些活动赢得了人们的敬仰。在自然界中，我看到存在同一个在为保护和发展而发挥作用的规律。在人生哲学中，能力是衡量正义的基本标准。他认为，大自然不允许任何没有自助能力的东西滞留在她的各个领域。一个行星的起源和成熟，它的自转和运行轨道；植物也一样，劲风刮过之后，残枝断木可能又能长出新芽来……凡此种种，在每一个动植物的生命里，都有这种自给自足的、周而复始的、自助的精神的表现。

对待这种自助的精神，不能让它随波逐流，轻易地从自己身体里溜走。这样，将这些都集中起来，让我们切勿飘游，让我们待在家里陪伴这种自助的动因。让我们仅仅宣布一下这神圣的事实，叫那强行闯入的一堆乱哄哄的人、书和制度瞠目结舌吧。叫入侵者把鞋从脚上脱下来，这时候你所在的地方就是圣地！①让我们的单纯来裁决它们吧，让我们对自己规律的顺从在我们天生的财富旁边演示自然和命运的贫困吧！

然而我们现在是群氓，如果人对人不存在敬畏之心，那人的天才则被视为暴殄天物了，没有机会从自己内心的海洋中获得帮助，相反却舍近求远，从别

① 参见《圣经·旧约·出埃及记》第3章第5节：“上帝说，不要近前来，当把你脚上的鞋脱下来，因为你所站之地是圣地。”

人的缸里讨一杯水。有时候，人需要特立独行的秉性。我喜欢礼拜式开始前沉默的教堂胜过任何讲道。那些人看上去多么遥远、多么冷淡、多么贞洁，用一块围地或一座圣殿把彼此圈住！所以让我们永远坐着。有的人为什么喜欢装出一副对朋友、妻子、亲戚或者孩子的糊涂样，难道就因为他们在火炉边围坐，据说有和自己同样的血缘关系吗？这些人有我的血统，我也有这些人的血统。我不能因为这点．就要继承他们的暴躁或愚蠢，甚至到为它感到羞愧的地步。然而你的独来独往不是物质上的，而应当是精神品质上的，也就是说，一定要崇高。有时候，一个人会突然感觉到，全世界似乎都在密谋用夸大无穷尽的琐事来纠缠自己。远方的朋友、不期而至的客人、麻烦不断的孩子、缠绕多年的疾病、莫名其妙的恐惧、物资的匮乏一起涌来敲自己的家门，说道："出来，到我们这儿来。"然而，尽量保持自我，千万别轻易地身陷其中。这些琐事能够不断地打扰自己，防不胜防，自己只好漠然处之。如果自己始终不付诸行动，那么任何事情都别想接近自己。"我们爱什么，我们就有什么，可是由于贪心不足，我们反而失去了这种爱。"

如果自己不能立即具备这种充分的自信力，那至少让自己抵抗一下各种外在的诱惑。让自己紧张起来，进入类似战争的状态中。勇敢地说真话，揭开假殷勤和假慈悲伪善的面具。不要轻易地满足那些受骗的和欺骗的人们的希望。跟他们说："父亲啊，母亲啊，妻子啊，兄弟啊，姐妹啊，朋友啊，迄今为止，我一直跟你们生活在一起。从此以后我要做真诚的人。现在让你们知道，从今往后，只要是低于永恒原则的所谓规律，我就一概不从。我只要友善，不要所谓的盟约。我将尽心尽力地孝顺父母、抚育子女，做一个忠贞的妻子或丈夫。但我不服从别人的习俗。我之所以成为我自己，是因为我自己的本质。我再也不会因为别人而毁了自己或者毁了你。如果你是因为看中我的本质而对我倾心，那我们就将会得到更多的幸福。反之，我仍然愿意想方设法如你所愿。我不愿意将自己的喜怒、好恶隐藏起来。我真心希望：凡是深沉的东西，就是神圣的东西；我真心希望：在月亮星辰面前，凡是让我由衷高兴的事、心灵委派的事，我都愿意做。如果你高尚，我就会爱你；如果你鄙陋，我就不愿意献假殷勤去伤害你，这样也会伤害我自己。如果你诚实，可是又跟我要求的诚实不是一回事，那就追求与你志趣相投的人。我也愿意没有包袱地去寻求我的伴侣。我这样做并非出于自私，而是出于谦恭和真诚。尽管我们在谎言中生活了很长时间，但在真诚中生活同样符合你、我以及所有人的利益。”

这些话今天听起来根本不会像某些人听到的那样刺耳！您很快就会爱上你我的天性所追求的东西。如果像这样追随真理，不仅自己的这种天性会吸引更多的人爱自己，还将帮自己逃离世俗势力的威胁，当然，这样做也许会给自己身边的人造成痛苦。然而，这样做不会出卖个人的自由，不会舍弃自己的人格力量去顾全他们的感情。况且，每个人都有自己的理性，到那时，他们会证明谁对谁错，甚至会群起而效仿。

人们通常以为，如果某人抛弃了大多数人的标准就等于摒弃了所有的标准甚至是真理，这是一种地地道道的道德律废弃论；甚至有居心叵测的人会假借哲学之名，为他的罪恶贴上各种道德的护身符。然而，公理自在人心。可以通过两种方式证明自己是对的、是无罪的。先考虑自己的所作所为所想是否满足了你和父亲、母亲、兄弟姐妹、邻居、阿猫阿狗之类的关系，这其中的任何一个是否能够责备你。当然自己也可以忽略这种反射的标准，自我赦免。每个人有各自的要求和完善的循环论证。虽然许多职务都被称为职责，而意识法则可以拒绝这种称谓。如果自己无视这种职责，那就使自己能够摒弃大众的准则。如果这时候有人以为这个所谓的意识法则太过宽松，那就让他去维护他的职责好了。

一个人如果具有某种特殊的品质，就能丢掉常人的普遍动机，敢于相信自己会战胜所有挑战。他的心地要纯净、他的意念要执着、他的目光要敏锐，这样他才可以认认真真地完成自己的人生学说、建立自己的人生社会、完善自己的人生原则。这样,对他而言,任何一个简单的目标才可以像钢铁一般坚定不移！

有一种被人们明确地称为“社会”的东西，如果有人考虑到它的各个方面，那他就会看到有必要存在一些伦理道德。但基于这些伦理道德，人的肌肉和心脏似乎被抽走了，于是人们就变成了胆小如鼠、唉声叹气、吞声饮泣的可怜虫。人们害怕真理、害怕命运、害怕死亡、害怕他人。如果在这种社会下没能产生伟大完美的人物，那就需要革新生活和社会状况。可是这些革新所依靠的大多数人都穷困潦倒，连自己的需要都满足不了，空有凌云志，实无回天力，只好日夜委身乞讨。所有的艺术、职业、婚姻、宗教……都不是自己选择的，人生道路不是自己选择的，而是社会选择的。正如在客厅里的士兵拼命地躲着命运的恶战，而力量恰恰就是在那里产生的。

如果青年人在他们的第一次创业中失败了，那人们就认为他会彻底地灰心丧气。如果年轻的商人亏损了，那人们就会说他破产了。如果最优秀的天才在一所大学里学习，毕业一年后还没有在令人羡慕的公司里任职，那么他和他的朋友似乎都认为他应该终生抱怨。相反，如果一个来自乡村的、没见过世面的健壮的小伙子把所有的职业都一一试遍了，他到街边摆过摊、当过教师、编过报纸、做过房地产，诸如此类，不一而足，总之多年来，他永远像一只猫一样从不摔倒，抵得上一百个城市里的玩偶。他和时代并驾齐驱，并不因为没有所谓的文凭、学历而感到丢人，因为他觉得自己没有耽误自己的生命，而是实实在在地生活过了。他不是有一个机会，而是有上百个机会。让一个斯多葛放开人的聪明才智告诉人们：他们没有靠着柳树，不但能够而且必须把自己分开。因为他拥有自信，所以不断会有新的力量涌现。一个人就是成了肉身的道，[①]生下来就是为了医治万民，[②]如果别人对他表示怜悯，他反而会感到羞愧，一旦他按自己的意愿行动，把法律、书本、偶像和习俗统统抛诸脑后，人们就不应该再可怜他，而是应该对他表示尊敬和感激——而且那位导师一定会恢复人生的光彩，使人名垂青史。

要使一种更加伟大的自助在人们的所有职责和关系中，在他们的教育、事业、生活方式、联系、财产和理论观点中掀起一场革命很容易。

一、一般人总是在祈求些什么，他们所谓的神职并不怎么勇敢刚毅。他们要求某种外来的帮助来提供给自己某种额外的奖赏，结果却把自己迷失在自然和超自然的、调停性的和奇迹般的无穷无尽的迷宫中。祈求某一种恩赐——有悖于整个善的任何东西——的奢望是邪恶的。把类似宗教的祈祷看成是从最高的观点对生活事实的观照。它是一种观察着的欣喜的灵魂内心的独白。然而，

---

①《圣经·新约·约翰福音》第1章第14节写道："道成了肉身，住在我们中间……"

②《圣经·新约·启示录》第22章第2节写道："……树上的叶子乃为医治万民。"

当祈祷被用作一种达到个人目的的手段时，那就与鸡鸣狗盗无异了。因为祈祷意味着天性和个人意识中间存在着二重性和不统一。一旦人的自我和本我达成和谐的一体，他就不会再通过祈祷来乞求什么了。到那时，他所有的行动都将成为了祈祷。辛苦的农民跪在自己的地里除草其实也是祈祷的仪式，远航的船夫跪在船甲板上，一边划桨一边祈祷……这些都是存在于自然界中的真正的祈祷，尽管目的并不怎么高贵。弗莱契的《邦杜卡》一剧中的卡拉塔奇，在人们劝他探究一下奥达特神的心意时，他答道：

> 他的隐义就在我们的努力中；
> 我们的英勇就是我们最好的神。

还有另一种假祈祷就是人们的懊悔。人们有许多不满，这实际上就是缺乏自助的精神，也是意念薄弱的表现。如果有人因为天灾而陷入困境，难道通过懊悔就能帮助那些受灾者吗？显然不能，那样的话就专心做自己分内的事情，只有这样才能弥补损失。如果我们去看望这些不幸的人，他们成天呼天抢地的，我们就坐下来陪着他们一起哀号，而不是想尽办法让他们从悲痛中清醒过来，为他们解燃眉之急、为他们晓以真理并送去健康，如果不能这样的话，那我们的同情又于事何补呢？这种假慈悲也是一样的卑劣。幸运的秘诀就是自己手中的欢乐。自助的人永远受到人们的欢迎和幸运女神的眷顾；所有的大门都对他敞开，千言万语的赞美都向他扑来，荣誉的桂冠全戴给他，所有的目光都急切地追随着他。我们的爱出去找他、拥抱他，因为他并不曾需要。我们牵肠挂肚地、满怀歉意地抚爱他、赞扬他，因为他从来我行我素，根本不把我们的非难放在眼里。诸神爱他，就因为众人曾经恨他。“天国的神动辄就去眷顾那百折不挠的人”，琐罗亚德斯说。

人们的祈祷是个人意志上的一种弊病，同理，他们无助的信念也是智能上的一种弊病。他们跟那些愚蠢的以色列人说：“我们不要和上帝说话，恐怕我们死亡。你说吧，随便哪一个人跟我们说，我们都愿意听从。”[①] 不管走到哪里，我都无法遇到我兄弟心中的上帝，或者他兄弟的兄弟的上帝的寓言。每一个新的心灵就是一种新的类别。如果它证明了一个具有不同凡俗的活动与能力的心灵，证明了一个洛克、一个拉瓦锡、一个赫顿、一个边沁、一个傅立叶，那它就把自己的类别强加于他人了。看！一种新体系。当他还是学生时期，他学的东西越多、思想接触到东西越多，他就会越觉得思想深沉，也就越自负。然而，这一点在教义和教会中表现得尤为明显，因为教义和教会也是按照责任的基本思想和人跟上帝的关系而行动的某种伟大心灵的类别。加尔文派、教友派、斯威登堡派都是如此。年轻的学生好奇新鲜的事物，就像一个刚刚从生物学的课堂里走出来的女孩子，对新土壤和新季节感到很兴奋一样。经过一段时间，学生们会发现，他们的智力在老师的影响下也增长了。然而，拥有学生们所具备的智慧、知识的老师往往容易被偶像化，在这个过程中，帮助被看作目的，而不是一种可以很快用尽的手段，这样他们容易成为井底之蛙。所以在他们看来，在遥远的地平线上，体系的墙和宇宙的墙混为一体；在他们看来，天上的日月星辰就挂在由他们的老师建造的拱顶上。他们自负得无法想象，认为外人怎么能看见他们所未见的东西。他们无法理解那种光是如何不成体系、顽强不屈地照进窗户，“那一定是你们用什么办法把光从我这里偷走了。”如果他们心地诚实、行为得体，那么他们就会发现，其实自诩整洁、崭新的家畜栏实际上也是太狭窄、太低矮了，就会立刻发现地上有裂缝，甚至会感觉到马上会倾斜、腐烂、消失。而那束不朽的光依然年轻又快活，霞光万道、绚丽多彩，依旧会普照宇宙，正如它在第一个清晨所做过的那样。

二、正是由于缺乏见识，所以很多人迷恋旅游，把诸如意大利、英国、埃及等旅游胜地视作“圣地”，尤其是现在随着物质生活的不断丰富使人们对旅游可谓趋之若鹜。有人曾把英国、意大利或者希腊的风景名胜吹得天花乱坠，让人想象这些地方非去不可；但他们自己却像一根木桩一样，固守在原地一动不动。人的精神不是一个旅游者，在决断的时候，他的职责就在他自己的

① 参见《圣经·旧约·出埃及记》第 20 章第 19 节。

岗位上。在他眼里，智者就应该“足不出户”而能知天下事。即使如果他有必要、有义务必须在某种情况下离开他的住所，或者到外国去，他在旅程中也仍然好像待在家里，而且还通过他的面部表情让人们意识到，他的旅途实际上就是在传播智慧和美德，像一位君王一样访问城市和人民，并不是像是一个商贩或仆从。

人们可以以艺术、研究或慈善为目的的环球旅行，只要他首先喜欢自己居住的地方，并不指望通过旅行而获得更多、更好的知识而出国。相反，如果仅仅是为了取乐，为了获得自己没有的东西而去旅游，那这种旅游就是脱离自身实际情况的旅行。就好比那些古董，它们也曾青春焕发过，但最终仍将会变成老朽。在底比斯和帕尔米拉①，他的意志和心灵已经变得像那些城市一样古老而坍塌。他把废墟带进了废墟。

旅游是傻瓜的天堂。刚开始旅行的时候，所去的地方对我们而言无关紧要。甚至在自己的家里，一个人也可以梦想着到这到那，可以陶醉在梦境中。在旅游中，一个人可以忘记忧伤和烦恼，可以远离世俗的尘嚣。但当最终回到现实世界时，会发现旁边还是严峻的事实，那个我无法逃避的事实依旧毫不退让。我还是那个忧伤的我，实际上并没有沉醉。即使假装沉醉在晨钟暮鼓中，但无论走到哪里，自身沉重的心理包袱也都还一直压在心头。

三、对旅游的痴迷可以被看成是一种影响整个智力活动的更深的不健全的征兆。人的智力活动是天马行空、漂泊不定的，本性里潜藏着骚动不安的因子。尽管有时人们的身体被迫囿于某个固定场所，但他的心灵却还在彷徨、模仿。人们会想，自己的房屋是按照外国情调设计的，橱架是用外国的装饰品装饰的；和别人比起来，我们的见解、爱好、才能都显得十分贫乏，并且还要模仿着“过去”和“未来”。灵魂对于那些曾创造了辉煌艺术成就的人，正是在他自己的心灵里寻找到自己的原型。灵魂在艺术已经繁荣的地方创造了艺术。艺术家正是在他自己的心灵里寻找他的原型。那只是把他自己的思想运用到要做的事情上和要观察的环境上。而人们为什么要照搬多立克式或哥特式的原型呢？对自己和其

① 两者分别是古埃及和古叙利亚的古城。

他人来说，思想的美、简洁、宏伟以及让人叹为观止的表现手法都是触手可及的东西。任何一个国家的艺术家愿意满怀希望和爱心研究他所要做的事，考虑过气候、土壤、人民的需要、政府的习性和形式之后，就能创造一座人人都觉得住起来舒服的房子，而且大众的情趣也会得到满足。

所以，一定要坚持自己，千万不要模仿。个人的天赋随时可以让自己表现出终生修养的积蓄力量，然而从别人那里模仿的技能或才华，只能被临时地、部分地据为己有，终有一天肯定会消失。每个人干得最出色的事就是自己的才能教的。就像伟大的人物都是无与伦比的，谁也没法确定能够教莎士比亚的老师是谁，谁也不知道能教富兰克林、华盛顿、培根或牛顿的导师又在哪里。研究莎士比亚的人永远不能达到与莎士比亚一样的成就。所以干脆安心做指派给自己的工作，不要好高骛远。此时此刻，给了你一种表达方式，勇敢而崇高，就像菲迪亚斯的巨凿、埃及人的矩形泥刀、摩西或但丁的大笔，但又跟这些不尽相同。灵魂尽管满腹珠玑、才华绝伦，但如果不能相信自己也是徒然；然而，你如果能听到这些鼻祖说的话，你肯定也能用同样一种音调回答他们。因为耳朵和舌头虽然是两种器官，却是一种性质。如果服从自己的心声，尊重自己生命的淳朴、高尚的地域，那么很有可能将重铸前人的辉煌。

四、人们所受到的教育、所欣赏的艺术、所崇拜的宗教，都让人把关注的目光朝外看。社会精神也是如此，每个人都以社会改良为己任，而没有一个人主动有所改良。

一个社会不可能是永恒不变的，人类社会是一个不断进步的过程，在这个过程中，社会在某个方面有所退步，而在另一个方面则有所进步，其速度同样迅速。它经受着不断的变革，有野蛮社会，有文明社会，有宗教社会，有富裕社会，有科学社会。因为变革有所得必有所失，社会一方面获得了新的进步，却也意味着注定失去旧习俗。正如现在的人们，穿着讲究、会读书、会写字、会思考，与赤身裸体的原始部落人形成了鲜明对比！前者口袋里装着怀表、铅笔盒和汇票，后者的财产只是一根木棍、一支长矛、一张草席和一间多人共寝的棚屋。然而如果把二者的健康状况加以比较，那一定会发现现代人已经丧失了他原有的体力，现代人很容易被各种病菌击倒，以至于要注射各种疫苗。如果旅行家给我们讲的确有其事，那么，试用一柄巨斧砍那个野人，一两天后，肉又愈合得完好如初，仿佛你砍进去的是柔软的树脂似的。然而，同样的砍击会把那个白人送进坟墓。

文明人造出了马车，却丧失了对双足的利用。他用拐杖支撑身体，却失去了肌肉的不少支持。他有一块高级的日内瓦表，却丧失了根据太阳判断时间的本领。他有一份格林尼治天文年鉴，一旦需要保证能得到资料，然而走在街上的普通人却不认识天上的星星。他不观察二至点，也不明白二分点，[①] 那完整灿烂的年历在他心灵上没有标度盘。他的笔记本损害了记忆力，他的图书馆使他的智力不堪承受，保险公司增加了事故的次数，机器是否没有危害，我们是否由于讲究文雅而丧失了活力，是否由于信奉一种扎根于机构和形式中的基督教而丧失了某种粗犷的气质，这些都成问题。因为每一个斯多葛都是斯多葛，然而在基督教世界中，基督徒又在哪里呢？

同样，道德标准上的偏差并不比体能上的偏差多。在这一点上，一些人有点悲观，厚古薄今的看法让他更崇拜前辈。现代人并不比古代人伟大。可以看出古代的伟人与现在的伟人不分高下。十九世纪的科学、艺术、宗教和哲学一起发挥作用，教育出的人物并不比普鲁塔克笔下两千三四百年前的英雄们更伟大。人类并不是随着时间的推移而进步。福基翁、苏格拉底、阿那克萨戈拉[②]、提奥奇尼斯[③]都是伟大人物，然而他们并没有留下类别。如果谁真达到他们的类别，谁就不会被人称呼他们的名字了，而是独树一帜，成为一个派别的创始人。每一个时期的技艺和发明仅仅是那个时期的象征，并没有振奋人心。现在的时代正是黄金时期，各种机器改良、新发明层出不穷，正由于人们处在一个前所未有的快速时代，所有人们的心智有点彷徨，他们在惊叹周围变化的同时，也难免心存疑虑。再加上由于新技术难免的失败和必定会对现实生活产生巨大的冲击，于是更让人怀疑和排斥新技术带来的变革。美国当时作为新兴的国家，处处充满了新事物。所谓的新事物难免会对人的内心产生扭曲的现象。赫德森

① 二至点指冬至和夏至，二分点指春分和秋分。

② 阿那克萨戈拉（前500—前428），古希腊哲学家。

③ 提奥奇尼斯（前412—前323），古希腊哲学家。

和白令[1]乘着他们的渔船完成了那么多的伟大业绩，连装备已经集科学技术之大成的巴利和富兰克林[2]也为之瞠目结舌。伽利略用一个观剧用的小型望远镜发现了一系列天空现象，其辉煌成就使后人永远望尘莫及。哥伦布乘坐一只无甲板的小船发现了新世界。每隔一个时期，工具和机器就要遭到毁弃，看到这种现象真有点不可思议，因为这些东西几年前或几百年前被人采用时引起过巨大轰动。伟大的天才都具有返璞归真的能力。我们把战争艺术的改进看成是科学的成就，然而拿破仑依靠露营征服了全欧洲，其中有依靠赤手空拳的英勇，也有孤立无援的险境。这位皇帝认为不可能建立一支完善的军队，拉斯·卡斯[3]说："正因为终止我们的武器、弹药、粮草和车辆供应，才使得到了后来，士兵仿照罗马人的做法，竟然自己解决粮食供应，用手磨磨面，自己烤起面包来。"

社会是一个波浪，波浪向前运动，然而构成波浪的水却没有。同一个粒子不会从波谷升到波峰。波浪的统一仅仅是表面现象。今天一些人创建了一个国家，而有朝一日他们一死，他们所谓的经验也随着他们的肉身烟消云散。

有的人只顾盯着眼前的物质，以至于总是见物不见人。长此以往，那些见钱眼开的人便把宗教的、学术的和政府的机构视为财产的卫士，他们极力反对抨击这些机构，因为他们觉得这就是对财产的攻击。他们彼此考量的标准不是一个人是什么，而是一个人有什么。所以，依赖财产，包括依赖保护财产的政府是缺乏自助的表现。然而，一个有教养的人出于对自己天性的新的敬重，便应当为自己的财产感到羞愧。他格外憎恶他所拥有的东西，如果它是意外到手的话——比如通过继承、馈赠甚至是犯罪所得，他就应该感到那不属于自己，仅仅是放在那里，因为革命、强盗没有抢走它。但是，一个人是什么，总是通过需要获得的，人所获得的东西就是活的财产，它不是听候统治者、暴民、革命、

① 亨利·赫德森（1565—1611），英国探险家与航海家，赫德森湾、赫德森郡、赫德森海峡以及赫德森河均以他的名字命名。维他斯·白令（1681—1741），丹麦探险家，白令海峡、白令海、白令岛和白令地峡均以他的名字命名。

② 威廉·爱德华·巴利爵士（1790—1855）和约翰·富兰克林爵士（1786—1847）都是英国的北极探险家。

③ 拉斯·卡斯（1776—1842），法国历史学家，在拿破仑流放圣海伦娜岛期间任他的秘书，并根据拿破仑的谈话写了一本《圣海伦娜纪事》，此处引文出自该书。

火灾、风暴或破产的指使，而是只要有人呼吸的地方，它就永远可以自我更新。阿里[①]哈里发说："你的全部或部分生命在追求你，所以你就停止追求它吧。"我们对外国货的依赖导致了我们对数量的盲目崇拜。政治党派召开无数次的会议，集会规模越来越大，每宣布一件事就喧声震天。来自埃塞克斯的代表团！来自新罕布什尔的民主党人！来自缅因州的辉格党员！千万双眼睛在注视，千万双臂膀在挥动，面对这种场景，年轻的爱国志士便感到比以往更坚强。改革家们也如出一辙，又召集会议又选举投票，还做出大量的决定。别这样，朋友们！只有反其道行之，上帝才肯垂青、进驻你的心中。一个人只有摆脱了一切外援，独立于天地间，世界才会知道他的强大和成功。他旗帜下每增加一名新兵，他就变得更虚弱，难道一个人不如一座城池？在千变万化之中，别处处有求于人，只要能站稳脚跟，很快就一定有人出现并支持你。谁如果对自己与生俱来的力量充满信心，知道他软弱的根源在于自身之外的帮助，谁就会毫不迟疑地相信自己的思想，并挺身而立，驾驭自己的思想和躯体，终将创造奇迹，正如一个靠双脚站立的人比一个用头倒立的人有力一样。

所以尽量利用被称为"命运"的一切东西。大多数人在跟她赌博，全盘皆赢或满盘皆输，全看她的轮子如何转动了。然而，你务必把这些赢得的物品当作非法的东西搁置一边，并且跟上帝的司法官"因果"打交道。有"目的"地去工作、去收获吧，你已经拴住了"机缘"之轮，从此以后，你就一定会处之泰然，对命运如何变化都无所畏惧。一次政治上的胜利，一次盈利的增加，疾病的痊愈，久别朋友的重逢或者其他什么好事情都会振奋你的精神，于是你便认为好日子就在眼前。别相信。因为除了你自己，什么也不能给你带来真正的安宁。除了原理的胜利，什么也不能给你带来永恒的宁静。

① 阿里（600？—661），伊斯兰教史上第四位哈里发，穆罕默德的女婿。

论自然

大千世界蔚然可观，
扑朔迷离妙不可言。
心脏的狂跳自有根由，
茫然的看客无法参透，
君心若与天心同跳，
东西南北全部明了。
每个形体内潜藏心灵，
同气相求，同声相应，
每一个原子闪光自燃，
把它的未来暗暗指点。

在这个气候区，几乎一年四季都会出现这样一些日子：到那个时候，天地万物都达到了尽善尽美的境地；到那个时候，空气、天体、大地齐奏出一种和声，仿佛大自然要纵容自己的孩子似的；到那个时候，在地球上这些荒凉的高纬度地区，渴望了解最快乐的地区，渴望沐浴在佛罗里达和古巴的灿烂阳光下实在不算什么；到那个时候，一切有生命的东西都流露出满意的神色，就是卧在地上的牛群似乎也有了伟大而安静的思想。那种完美的十月天气，我们称之为“小阳春”，以显示它的特点，那时候，要寻找这些秋高气爽的日子或许更有把握。漫长的白昼沉睡在连绵起伏的小山丘上和一望无垠的温暖田野里。整天享受着阳光明媚的时光，似乎就能够长寿。穷乡僻壤看似也不那么孤单寂寞了。当面对着茂密无边的森林时，即便是老于世故的人也必须抛开城市里那些关于伟大与渺小、聪明与愚蠢的固有观念。从他踏上这片土地的第一步起，就卸下了习俗的沉重包袱。这里的圣洁使我们的宗教相形见绌，这里的真实令我们的英雄张皇失措。在这里，我们发现大自然能够令其他一切事实都逊色三分，所有走进她的人都要接受她有如神明一般的审视。我们从自己那闭塞、拥挤的房子里爬出来，进入夜晚和白昼，每天都置身于壮美景色的怀抱中。我们多么想避开那些有损于美景的障碍，多么想逃脱矫揉造作和优柔寡断的作风，任由自己沉醉于大自然之中。森林柔和的光辉就像一个永恒的清晨，令人精神振奋、勇气倍增。这些地方的古老魔力正潜移默化地影响着我们。松树、铁杉和橡树的树干有着金属一般的光泽，有幸目睹的人都会兴奋不已。那些默默不语的树木开始说服我们放弃烦琐、压抑、乏味的生活，投入到它们的世界中来。在这里，神圣的天空和永恒的岁月不会被掺杂进历史、宗教或国家的痕迹。我们可以轻松地走进那不断展开的风景之中，并融入到一个个崭新的画面和纷至沓来的思绪里，直到有关于家的回忆被逐渐挤出脑海，所有的记忆都被专横跋扈的现实强行抹去，那时，我们就可以满怀喜悦地接受大自然的引领了。

这些魔力具有药物的效力，它们清醒我们的头脑，治愈我们的身体。这都是些平常的欢乐，对我们而言既亲切又自然。我们恢复了本来面目，与物质情同手足，而这正是学校喋喋不休地劝导我们唾弃的做法。我们同物质永不分离，精神热恋着它的老家。我们渴了必须喝水，同样，我们的眼睛、手脚离不开岩石、土地。物质是坚定的水，是冰凉的火，是常在的健康和永恒的魅力！正如一位老朋友、一位亲爱的朋友和兄弟，正当我们装模作样地与陌生人闲聊时，露出一脸的真诚走来，跟我们直截了当地谈起来，让我们不再好意思胡言乱语。城市没有给人的感官提供足够的空间。我们昼夜出外极目远眺，以饱眼福，因而需要广阔的眼界，正如我们需要水来沐浴一般。自然的影响程度不一，她既能使人遗世独立，也能给人的想象力和心灵以极其珍贵极其重大的帮助。人们从泉里可以打一桶凉水，瑟瑟发抖的跋涉者可以奔向哪里的柴火以求安全——这里也有秋天与正午的崇高寓意。我们依偎在大自然的怀抱里，像寄生虫一样靠她的谷物和根茎生存。日月星辰向我们频送秋波，把我们叫到幽静的地方，给我们预言最遥远的未来。湛蓝的天顶是浪漫与现实的交点。我想，如果我们被送到我们梦想的天国，同加百列和乌利尔[①]交谈，那么天堂就是给我们留下的全部家当。

日子并非全都是世俗的，因为我们每天都会留意到自然的景物，所以好像岁月并非完全是不圣洁的。悄然飘落的雪花有着完美的形状，每一片都晶莹剔透；纷纷扬扬的雨雪，拂过宽阔的水面和平原；田野里，麦浪滚滚；大片的茜草像波浪一样起伏，它们那数不清的小花在眼前泛起白茫茫的涟漪；花草树木倒映在平滑如镜的湖面上，馥郁缠绵的南风把一棵棵树都吹拂成了风弦琴；铁杉木或松木在炉火中烧得噼啪作响，跃动的火光为起居室的四壁甚至屋里屋外都增添了光彩——所有这些都是最古老的宗教生活中的音乐和画面。我的房子坐落在村庄边的低地上，视野有限，又在村庄的边缘；但当我和朋友来到附近的小河边时，只要划动一下船桨，就可以将村里的家长里短和人情世故——没错，就是将村庄和整个世俗的世界统统抛诸脑后，进入晚霞与月光的美妙王国；那里极其澄澈明亮，污浊的人如果没有经过见习和考验，几乎不可能入内。这种难以置信的美渗入我们的身体中，我们把双手浸泡在这如画般的境界里，我们的双眼沐浴在这缤纷的光影中。在这一刻，一种永远都装饰和享受着勇敢与美、力量与情趣的假日，一种乡村的生活，一种帝王般的狂欢，一种最为盛大快乐的节日都自然而然地被确立下来。这些绚丽的晚霞和隐约闪现的星斗，以它们隐秘的、难以言喻的光彩，将这个节日奉献给我们。我这才知道我们的创造力是如何的匮乏，才意识到城镇和宫殿是多么的丑陋。艺术和奢华早就知道它们必将作为这种原始美的升华和延续来发挥作用。返回现实中的我恍然大悟，

① 加百列和乌利尔是七大天使中的两位，替上帝把好消息报告世人。

从此我将很难再获得快乐。我无法再回去消遣，我日渐奢侈、圆滑，远离自然。我的生活再也离不开精美华贵的事物，但一位乡民将会成为我宴席的主人。谁见识广博，谁了解土地、水流、植物和天空有多么亲切美好，并且了解如何从这些事物中获得魔力，谁就是富有高贵的人。那些主宰世界的人只有以大自然作为后盾，才能到达辉煌的顶峰。这就是他们的空中花园、乡间别墅、花园洋房、岛屿、庄园以及猎苑的意义所在：用这些坚固的附属物来支撑他们不完美的人格。在拥有这些危险的附属品的国家里，人们往往无法克服对土地的热切关注，我对此并不感到惊奇。这些东西有贿赂和引诱的作用，许下动人的秘密承诺的并不是帝王、宫殿、男人或女人，而是这些亲切而富有诗意的明星。我们听过有钱人的高谈阔论，知道他们有别墅、园林、美酒和公司交际，但那种引诱中最刺激的关键，则在于这些诱人的明星。在它们频送的秋波中，我看到了人们在凡尔赛宫、帕福斯①或泰西封②等地所力图实现的理想。的确，地平线上的神奇光芒和广阔的蓝天就是它的背景，正是它挽救了我们所有的艺术品，否则它们就只是一些一文不值的小玩意儿。当富人指责穷人奴颜媚骨、卑躬屈膝时，他们应该考虑一下，那些被尊称为“自然之主”的人们在富有想象力的心灵里留下了什么印象。如果富人的富有都像穷人所想象的那样该多好！一个男孩儿在夜晚的田野里听到一支军乐队的演奏，于是国王、王后还有那些著名的骑士便都鲜活地呈现在他眼前。在一个山村里，譬如说诺奇山，他听到了号角的回响，于是，那支号角将整座山都变成了一架风弦琴——这首神奇的奏鸣曲将他带入多利安人的神话，带回到太阳神阿波罗、月亮与狩猎女神狄安娜和所有男女猎神的时代。这小小的音符竟然能令人感到如此气势磅礴、优美非凡！对于可怜的年轻诗人而言，社会正是如此令人难以置信。他为人忠诚，而且尊敬富人；富人们因为他的想象而富有，如果他们并不富有，那么他的想象又将多么贫乏啊！在他的想象中，他们拥有被称为园林的篱墙高筑的小树林；他们所居住的厅堂比他去过的任何房间都宽敞，装饰也更讲究；他们乘坐四轮马车前往海滨胜地和远方的城市，结伴同行的都是社会上的名人雅士——这一切，都是他所

① 帕福斯，塞浦路斯西南部古城。

② 泰西封，古波斯安息王朝首都萨珊王朝时代于 4 世纪重建，以巍峨的王宫著称。

描绘的浪漫生活的基础，与这些相比，他们的真实财富就相当于棚屋和马厩一样。缪斯本人背弃了自己的亲生子，她用天空、云彩和路边的森林里射出来的一种光辉来增强那富贵美丽的天赋——那是一种高贵的恩赐，仿佛贵族之神赐予贵族似的，那是自然中的一种贵族，天国的一位王子。

轻易地创造伊甸园和滕比河谷的道德情感并不常有，而物质的风景却是随处可见。无需游览科莫湖和马德拉群岛，我们就能找到这些魅力。我们对地方风光总是用溢美之词。每一风景的惊人之处都不外乎是天地相接，而这一景象无论在阿利根尼山顶峰，还是在一座小山丘上都能看得见。夜空中的星星俯视褐色简陋之极的公地，洒下的璀璨的灵光跟洒在坎帕尼亚平原或白茫茫的埃及沙漠上的完全相同。舒卷的白云、晨光和夕照为红枫和白杨平添几分姿色。景致与景致间的差异微乎其微，观赏者却千差万别。任何一处风景里没有一样东西能像每一处风景非美不可的必然性那么神奇。穿便衣大自然不惊讶。美闯进了所有地方。

然而，在这个被学者称为natura naturata，或“被动的自然”的话题上，很容易超越读者的共鸣。人们直接讲到它，难免要夸大其词。这就跟在鱼龙混杂的场合提出讨论所谓的“宗教问题”一样容易。不对某些细琐的必要性做出解释，敏感的人是不会使他的情趣沉溺于像去看看林地、瞧瞧庄稼，或从偏远地区采来一种植物和矿石，或者肩扛一支鸟枪，或者手提一根钓竿等这类东西的。我认为这种丢脸的事一定有充分的理由。大自然里浮光掠影的作风既无裨益，也无价值。田野中的纨绔子弟与百老汇的花花公子是一丘之貉。人们生来就是猎人，喜欢探究森林知识，我认为，伐木工人和印第安人提供事实的那种地名词典应当在最豪华的客厅里代替书店的“花圈”和“花神的花环”；然而在一般情况下，不是我们过于笨拙，不配谈如此精妙的话题，就是出于其他什么原因，人们一写到自然，就开始使用绮丽的文体。轻佻是献给潘最不恰当的礼物，因为他在神话中被描写成众神中最讲节制的一位。面对时代令人叹服的谨言慎行，我不想轻举妄动，然而我不能放弃经常回到这一古老话题的权利。许多虚假的教会在认可真正的宗教。文学、诗歌、科学是人们对这种高深莫测的奥秘所表示的敬意，对于这种奥秘，任何神智健全的人都不能装出漠不关心或无动于衷的样子。

我们以心中最美好的情感热爱着大自然。虽然，或者更确切地说，那里没有居民，但正因如此，它才像天堂一般被人喜爱。落日与它普照下的任何事物都不同：它缺少的是人。在出现与风景一样美好的人的形象前，自然的美必定会显得虚无缥缈。假如有完美的人，就绝不会对自然的天性中有这种沉迷。如果国王在宫殿里，就没有人会去看四面的墙壁；只有当国王离开后，宫中到处都是侍从和旁观者时，我们才能在人群中转过身去，把绘画和建筑与那些伟大的人物联系起来，并从中获得安慰和解脱。有些批评家抱怨说，将自然美与要完成的事相分离是一种病态，他们必定认为我们对美好风景的寻觅与我们对虚伪社会的反对密不可分。人们沉沦了，自然则依旧屹立着，而且被当作一只温度计，测量人类的内心是否还有神圣的情操。由于我们有迟钝和自私的缺点，我们仰慕自然；但当我们脱胎换骨后，自然就会仰慕我们。所以我们看到泛着泡沫的溪流，心中会感到悔恨：假如我们自己的生命涌动着正义的活力，我们就会使小溪感到羞愧。热忱的洪流中闪耀着真诚的火花，而不是对阳光和月光的反射。人们很可能会将自然用于商业中，以谋利为目的而对其进行研究。对于利己主义者而言，天文学变成了占星术，心理学变成了催眠术（目的是找到我们的汤匙），解剖学和生理学则变成了骨相学和手相术。

然而如果及时地引以为戒，把关于这个话题的许多内容只字不提，那就让我们不要再忘记对“高效的自然”，natura naturata，灵活的起因表示敬意，因为在它面前，任何形式都像风中的雪花一样纷飞，它本身是隐蔽的，而它的成果却在它面前堆积如山（就像古人由牧羊人普罗透斯代表自然一样），纷然杂陈，不可名状。它把自己显露在造物身上，由微粒、毫刺经过一再的变态达到至高的匀称，没有震天动地的举动就日臻化境。一点热量，也就是一点运动，便是地球上那光秃秃、白晃晃、冰霜惨烈的两极同草木芊芊、硕果累累的热带气候区之间的全部差异。一切变革都不用暴力，是因为有无限的空间和时间这两种基本条件。地质学把自然的世俗特性传授给我们，教我们抛弃古板学校的方法，叫我们用摩西和托勒玫式的体系交换自然的雄浑风格。由于缺乏眼力，我们什么也不能正确了解。现在我们知道，岩石先形成随后又粉碎，然后最早的地衣把最薄的外层分解成土壤，这就敞开了大门，迎接遥远的植物、动物、谷物和水果女神进来，此前，一定有多少个耐心的地质纪循环交替。三叶虫多么遥远！四足动物多么遥远！人类自己也是悠远得不可思议！一切都如期到达，然后到来的一代代的人类，从花岗岩到牡蛎，路途迢递，再到柏拉图和灵魂不朽说就更漫长了。然而一切一定要来，正如第一个原子有两面那样确定无疑。

运动或者变化，同一或者静止是自然的第一和第二秘密：运动和静止。她的全部法典可以誊写到大拇指甲或一枚戒指的小印章上。河面上回旋的泡沫使我们了解到天空技工的秘密。沙滩上的每一枚贝壳都是打开这种秘密的钥匙。在杯中转动的一点水便解释了简单的贝壳的形成。物质年复一年的增加终于取得了最复杂的形式；然而尽管身手不凡，大自然依旧那么贫困，从宇宙的开始到终结，她只有一种材料——只有一种可以产生两种结果的材料，来供给她所有梦幻般的变化。无论她怎么调配，星星、沙子、火、水、树木、人类仍旧是一种材料，表现的是同样的一些特性。

自然从未违背过自己的法则，总是首尾一致的；尽管有时，她也会显现出与其法则背道而驰的假象。她遵守着自己的法则，而且看起来还要超越这些法则。她武装成一只动物，并且为其找到合适的居住地，比如让其生活在泥土里；与此同时，她又武装起另一只动物去毁灭前者。空间的存在，本来就是为了将生物分开，但在鸟儿的两肋插上几片羽毛，便赋予了它们可以去任何地方的小小能力。方向原本是永远向前的，而艺术家却仍然要回头去寻找材料，明明身处最先进的阶段，却总是从最初的基础元素开始，如若不然，一切都将毁灭。如果窥探一下大自然的工作，我们就会感到好像瞥见了一个正在转变中的体系。草本植物是世界上的年轻一代，是充满健康与活力的化身；但它们永远向上探索，朝着个人的思想发展；树木是有缺陷的人，扎根于地下，似乎在哀叹着自己被禁锢的命运；动物是更先进秩序的初学者和实习生。人类虽然年轻，却因从思想的杯子里品尝到了第一滴甘露而已经沉迷其中。枫树和蕨草依然纯洁无暇，但显然，如果它们有了意识，也都会开始咒骂的。鲜花绝对是属于年轻人的，因此我们这些成年人很快就会感到：它们美丽的后代与我们无关。我们已经拥有过自己的时代，现在就让孩子们去迎接属于他们的时代吧。鲜花抛弃了我们，我们成了一群老光棍，只剩下满腔荒谬可笑的柔情蜜意，只是显得荒唐可笑。

万事万物总是息息相关，因此根据眼睛的判断能力，从任何一种物体中都可以预言出另一种物体的作用或性质。假如我们拥有敏锐的眼睛，那么，取自城墙上的一块碎石就能轻而易举地向我们证明人类存在的必然性，就像证明城市必然存在一样容易。这种同一性将所有人融为一体，并且消除了人类社会中巨大的等级差异。我们谈论着自然生活的各种反常，仿佛世俗的生活都是不自然的。宫廷凤阁里最圆滑的鬈发廷臣具有某种动物的天性，像白熊一样骄横野蛮，为达自己的目的而不择手段，而在香水和情书中间，直接同喜马拉雅山脉和地轴相关。如果我们考虑一下自己有多少自然性，就不必迷信城镇，那种可怕或仁慈的力量在那里没有发现我们，也没有在那里建造城市。大自然既创造了石匠，也创造了房子。我们轻易就可以感觉到太多的乡村影响。自然中的事物所表现出来的那种沉静和淡然，使我们这些动辄恼怒得满脸通红的生物羡慕不已，于是我们认为，如果我们露宿野外、以草根为食的话，也会像它们一样高贵。然而还是让我们做人而不是做土拨鼠吧，即使我们坐在丝质地毯上的象牙椅子上，橡树和榆树也还是会乐于为我们服务的。

这种支配一切的同一性贯穿于事物所有出人意料之处和悬殊差异之中，并且确定了每一条法则的特征。人类把整个世界都装进脑中，而完整的天文学和化学却只停留在一种思想里。由于自然界的历史已经镶嵌进他的脑海，因此他成为了自然奥秘的预言家和发现者。在得到实际证明之前，自然科学中的每个已知事实都已经被某个人凭借预感推测出来了。一个人如果没有认可将大自然最遥远的地区连接起来的一些法则，他就不会系他的鞋带。月亮、植物、气体和晶体都是具体图形和数字的结合。常识了解自己的一切，而且在化学实验中一眼就能看出真相。富兰克林①、道尔顿②、戴维③和布莱克④的常识，就是创造出它现在发现的那些排列形式的同一种常识。

如果同一性表现了有组织的静止，反作用也就变成了组织。天文学家说："给

① 富兰克林（1706—1790），美国著名政治家、科学家，参与起草《独立宣言》。

② 道尔顿（1766—1844），英国化学家、物理学家。

③ 戴维（1778—1829），英国化学家，电化学创始人之一。

④ 布莱克（1728—1799），英国化学家、物理学家。

我们物质和一点运动，我们就会建造宇宙。我们仅有物质是不够的，还必须有一种推动力，一种发动物质、导致离心力与向心力和谐的推力。一旦用手举起球，我们就可以显示这一切巨大的秩序是如何形成的。”玄学家说：“一个毫无道理的假定，显然是以假定作论据的狡辩。你们不是肯定能知道投射的起源以及它的继续吗？”与此同时，大自然并没有等待这场辩论结果，而是不论对错，首先给了这种推动力，球从而滚动起来。那并不是什么惊天动地的事情，仅仅是推了一下而已，但是天文学家重视它是正确的，因为这一行动产生的结果是没有止境的。这著名的原始的一推，通过体系内的一切球体，通过每一个球体的每一个原子，通过各种各样的造物，通过个体的历史和表现把自己传播开来。在事物的进程中难免夸张。大自然把生物和人送到这个世界上来，总是会赋予他们某种突出的特性。正如创造了行星之后，还必须给它加一些推动力，以便使它正常运行。如果没有电，空气就会腐败；如果没有男人和女人所拥有的这种强烈倾向、没有偏执者和狂热分子的刺激，就不会有活力和效率。我们要将目标定得超过通常标准，这样才能确保达到目的。每一种行为中都存在着夸张和虚假。当偶尔走来某个神情忧伤、眼神锐利的人，看到正进行一场见不得人的比赛，便拒绝参加比赛，而且还和盘托出其中的秘密——那怎么办？取消比赛吗？不，有备无患的大自然会派来一群体态优雅、气质非凡的年轻人，并对他们进行一点儿额外的指导，让他们坚持各自的目标；使他们死心塌地地坚持自己最正确的方向，于是这场比赛又增添了新的活力，并且持续了一两代人。顽皮胡闹、呆头呆脑的孩子完全被感官控制，看见每一种景象、听见每一个声音就不能自持，没有对自己的感情进行比较、分类的能力：一声口哨、一张画片、一个带队的骑兵或一只漂亮的小狗都会使他忘乎所以，他对一切都主观臆测，但什么都得不出结论，而且看到任何新事物都会喜不自禁，使他在晚上躺下时疲惫不堪，这就是一整天疯疯癫癫造成的结果。然而，大自然正是利用这个长着鬈发和酒窝的狂人来达到自己的目的。她发挥全部的能力，并且通过这一切态度和努力，她费尽心血以保证了身体结构生长的匀称——这是首要目的，只有她自己无微不至的呵护才最值得信赖。这种闪耀的光辉和乳白色的光泽在每一个玩偶的顶部环绕，在孩子们的眼中闪烁，这样就是对他忠诚；他被欺骗了，但却得到了好处。大自然就是如此生养我们每一个人的。让禁欲主义者随便说去吧，我们吃肉并不是为了生活讲究，而是因为肉味好吃和食欲刺激。植物的生命并不满足于从花朵中或树上落下一粒种子，相反它们希望在空中和地上撒下不计其数的种子；即使有几千粒种子被毁掉，还会有几千粒种子会扎根于泥土里，有几百粒种子可能发芽，有几十粒种子可能成熟，那么，至少会有一粒种子接替母体。万事万物都会表现出与这种情况相似的有计划的挥霍。我们提心吊胆地保护自己的身体，遇到寒冷时就会瑟瑟发抖，看到一条蛇或听到突然的声响就会吓一跳；在多次虚惊后，这些行为最终会保护我们，使我们避开一次真正的危险。相爱的人在婚姻中寻求幸福和完美，并未得到预期的目的；而自然则把自己的目的隐藏在他的幸福里，即传宗接代，以便宗族得以延续。

但是这种用以创造世界的手腕也渗透到人们的思想和性格中。人的心智都不十分健全，每个人的气质中都有一点傻气，头脑有点发热，这就肯定把他固定到大自然所关注的某一点上。伟大的事业从未受到对它们是非曲直的考验，然而事业被化为细节来适应党人的尺寸，斗争在小事上总是最激烈的。每个人总是过分相信自己要做的事、要说的话的重要性，这种现象也同样引人注目。诗人和预言家对自己的话比哪一个听话的人都要重视，因此才把它讲了出来。刚愎自用的路德明白无误地郑重声明："没有聪明人，上帝也没办法。"雅各布·伯麦和乔治·福克斯在论战文章里各执一词，暴露了他们的自高自大。詹姆斯·内勒一度让人把他当基督来崇拜。每一位先知很快就把自己同自己的思想等量齐观，今天把自己的帽子和鞋奉为圣物。无论这样做会怎样使这些人在有识之士面前名誉扫地，但它还是帮助他们赢得了民心，因为给他们的话赋予了热情、辛辣和知名度。在个人生活中，类似的经历也屡见不鲜。每一位热血青年都写日记，每当祈祷忏悔的时刻到来时，他就在里面刻下自己的灵魂。这样写出来的文字在他看来热烈而芬芳：他摆在膝间，日夜诵读。他的泪水浸湿了一页页的日记。它们是圣洁的，是这个世界上再好不过的东西，简直对至亲好友都不能出示。这是灵魂生的儿子，大自然的生命依然在这婴儿身上循环。脐带还没有剪掉。过了一段时间，他才允许朋友进入这种神圣的经历，几经犹豫之后，才坚定地把日记摆在他面前。那火热的字句会不会烧伤他的眼睛？那位朋友冷冰冰地翻了翻，不费什么周折就把那日记放在一边谈起话来，这使对方又惊又恼。他不会怀疑日记本身。日夜激情满怀的生活，日夜同黑暗与光明天使的交流已经把它们朦胧的文字镌刻在那泪痕斑斑的本子上。他开始怀疑那位朋友的心智。难道说不存在什么朋友？他还不能相信人会有终生难忘的经历，也还不知道如何把他的隐私转化成文学；智慧在我们之外还有代言人，尽管我们保持沉默，但真理照样被表达出来。如果发现了这一点，就会遏制我们热情的火焰。只要一个人不觉得自己的只言片语或唐突，他就说个没完。他的言语确是片面的，但他说的时候却没这么想。一旦他摆脱了本能和个别的东西，看到了它的片面性，他便产生了羞恶之心，闭口不言了。谁要是不认为自己所写的在当时来说就是世界历史，谁就写不出任何东西。谁要是不认为自己的工作非常重要，谁就做不好任何事情。我的工作可能一文不值，但是我不能认为它一文不值，否则我便不会无忧无虑地工作。

同样，自然界里到处都有嘲弄人的东西。它引领着我们盲目前行，却从未兑现过向我们许下的承诺。我们生活在一个类似的体系中，每一个目的都预示着其他某个目的，但所有目的都是暂时性的，根本不存在十全十美的成功。我们不是在自然中安家，而是在那里野营。饥渴引导着我们去吃喝，但无论你怎样烘焙面包或是配上美酒，在大快朵颐之后仍然是又饥又渴。我们所有的艺术和表演都是如此。我们的音乐、诗歌和语言本身并不能令人满意，只能使人产生联想。对财富的渴望将这个星球缩小为一个花园，它愚弄了热切的追求者，我们终极的追求是什么？答案很明显——保护良知和美好免受各种丑陋和粗俗行为的侵扰。然而，这是多么费事的方法啊！为了保证一点交流算尽了多少机关！这座砖石修成的宫殿，这些仆人，这间厨房，这些马厩、马匹和马车，这些银行股票和抵押契据、世界贸易、乡村庄园和水滨别墅都是为了高尚清楚、有灵性的一点交流！难道大路上的乞丐就不能一样得到它吗？不，这一切东西都是这些行乞的人持之以恒努力消除生命之轮的摩擦并提供机会取得的。交往与声望才是公认的目的。当财富满足了兽欲，修好了冒烟的烟囱，使门不再嘎吱作响，使朋友们能团聚在温暖、安静的房间里，并将孩子们和餐桌安置在另外的房间里时，财富就是有益的。思想、美和美德原本都是人们追求的目标，但众所周知，有思想和美德的人待在冬日温暖的房间里时，有时会头痛或脚出汗，从而浪费大好时光。不幸的是，在人们尽力去消除这些不便的同时，主要的注意力也随之转移；原来的目标被忽视了，而消除摩擦则逐渐变成了目的。这就是对富人的讥讽，而波士顿、伦敦和维也纳以及世界上现存的政府都是富人的城市和政府，群众不是人，而只是穷人，或者更确切地说是可能变得富有的人；这也是对上层阶级的嘲讽，他们苦心经营，最终却一事无成；一切都做了，却毫无价值。他们就像一个为了发表自己观点而打断众人的谈话，却忘记了自己要说什么的人。在一个没有目标的社会和国家里，这种现象随处可见而且非常醒目。难道自然的目的真的如此伟大而且令人信服，竟至于需要牺牲这么多人吗？

与生活中的欺骗如出一辙的是，大自然的外表对眼睛也产生了类似的影响，这是能够想象得到的。森林和水流颇具诱惑力，却又完全不能令人满足。这种失望，在每一处风景中都能感受得到。我曾经见过夏天轻柔、美丽的云彩像羽毛一样在天空中飘动，仿佛在享受着它们运动的高度和特权，但与其说它们是此时此地的美景，还不如说令人联想到了远方充满欢乐气氛的亭台和花园。那是一种奇怪的妒忌，但是诗人发现自己并没有拉近他的目标。他面前的松树、河流和那一片鲜花，似乎都不是自然，仍然在别的地方。这只是刚刚逝去的那种喜悦的尾声、回荡的声响与遥远的映象，现在正处在辉煌、鼎盛的时期，它可能就在临近的田野里，但当你站在田野中时，它也许又在附近的森林里。眼前的事物会使你产生浮华过后的静谧感。夕阳如此遥远，晚霞中蕴含着难以言喻的壮丽！然而，谁又能去到落日所在的地方，在那里放手或驻足呢？它们已经沉落下去，永远地离开了这个球形的世界。它们在人群中间与在寂静的林间是一样的，永远是一种人们所认为的存在；不存在的东西永远都不会成为存在的东西，也不会令人满意。难道美是永远都把握不住的吗？难道它在人间、风景中都同样不可接近的吗？订了婚的情人在他的恋人应允他的时候，就失去了她最狂放的魅力。在他像追求星星一样追求她时，她是天仙。假如使她屈从于他那样的一个人，她就不会是天仙了。

对于这无所不在的第一推动力的出现，对于那么多善意的造物的恭维和妨碍，我们能说些什么呢？难道我们不可以设想宇宙的什么地方存在着些许叛逆和嘲弄吗？难道我们没有对自己遭到的这种耍弄感到极大的愤慨吗？难道我们是自然的玩偶和小丑吗？看看天地的面貌，一腔的暴躁就会平息，我们就会得到劝慰，服从更明智的道理。在有识之士看来，自然化身为一个无边的许诺，是不会被人们草率解释清楚的。它的头脑中装满了全部秘密。哎呀！他们的绝技竟然被同一种巫术破坏了，连一个字也说不出来。它那宏伟的轨道呈现成拱形，就像深入大海的崭新彩虹，然而天使长的翅膀也无力沿着这个轨道飞翔，所以就无法汇报这条曲线的回路。但是也看得出，我们的行动受到支持，得到安排，从而取得比我们所预期的还要重大的结局。我们到处都有精神力量卫护，度过一生。一种慈善的目的埋伏着等候我们。我们不能跟自然发生口角，也不能像跟人交往那样同自然打交道。如果我们用个人的力量同她的力量较量，我们就很容易感到我们成了一种无法超脱的命运的玩物。然而，如果我们不把自己等同于工作，而是感到工人的灵魂在我们身上奔流，那么我们就会发现清晨的宁静首先在我们心中落户安家，而万有引力和化学的高深莫测的力量以及凌驾于这些力量之上的生命的力量，都以它们的最高形式预先存在于我们身上。

我们认为自己被原因的链条束缚着，以致寸步难行，这种思想给我们带来的不安，是由于对自然的一种状态，即运动，过于关注而造成的。阻力永远不会从车轮上消除。哪里的推动力一过，哪里的“静止”或“同一”就巧妙地注入了补偿。在辽阔的田野上，到处都长着夏枯草之类的药草。每过愚蠢的一天，我们总要睡一觉，把一天每时每刻的激愤与狂怒消除掉。尽管我们总是忙于具体事务，并经常成为这些事务的奴隶，我们还是把固有的普遍法则带到每一次实验中。这一切，尽管作为观念存在于头脑中，但是它们在自然界永远体现在我们周围，作为一种目前的健全心智揭露并治愈人类的癫狂。因为我们是事务的奴隶，所以又容易受蒙骗产生许多愚蠢的期望。由于火车头或氢气球的发明，我们期待着一个新纪元；新机器带来的还是旧牵制。据说，当你正在烤鸡准备开饭时，采用电磁，你的色拉就会从菜籽中长出来：这是我们的现代目标与努力的一个象征——我们压缩、加速物体的一个象征；然而并没有收获，大自然不会受骗：人的寿命不过有七十个色拉长，无论这些色拉长得快还是慢。然而在这些制约和不可能中，我们所找到的好处并不比在促进中发现的少。胜利愿意降临在哪里，就让它降临到哪里，我们则在那一边。我们知道我们从大自然的中心到两极，跨越了整个生存的领域，并在每一种可能中都下点赌注，这种认识把那一崇高的光彩借给了死亡，哲学和宗教过于表面地、刻板地努力把这种光彩表现在同行的灵魂不朽说之中。现实比传言更精彩。这里没有毁灭、没有间断、没有泄了气的球。那神圣的循环既永不停息也不逗留。自然是一个思想的化身，然后又变为另一种思想，就像冰变成水和空气一样。世界是沉淀了的精神，它那容易挥发的精华永远不停地再次流入自由思想的状态。因此产生了有机的或无机的自然物对思想的有效的或刺激性的影响。被禁锢的人、定了形的人和植物人，向具有人格的人说话。那种不尊重数量，那种把整体和微粒都造成了它的同等渠道的力量，把自己的笑靥授予晨曦，把自己的精华蒸馏成一滴滴雨水。每个时刻、每件物体都有启迪作用：因为每一种形式里都注入了智慧。它已化为血液倾注进我们的躯体，它化为痛楚使我们抽搐，它化为欢乐流进我们的生命：它把我们裹在单调凄凉的岁月或快乐劳作的日子里，直到很长时间以后，我们才能猜透它的本质。

论政治

当我们谈论国家这一主题时一定要记住，国家的一切制度都不是固有的，尽管它们在我们出生之前就已经存在了，但它们并不会凌驾于公民的权利之上；它们中的每一项条文都曾是某个人的行为表现，每一种法律和惯例都是人们在处理特殊事件时的权宜之计；所有的制度都是可以模仿和更改的，我们还可以逐步加以完善。对于缺乏经验的年轻公民而言，社会似乎是某种幻象。它带着固定的名称、人物和制度，坚挺地横卧在他们面前，像一棵棵把根伸向中心的橡树一样，井然有序地排列在四周。然而，老练的政治家却非常清楚，社会具有可变性，根本不存在根与中心的区别，任何一个微粒都可能突然变成运动的中心，迫使整个社会体系都围绕着它旋转。那么，像庇西特拉图[①]或克伦威尔[②]这类意志坚定的人就会成为为时代立下汗马功劳的大功臣，而像柏拉图、保罗这类追求真理的人则永远成为时代的杰出人物。政治依赖于必不可少的基础条

①庇西特拉图（前605—前527），古雅典僭主，在帕伦尼战役获胜后，巩固其在雅典的统治，实行保护中小土地所有者及奖励农工商业的政策。

②克伦威尔（1599—1658），英国军人、政治家、独立派领袖，内战时率领国会军战胜王党军队，处死国王查理一世，成立共和国，任英格兰、苏格兰和爱尔兰护国公。

件，不能草率应付。在共和政体的国家有许多幼稚的青年，他们坚信：城市是通过法律造就的，政策和生活方式的重大改变以及公民的职业、商业、教育和信仰都可以通过投票来决定；任何措施，如果拥有足够多的赞同票使之成为法律，那么即使它荒谬可笑，也可能被强加在一个民族头上。

然而，贤明之士却深知，愚蠢的法律只是一条用沙子做的绳子，一经扭曲就会立刻被摧毁。对于一个国家而言，必须要做的应该是遵从公民的个性发展，而不是强迫民众遵从国家意志；再强硬的王位篡夺者也能在瞬间被免除政权，只有建立在绝对真理上的政权才能立于不败之地。深得民心的政府往往承认自身的修养是体现在人民身上。法律只不过是一部备忘录而已。我们都是迷信的人，在某种程度上都尊崇法律，法律的威力就在于它在人们的生活中所体现出来的旺盛生命力。法律态度强硬地说："昨天我们的观点协调一致，而今天为什么又对这一条文持有不同的意见？"我们发行一种印有我们自己肖像的货币，上面的图案很快就会随着时间的消逝而变得模糊不清，所以必须将它们送回造币厂。大自然既不讲究民主制也不实行君主立宪制，而是主张独断专行，它的权威不会因为其子民的鲁莽无礼而有丝毫改变或减弱；只要公众变得富有智慧，法典就会显得愚笨和木讷。虽然它的言辞含糊不清，但是必须让它讲清楚！同时，永远也不要停止教育那些具有普通思想的人们，他们那纯真而朴实的幻想具有预言性。当今天稚嫩而浪漫的青年一代对未来的梦想、追求和描绘避开了高论调的嘲笑时，很快就会成为公众团体的共同决议；而后又将被作为"权利法案"运用于各种冲突和争端中，继而成为切实可行的法律而沿用下来，直到被新一代的追求者所描绘的宏伟蓝图所取代。国家的历史粗略地勾勒出进步思想的轮廓，并长久地追随着人类的修养和志向的美妙之处。

政治理论占据了人们的大部分思想，并通过法律和革命被完美地表达出来。人们普遍认为，政府存在的目的有两个，即保护人身安全和财产安全。对于个人来说，鉴于本性上的一致，每个人都拥有相同的权利；权利的平等自然会极力要求社会实施民主主义。然而，尽管每个人所拥有的权利是平等的，但由于思考方式不同，他们拥有的财产也不同。某个人的全部财产就是他的几件衣服，而另一个人却拥有整个县城。这种天壤之别主要取决于当事人能力的大小和德行的优劣，其次取决于他所继承的遗产的多少；就这三种因素来说，人们生而不同，所以他们拥有的权利自然大相径庭。

一般来说，每个人享有的人权都是相同的，所以人权需要一个以人口财产调查的比率为基础建立起来的政府，而财产权则需要一个以占有者和占有物的比率为基础建立起来的政府。拥有成群牛羊的拉班[①]，希望边境官员能多关照自己的牧群，以免受到米甸人[②]的偷袭，那么他自然要为此向官员交纳税金；而雅各[③]不曾拥有牛羊，所以从不担心米甸人来偷袭牧群，当然也就无须向官员纳税了。在有关个人财产的问题上，拉班和雅各拥有同等权利去选择官员的保护，然而，应该选举能保卫牛羊的官员的人是拉班而不是雅各，这似乎合情合理。假如问题上升到是否要额外增加官员或是建设瞭望台的话，那么与雅各相比，拉班、以撒以及所有必须要卖掉部分牛羊来购买对剩余牧群的保护权的人，并不会表示出更大的支持，他们也不会认为自己拥有比雅各更多的权利；因为前者是一位青年人、是一个旅行者，他口中的面包是属于后者，而并非为他所有。

在最原始的社会中，土地所有者创造了属于自己的财富，只要这些财富是通过正当方式获得的，那么，一个公正的社会必须设立相应的财产法对其进行保护，同时要设立人权法来保护人权。

然而，尽管这一原则能够被人们欣然接受，但实行起来却很难，因为在每一次处理过程中，人权和财产权总会被人们混淆。最终，根据斯巴达人“所谓公正的就是平等的，但平等的不一定公正”这一原则，人们找到了正确的区分方法，即生产者应该比无产者享有更多的公民选举权。

不过与过去相比，这条原则看起来不再那么权威了，导致这种情形的一个原因是，人们的心中产生了这样的疑问：法律对财产的重视是否超出了适当的限度，我们的惯例中是否出现了一种允许富人剥削穷人，致使穷人永远贫穷的体系。然而最主要的原因却在于，一种源于人们本能的意识，无论它怎样朦胧或难以表达，就当今的占有权来讲，关于财产的所有法律都是不公平的，它对

①《圣经·创世纪》中的拉班，是雅各之妻利亚和拉结的父亲。

②米甸人，《圣经旧约》中一个阿拉伯游牧部落的成员。

③雅各，《圣经·创世纪》中以撒之子，以色列人的祖先。

人权造成了极其恶劣的影响；而实际上，国家应该考虑的唯一权利应该是人民的权利，因为财富是人民所创造的；而政府应该把提升人民的文化素养作为最崇高的目标——假如国民都变得有教养，制度就会随之得到改善，那么道德情操自然也会抒写出治国安邦之道。

治理国家的具体形式和方法，应以确保人权和财产权免遭地方官吏的恶意和愚行的侵害为目的和方针；另外，由于每一个民族都有自己特有的思维习惯，因此，形式和方法的确定要因地制宜，绝不能套用。美国的民众都对自己国家的政治制度感到很得意，从这一点上来说，我们国家的政治制度是卓越的；就世人的记忆所及，它们萌生于并且始终忠实地反映着民众的性格和风度。于是，我们故意夸大其词——我们喜爱它们胜过历史上存在过的任何制度。然而实际上，它们并非比其他制度更优越，只是比较适合我们罢了。或许我们应该去宣称现代民主体制具有优越性，但是对于尊崇君主体制的其他社会形态来说，国家和民众并不一定能从民主体制中获益。民主主义之所以对我们有利，是因为它与当代宗教情感并不互相冲突。我们天生就是民主主义者，因而根本没有资格去评判君主政体。而对于生活在君主观念之中的我们的父辈来说，君主政体相对而言也算是正确的。然而，尽管我们的政治制度与时代精神相辅相成，但并没有遮掩住那些有损其他制度名誉的实质上的缺陷。从某种意义上来说，每一个国家现行的制度都是腐败的。任何仁人志士都不应当盲目遵从法律。从古至今，“政治”一词都含有诡诈的意味，暗示国家就是一场骗局，所以对政府的任何讽刺都不如“政治”这个字眼本身所蕴含的谴责之意更为尖刻和严厉。

每一个国家都由许多党派组成，它们要么是政府的拥护者，要么是反对者，而在每一个党派内部也同样存在着不可调和的利害关系。各党派也是随意建立起来的，因此，它们如果要实现各自卑微的目标，就必须拥有一位比他们的领袖还要睿智的领路人。它们的起源并不带有任何不正当的因素，反而很注重真实而永久的关系。我们谴责一个政党就像谴责东风或霜冻一样理直气壮，因为它的成员在极大程度上根本就说不清自己的政治立场，只是充当对自身利益的保护者的角色。当他们为了自身的利益而摒弃原来的政治立场，并且极力去支持和维护并不适合其政体的观点时，我们便与他们展开了激烈地争论。通常情况下，党派中领导人物的腐化堕落将会使这一党派走向覆亡。我们尽管赦免了这个组织的欺诈行为，但却不能给予其领导者同样的宽恕，因为他从自己领导的这些群众身上获得了相应的报酬，即他们的顺从和热忱。通常来说，大多数党派都属于讲究形式的党派，而非讲原则的党派。正如农业利益与商业利益互相冲突一样，有资产阶级的党派，也有工人阶级的党派；有道德品质相同的党派，也有为支持占多数赞同票的决议而随意改变立场的党派。而讲原则的党派，如信奉宗教的党派、自由贸易党派、提倡普选权的党派、主张废除奴隶制度的党派以及要求废除死刑的党派，它们要么蜕变为崇尚个人主义的政党，要么转变为极度狂热的政党。

在我们国家，主要党派的不足之处体现在，它们并没有将自己牢牢扎根在各自相应的政治立场上，反而在实施对全民毫无益处的局部或短暂性的措施时热情高涨。如今，我们的国家由两个大党派共同治理，或许我应该说，一个拥有美好的事业，一个具备杰出的人才。哲学家、诗人或宗教人士当然愿意为自由贸易、普选权、废除残暴刑法以及为青年和穷人谋取财富、掌权的途径，而为民主党投上自己宝贵的一票。然而，当他们被所谓的人民党作为自由主义的代表推荐给民主党时，却很难被接受；因为在他们的灵魂深处，并不存在赋予民主之名以希望和美德的目标。美国的激进主义精神具有破坏性和盲目性，因为它缺乏仁爱，也没有远大而神圣的目标，只有源于憎恨和自私的破坏性。而另一方面，由最稳健、最能干、最有修养的杰出人士组成的保守党却胆小如鼠，仅仅只是财产的保卫者罢了。它从不维护任何权益，从不追逐任何名利，也从不指责任何罪行；它从来没有提出任何高尚的政策，也没有任何建树；既不创作，也不珍爱艺术；既不鼓励宗教，也不创办学校；既不崇尚科学，也不解放奴隶，也从来没有帮助过穷人、印第安人或外国移民。然而，无论由哪个大党来执政，美国在科学、艺术和人道方面的地位都是世界上其他国家所无法比拟的。

我决不会因为这些不足就对我们的共和政体感到绝望，也不会受到任何体制变革力量的支配。在极其野蛮的党派斗争中，人性总是处于备受珍视的地位；这种现象就如同在澳大利亚新南威尔士地区，罪犯的孩子也和其他孩子一样拥有高尚的道德情操。我们的民主制度已经堕落为无政府状态，而我们中间那些年长者和谨小慎微的人却学着欧洲人的样子，带着恐慌的神情观望自己国家混乱不堪的自由状态，同时，那些实行封建制度的国家的臣民都对此大为震惊。有人说，面对着对宪法五花八门的解释以及独断专行的舆论，我们根本找不到任何依靠。一位外国观察者认为自己在我们国家圣洁的婚姻法中找到了安全感；而另一位则认为，他的安全感存在于我们的加尔文主义[①]之中。费希尔·埃姆斯[②]在比较君主政体和共和政体时，对民众安全的实质做出了绝妙的阐释，他说："君主政体好比一条商船，尽管能够在海上稳步前行，但有时也会撞上暗礁并沉入海底；而共和政体则像一只木筏，即使你的双脚总是没入水中，也不会有沉船的危险。"

当我们受到自然法则的眷顾时，任何制度都不会对民众构成威胁。只要我们的肺能承受与外界相同的压力，那么不管多少吨重的大气压顶，都不会对我们的身体造成伤害；只要反作用力与作用力相等，即使空气的重量加大千倍，我们的身体也不会被压扁。阴极与阳极、向心力与离心力是同时存在的两种事物，并且每一种影响力都能通过自身的作用力产生相应的反作用力。无拘无束容易造就冷酷无情之心，但如果因法规和纪律过于严苛而导致缺少自由的现象，又会使道德心变得麻木不仁。"私刑"只盛行于存在横行霸道、以自我为中心的君主的国度。暴君无法永存的原因在于，他从不顾及公众的利益，因为唯有正义才能满足全民的要求。

我们必须对能够照亮所有法则的这一有益的必然性寄予无限的信任。人性通过法则来表达自己，和通过雕像、歌曲或铁路来表达自己一样都是别具一格的；对所有民族的法典的摘要，将会成为公众道德心的真实写照。政府起源于公众的道德同一性，那么，所有政府成立的理由应该都是相同的。无论它们为了各自的目的产生了多少立场坚定的党派，总会有一个折中的政策可以令所有的党派都拍案叫绝。

与个人的目的相比，只要是公共的目的都显得模糊而虚幻。因为只有人们

①加尔文主义，基督教新教加尔文宗的神学学说，16世纪宗教改革运动时由法国神学家加尔文倡导。

② 费希尔·埃姆斯，马萨诸塞州第一届州议会选举出来的众议员。

为自己制定的法律才不是荒谬可笑的。假如我站在我的孩子的立场上考虑问题，我们便处于同一思想领域中，我们共同看清了一些事物的本质，那么这种感知就是属于我们两人共同的法律。我们同在一处，都充当同等重要的角色。然而，假如我没有把他带进这种公平的思想境界中，只是试图弄清他的企图，并通过揣摩他的心思去命令他做各种事情，那么他是绝对不会服从的。这也是政府之所以出现的原因所在——一个人的所作所为恰好成为了另一个人的思想枷锁。一个我不认识的人，同样可以向我征税；他在远处刚一看到我就向我发号施令，为了各种古怪的理由命令我贡献出自己的一部分劳动成果——但那并非源自我的思想，而是他的突发奇想。可想而知，人们最不情愿承担的义务就是纳税。这一做法是对政府多么辛辣的讽刺啊！在人们看来，除了交纳税金，他们把钱花在任何地方都是有意义的。

因此，我们拥有的政体越少越好，这样一来，法律就会减少，个人委托权也会相应减少。对于合法政府中存在的弊端，必须依赖以下途径解决：个性的影响力、个人的发展潜力、取代代理人的当事人的出席以及圣贤的出现。不可否认的是，现存的政府只是对圣贤的拙劣效仿而已。由宇宙万物衍生而来的自由、修养、交流以及革命，在它们之间形成或展现的恰恰是一种个性；这也正是大自然的最终目的，借此为它的国王完成加冕仪式。培养圣贤是一个国家存在的根本，随着圣贤的出现，国家的使命也将终止；国家将变得不再重要，因为圣贤本身就是国家的体现。圣贤并不需要陆军、海军或堡垒——因为他爱民至深；他不需要用贿赂品、盛宴、宫殿等身外之物为自己赢得朋友，也不需要天时地利。圣贤不需要藏书室，因为他从来就不用思考；圣贤不需要教堂，因为他自己就具有珍贵的价值；圣贤不需要道路，因为他四海为家；圣贤不需要经验，因为他就是造物主的化身，并且通过自己的双眼审视世间的一切。圣贤不需要私交，但他身上却具有一种非凡的魔力，能使所有人都虔诚地祈祷，因此他们也不需要培养少数人与他共同分享美好而富有诗意的生活。对常人来说，圣贤就像是他们的天使；他的记忆力如同没药[①]一样神奇，他的存在使整个世界都充满乳

①没药，热带的一种芳香族树胶树脂，从印度、阿拉伯和东非的几种树木和灌木中提取，可做香料、药材。

香[1]和鲜花的芬芳。

我们原本以为，我们的文明已经接近如日中天的全盛时期，但事实上，它却仍旧处在黎明阶段。对于我们这个野蛮的社会而言，个性的影响力尚处在幼年期。人们还没有意识到个性的影响力就相当于一种政治力量，它就好像一个将要把所有统治者都赶下台的合法君主，尽管还没有人知晓它的存在。马尔萨斯[2]和李嘉图[3]的著作中不包括有关它的内容,《年鉴》上也毫无记载,《百科全书》中也没有收录，总统的咨文和女王的演说也对它只字未提——然而，这一切都不能说明它不存在。天赋和虔诚倾注给世界的每一种思想，都可以令世界焕然一新。竞技场上的格斗士那身特别的装束和专注的表演，就是他们自身价值的一种体现。我认为，贸易的相互竞争和野心的相互较量恰恰体现了这种神圣感；然而，在这些领域所取得的成功只是一些细微的补偿，或者说是羞愧的灵魂用来遮掩裸露部分的无花果叶。无论在哪里，我都会发现一种不情愿的臣服。正因为我们非常清楚自己应当付出多少，所以作为一种价值的代替品，我们便迫不及待地去展示自己所拥有的微不足道的才华。这种个性的伟大时刻萦绕于心，但我们却辜负了它的期望。

事实上，我们每一个人的身上都具有某种才能，完全可以做出一些对社会有益、为社会创造财富的事情，也同样能得到人们的尊重和赞许。但即使我们那样做了，也会对别人和自己怀有几分歉意，因为我们并没有让生活变得美好、祥和。尽管我们竭尽全力让同伴关注这种才能,但我们自己对它并不是特别满意。或许，它能蒙蔽同伴的双眼，却不能舒展我们自己的眉头，也不会在散步时给予我们强者的宁静。当我们行走时，灵魂却在忏悔。施展才能反而成了一种赎罪的方式。我们不得不带着某种羞辱去反思曾经的辉煌时刻，这并非因为它是诸多行为中的一个，也不是因为它是我们个人能力的一次合理体现，而是因为它过于美好。在社会中,大多数有才干的人相遇时都会带着某种无法言喻的呼吁,

① 乳香，乳香术植物茎皮渗出的一种树脂，燃烧时散发芳香。

② 托马斯·罗伯特·马尔萨斯（1766—1834），英国经济学家，以所著《人口论》知名。

③ 戴维·李嘉图(1772—1823),英国经济学家,英国古典政治经济学代表人物,主张自由贸易,反对谷物法，提出劳动价值论，主要著作有《政治经济学及赋税原理》《论农业的保护》等。

仿佛每个人都在说："我并没有尽心尽意。"参议员和总督不遗余力地登上高位，并不是因为那个位置令他们感到格外惬意，他们只是想通过这种方式证明自身的真正价值，并且极力去维护众人眼中的男子汉形象。这把令人瞩目的交椅其实是对他们可怜、冷漠、倔强的本性的一种补偿。他们必须全力以赴去做他们所能做到的一切。就像森林中的某一类动物一样，它们的特长就只有一条可以随意盘卷的尾巴，除了攀援和爬行，它们别无选择。倘若有人发现自己拥有丰富的天性，甚至可以与杰出的人物建立起一种亲密无间的关系，并能凭借自己言行的庄严和优雅令周围的生活变得和谐而宁静，那么，这个人自然能避开政界和媒体对他的青睐，更不会垂涎政客之间那种虚伪、浮华的交际。显然，一个本质诚实的人是不会成为一个骗子的。

时代倾向于关注自治思想，因为无论是通过奖励还是惩罚的手段，所有的法规都主张个人对组织的绝对服从。组织默默地发挥着令人难以置信的巨大作用，而我们却依赖于人为的克制。这种趋势在现代史上相当明显，并且在很大程度上也具有一定的盲目性和可耻性，然而，反抗者的恶行并没有影响到革命的性质，因为革命的力量属于一种纯粹的道德上的力量。历史上的任何党派都没有采用过自治思想，当然它也不可能被采用。它使个人从党派中脱离出来，但同时又将他与整个民族联系起来。它允诺会承认一种更高的权利，这种权利将胜过个人的自由权或财产的保障权。一个人有被雇佣、被信任的权利，同样也有被爱慕和被尊重的权利。

仁爱的力量堪称立国之本，却从未得到君主们的运用。如果不强迫软弱的抗议者去参与某项社会公约，我们一定想象不到所有的事情都会陷入一种混乱的状态；当暴力统治接近尾声的时候，我们再也不会为修筑铁路、传送信件、保障劳动成果等问题而担忧了。现行的政策真的美好到足以抵挡任何对抗的力量吗？难道没有一个充满友爱的国家能想出一种更理想的治国之道吗？另一方面，不要让最谨慎、最胆小的人因过早地放弃武器和暴力制度而感到恐惧。因为依照凌驾于我们意志之上的自然法则，情况本应如此。暴力政府总是存在于自私自利的统治者掌权的地方，当他们获得圣洁的力量而放弃使用这些暴力法规时，便拥有了智慧，从而懂得如何让邮局、公路、商务会馆、财产交易所、博物馆、图书馆、文化艺术科学协会等公共设施更好地为民众服务。

我们生活在一个极度卑劣的国度里，而且还要违心地向建立在暴力基础之上的政府交纳贡税。在信奉宗教的文明国度里，在最虔诚、最有教养的人中间并不存在基于道德情感的信仰以及对事物的统一性的坚定信念，他们相信：没有人为的约束措施，社会依然可以像太阳系一样正常运转；没有送入监狱或财产充公的警告，平民百姓依然能通情达理、与人为善。然而，任何人都不曾对正直的力量抱有足够的信心；缺少了这份信任，就无法根据公正和仁爱的原则去实现复兴国家的宏伟计划。凡是假装胸怀宏图伟志的人都是有偏见的改革家，在某种程度上，他们也是在积极肯定腐败国家的霸权。没有人具有足以否定法律权威的崇高的道德品性。要靠天赋和运气才能实现的这一宏图伟志，只能被人们当作虚无缥缈的空中楼阁。如果有人将它们展示出来，并且勇敢地认为它们切实可行，那么即使是学者和牧师也会对此表示强烈的反感，即使富有才能的绅士和道德情操高尚的淑女也掩饰不住他们的蔑视。然而，大自然仍然将这种热情倾注到年轻人的心中。现在有一些人——假如我真可以用复数的话——更确切地说，仅仅是某一个人，这个人相信：在任何时候，敌对的势力都不能影响成千上万的人们像朋友或情侣那样相互传达最高尚、最淳朴的情感。

论力量

迄今为止，人们还不能开列出一张清单，记录下人所具备的能力，只能够将一个人的见解奉为金科玉律。谁能为一个人的影响力划出界限呢？的确存在这样一些人，他们通过自己以及民族的感召力，把整个民族都吸引到身边，并且引导着人类前进的方向。如果人的心灵真的会与自然发生感应，那么也许有些人真的具有那种能把物质和力量吸引到他周围的强大磁场；而且无论它们出现在哪里，周围都会自动集结着各种各样的力量。生活就是对力量的追求，这是无所不在的真理，因此所有真诚的追求都会得到回报。人们应该珍惜自己所有的，并把它当作力量的源泉。人们之所以需要物质、金钱以及呼吸，是为了获得力量。如果人已经得到了长生不老的仙丹，他就会放弃那座提炼仙丹的花园。大自然最终要培养的是高尚的人，拥有求知的智慧和行动的勇气，而要想达到这个目的，就必须培养意志。

所有的成功者都曾是因果论者。他们相信凡事皆有因果，没有偶然和侥幸。他们相信，在联系着最初的开始和最终的结束之间的链条上，绝对不会存在任何一个薄弱环节。所有高尚的心灵都相信因果关系，或者说相信每一件琐事都关乎生存原则；他们相信善有善报，恶有恶报。每个勤奋的人的每一次努力，都是在这个信念的驱动下行进的。最勇敢的人也最相信这个法则的张力。波拿巴曾经说过："所有伟大的领袖之所以取得成功，都是凭借着顺应规则，凭借着努力适应障碍。"年轻的演说家们宣称，打开时代之门的钥匙可能是这一把，也可能是那一把。但实际上，打开所有时代之门的钥匙只有一把，那就是愚蠢和低能。在任何时候，包括英雄在内，绝大多数人都是愚蠢低能的。除了在某些特定的杰出时刻，英雄们往往也是愚蠢低能的，他们都是地球引力、习俗和恐惧的牺牲品。芸芸众生并不习惯于独立自主或自立创新，也正因为如此，强者才显得强大有力。

我们必须把成功看作是天然的体质特征。正如古代的医生所认为的那样，勇气或者说生命的强度，与动脉血管中血液循环的速度和强度密切相关。也许古代的许多医学观念听起来像神话，但这一点却很有意思。他们认为，"每当激动、愤怒、恼火、角斗和摔跤的时候，为了保持体力，需要大量的血液，因此动脉里就集中着大部分的血液，而静脉里只流淌着少量的血液。刚毅勇敢的人历来如此。"只要动脉里流淌着充足的血液，就不会失去勇气和冒险精神。一旦血液毫无节制地流入静脉，人就会变得颓废和软弱。所以要想开创伟业，就必须有强健的体魄。假如埃里克离开格陵兰岛的时候正当三十岁的壮年，身体强壮、睡眠充足，那么他就会向西航行，而他的船就会抵达纽芬兰。可是，还是让我们把埃里克换成一个更强壮、更大胆的人吧，比如厄恩或者索尔芬，那么他们的航船就会轻而易举地再航行六百、一千或者一千五百海里，到达拉布拉多和新英格兰。成功没有机遇可言。成年人也和儿童一样，最先参与游戏的人总是那些能够身负重荷、兴致高、有活力的人，在他们随着旋转木马急速旋转的时候，其他人总是懒洋洋地在一边打扑克。健康最重要。疾病令人胆怯而懦弱，为了苟延残喘，病人必须节约自己的生命资源；而强健的身体和充沛的精力可以达到自己的目的，而且多余的生气会泛滥溢出，淹没邻居，浇注其他人干涸的溪流。所有力量都源自天地万物。遵守自然法则的心灵就能顺应天下大势，就能靠着它们的力量强壮起来。人的本质和事物的本质一样，人可以与事物的进程产生共鸣和共振，并且预知未来的趋势。无论发生什么事情，他都先知先觉，所以他能与即将发生的事情抗衡。一位了解人类的人，必然了解政治、贸易、法律、战争和宗教，因为所有人类的生活态度都是一样的。

强劲的脉博所产生的力量，是任何劳动、艺术或合作都无法取代的。这种力量就像气候，可以轻易使一季庄稼成熟，而任何地方的任何玻璃暖房、灌溉、精耕细作或者肥料都不能达到这个目的。这种力量就好像是在纽约或者君士坦丁堡这样的城市里抓住了机遇，再也不需要通过任何手腕去获得资本，也无需殚精竭虑、苦苦追求。如同洪水涌入江河，它们自会源源而来。因此，一种广阔的、健康的、宽厚的力量就流淌在无形的江河海洋里，汹涌的咆哮遮盖了江流、海流，浩浩荡荡，日夜奔流不息。别人处心积虑想要得到的东西，一泻千里涌入它的怀抱。这种力量通晓每一个人的秘密，预知每一个人的发现。如果说他还没有掌握天才和学者们的每一个事实，那是因为它太庞大而且行动缓慢，或者说它认为你们所做的努力并无价值。

假如一个人身上存在这种积极的力量，那么在另一个人身上就没有了，这就好像一匹马元气充沛，而另一匹马的元气只能来自鞭子一样。哈菲兹说："并不是每个年轻人的脖子上都闪烁着一颗如同进取精神一样高贵的宝石。"而当你把沸腾的头脑——装满了蒸汽汽锤、滑轮、曲柄和齿轮的头脑——带到任何一个停滞不前的地方，比如纽约、宾西法尼亚古老的荷兰殖民地或者弗吉尼亚的种植园，一切就都会改变。詹姆斯·瓦特或者布吕内尔的到来，为英格兰的土地增加了多少价值啊！在每个公司里都有性别的差别，还有一种更深刻、更重要的差别，即心灵的差别。也就是说，具有创造力的进取的男人和女人，以及不具备创造力或者只知道听天由命的男人和女人。每一个出众的男人都会是他所在群体的代表。之所以如此，往往并不是因为他具有更多或者更少的才能，而是因为他享有优势，比如他拥有士兵或者教师的眼神，或者说他性情暴躁，或者说有令人驯服的眼神，他周围的人也会因此而心甘情愿、无怨无悔地承认他的权威。商人使唤会计和出纳，律师被属下的职员们所追随，地质学家报告下属的勘探结果，威尔克斯将军将所有参加远征的战士的战果都据为己有，托瓦森的雕像是石匠们凿出来的，大仲马也雇用了短工，而身为剧场老板的莎士比亚，手下有很多年轻人写剧本。

有力量的人永远有生存空间，并不断为别人创造空间。社会是一支由思想家组成的部队，他们中间最睿智的头脑占据着最有利的位置。软弱的人看到的是已经围上了篱笆、耕种完毕的农场；而强者看到的却是未来的房屋和农场，他的眼睛创造着农场，正如太阳生成云彩一样快。

正如当一头陌生的公牛被赶入一个牛群后，在新来的和最强壮的牛之间必然会发生一场角斗，并以此来决定谁是新头领一样，当一个小男孩进入一所新学校、当一个人在旅行中碰到陌生人、当一位新来者加入一个古老的俱乐部，在陌生人之间会有一种非常客气但又是决定性的角逐。此后，当两人再次见面时就会形成一种默契。每个人都能在另一个人的眼睛里读出自己的命运。较弱的一方发现，他的知识和智慧在强者面前都派不上用场。他所知道的一切都无法命中靶心，而对手却是例无虚发、每箭必中。即使他通晓百科全书也毫无用处，因为在这种场合需要的是沉着、镇定和从容。他的对手背对着阳光，顺着风向，每一次发射都可以选择弓箭和靶子；每一发箭都飞行平稳，命中靶心。这是一个事关肠胃和体制的问题。也许第二位和第一位一样棒甚至更棒，但是他缺乏第一位的结实或那副肠胃，因此他的智慧显得过于纤弱或者不够精巧。

健康是好东西。它是力量和生命，它能够抵御疾病、毒害和任何敌人，它具有保护力，也有创造力。问题在于，无论你采用什么方法来嫁接树木，关键都是用来嫁接的树木本身要有旺盛的生命力。一棵适应了土壤的树，可以在任何环境和气候下茁壮成长。它不畏灾祸虫害，也无需照料和修剪。活力和领导才能都是与生俱来的，后天无法弥补。假如水源原本就不干净，那么水泵抽出的水必然是脏的。而要做面包，就得有发酵菌、酵母、酵素等让面包发酵的东西，就好像资质鲁钝的艺术家想尽一切办法来寻求灵感，他要么靠美德，要么靠罪恶；要么求朋友，要么求恶魔；要么祷告，要么酗酒。但最后我们会发现，我们本身都具有某种特定的本能，它的力量很强大。也许它是粗鄙的、邪恶的，但它仍然有自己的阻抑和净化机制，最终它和道德法则是和谐的。

我们常常会对孩子身上所具有的自我复原能力感到好奇。当他们受到伤害、考了最后一名、失去了奖章或是在游戏中落败的时候，他们不会灰心丧气，回到家里还念念不忘；相反，他们活泼开朗，马上又会全神贯注地投入到新的事情当中。这样一来，孩子们就具有了抵抗挫折的能力，伤口会自动愈合，而他的纤维组织在下次碰到伤害时会变得更加强韧。

在健康面前，所有的困难都会消失。当一个胆小懦弱的人在报纸上看到国会里党派的纷争和叫嚣，看到政客们为了帮派的利益恣意妄行，看到他们一手拿着选票一手拿着步枪不顾死活要走极端时，他也许会觉得他和他的国家已经陷入一片混乱，好日子已经到头了。为了面对即将到来的毁灭，他努力让自己变得坚强。但是等待多次以后，他发现政府并没有作出丝毫的退步，但是自有巨大的力量推动着社会进步。与这种力量相比，政治显得无足轻重。是的，在个人的力量、自由和自然资源的综合作用下，每一位公民的每一分力量都能全部发挥出来。我们精神饱满、意气风发，就像那昂扬生长的大树，无论冰雪、老鼠或蛀虫都无法阻碍我们的生长；同样，我们也不会受到那群寄生在国家之上的害虫的侵害。庞大的动物养活了庞大的寄生虫，而疾病引发的憎恨也从反面说明了健康的力量。古希腊平民就曾这样评论过他们的城邦政治：民治政府的弊病往往显得要比实际的多，但是它所唤起的精神和能力可以弥补这些弊病。一个由水手、山民、农夫和手工艺人组成的民族，拥有粗犷、敏捷的民族性格。力量可以教育权势阶层。只要美国人仍在援引英国的标准，美国人就会继续矮小下去。曾经有一位西部著名的律师告诉我，他恨不得出台一条规定，凡是在美国的法庭里引用英国的法律书籍的人都必须被判处死刑，因为他发现我们对英国先例的尊重会贻害无穷。比如“贸易”这个词，本身就是从英国的狭窄经验中衍生出来的一个词汇，什么河流贸易、铁路贸易还有那个鬼知道什么时候才会出现的气球贸易，美国人使用这个词汇，只不过是为千疮百孔的英国海军增加一个美国师团而已。不如就让粗犷的美国骑手们——那些衣着随便、不拘小节的立法者们，那些印第安纳人、伊利诺斯人、密执安人、威斯康星人、阿肯色人、俄勒冈人或者犹太人的国会代表们，就让这些人随心所欲地纵横驰骋吧，那么，最后这些野牛猎手们自然会以敏捷、灵巧、理智、权威和庄严的性格，对领土和土地安置作出妥当安排，恰当地平衡各个民族、各个种族的人。人民的本能就是合理的。至于那些受到国家的尊敬而被推选为领袖的辉格党人，比如杰斐逊或者杰克逊，虽然人们对他们的外交手腕期望不高，起码不会高于人们对随心所欲的强者的期望，但是他们先是征服了自己的国家，然后又用同样的天赋征服了外国人。不错，这种力量并不是藏匿着的。这是一种私刑的力量、士兵的力量和海岛的力量，它欺负那些生性和平、忠诚的人。但是我认为，这种力量也有解药。通常，各种同类元素的力量总是相伴相生——善和恶、心灵的力量和身体的健康、献身的狂喜和淫荡的愤感。它们总是同时出现，只是有时候很明显，有时候却难以发现；有时候现身前台，有时候退隐后台；曾经作为表面，现在成了基础。干旱的时间越长，空气中凝聚的水分就越多；球飞向太阳的速度越快，飞离太阳的力量就越大。而在道德上，自由越大，良心越强。天性冲动的人往往才智过人，容易出人头地。从另一个角度来说，胆小、狭隘的保守主义也必定会对孩子起反作用，让他们向往激进主义的新鲜空气。

在贸易方面，这种力量常常和凶狠相随。慈善机构和宗教机构选择的行政官员往往不是圣人。迄今为止，无论是那些耶稣会、十七世纪法国高僧教派非神职人员团体，还是辛哈莫里、布鲁克农场和左阿的美国社区，都得有个犹太管事才能成功，而其他的职位则可以使用善良的议员。虔诚仁厚的种植场主往往会有一个凶横的工头，和蔼可亲的乡绅喜欢那只看门狗的利齿，而震颤教会经常会把恶魔送到市场上去。

为了表现上帝的力量，绘画、诗歌和宗教总是刻意表现地狱对人的惩罚。以上种种，构成了某种神秘的社会信条，即一点点邪恶是对健康有利的，就像良心会捆住手脚，拘泥于法律和社会秩序的谦谦君子不会像野狼、野兔一样狂奔。正如毒药也能医人一样，世界离不开恶棍，何况也有公正或灵巧的歹徒。反正我们经常能看到，极端自私的政治家却拥有融洽的邻里关系。

我认识一个叫博尼费斯的人，在我们那里经营着一家旅馆兼酒吧。这个博尼费斯可是个臭名昭著的无赖。他善于交际，贪得无厌，自私自利，坏事做尽。但是他和市政官员们私交甚好，他用最好的饭菜招待他们，热情地和他们攀谈。他把所有的魔鬼都带到城里来，他是个暴徒、纵火犯、骗子，也是酒店老板和小偷。夜里，他剥下那些戒酒的人的假树皮，割掉他们的马尾巴。他率领那帮酒徒和激进分子参加市政会议，还发表演讲。就是这样的一个人，在他的店里，却是一个礼貌周全、随和的家伙。他胖乎乎的样子也显得很有亲和力，就像是一位最热心公益的好公民。他也修路、种树，捐款兴建喷泉、煤气和电报，还引进了好多像婴儿连衫裤一类的新东西。他就是这样一个人，既替住店的小商贩们保管东西，也对他们的财物下手。

就像有时候斧头会砍掉我们的手指头一样，创新和发明有时候会起一些反作用，但这并非不可避免。有时候人所求助的自然力量会主宰人类，尤其是那些不可思议的神秘力量。那么，我们是抛弃蒸汽、火和电呢，还是学会和它们打交道呢？遵守一个原则，只要适当地使用它们，所有的附加物都是有益的、善的。

那些动脉里流淌着大量血液的勇敢的人们，不能靠着坚果、汤药和哀叹生活，不会靠着读小说、打扑克消磨时间，也不会在演讲会或者图书馆里实现自己的愿望。他们渴望冒险，向往攀登高峰。他们宁愿死在波尼族印第安人的斧头下，也不愿意从早到晚待在会计室的桌子旁边。他们生来就是为了战争，为了海洋，为了矿藏，为了狩猎，为了开拓；他们命中注定九死一生，注定遭遇风险、坎坷一生。某些人不能容忍海上哪怕一个小时的宁静，当暴风袭来时，他最快乐。

他们的朋友或领导一定得给他们留出一些宣泄火爆天性的机会。在家中声名狼藉的祸根一旦到了墨西哥，就变成了征服一方的英雄，像将军一样荣归故里。年轻的英国人血气方刚，当他们无法通过战争来发泄自身的躁动时，就会去寻找像战争一样的探险。他们潜入挪威西海岸的旋涡中、穿过达尼尔海峡、登上喜马拉雅山的雪峰、在南非追猎狮子和犀牛、在西班牙和阿尔及尔流浪、在兰开斯特海峡的冰山间泛舟、在赤道线上寻找火山口或者在婆罗洲马来人的短剑上奔跑。

无论是在个人生活还是在工业发展，抑或是大众历史中，过剩的精力都十分重要。强悍的民族或个人最终依靠的都是自然的力量。野蛮人身上的力量就是最佳的自然力量。正像周围的野兽一样，野蛮人仍然要从自然里汲取营养。假如割断了我们与原始源泉的联系，我们做的任何事情都会变得浅薄无比。因为人们依靠这种原始的源泉，所以他们并不像我们宣称的那样糟糕。一个法国议员曾经说过："如果不与人民一同前进，你就会迈进黑夜。人民的本能是天意的指针，永远指向真正的利益。但当你拥护某个与人民利益有隔膜的政党时，无论是奥尔良派、波旁皇室还是蒙塔朗贝尔党派，那么即使你的出发点是好的，你也背离了真正的原则，最后走入死胡同。”天然的力量没有价值。雪堆中的雪和火山口喷出的火都不值钱，但是在赤道国家或者炎炎夏日下，泳雪是多么可贵，而我们壁炉里的那点火焰又是多么宝贵。至于电，我们需要的不是荷电乌云的阵阵闪耀，而是电池导线里温顺的溪流。精神或力量的乐趣也正在于此。谦谦君子身上爆发出来的力量，比太平洋上所有食人生番的蛮力都有价值。历史上的伟大时刻，往往是野蛮人停止野蛮的那一刹那。自然界和世界上一切美好的东西都存在于那转折的一刻。那个时候，黝黑的液体还在源源不断地流淌出来，但人伦已经除去了它的苦涩和辛辣味道。

胜利的和平紧挨着战争。当双手依然熟悉剑柄，当绅士依然流露出行军露营的癖好时，他的智力到达了高峰。这种严峻的局面和紧张的压力所锻炼出来的最美妙、最柔和的艺术，在和平年代是难以获得的，必须通过战争一类艰苦的职业才能获得。

人们说，成功是与生俱来的。要想成功，就必须得有健康的心灵和肉体，要有工作能力和勇气。尽管商品总是显得泛滥成灾，但是人们还是离不开商品，必须拥有商品或者提供某种替代品。

激进者垄断了人类的忠诚，他们创造和完成所有伟大的事业。

拿破仑领导的六万军队中有一半人都是小偷和强盗。这些人在平时会被抓去坐牢，被荷枪实弹的哨兵看押；但是拿破仑却敢于亲近他们、训练他们、鼓舞他们，并依靠他们的刺刀为自己赢得了胜利。

而当这些原始力量出现在高雅的情况之下，比如出现在艺术家的身上时，就不会让人感到惊奇。米开朗琪罗被迫为西斯廷教堂作画时，他对壁画艺术还一无所知。他走进梵蒂冈教皇的花园里，挖出了一把红色的、黄色的赭石，用胶和水把它们加以调和。经过多次试验之后，他认为找到了窍门。他爬上梯子，一遍遍地画那些女巫和预言家。与他的智慧和优雅一样，他的粗犷也超越前人。虽然他有一幅画没有最终完成，但他并没有因此而被人看低。米开朗琪罗在画画的时候习惯先画轮廓，然后添上骨肉，最后再给他们穿上衣服。一个画家曾对我说过：“在其他的工作中，如果一个人失败了，你会觉得他只是做了一场梦而已。但在我们的艺术工作中，你必须脱掉衣服，磨好颜料，像一个铁路工人那样辛勤地劳作。艺术没有其他的成功秘诀，仅此而已。”

成功从来都和某种正面或积极的力量相伴而行，一盎司的力量必能平衡一盎司的成功。尽管一个人不可能再从母亲的子宫里获得新生的力量，但是我们可以通过另外两种办法来获得新的活力。

第一种方法：从当前的杂务中毅然抽身，全神贯注于某件事情或某个关键阶段，就像园丁把枝杈都修剪掉，让树的主干长得更茁壮一样。俗话说“万事莫强求”，还有一句叫“该你的，逃不了；不该你的，求不来”。而在日常生活中，聪明的人会集中精力做事情，而分散精力没有好结果。无论我们是把精力分散在庸俗或崇高的目标上，还是分散在财产事物上，或者是朋友、社会习俗、政治、音乐或者节日庆典上，就其结果来说都没有任何区别。在我看来，所谓好事情，就是能够破除幻想或者游戏的事情，就是能够把我们拽回家里专心致志工作的事情。那些让我们精神涣散的事情——朋友、书籍、图画、才干、谄媚、幻想，会让我们在运动中失去平衡，偏离主航道。你必须对工作有所选择，选择那些自己能力所及的工作，而放弃其余的。只有这样，你的力量才能积少成多，才能采取正确的步骤和行动。虽然人们都不愿意懒散，但是迈出行动的一步确实很难。但是这一步，是逃离愚蠢低能的圈子迈向收获的关键。许多艺术家就是因为迈不出这一步而一事无成，只能绝望地仰望着米开朗琪罗或者切利尼①。也许他们的思想并不缺乏自然的灵感和领悟，但是他们缺乏那种爆发力，那种迅速投入全部生命的爆发力。诗人甘贝尔曾说：“一个习惯工作的人能取得任何他想要获得的成就。对诗人而言，他的力量源自需要而非灵感。”集中力量，是管理政治、战争、贸易以及人类一切事物的秘诀。世界上最精彩的一段对话就是牛顿的那段对话。有人问他，“所有人都看到苹果从树上掉下来，为什么只有你发现了万有引力？”牛顿回答：“因为我的心总是盘算着要去发现。”或者，像普鲁塔克所描述的那个政治家那样，“在整个城市里，人们只能在通往市政大厅的那条街上发现佩里克利斯。他不参加任何宴会、聚会和集会。在他执政

① 切利尼（1500—1571），意大利雕塑家、珠宝工艺师、美术理论家和作家，他是个多才多艺的人物。

期间，他从来没有和任何一个朋友吃过饭。”或者，就像罗斯柴尔德这样的商人一样，当有人对他说：“希望您的孩子不要太喜欢金钱和经商，您也不愿意那样吧。”他回答：“我肯定愿意我的孩子们把全部的思想、灵魂、心灵和肉体都用于经商，因为那是通往幸福的途径。要想发大财，就必须拥有相当的勇气和谨慎；而当你拥有了财富，就必须花十倍的功夫去守护它。如果我要听取所有人的意见，我就会一事无成。年轻人，要坚持你所做的事情。只要你坚持你的酿酒事业，你就会成为伦敦伟大的酿酒商。”

有很多人既有见识、悟性又有韧性，但是他们没有迅速做出决定。但是，我们必须在瞬息万变的事情中做出决定，最好是迅速做出最好的决定。不管怎样，做了决定就比没做决定好。有二十条路可以到达某个地方，别再犹豫哪条是捷径了，赶紧动身踏上其中一条路吧。

一个能在瞬间镇定下来并做出决定的人，要顶得上一打能力相同但是要深思熟虑才能做决定的人。议院里好的演说家并不一定要通晓议会所有的理论原则，而只需要能临场做出决定。优秀的法官也无需斤斤计较每一次辩论是否公平，他需要关心的只是实质上的公平，最后做出准确的裁决。优秀的律师也不可能知晓所有的细节、拥有所有的常识，但他只要全心全意地投入辩护，就能把你从困境中解救出来。约翰森博士曾经有个名言：“最不幸、最悲惨、最倒霉的人，就是那对想把家里的一切生活细节抽象成理论的夫妇。有些事情，要少说多做。”

第二种办法：反复练习。习惯和持久造就力量。驽马比阿拉伯的巴巴利马更适合长途旅行，持续流动的电流虽然缓慢，但拥有和电火花一样的能量。人类的行为也是如此——持续的练习可以弥补爆发力的不足。我们往往不会把力量集中在某个时刻使用，而是把等量的力量平铺在相当长的时间上。这里一只球的含金量和那里一片树叶的含金量是相同的。西点军校的总工程师比福德上校用一把铁锤不停地敲打一门加农炮的炮耳，直到它被砸烂。是哪一次敲击砸烂了炮耳呢？是每一次敲打。亨利八世常常说：“勤奋胜似感觉。”或者说，反复的练习太伟大了。约翰·肯布尔曾经说过，在完整演出一出戏的时候，最蹩脚的乡下专业演员也会比最优秀的业余演员强。巴茨·霍尔喜欢证明最糟糕的正规军也能打败最出色的志愿军。练习的意义非同小可。演说家最好的练习就是不断地发表演讲，没有生来伟大的演说家。七年横穿英伦的旅行演说，成就了科布登；十四年遍迹新英格兰的演讲，锻炼了温德尔·佩利普斯。要想学习德语，必须一遍又一遍地反复阅读，直到你记住每一个单词，并记住了它们的发音。没有一个天才能够听一遍歌就全部牢牢记住，好像听过二三十遍一样。我的一个朋友认为，她之所以能够完美地画出美丽的日落景色，完全是因为她凭借着毅力一遍遍重复绘画。一个人谈论熟悉的话题，要比谈论陌生的话题更容易。在交易所里受尊重的是那些有经验的人，一旦离开交易所，他们的意见也就不再重要了。德谟克利特说过："大多数人的本事不是来自天赋，而是来自练习。"我们没有办法偷懒。重要的不是如何表达思想、选择道路，而是在做事情的过程中克服来自物质和媒介的阻力。所以我们要反复练习，这也是为什么业余选手总是追不上专业选手的原因。每天在钢琴旁边花上六个小时，才能灵巧地弹奏它；每天在画架边花上六个小时，才能掌握颜料和画笔的特性。大师们可以通过观察双手落在琴键上的姿势来判断一个人是不是钢琴大师，而机械师必须通过成百上千次的操作来学会使用机器，职员则要经过无休止的加减来学会计算。

实际上，无论是出版家、编辑、大学教授还是主教，都是智力平常的普通人；而如果有机会得到锻炼，使用同样的力量，平常凡人也有机会超越那些高人一等的人。

这种力量或精神，是自然创造世间万物的手段和工具。只要我们还重视日常生活，还重视来自世界的奖赏，就必须注重这种力量和精神。同时，我认为我们可以节约使用这种力量。每个人只有成为这种能量的容器时，才是有才能的人，而历史上每一件事的成就都离不开这种力量。这力量不是金子，但能制造金子；它不是名望，却能创造丰功伟绩。

假如我们能够理解如何节约使用这种力量，我们能够了解这种力量的规律，那就可以预言，所有人类可以想象到的利益，早晚都会被人类实现，而且是通过最经济的方式来实现。世界是精确的，在它浩渺无际、波浪起伏的曲线里不存在偶然。成功并不比工厂里编织的方格花布或平纹细布更稀奇。我们在美国所有的河流旁边都建立了工厂，而人类也创造了电报机、织布机、印刷机和火车头。一个昼夜是比任何一块平纹细布都要精巧细致的棉布，而编织这块棉布的机器也更加精巧。那是一种无穷无尽的精巧，你无法掩盖你偷偷放进去的粗制滥造、欺诈舞弊和腐朽堕落的时光。同样，你也不用担心，任何诚实的棉纱、纯净的钢铁或者不屈不挠的梭子，都会在这块布上得到验证。

论诗人

一个喜怒无常、聪明绝顶的小孩，
追逐猎物，眼里闪着快乐的光彩，
流星般的目光选择自己的道路，
用隐蔽的光辉划破茫茫夜空。
那目光一下子跳过了地角天边，
遍地搜索，戴着阿波罗的特权；
穿过了男人、女人、海洋和星辰，
看见大自然的前方舞蹈欢腾，
向星球、种族、界限、时光飞越过去，
看见了和谐的秩序，优美的旋律。
奥林帕斯山的诗人，
在山下歌唱神的思想，
这些思想能让我们永葆青春。

那些被尊称为审美学家的人往往是对受人推崇的绘画或雕刻具备一些知

识、对任何优美的东西具有一种爱好的人，然而你如果要问他们的灵魂是否美丽，他们自己的行为是否也优美如画时，你就将得到“他们既自私又好色”这样的答案。他们的修养是局部的，就好比你能在一截木头上的一块地方摩擦起火，其余地方却仍旧冰凉。他们的美术知识不过是学习了一些条条框框，或者对于色彩或形体做一些有限的评价，他们这样做不是为了消遣，就是为了炫耀。形体迫切地依赖灵魂，对此人们似乎已经失去觉察，这就证明我们的业余爱好者头脑中装的美学是何等肤浅。我们的哲学里没有形体学。就像火被纳入一口锅一样，我们被纳入自己的身体，被带来带去；然而精神和器官之间并没有精确的调整，更不能说后者萌生了前者。至于其他形体，有识之士并不相信物质世界本质上依赖思想和意志。神学家们认为谈论一艘船或一片云、一座城市和一项契约的精神意义，那无异于一座美丽的空中楼阁，他们宁愿回到历史证据的坚实土地上来。即使诗人也满足于一种文明而循规蹈矩的生活方式，同切身体验保持适当的距离，靠幻想来写诗。但世界上最崇高的心灵从未停止过探索每一种感性事实的双重含义，或者我要说四重意义、百重意义或者更多的含义。俄尔甫斯、恩培多克勒、赫拉克利特、柏拉图、普鲁塔克、但丁、斯维登堡以及许多雕刻、绘画、诗歌的巨匠都是如此。因为我们不是平底锅，不是手推车，甚至不是运火的人和举火把的人，而是火的孩子，是用火造成的，只是同一种变质的神性，相隔两三代，在我们对此几乎一无所知的时候离开了。这条时间之河及其造物从中流出的那些源泉本质上是完美的，这一隐藏的真理引导我们去考虑诗人或者美的发现者的本性和功能，引导我们去接近他运用的手段和材料，引导我们去认识当前艺术的概貌。

这个问题所涉及的面非常广，因为诗人具有代表性。他在局部的人中间代表完整的人，他提供给我们的是全民的财富，而非他个人的财富。年轻人对天才崇敬之至，因为说实话，天才比年轻人更像年轻人。天才们接受灵魂的启示，年轻人也接受，但天才们接受得更多。在钟爱者心目中，大自然把自己装扮得更美，因为他们相信诗人此时也在欣赏她的炫耀。由于追求真理，献身艺术，诗人在同时代人中间落落寡合，然而追求的同时也得到一种安慰：他的追求迟早要把所有人都吸引过来。因为所有人都靠真理生活，并且需要表现。在爱情、艺术、贪婪、政治、劳动、娱乐之中，我们力图说出自己痛苦的秘密。人只是他自己的一半，另一半就是他的表现。

尽管有这种宣泄的必要，但恰当的表现仍然难得。我不知道这到底是怎么回事，我们还需要一名翻译；但是绝大多数人似乎都很幼稚，还没有掌握自己的表现方式，或者好像是哑巴，无法传达他们跟大自然进行过的谈话。人人都预见太阳、星辰、大地、流水有一种超感觉的效用。它们垂手而立，等着为我们效劳。然而我们自身却有某种障碍，或者我们的性格过度冷漠，不允许它们发挥应有的作用。大自然给我们留下的印象太微弱了，因此我们成不了艺术家。每一次接触都应当产生激动。每个人在某种程度上都应当是一位艺术家，能够在谈话中传达他所遇到的事情。实际上在我们的经验中，光线或强大的活动力都有足够的力量到达感官，但是还不能到达感觉的要害，无法在语言中自我再现。诗人就是这些力量在他身上都得到平衡的一个人，就是一个没有障碍的人，能看见、能处理别人梦想到的一切，跨越经验的整个范围，由于是接受和给予的最强大的力量，因此他代表人。

宇宙有三个孩子，他们同时出生，在不同的思想体系中用不同的名字再现，无论他们被叫作原因、经过和结果，还是在诗歌里被叫作乔武、普路托和涅普顿，或者在神学上被叫作圣父、圣灵和圣子，而我们这里仍然称他们为“知者”、“行者”和“言者”。他们分别代表对真、善、美的热爱。这三者完全平等。他们每一个都有自己的本质，所以就不能超越他、分析他；每一个身上又具有潜藏在自己身上的其余两个的力量，当然还有他自己不世出的特点。

诗人是言者，是命名者，他代表美。他是一位君王，身居中心。世界并没有被刻意粉饰，而是从一开始就是美的；上帝也没有刻意制造美丽的事物，而美本身就是宇宙的创造者。因此诗人不是什么仰人鼻息的傀儡君王，而是一位独立自主、名副其实的皇帝。批评充斥着物质至上的谰言，说什么体力技能、体力活动是人类的首要优点，进而贬低言而不行的作风，因为它忽略了这样一种事实：有些人，也就是诗人，他们是天生的言者，他们来到这个世界上的目的就是为了表达，因此它把这些人与以行动为本分但又放弃行动去效颦言者的人相混淆。然而荷马的话之于荷马，正如阿伽门农的胜利之于阿伽门农，都是同样的可敬可佩。诗人并不等待英雄或圣人，然而正如英雄主要去行动、圣人主要去思想那样，诗人主要是把愿意说并且必须说的话写出来，其他人虽然各有所长，但是他的心目中都是次要角色或仆人；他把他们仅仅视为画家画室里的模特儿或者给建筑师送材料的助手。

因为诗歌全是提前写成的，所以每当我们有了灵敏精巧的器官，从而能够深入到空气就是音乐的那种境界，我们就听到了原始的颤音，就企图记录它，但我们时常丢掉一个字或一句话，所以只好用我们自己的去顶替，这样写出来的诗就走了样。耳力比较敏锐的人记录这些曲调就比较忠实，这些摹本虽然不是尽善尽美，但仍然变成了民族之歌。因为大自然不但善、不但合理，而且也美，所以也一定按照人们必须研究或认识的那个样子出现。语言和行动并不是截然不同的两种神圣力量。语言也是行动，行动也是一种语言。

诗人的标志和证明就是他能宣布人们未曾预见到的事。他是真正唯一的导师，他博识善言，他是消息的唯一讲述者，因为他目睹并参与了他所描述的景象。他能看到思想，并能说出必然和偶然。因为我们现在谈的不是有一定诗才的人，也不是精通音律的人，而是真正的诗人。不久前我跟人交谈，谈到最近的一位抒情诗作者，他思路敏捷，他的头脑俨然是一个音韵优美的八音盒。他的技巧和驾驭语言的能力怎么赞美也不过分。然而你如果要问他是否不仅是一名抒情诗作者，还是一位诗人，我们就必须承认他显然只属于当代，而不属于永恒。他没有从我们低劣的局限中脱颖而出，也就是说，不像赤道下面的钦博拉索山[①]，从热带平原拔地而起，穿越了地球上所有的气候区，在它色彩斑斓的高坡上具有每一个纬度的植物带；然而这位天才是一座摩登住宅的景致，装饰着喷泉和雕像，文质彬彬的绅士、淑女们在小径和平台上或立或坐。我们从千变万化的音乐中听到了因循守旧的生活基调。我们的诗人只是会唱歌的才子，而不是音乐之子。主题是次要的，诗句的涂饰反而成了主要的。

因为造就一首诗的不是音韵，而是那造就音韵的主题——是一种热烈奔放、生气勃勃的思想，好像动植物的精神，具有自己的结构，用一种全新的东西装

---

① 指赤道附近厄瓜多尔的最高峰。

点自然。按时间顺序，思想和形式是同等的，但根据起源的顺序，思想则先于形式。诗人有一种崭新的思想，他有一套全新的经验要展现；他将告诉我们：他的感受如何，而且所有人都会用他的财富发财致富。因为每个新时代的经验都需要一种新的表白，所以世界似乎永远在等待着它的诗人。我记得小时候，有一天早晨，我听说靠近我坐在桌子旁边的一个青年身上出现过天才时，我是多么激动。他曾经撇下自己的工作，四处漫游，没有人知道他的行踪，他已经写下了数百行的诗，却说不清心里的东西是否已经写在纸上，他只能说出一切已经改变——人、兽、天、地和海洋。我们听得如痴如醉，全都信以为真！社会似乎已经妥协了。旭日东升，众星消隐，我们就坐在那万道霞光之中。波士顿似乎比前一天夜里远了一倍，或者更远。罗马——罗马又算什么？普鲁塔克和莎士比亚湮没在黄叶里，荷马再也听不到了。知道诗就在今天，就在这屋子里，就在你身边已经写了出来，这可是件非同小可的事情。什么！那神奇的精神还没有断气！这些岩石似的时刻还是充满着勃勃生机！我本来认为神谕已经沉寂，大自然奄奄一息，可是看啊！一个通宵，从每个毛孔里源源不断地流出了这些美丽的曙光。每个人都对诗人的到来非常感兴趣，可是谁也不知道这跟他自己有什么关系。我们都知道这个世界高深莫测，可是谁或者什么会成为我们的解释者，我们还不得而知。一次山间的漫步，一张风格迥异的脸，一个新人，也许会把钥匙递到我们手上。当然，天才对我们的价值就在于它的报道的真实性。才能也许会打哈哈、变戏法；天才却要实现、增添。人类由于严肃认真，在了解自身和自己的工作中已经受益匪浅，所以站在山巅的最重要的瞭望者宣布了他的消息。那是古往今来说过的最真实的话，对于那个时代来说，措词将会最恰当，音律将会最动听，而且将是准确无误的世界之音。

我们称之为圣史的一切记载证明：一个诗人的诞生是历史上的重要事件。人无论怎样常常上当，但现在还是翘首盼望一个兄弟的到来，因为这位兄弟能使他牢牢把握一个真理，直到他把它改造成自己的真理为止。我开始读一首我相信是一种灵感的诗时，我是多么地高兴！现在，我的锁链将被砸碎，我要超越我生活在其中的乌云和不透明的空气——似乎透明，实则不透明。从真理的天国我将看清并理解我的关系。那将使我安于人生，恢复天性，从而能看清被一种倾向所激励的琐事，知道我在做些什么。人生将不再是一种喧嚣，现在我将看见男男女女，并且知道把他们和傻瓜、恶魔区别开来的标志。这一天一定比我的生日还要美好，往日我变成了一头动物，现在我应邀进入实在的科学中。那就是希望，但它的实现却姗姗来迟。这样的情况更是屡屡发生：这个长着翅膀要把我带进天国的人，却将我卷进迷雾中，然后带着我欢蹦雀跃，仿佛在云朵之间飞腾，仍然一口咬定他正在向天国的路，一时看不出他只是一心要我赞赏他的飞腾技术，他就像一只家禽和一条飞鱼，真能离开地面和水面一点儿距离，却一点也离不开那无孔不入、哺育万物、肉眼可见的天国的空气。很快，我又一个筋斗跌进我的老窝里，跟过去一样过着浮夸的生活，并且不再相信会有什么向导能把我领到我想去的那个地方。

然而，撇开这些虚荣的受害者不谈，让我们怀着新的希望来观察大自然是如何通过一种更高尚的冲动，也就是通过事物的美，来保证诗人忠于他的宣告和证实这一职守的。那种事物的美一旦表现出来，就成为一种新的、更高尚的美。大自然把它的一切造物都作为一种图画语言奉献给诗人。由于被用作一种象征，物体中就出现了一种神奇的第二价值，远胜它原有的价值，如同木匠手中拉长的线，假如你贴近耳朵谛听，它在微风中就像音乐般悦耳动听。扬布里柯[①]说："比每一个意象都生动的事物是通过意象表现出来的。"事物允许被作为象征来使用，因为不管从总体上说，还是从局部看，大自然本身就是一个象征。我们在沙地上面的每一条线都有所表示，没有精神的躯体是不存在的。所有的形态都是性格的表现，所有的状况都是生命特征的表现，所有的和谐都是健康的表现，（正因为如此，一种美感只有对善才应当是契合的，或适当的。）美是建立在必要这个基础上的。灵魂创造躯体，睿智的斯宾塞说得好：

每一个精神由于最纯洁无瑕，
并具有更加丰富的圣神光芒，
所以获得的躯体外表绝佳，

① 扬布里柯，4世纪叙利亚哲学家，新柏拉图主义的倡导者。

它寓于其中，把自己装扮得更加辉煌，
有翩翩的风度，悦目的形象。
因为躯体采用了灵魂的形式，
灵魂是形式，又塑造了躯体。①

在这里，我们突然发现自己不是在批判的思辨之中，而是到了一块圣地，应当蹑手蹑脚、毕恭毕敬地行走。我们站在世界的秘密前，那里本质变成了表象，统一变成了多样。

宇宙是灵魂的外在表现。哪里有生命，灵魂就会在生命周围突然出现。我们的科学是感性的，因此也是肤浅的。地球、天体、物理、化学，我们只凭感官来对待，好像它们是自行存在似的，然而这些都是我们所具有的那种存在的伴随。普洛克洛②说："无垠的天空在它的形变中显示了灵明的清晰的辉煌形象，在随着灵性的隐隐周期一起运转。"因此，科学总是和人的升华齐步前进的，与宗教和玄学并驾齐驱；或者科学的水平就是我们自我认识的标志。既然天地万物都与一种道德力量相呼应，如果还有什么现象显得蛮横、蒙昧，那是因为观察者相关的官能还不够灵敏。

如果这些水如此之深，我们满怀敬畏之情对着它徘徊，也就不足为奇了。寓言的美向诗人和其他人证实了感觉的重要；或者不妨说，在感受大自然的这些魅力方面人人都是诗人，因为人人都有一些宇宙为之赞颂的思想。我发现魅力就寓于象征之中。谁热爱自然？谁不热爱？难道只有诗人，有闲情逸致、有教养的人才跟她一起生活？不，还有猎人、农民、马夫和屠夫，尽管他们用选择生命而非词句来表达他们的感情。作家想知道马车夫、猎人在驾车中、在马和狗身上所看重的是什么。那不会是表面的品质。当你和他谈话时，他跟你一样不把它们当一回事。他的崇拜富有同情心，他没有什么界定，但在自然界，他受他感到就在那里的生命力的支配。对这些事物的模仿或玩弄都不会使他满意，他爱的是北风、雨水、岩石、木头和钢铁的认真。一种不可言传的美比我

① 见《美的赞歌》第 19 节。
② 普洛克洛（410？—485），希腊哲学家，新柏拉图主义者。

们一目了然的美更可贵。他以粗放而诚挚的仪式所崇拜的是作为象征的自然，是在证明超自然的自然，是生气勃勃的躯体。

这种依恋的灵性和神秘促使各个阶层的人都运用起象征来。各派的诗人和哲学家对象征的陶醉不见得比平民大众深。在我们的政党中，估计一下徽章和标志的力量。瞧瞧他们从巴尔的摩滚到邦克山的大球吧。[①] 在政治游行中，洛厄尔的标志是织机，林恩的标志是鞋，萨勒姆的标志是船。看一看那苹果酒桶、小木房子、山核桃手杖、矮棕榈 [②] 以及所有的党派标志。再看看国徽的力量。星星、百合花、豹子、新月、狮子、鹰还有其他图案，它们画在一块破旗上，在边塞上迎风招展，天知道怎么赢得了信誉，它们竟然能使在最粗鲁、最守旧的外表下的热血沸腾起来。人们认为它们讨厌诗歌，实际上他们都是诗人和神秘主义者！

除了象征语言的这种普遍性，我们还熟悉对于事物的这种妙用的神圣性，世界因而成为了一座寺庙，墙上画满了神的标志、画面和戒律，因为自然界没有一种事实不带有自然的全部意义的；当自然被用作一个象征时，我们在万象森罗中缩减的高低差别、真假差别就化为乌有了。思想使一切都变得实用。一个无所不知的人的词汇包括了文质彬彬的谈话所不容的词语和意象。对于淫秽之辈来说，荒淫无耻的东西用一种新的联想说出来，反而变成冠冕堂皇的了。希伯来预言家的虔诚净化了他们的粗俗。割礼就是一个例子，证明诗具有把低级可憎的东西加以升华的力量。渺小卑微之物同样可以作伟大的象征。表现一项法则的典型越低劣，它就显得越尖刻，在人们的记忆中保留的时间就越长，就像我们挑选一个能装下任何必需品的最小的箱子一样。对于一个富于想象力的活跃的头脑来说，空空洞洞的词汇表会引起联想；据说查塔姆勋爵准备在议会讲话时习惯查贝利词典 [③]。为了达到表达思想的目的，最贫乏的经历也显得非常富足。为什么还妄想知道新的事实呢？五光十色的商务和景观固然于我们有用，白昼黑夜，房舍花园，几本书，几件事，也一样对我们有益。对于我们使

---

① 为庆祝威廉·亨利·哈里森在 1840 年获得总统竞选提名，辉格党人特地喊出口号："让球继续滚动下去。"

② 苹果酒桶和小木房子是哈里森的支持者使用的政治标志，山核桃手杖象征安德鲁·杰克逊，他外号"老山核桃"，被"棕榈州"南卡罗来纳认为是一个土生子。

③ 即《大学英语词源词典》（1721），贝利（？—1742）编。

用的屈指可数的象征，其意味我们还远远没有咀嚼透。我们能够逐渐利用它，但仍失之简陋。诗不一定要长。每一个词曾经就是一首诗。每一种新的关联就是一个新词。我们还利用缺陷和畸形以达到神圣的目的，这样表现我们的感受，以致世界上的邪恶仅仅是邪恶眼中的产物。神话学家注意到，古代神话总是在神性中添一些美中不足之处，如伏尔甘是瘸子，丘比特是瞎子，等等，以此来显示丰富多彩。

正因为跟上帝的生命离轨跑辙使事物变得丑恶，诗人便把事物重新归并于自然和整体——借助于一种更深刻的洞见，甚至把人工和违背自然的东西重新归于自然——所以他就轻易处理那些最惹人讨厌的事实，读诗的人看到诗里也工人林立、铁路纵横，就以为这些东西大煞风景。因为这些人工之物尚未在他们的阅读中被尊为圣物，但诗人认为它们进入了伟大的“秩序”，并不比蜂巢和周正的蛛网逊色。大自然很快就把它们纳入她的生命圈内，滑行的列车她也像自己的宝贝一样喜爱。何况，在一个全神贯注的心灵里，你展示多少机械发明都毫无意义。哪怕你增加千千万万，无论怎样令人诧异，但是机械的事实连一颗谷粒的重量也没有。无论具体情况是多是少，精神事实仍然不可更改，就像多高的山也划不破地球的弧线一样。一个机灵的乡下孩子初次进城，自命不凡的城里人见他并不怎么大惊小怪，心里很不是滋味。这并非是说他现在没有看见那些漂亮的房子，也并不是说不知道他从前没有看见过那样的房子，而是像诗人为铁路找到一席之地那样，他把它们轻而易举地应付过去了。新事实的主要价值在于它能增加生命的伟大而永恒的事实，它使每一种环境都相形见绌，对它而言，贝壳类和美国的商业并无二致。

世界被置于下意识中寻找动词和名词，诗人就是能够把它明确表达出来的那种人。因为尽管生命是伟大的、令人神往的——尽管人们对用来给生命命名的象征心领神会——然而他们还是不能做到匠心独运。我们就是象征，并且占据着象征；工人、工作、工具、词与物、生与死，全都是标志；然而我们仍然赞同象征，由于我们昏头昏脑地迷恋事物的经济用途，却不知道它们就是思想。诗人通过一种秘而不宣的智力知觉，赋予事物一种力量，使它们原来的用途被人遗忘，使喑哑的无生物变得眼名嘴巧。他发现思想独立于象征，看到了思想的稳固性、象征的偶然性与短暂性。据说林扣斯[①]的眼睛能看穿地球，同样，诗人能把地球变成玻璃球，向我们展示处在自己适当的序列中的万物。因为通过那种更好的知觉，他就向事物靠近了一步，看见了流动或变形，发现思想是多种多样的，每一种造物的形态里都有一种力量，迫使这种造物升入更高一级的形态。生命追随着诗人的目光，利用表现那种生命的形态，因此他的言谈也随着自然的流动而流动。肉体结构、性、营养、孕育、出生、成长，这一切事实都是世界通向人的灵魂的象征，为的是在那里产生一种变化，并且再现一种新的更高级的事实。诗人运用形式，依据的是生命而非形式本身。这才是真正的科学。唯独诗人懂得天文学、化学、植物和勃勃生机。因为他不是停留在这些事实面前，而是把它们当作标志来使用。他知道为什么空间的平原或草地点缀着我们称为日月星辰的花朵，为什么大海装点着动物、人和神，因为在他说出的每一句话里，他把这一切都当思想的骏马来驾驭。

凭借这种科学，诗人便成为“命名者”，或者“语言创造者”。他为事物命名，有时依照事物的表象，有时则根据它们的本质，一物一名，相异无混，因而使喜爱超脱或乐于界定的智能如获至宝。诗人们创造了所有的词汇，所以语言现在便成了历史档案，而且，如果必须说的话，它还是诗神们的一种坟墓。因为，尽管我们大多数词汇的来源已被人遗忘，但是每个词最初都是天才的一闪，它之所以得以通用，是因为对第一个说出它和听见它的人来讲，它当时就是世界的象征。词源学家发现，即使废弃已久的词汇，也曾经是一幅灿烂的图画。语言就是变成化石的诗歌。如同大陆上的石灰岩是由无数堆小动物的甲壳构成一样，语言是由意象或比喻形成的，而现在，在它们的次要用法中，早就不再使我们想起它们富有诗意的来源了。然而诗人之所以给事物命名，是因为他看见了它，或者别人更近事物一步。这种表现或命名并非技艺，而是第二自然，那是由第一自然脱胎出来的，就像一片树叶是从树上长出来的一样。我们所谓的自然，就是一种自我调解的运动或变化；而自然是亲自动手创造万物的，她不让他人为她施洗礼，而是自己为自己施洗礼，而这又是通过变形完成的。我记

① 希腊神话中寻取羊毛的英雄乘的阿耳戈船的舵手，外号“锐眼者”。

得有一位诗人[1]对我做过如下描述：

> 天才是补救事物衰败的活动，无论是一种完全有形有限的事物还是一种部分有形有限的事物。大自然通过它的各个王国保全自己。没有人喜欢种植可怜的真菌，于是它就从一个伞菌的菌褶里抖落下来无数的孢子，任何一个孢子由于得以保存，日后就会遗传千千万万个新孢子。此刻的新伞菌具有一种老伞菌没有的机会。这粒微小的种子被撒到一个新地方，不容易受到毁掉两杆之外的亲本的那些事故的侵害。它创造出一个人，由于已经把他抚养到成熟的年龄，它就不愿意再冒一下子失去这个奇迹的危险，而是从他身上分离出一个新的自我，这样，即使个体容易遭受意外，种属则安然无恙。同理，当诗人的灵魂达到了思想的成熟时，她就把诗歌从灵魂中分离出来，散播出去，那是一种无畏的、不眠的、永生的后代，不会受到那令人厌倦的时间王国的事故危害，那无所畏惧、生机勃勃的子孙插上翅膀（那就是生出它们的灵魂的德行），带着诗歌迅速地飞向远方，并最终将它根植在人们的心里。这对翅膀正是诗人灵魂的美。这些诗歌从它们终有一死的母体中飞出来，获得了永生，却成了众矢之的，尽管矢如飞蝗，沸反盈天，大有吞没诗歌之势；但它们没有翅膀，因此没有蹦出多远，便纷纷落地，化为尘埃，因为它们没有从产生它们的灵魂那里得到美丽的翅膀。然而诗人美妙的咏唱却升腾雀跃，穿入无限的时间深处。

这位诗人用他那比较自由的言语把我这样开导了一番。然而在新的个体的产生中，大自然有一个比保全更高尚的目标，那就是升华，或者灵魂向更高的形式过渡。比较年轻的时候，我认识一位雕刻家，他就是竖立在公园里的那尊青年雕像的作者。据我记忆所及，他无法直截了当地讲什么令他高兴，什么令他不高兴，可是通过神奇的拐弯抹角的办法却说出其中的道理。有一天，他按

---

[1] 其实就是爱默生自己。下面一段话实际上是作者对柏拉图观点的整理。

照自己的习惯在黎明前起床，看见了破晓的景象，就像产生晨光的永恒一般壮丽。几天后，他努力表现这种宁静，看啊！他的凿子在大理石上雕出了启明星，一个英俊青年的形象，他的相貌是那样迷人，据说，所有人一看到他都沉默下来。诗人也服从自己的心境，那种使他躁动不安的思想只是以一种全新的方式表现成“完全相同的另一个实体”而已。这种表现是有机的，或者就是事物获得解放以后本身所表现出的那种新的形态。在太阳下，物体在眼睛的视网膜上勾画出自己的形象，同样，它们由于具有整个宇宙的宏图，就容易在诗人的心灵上描绘出它们本质的精美得多的摹本。事物转化为诗歌，就如同它们转变为更高级的有机形式一样。每一种事物之上都存在着自己的精灵或灵魂，如同事物的形式被眼睛反映出来一样，事物的灵魂则被乐曲反映出来。海洋、山脉、尼亚加拉瀑布以及每个花坛都预先存在，或超常存在于寓言咒语中，这种咒语像香气一样在空中飘悠，任何一个听力敏锐的人走过，都会听到它们，并会努力记下每个音符，既不淡化也不败坏。这里就有了人们所信仰的批评的合法性：诗歌是自然中某种原文的讹本，它们应当跟原文完全吻合。我们的一首十四行诗的韵律应当跟海贝的重复的节纹或一束鲜花的似同实异的现象一样令人欣喜。鸟儿成双配对就是一首田园诗，却不像我们的田园诗那么乏味；一场狂风暴雨是一支粗犷的颂歌，却毫无虚妄或张狂之气。一个具有播种、收割、贮藏的收获的夏天就是一首史诗，使多少奏得令人叫绝的乐章都相形见绌。为什么协调这一切的和谐与真实不应当悄悄进入我们的情绪？为什么我们不应当分享大自然的发明？

这种洞见借助于所谓的“想象力”表现自己，它是一种非常高明的眼光，通过研习是得不到的，它只能靠位于某处的智能及所见来获得，靠通过某种形式来共用事物的轨道或线路，从而使这些事物对别的事物显得容易了解来获得。事物的轨道是沉默的，事物会允许一个说话的人跟它们并肩同性吗？你如果是一个密探，就请止步；你如果是一位有情人，一位诗人，它们倒乐意奉陪，因为有情人或诗人是它们的天性的超然存在。就诗人而言，真正命名的条件就是他服从通过形式而呼吸的神圣气息，并跟它互伴相随。

有一个秘密，每一个知识分子很快就会明白，那就是：除了他那冷静的自觉的智能，他还能通过顺应事物的本性掌握一种新能力（好像一种智能翻了一番）；除了他作为一个个人的隐蔽的力量，还有一种他可以利用的巨大的、公众的力量，利用的办法是，不管冒什么风险，敞开他人间的大门，让天国的潮水涌进他的心田，并在他全身循环，到那时，他就被卷入了宇宙的生命，他的言语就是惊雷，他的思想就是法则，他的话就像动植物一样可以普遍了解。诗人知道，说话时只有带上几分癫狂，或者“捧着心灵之花”，才能把话说得恰到好处。话要说得恰如其分，就不能依赖被当作一种器官来使用的智能，而要依赖解除了工作负担可以从王国生活接受指示的智能；或者就像惯于表达自己的古人那样，不但光靠智能，而且靠为美酒所陶醉的智能。如同迷途的旅客把缰绳扔到了马颈上、依赖马的本能找到路一样，我们也要这样对待这匹驮着我们周游世界的神马。如果用某种方式我们能刺激这种本能，进入自然的新通道就为我们打开，思想就涌入坚硬无比、高深莫测的事物中，变形就才有可能。

正因为如此，诗人们嗜好葡萄酒、蜂蜜酒、麻醉剂、咖啡、茶、鸦片、檀香和烟草的烟气，或者其他种种能使肉体兴奋的东西。所有的人都尽可能地利用这些方式，以便给他们正常的能力再增加这种非凡的能力。为达到这一目的，他们重视会话、音乐、绘画、雕刻、舞蹈、戏剧、旅行、战争、暴民、火、赌博、政治、爱情、科学或者肉体的陶醉，凡此种种，或粗或细，都是真正的神酒的半机械式的替代品，而真正的神酒由于更接近事实，才能使智能陶醉。这一切都助长了一个人的离心倾向，帮助他进入自由空间，帮助他逃脱肉体对他的羁绊，逃脱个人关系对他的禁锢。因此，像画家、诗人、音乐家、演员这样一些人数众多的“美”的专业表现者比别人更习惯过一种行乐放纵的生活，只有少数几个饮过真正的神酒的人例外，因为这只是一种获得自由的虚假方式，这是一种解放，但进不了天国，只能进入更污秽的自由境界，所以反而为自己获得的好处受到惩罚，即放荡和堕落。耍手腕不能从自然中捞到任何好处。世界的精神，伟大而安详的造物主，是不会光顾瘾君子或酒鬼的。那种崇高的景象只会进入一个贞洁的肉体里的纯朴的灵魂。麻醉剂给我们的不是灵感，而只是某种虚假的兴奋和狂怒。弥尔顿说，抒情诗人尚可对酒当歌，过豪放的生活；而史诗诗人因为要歌唱诸神，还有他们莅临人间的事迹，因此只能用木碗喝水。

因为诗歌不是"魔鬼的迷魂汤",而是上帝的甘醇。这种情况跟玩具的情况相似。我们把各种各样的玩偶、小鼓、小马塞满了孩子们的双手和育儿室，却使他们的眼睛离开了大自然朴实的面貌和令人满意的实物，如太阳、月亮、动物、流水、岩石,而这些才应当是他们的玩具。因此诗人的生活习惯的基调应稍微放低、放朴实一些,这样一来普普通通的影响都可以满足他的灵感,他应当饮水而心醉。那种满足了平静的心的需要的精神，那种似乎从每一座枯草丛生的干土冈上来的，似乎从三月苍白无力的阳光照耀下的每一截松树桩和半埋半露的岩石上出来的精神，来到了饥寒交迫和情趣单纯的人们的心田。如果你的头脑中充斥着波士顿和纽约、时尚和贪婪,而且你有意用醇酒和法国咖啡刺激你那疲惫的感官,你就不会在那片幽静的松林里发现智慧之光。

如果想象使诗人心醉神迷，对其他人也会起作用。变形在目击者心中激起了一种快乐的情绪。运用象征对于所有人都有一种解放和振奋的力量。一根魔杖似乎在拨弄我们，我们像孩子一样雀跃起舞。我们就像从洞穴或地窖中来到外面世界上的人们。这就是比喻、寓言、神谕和种种诗歌形式对我们的影响。这样说来，诗人就是解救万物的诸神。人们真的获得了一种新的意识，在他们的世界里就发现了另外一个世界或者一系列世界。因为一旦发现了变形，我们就推测它永远不会停止。我现在不愿意考虑这在多大程度上造成了代数和数学的魅力。代数和数学也有自己的比喻，不过它们的魅力在各个定义中才能感觉出来；如亚里士多德给空间下的定义就是"一个静止不动的、包容万物的容器"，柏拉图给线下的定义就是"流动的线"，图形的定义是"立体的范围"，诸如此类。对解剖学一窍不通的建筑师是造不出好房子的,当维特鲁威[①]宣布了美术家的这种老观点时，我们体味到一种多么快乐的自由感啊。苏格拉底在《卡尔米德篇》中告诉我们：灵魂的病痛可以被某种符咒来祛除，这些符咒就是美丽的理性，灵魂里的节制就由此而来；柏拉图把世界称作一个动物，蒂迈欧断言植物也是动物，或者断言人就是一棵神圣的树，靠根向上生长，而这根就是他的脑袋；乔治·查普曼步他的后尘写道：

① 维特鲁威，公元前1世纪罗马建筑师，所著《建筑十书》为古典建筑的经典。

人是一棵树，他的健壮的根

从顶部长出来；[①]

俄耳甫斯把白发苍苍说成“标志耄耋之年的白花”；普洛克洛把宇宙叫作智能的雕像。乔叟在赞扬“文雅”时，用火来比喻逆境中的高贵血统，虽然把它带到这里和高加索山之间的最黑暗的房子里，它仍然尽其天职，熊熊燃烧，火光烛天，仿佛万人共睹似的。约翰在《启示录》中通过邪恶看到了世界的毁灭，看到了天上的星辰坠落在地上，如同无花果树被大风摇动落下未熟的果子一样。伊索通过飞禽走兽的伪装揭露了所有普通的日常关系。当他们那样做的时候，我们得到了令人欣喜的暗示：我们的本质及其多变的习惯和逃跑是不朽的，正如吉普赛人说的那样：“把他们往死里绞也是枉费心机，他们是死不了的。”

所以诗人就是解救万物的诸神。古代英国诗人以“天下自由人”自诩。他们自由，他们又使一切获得自由。我们最初读一本充满想象的书，由于它用比喻激发我们，使我们获益匪浅，后来我们完全理解了作者的用意，反倒有意兴阑珊之感。依我所见，一本书贵在超验非凡，此外一无可取。如果一个人为他的思想所激发而不能自持，竟然到了忘记作者和读者的境地，只是痴迷于这一个梦想，被它搞得神魂颠倒，那么，让我读他的文章，而你就可以把所有的辩论、历史、批评获得。毕达哥拉斯、帕拉切尔苏斯[②]、科内利乌斯·阿格里帕[③]、卡登[④]、开普勒、斯维登堡、谢林、奥肯[⑤]，或者其他把诸如天使、魔鬼、魔法、占星术、手相术、催眠术等等有争议的事实引进自己的宇宙进化论的人所具有的价值正是我们同日常事务决裂的证明；而且这里就有一个新的证据。那也是交流的最大成功，是自由的魔力，它把世界像一只皮球一样交到我们手里。当

① 摘自乔治·查普曼为其翻译的《荷马史诗》所题的献词，第1612—1615行。

② 帕拉切尔苏斯（1493—1541），瑞士医师、炼金家。

③ 科内利乌斯·阿格里帕（1486？—1535），德国医师。

④ 卡登（1501—1576），意大利数学家。

⑤ 奥肯（1779—1851），德国博物学家。

一种感情把助长天性的力量传达给理智时，甚至自由也好像多么廉价，研习又是多么卑贱，前景又是何其壮观！国家、时代、制度一进去都消失了，就像图案巨大、色彩斑斓的织锦里的线；梦幻把我们又交给梦幻，只要沉沉醉意未消，我们就会慷慨地出卖我们的床、哲学和宗教。

我们有充分的理由珍视这种解放。一个可怜的牧羊人，被暴风雪吹瞎了眼，然后迷了路，最后在离他的屋门近在迟尺的一堆积雪中长眠，他的命运象征着人的处境。在生命和真理之水的边缘，我们将悲惨地死去。每一种思想除非我们生活在其中，都是可望不可即的，此情此景真是不可思议。倘使你接受它又怎样呢——你近在迟尺跟远在天边都是一样遥远。每一种思想也是一座监狱，每一个天堂又是一座牢房。因而我们热爱诗人这位发明家，因为他无论用任何形式，用一首颂歌还是一种行动，用神情还是举止，都赋予我们一种新思想。他打开了我们的锁链，指引我们进入新天地。

这种解放对于任何人来说都是可贵的，提供解放的能力就是衡量智能的尺度，因为这种力量必须从更深广的思想中产生。所以只有富有想象的书籍才能永久，这些书籍上升到那种真理高度，作家看见自然就在他脚下，并把它用作自己的表现手段。具有这种优点的每首诗、每句话，都会关照自己的不朽。世界上的各种宗教只不过是几个想象力丰富的人的呐喊。

然而想象的特性是长河奔流，而非坚冰一池。诗人不会一看到颜色和形体就止步不前，而是要探究它们的含义。他也不会相信这种含义，而是把同样一些物体当作他的新思想的表现手段。诗人跟神秘主义者的区别就在于：后者把一个象征钉死在一种意义上，尽管它在一瞬间是一种真实的意义，但随即就变得陈腐而虚假。因为所有的象征都流动不息，所有的语言都是运载工具，就像渡船和马匹，善于运输，而不像农庄和房舍宜于安家。神秘主义就在于把一种偶然个别的象征错当作一种普遍的象征。在雅各布·伯麦眼中，朝霞正好就是那可爱的流星，在他看来，它代表着真理和信仰；而他相信对于每一个读者，它也应当代表同样的实在；然而基本的读者则更喜欢把它看成是一位母亲和孩子、园丁和他的球茎或者珠宝匠打磨宝石这样一类象征。不管其中哪一种，或者千千万万象征中的哪一种，对于觉得它们有意义的那个人来说，它们是同样美好的，只是需要轻轻抓住它们，使它们甘愿被人翻译成别人使用的对等词语。必须坚定地告诉神秘主义者：你令人厌烦地使用那种象征说出的话跟不用它时说出的一样真实。让我们学一点代数，而不要这种陈腐的修辞——用一些普遍的象征，而不要这种偏狭的象征——这样，我们双方将都有所得。教阶制度的历史似乎表明：所有的宗教失误就在于使象征过于僵化呆板，它到头来无非是一种过剩的语言器官罢了。

在近代所有人当中，斯维登堡出色地将自然翻译成思想。我不知道历史上竟然有这样一个人：万物在他看来，一律代表言词，变形不断地展现在他眼前。他目光所及之处，一切都服从道德天性的冲动。在他嘴里，无花果变成了葡萄。如果他的天使们证实了一个真理，他们手里拿的桂枝也会开花。远远听去，好像是咬牙切齿、捶胸顿足的喧闹，传到耳边，原来是争鸣之声。在他看见的一次幻象中，天光照耀下所看见的人好像是黑暗中的龙，但是他们彼此看起来，大家都是人，当天光照进了他们的小屋时，他们抱怨昏天黑地，于是他们必须关上窗户，这样或许才能看见东西。

它具有的这样一种直觉，使人们对诗人或先知深感敬畏，同一个人或同一群人在他们自己和同伴心目中是一副面孔，在高一级的神灵看来，却是一副截然不同的面孔。他描写几个教士在一起高谈阔论，在远处的几个孩子看来，他们好像是几匹死马，这样类似的错觉比比皆是。于是心灵便提出疑问，这里桥下面的游鱼，那边牧场上的牛群，院子里的那些家犬，永远是鱼、是牛、是犬呢，还是仅仅对我来说是这样？也许它们自己看来就是直立的人，但在所有的眼睛里，我是否都是一个人。婆罗门和毕达哥拉斯剔除了同样的问题，如果哪位诗人目睹了这种变化，显然，他会发现这种变化与种种经历完全一致。我们都看到小麦和毛虫的变化是非常显著的。谁如果能透过飘忽的长袍看见坚定的自然，并且能表明它，那么谁就是诗人，肯定会激起我们的爱戴和恐惧。

我徒然地寻找我所描写的诗人。我们评述生活既做不到浅显明白，也做不到博大精深，我们也不敢歌颂我们自己的时代和社会环境。如果我们给时代充满了勇气，我们就应理直气壮地赞美它。时间和自然给了我们许多礼物，却没有给万物企足而待的顺应时势的人、新的宗教和调解人。但丁之所以受人推崇，是因为他敢于用密码写自传，或者说把自传融入普遍性里。在美国，我们还没有目光如炬的天才：能知道我们无与伦比的素材的价值，能在野蛮作风和唯物主义风行一时的情况下，看见在荷马、尔后在中世纪、随后又在加尔文主义中他无限敬仰的众神的又一幕狂欢场面。银行和关税，报纸和会议，卫理公会和一位论教派，对于麻木不仁之人来说平淡无聊，然而它们的基础跟特洛伊城和得耳福庙的基础一样神奇，而且也会同样迅速地消亡。我们的相互捧场，我们的树桩演说和它们的政治，我们的渔业，我们的黑人和印第安人，我们的吹牛，我们的赖账，无赖的狂怒和诚实人的胆怯，北方的贸易，南方的种植，西部的开垦，俄勒冈和德克萨斯，这一切的一切，仍然未受到歌唱。在我们的心目中，美国就是一首诗：它广阔的幅员使想象眼花缭乱，没过多久，美国就会被诉诸音律。如果我在国人中还没有发现我所寻求的那种通才，那么我时常阅读查默斯的五百年英诗大全也无助于我确定诗人这一概念。这些人与其说是诗人，不如说是才子，尽管其中也有诗人。然而如果我们坚持诗人的理想标准，那弥尔顿和荷马也难以够格。弥尔顿书卷气太浓，荷马则过于拘泥于史实。

然而我的才智还不足以形成一种民族的批评，所以我还要利用一下前人的博大，方能完成我论述从诗神到关心自己艺术的诗人的使命。

艺术是创造者通向他的作品的道路。这些道路或方法是完美的、永恒的，不过看见它们的人很少，不要说艺术家本人多年看不见，就是一辈子也看不见，除非他能够进入那种境界。画家、雕刻家、作曲家、史诗作家、演说家，都怀着一个愿望：要把自己表现得淋漓尽致，而不是一鳞半爪。他们要置身于某种境界，就像画家和雕刻家面对某些令人难忘的人物，就像演说家走进大庭广众之中或者别人遇到了能激发自己的智能的场面；每一个人顿时会感到一种新的渴望。他听到了一种声音，他看见了谁在招手。随之他得知一群群神灵把他团团围住，便感到无限惊奇。他再也不能处之泰然了。他借用老画家的话说：“天哪，它就在我身上，它非从我心中出去不可。”他追求着一种美，它隐隐约约在他前面飞翔。诗人在寂寞寥落之时诗泉喷涌。毫无疑问，他说的大部分话仍落入俗套，然而没过多久，他就会说出新颖优美的话来。那种东西使他如痴如醉。此外，他再有什么都不肯说。我们总是说“那是你的，这是我的”，然而诗人心里明白，那东西不是他的。不管是对于他还是对于你，它都是一样地奇异美丽，他乐意听到类似的详尽雄辩。一旦品尝到这种永葆青春的神水，就永远不会感到餍足，因为在这些智慧中蕴藏着一种令人欣羡的创造力，因此把它们说出来是至关重要的大事。我们知道的东西被说出来的只是一星半点！从我们知识的汪洋中舀出水也只是点点滴滴！这么多的秘密沉睡在大自然中，什么风把这些东西刮了出来！因此就有了讲话、歌唱的必要，因此就有了演说家在集会门口的悸动，目的无非是思想可以像“神道”和“圣言”一样脱口而出。

啊，诗人，千万不要怀疑，坚持到底。只是说“它在我心中，一定要出去”。挺住，即使几经挫折、哑口无言、结结巴巴、嘘声不断、遭人轰赶，也要坚持奋争，直到最后，愤怒把那每夜显示你就是你自己的梦幻力量从你身上激发出来；这种力量超越一切限制和隐秘，有了这种力量，人就是整个电流的导体。任何东西如果不反过来在他面前起立、行动，阐明他的意思，它就不会走动、爬行、生长、生存。如果他拥有这样的力量，他的天才便永不枯竭。所有的造物成双成对、成群结伴地拥进他的心灵，就仿佛拥进了诺亚方舟，然后再出来，在一个崭新的世界定居。这就像供我们呼吸或供我们壁炉燃烧的空气，一旦需要，不是几个加仑，而是整个大气层。因此像荷马、乔叟、莎士比亚和拉斐尔这么多产的诗人，显然除了生命有限，作品是没有止境的，就好像一面从大街上拿过去的镜子，随时会反映出每一件造物的形象。

啊，诗人！一种新的高尚是在树林和牧场上授予的，而不再是城堡里或凭借利剑授予的。条件是苛刻的，但是公平的。你将舍弃这个世界，认识的仅仅是诗神。你不再会认识时代、习俗、风度、政治和舆论，而只会从诗神那里取得一切。城市的时间是由丧钟从世界上报的，然而在大自然里，普遍的时刻是由繁衍连续的各族动植物来计算的，是由于不断增生的欢乐来计算的。上帝的旨意也是：你应当放弃一种多重和双重的生活，你应当满足别人替你说话。别人必将是你的幕友，替你描述一切礼遇和尘世生活；别人也会做出伟大的惊天动地的行动。你要与自然蛰藏在一起，不可上国会大厦和证券交易所。世界上充满了弃绝和师从，这就是你的世界，长时间里，你必须被人当成一个傻瓜和粗人。这是潘保护他心爱的花朵和外罩，你只有你自己知道，他们则用最温存的爱来安慰你。你无法在你的诗里重复你朋友的名字，因为在神圣的理想前早就羞愧难言。而这就是对你的报答：对于你，理想将变成现实，对现实世界的印象必定像夏天的雨水般落下，对于你坚不可摧的实体来说，虽然丰霈，但并不讨厌。你将拥有整个大地当你的猎苑和庄园，整个海洋供你畅游和航行，无人征税，无人嫉妒；你将拥有森林和河流；你当占有那里的一切，别人在那里只是佃户和食客。你是陆、海、空的真正主宰！哪里的蓝天上浮动着白云，或者缀满了星斗，哪里的形体玲珑剔透，哪里有进天宇之路，哪里有危险、有敬畏、有爱情，哪里就有美，像雨水一样充沛的美为你飘洒，哪怕你走遍世界，你都会发现万事如意而高尚。

论唯名论者与唯实论者

在无数向上翻腾的波涛中，
月亮引出的潮汐波浪汹涌；
在成千移植的嫁接植物中，
亲本植物的果实繁衍茂盛；
同样，在新生的亿万生灵中，
完美的亚当长生。
夏日的清晨将一个个孩子唤醒，
但仍然得到每个孩子的喜欢，
每个孩子为了自身的原因，
用新奇的生命填满他的世界。

一个人只是一种相对的、代表性的自然，对于这一点我百讲不厌。每个人都有一点儿真理的意思，但如果说他就是那种真理，那还远远不够，不过他倒是以新的方式不可避免地向我们暗示它。如果在这个人身上寻求这一真理，那我将一无所获。任何人怎能将他那一连串纯粹佯装的东西引进我的心田！很久以后，我在其他地方发现了他向我预示过的那种特性。对于学子来说，柏拉图主义者的天赋令人陶醉，然而我能从他们所有的著作中分离出来的天才的具体表现却微乎其微。人时时刻刻都代表着思想，但经不起检验；人们的一个社团大体上会完善地体现某种特性和文化，例如骑士气概或优美举动，但如果把这些人分散开来，那一群人中就没有绅士和淑女了。最微小的暗示使我们追寻一种性格，那是谁都实现不了的。我们的眼光过高，一看到最小的弧，我们就画完了整条曲线；当帷幕从它似乎遮盖着的图形上升起的时候，我们发现只有第一次看到的那段残缺不全的弧线，这实在令人懊恼。我们在构想他人的能力和前途时未免过于达观。有关人士已经做过的事情，他们还要照做一遍；然而我们从他们的天性和开端所推断出的事，他们却不肯做。那种东西在天性中，而不在他们身上。这种情况在世间常常发生，我们经常在公开辩论中亲眼看见。每个发言人把自己的观点表达得并不完善，其中没有一个人把别人讲的话听进去多少，因为每个人都在全神贯注自己的东西；至于听众，由于只听不说，他们倒可以非常明智、高超地判断出每个辩论者对自己讲的事情有多么固执、多么拙劣。你会很容易地发现伟人和天赋不凡的人，但绝不会发现匀称的人。当我遇见一种纯粹的智力或一种丰富的感情时，我就相信自己碰到了一个真正的人。很快我又会感到屈辱，因为我发现这个人在达到自己的或总的目的时，并不比他的同伴更有效，因为那使我敬重的力量没有得到他完全协调的天赋的支持。对于社会而言，所有人都依赖某种他们所具有的美或实用的鲜明特色而生存。我们从一副秀丽的面貌中借用人的比例，匀称地画完这幅肖像；那是假的，因为他身体的其他部分细小或畸形。我观察一位公开露面时给人极好印象的人，并由此判定：他的个性也很完美，因为个性是外表的基础，然而这个人却毫无个性可言。他是假日里供人欣赏的一件美丽的斗篷或一件人体活动模型。我们所有的诗人、英雄和圣徒在某一方面或许多方面都完全不能满足我们的观念，不能引起我们自发的兴趣，因此没有任何实现的希望，只是把我们置于我们自己的未来之中。我们之所以夸大一切优秀的性格，是因为我们把每一个性格都等同于灵魂。然而，实际上并没有我们煞有介事地讲述的这种人，没有我们所塑造出的那种耶稣、伯利克利、恺撒、米开朗琪罗、华盛顿等人。我们废话连篇，因为那是伟人所允许的。凡人都有弱点。我确信假如一位天使来合唱道德法则，那么他也会吃太多的姜饼、乱拆私人信件或者犯下一些骇人听闻的暴行。我们的天赋不能做任何有益的事，就够糟糕的了。更糟的是，具有优良品质的人都跟社会格格不入。人们对他敬而远之，他只有看上去像一个残废才能接近大众。才华出众的人借孤独、谦恭、讽刺或者用一种愤世嫉俗的态度来保护自己，每一个都竭尽全力隐藏自己在有益的交际方面的无能。然而他们不是爱心不足，就是缺乏自助。

我们天生喜爱实在，这种爱好跟这种经验相结合就教我们懂得一点自制，并规劝我们不要贸然折服于某些人物的卓越品质。年轻人歆慕才华和某些优点。随着年龄的增长，我们看重总体能力和效果，如人和事物的印象、品质和精神，天才就是一切。人——这就是他的体系，我们不考验单独的一句话或一个行动，而是考验他的习惯。你所称赞的行为我并不欣赏，因为它们是违心的，只是屈从罢了。唯独将各个种族安排在一个极性中的磁力才应受到尊重，人只不过是铁屑。然而我们不公正地选了一粒就对它说："啊！一流的铁屑！我对你多么倾心！你具有多么惊人的美德啊！这些美德多么符合你的气质，又是多么难以言表啊！"正当我们说话时，天然磁石被拿走了，我们的那一粒铁屑掉入其他铁屑中，混在一起，而我们却还在继续对这可怜的铁屑表演哑剧。让我们追求普遍原则、追求那磁性，而不要追求钢针。人生及其个人都是可怜的经验主义的虚饰。个人的影响是一种磷火。说它伟大，它就伟大；说它渺小，它就渺小；你一会儿看得见它，一会儿又看不见它；它的大小取决于说话者的一时判断：那飘忽不定的磷火，如果你靠得太近，它就消失了；如果你离得太远，它也不见了，仅在一个角度上发光。谁能说清华盛顿到底是不是一个伟人？谁又能说清富兰克林是不是？是啊，除了那十二个，或者六个，或者三个被敬若神灵的著名伟人外，还有什么伟人吗？而这样的人也在永恒面前逐渐化为泡影。

我们是两栖动物，具有适合两种生存环境的装备，也有两套本领，特殊的和一般的。我们调整器械，全面观察，扫视天空，就像在陆地风景中辨别出一个人影那样轻而易举。我们的确善于洞察环境，这在我们的理论中还没有一席之地，甚至连名称都没有。因此，我们非常了解任何人的身体中的一种朦胧的影响，它不像算术那样把人们可以测量的特性加在一起就能说清楚的。的确有一种民族的精神，它在数目众多的公民中是看不出来的，但它表现了一个社会的特性。英国，强壮、严谨、实际、谈吐优美的英国，如果我到这个岛屿去寻找，那么我会一无所获。在议会里，在剧场内，在饭桌上，我可以看到许多富有、无知、迂腐、守旧、高傲的男子——还有许多年迈的妇女——在哪里都见不到那种谈吐高雅、组合精密的引擎、做出大胆有力的业绩的英国人。美国的情况更糟糕。在那里，由于这个种族智力敏捷，国家的精神承诺的调子唱得更高，实施的步伐迈得更轻。韦伯斯特做不了韦伯斯特的工作。我们可以非常清晰地构想出法国、西班牙和德国的民族精神。但如果说我们也许不会在其中任何一个民族中遇见一个与其民族典型相符的人，这也绝不是无稽之谈。我们多从语言推断民族精神，因为语言是一种纪念碑，在千百年的历史进程中，每一个强有力的人士都贡献出了一块碑石。一般来说，这种社会力量的一个好榜样便是语言的准确性，那是败坏不了的。在任何有关道德的争论中，人们可以万无一失地求助于感情，因为感情是由人们的语言表达出来的。谚语、词汇和语法的曲折变化传达出的公众意识要比聪明绝顶的个人传达出的更纯净、更准确。

在与唯名论者进行的著名争论中，唯实论者有着非常充分的理由。普遍观念就是本质。它们是我们的神灵，它们使最不健全、最低贱的生活方式变得完美而崇高。我们偏爱细节，这并不能完全使我们的生活堕落，也不能剥夺生活中的诗意。做散工的人被认为正站在社会阶梯的脚下，但他身上也渗透着世界的法则。他的计量单位是小时，清晨和夜晚，至点和分点，几何学，天文学以及一切美好的自然中的偶然事件浮过他的脑海。金钱体现着生活的平凡，在客厅里对它难以启齿，但就作用和规律来说，它可以与玫瑰花争媚斗妍。财产记着世界这本账，总是合乎道德的。任何民族、阶级或个人（考虑到整个一生都连同酬金），哪里有勤劳、智慧和美德，哪里就可以发现财产。当各民族的法规和习惯得到详尽的阐述，市政体制的完善得到考虑时，这世界显得多么明智啊！什么都没有遗漏。如果你走进市场、海关、保险公司和公证处、计量处、粮食检验室，就好像这一切是一个人创造成似的。无论你走到哪里，一种像是你自己的智能一样的才智已经先你而到，并且已经实现了它的思想。伊留西斯的神秘宗教仪式[①]，埃及的建筑，印度的天文学，希腊的雕刻都表明世间总有明察而博学的人。世界上到处是共济会式的联系，到处是行会、秘密或公开的荣誉军团，譬如有学者协会、有与每个国家、每种文化的上流阶级亲善的绅士会等。

文学中有这样一种现象，好像所有的书都是一个人写的，我对此大为惊诧。仿佛一家报刊的主编将他的一群记者派往不同的活动领域，并且时常调班换岗，但他们在报道中的判断和观点何其相似，显然是出于同一个无所不见、无所不闻的先生之手。昨天我浏览了一下蒲柏译的《奥德修纪》。就是按照我们今天的标准，译文也是严谨而典雅，仿佛是新近才写成的似的。所有的好书的现代性似乎赋予我一种像人那样广阔的生活。事情干得漂亮，我感到仿佛就是我干的；事情干得差劲，我对它毫不介意。莎士比亚充满激情的篇章（例如《李尔王》和《哈姆雷特》中的）用的正是当今通用的语言。我在使用书籍时忠于整体胜于部分。我发现，对作者抱着一种挑剔的态度来读书，其乐无穷。我阅读普罗克洛斯[②]，有时候阅读柏拉图，好像在看一本字典似的，在为自己的想象寻求一种机械的帮助。我读书是为了寻找一些光彩，就好像一个人在色彩实验中使用一幅美丽的图画，只是为了用它绚丽的颜色。我所研究的并非普罗克洛斯，而是关于自然和命运的作品。看到作者的作品比看到作者本人更令人快乐。最近我到音乐会去看亨德尔的《弥赛亚》，发现了同样更高级的快乐。因为这位大师压倒了演奏者的微末与无能，使他们成为他的电流的导体。很显然，大自然作出了多大的努力，通过这么多嘶哑、呆板、不完善的芸芸众生才创造出了美妙的声音和灵活多变、受灵魂指引的男女。在圣乐中，大自然的天才达到了登峰造极的地步。

天才对才华的偏爱是艺术神化的秘密，这一点在一切优越的心灵里都可以发现。在艺术家身上，艺术是一种均衡，或者是一种喜爱细部美的眼睛对整体的习惯性的敬仰。艺术的神奇与魅力就是它所展现的癫狂中的清醒。对人类来讲，均衡几乎是不可能的。所有人都是夸张的。在谈话中，人们为个性所累，说得太多。在现代雕刻、绘画、诗歌中，美是纷然杂陈的；艺术家在东忙西乱，所有的点上都要增增补补，而不是展现他的一种完整的思想。我们必须有美丽的

① 古希腊每年在伊留西斯城举行神秘宗教仪式，祭祀谷物女神得墨忒耳及冥后珀尔塞福涅。
② 普罗克洛斯（410—485），希腊哲学家，新柏拉图主义的代表人物。

细节，否则就没有艺术家。但这些细节只能是手段，而绝非其他。眼光一刻也不能忽视目的。活泼的男孩写出悦目动听的诗句，而冷漠的读者发现的只是其中美妙的丁零之声。当他们年龄稍大时，就重视主题了。

当我们在例外之中研究世界的法则时，我们遵循的是同一种智力的完整。异常的事实，如同永远不太过时的魔法、巫术的传闻、骨相学家和神经病学家新的主张，都具有理想的用途。它们都是很好的象征。同种疗法作为一种治疗术无足轻重，但是作为对当时医疗卫生状况的批判却具有重大价值。催眠术、斯维登堡主义、傅立叶主义和千禧年教派的情况也是如此，它们虽然是十分可怜的虚饰，但却对当代的科学、哲学、布道是一个很好的批判。因为内行们的这些反常见识应该是正常的，应当是顺理成章的事情。

世间万物都向我们证明，我们在任何方面都接近完美。但是，似乎不值得煞费苦心地去完成某一件智力的或艺术的或文明的功绩。梦幻很快就会成为泡影，我们就会突然获得万能的力量。懒散和犯罪是因为我们的希望迟迟不能实现所造成的。当我们在等待的时候，我们便吃喝玩乐、睡觉、犯罪，借此消磨时光。

这样，我们就感到心安理得，因为我们所对付的所有力量都是副手，我们完全可以不理睬它们，而当我们身居中心、蔑视表面的时候，生活将会更加简单。我希望完全看人说话，但有时又必须掐一下自己以保持清醒，顾全面子。这些人很快相互混杂，就像草木一样，要把它个别对待倒颇费周折。尽管凡人肯定发现人们在家庭事务中是一种便利设施。圣人并不尊重他们，他只是把他们看作一片片流云或者风在水面上激起的一圈圈涟漪。然而这时大逆不道。大自然不会成为佛教徒，它厌恶概括，并且时刻用千千万万新鲜的细节来羞辱哲学家。概括根本就是扯淡，人既是一个整体，又是一个部分，看不到这一点是不完整的。你在华而不实的分类上所讲的，只不过把你分成了你的纲和目。你并没有因为否认部分而摆脱了部分，而是变得更加支离破碎。你是一种情况，而大自然同时是一种情况又是另一种情况。大自然在思想中不会总留在外围，而是闯进了人们的心里；当每一个人燃起个性的怒火，要把万物收入他那可怜的怪念头里时，大自然就会把他推出来与另外一个人对抗，并通过许多人再次体现一种整体。她将拥有一切。尼克·波顿[①]不能扮演所有的角色，无论他怎么做，都还要有其他人，世界才会圆满。万物必须按照自己的材料开出美丽的、较粗的或较细的花朵，或者取得那样的成果。他们互相宽慰、互相引荐。社会的健全是千种癫狂的一种平衡。大自然惩罚抽象主义者，只会原谅一种罕见的偶像的归纳。我们喜欢来到一片高地观看风景，就像我们重视谈话中的一句笼统的说法一样。但我们靠概括观生活并不是大自然的意图。我们取火、打水、整天进商场、跑市场、做衣服、修鞋，成了这些琐事的牺牲品，也许半个月才能进入一次理性时刻。如果我们不是这么昏头昏脑，如果我们时刻都能看见事实，我们就不会在这里写作、读书，而早就被烤焦或冻僵了。如果大自然允许令人钦佩的克赖顿[②]和全才，那她什么事也干不成。她更喜欢一整夜车轮萦绕梦境的车轮匠，更喜欢跟自己的马相依为命的马夫，因为大自然到处都有工作，这些人就是她的手臂。节俭的农夫注意让他的牛吃光花楸果，让猪吃掉他家的垃圾，让家禽啄食面包屑，同样，我们这位节约的母亲把一种新的天才和思想习惯派往每个生活的地区和环境里去，凡是在一线新的光辉照到的地方都安插上眼睛，并且由于将世间的每一种特性都聚积到某个人身上，从而在她的子孙们之间造成了那种无限玄妙的相互引力，因此，所有这些能量的发挥和消耗都可以被传递、交换。

显然，从这种神性的体现和分配中产生了巨大的危险，因此，大自然也有诽谤者，好像她就是喀耳刻[③]似的；卡斯蒂利亚的阿方索[④]想着他本来能够提供有用的忠告。然而她不能枵腹从公，她在杯底放了藜芦。孤独会促使一茬暴君成熟。隐士认为人们或者有他的风度，或者没有，或者多少有一点。但是来到公众集会上，他看到人们的行为举止与他的大相径庭，他们自有一套令人钦佩的办法。在童年和青年时代，他屡遭挫折，备受责难，因而总有点妄自菲薄。后来，他开始在有利的情况下一展经纶，这倒似乎成了绝无仅有的才华，他为

① 尼克·波顿，是《仲夏夜之梦》剧中的织工，他和他的工匠朋友为忒修斯公爵演出了《皮拉莫斯和提斯伯》这出戏。

② 詹姆斯·克赖顿（1560—1582），苏格兰学者、演说家，以其哲学修养、记忆力、语言技巧和辩论才能而被称为“令人钦佩的学者”，因遭一亲王嫉妒而被杀。

③ 喀耳刻是希腊神话中的女巫，能将人变为兽。

④ 卡斯蒂利亚为中世纪比利亚半岛的王国，阿方索是该国的国王。

自己的成功而感到喜悦，自认为已经跻身于伟人之列。然而他如果走进一群流氓之中，走进银行、修理铺、工厂、实验室、轮船、军营，在每一个新的地方，他完全像一个白痴，其他才干出现了，并且称雄一时。把每一片叶子、每一块卵石卷到顶点的旋转达到了人类的每一种天赋，我们都在顶端轮流出现。

自然对矫揉造作深恶痛绝，因此决心要打破所有的风格和花样。做前人做过的事要比做一件新的事情更容易，因此总是不断地倾向于一种既定模式。在每次谈话中，甚至在最高级的谈话中都有某种花头，明眼人很快就能学到手，于是那种风格就永远继续下去了。在倾向中人人都是暴君，因为他想把自己的观念强加给别人；而他们的花头就是他们的天然防御。耶稣想吞并人类，但是汤姆·潘恩或最粗鲁的渎神者却抵制这种丰富的力量来帮助人类。政党的巨大利益就由此而来，因为它把性格的缺陷在一个头目身上暴露出来。在一般的机会中，人的智力只要不被仇恨抛到远日点，就不会看见这些缺陷的。既然我们都这么蠢，如果有两种蠢行还有什么好处呢！这就像把地球轨道的直径当作它的三角形的底边的那种愚蠢的好处对天文学至关重要一样。民主是乖戾的，它会导致无政府状态，但在国家，在学校，它是抵制把所有人合并成几个人的做法必不可少的。如果约翰是完美的，你我活着有什么用呢？只要有人在，就有他的用处，让他为他自己去奋争吧。一个新的诗人已经出现，一种新的角色向我们走来，我们为什么要在我们旧的军队名册中发现他属于哪个团、哪个排之后才吃面包呢？为何不能是一个新人物？这是小溪农场[①]、斯凯尼特勒斯和北安普顿的新事业。为什么要如此迫不及待地给他们命名为艾赛尼派、堡罗亚尔派、震颤派或者用什么已知的老迈的名字？让它成为一种新的生活方式，为什么只能有两三种生活方式，而不能有上千种？每个人都有用处，但谁的用处都不是很大。我们这一次来是找作料的，而不是来找粮食的。我们需要伟大的天才仅仅为了娱乐，为了在我们的星座中多一颗星斗，为了在我们的园林中多一棵树木。但是他却认为我们想归属他，正如他想占有我们一样。他极大地误解了我们。如果我从一个好作家那里学到一个新词，我就认为我已经做得不错了。我和他

①19 世纪 40 年代在美国波士顿附近建立的空想社会主义实验基地。

打交道就是为了发现我自己的东西，尽管这样做只是将他化为一个形容词或一个意象，供日常使用。

“我要将你研成颜料，我的新娘！”

为了把水搅得更浑，使人们不可能得到任何全面的陈述，所以当我们坚持个人的不完善时，我们的情感和经验极力主张任何人都有权获得荣誉，并且认为慷慨待人必定能得到善报。一位隐士只看见两三个人，并让他们得到他们所有的机会，他们也大肆宣扬自己。政治家着眼的人则很多，按照习惯他把少数人和其他人加以比较，而这些人注视的人就比较少。难道他们还没有被赋予这种慷慨接受的权力吗？难道慷慨不是洞察事物的方法吗？尽管赌徒说纸牌可以击败任何打牌的人，尽管他们的技巧从来没有如此娴熟，但在我们此刻所谈的比赛中，打牌的人也是游戏，同样具有纸牌的功能。如果你批评一个优秀的天才，可能你就失算了。你是在指责你自己笨拙地模仿诗人，而不是在指责诗人。因为在每个人身上都有某种和谐无垠的东西，在每个天才身上尤其如此。你如果能非常靠近他，那种东西就会嘲弄你的一切局限。恰当地说，人人都是一个天国流经的渠道。当我自以为在批评他人的时候，实则是在非难，或者更确切地说，是在消灭我自己的灵魂。我指责歌德是一个廷臣，矫揉造作，没有信仰，俗不可耐，后来我拿起《海伦后》这本书，发现他就是一个荒野里的印第安人，是一片像苹果和橡树那样纯粹的自然，像清晨或夜晚那样广博，像带刺的玫瑰一样贞洁。

但是必须注意要奏出完整的曲调。如果我们没有被局限在表面当中，一切事物都将是广阔而普遍的。现在，被排斥在外的品质带着更明亮的光辉突然出现在我们面前，因为它们已经遭到过排斥。“现在该你，下次该我”，便是这一游戏的规则。这种普遍性由于在初级形式时就受到妨碍，所以便以全面的中级形式出现：这些点连续到达顶点，并借助旋转的速度，形成了一个新整体。大自然使自己保持完整，并在每个心灵的经历中得到完满的体现。在大自然的大学里，她不允许有任何座位空着。万物长生不死，只是稍稍退隐一下，随后又返回来，这就是世界的秘密。凡是与我们无关的东西，都对我们隐藏起来。一个人一旦不再与我们现世的福利发生关系，他就被隐藏起来，或者像我们说的，死了。的确，万物和人都与我们息息相关。但是按照我们的天性，它们不是同时而是一个个地对我们起作用，我们一次只能意识到其中一个的存在。这里有我们已认知的一切人和事物，以及更多我们没看到的人和事。世界处于饱和状态。正如古人所言，世界是个充实体或实心体。假如我们看见了真正在围绕我们的一切物体，那么我们就会被禁锢起来，寸步难行。因为，尽管没有灵魂通不过的事物，万物都能让灵魂通行，就像公路一样，但是这仅仅是在灵魂没有看见它们的时候。一旦灵魂看到任何物体，就停在它的面前。因此，神圣的天意总是使宇宙从四面八方向灵魂敞开，所以把与某一个灵魂无关的一切设备与人物全都隐藏起来，使此人感觉不到。这个人通过最坚固的永恒事物找到了他的道路，仿佛那些事物过去都不存在似的，就是现在他也根本没有想到它们的存在。一旦他需要一个新物体时，他便会突然看到它，不再企图穿过它，而是另辟蹊径。当他暂时耗尽要从任何人或事物那里汲取的营养时，那个物体便退出他的视线；尽管它仍是他的近邻，但他再也不会想到它的存在。

万物不死，人们假装自己死了，忍受着虚假的葬礼和悲哀的讣闻，他们站在那里望着窗外，健全无恙，只是穿着某种新奇的伪装。基督未死，他活得很好。约翰、保罗、默罕默德、亚里士多德也全都如此。有时候我们相信自己看见过他们，并能轻易叫出他们行动所用的名义。

如果我们在令人钦佩的一般概念的科学方面不能取得自觉自愿的进步，那么就让我们把局部看个明白，以适当的宽容从最优秀的个别事物中推知大自然的才能。每一类事物中最好的品质就是那种事物该有的一般水平的标志。爱在我的朋友身上向我揭示出一种隐藏的财富，从而向我展现了大自然的丰饶，所以我从其他方面推断出同样深沉的善。农场主们常说，培育一只好梨或好苹果并不比培养一只坏梨或坏苹果花费更多时间或辛苦，因此除了那最好的，我不要艺术品，不要言谈、行动、思想或朋友。

目的与手段，赌徒与赌博——生活就是由这两股和睦力量的混合和反作用构成的。两者的结合先前显得不伦不类，因为它们彼此否定并趋向于消灭对方。我们必须尽可能缓解这一矛盾，但是二者之间的分歧与一致把荒谬绝伦的东西引入我们的思想和言谈中。任何一句话都不能包含全部的真理，而我们能够公正的唯一方法是戳穿我们自己的谎言；言谈胜于沉默，沉默胜于言谈。万物都相互关联，每一个原子都有一个斥力范围——事物同时即存在，又不存在——诸如此类，不一而足。整个宇宙仅仅有一件事，就是这种古老的“两面”，造物主—造物、意识—物质、正确—谬误，凭借这一点，任何命题既可以肯定又可以否定。因此，我非常恰当地断言，每个人都是片面论者，大自然通过自负，通过阻止宗教和科学的倾向，把他作为一种工具牢牢地攥在手里；现在我进一步断言，如果每个人的天才都被亲切地探察过，他的个性便反映出他的正确性，因为人们发现他的天性是漫无边际的；而现在我还要补充一点：每个人又都是一个全面论者，就像我们的地球在绕轴自转的同时，还在宇宙空间不停地绕日公转，同样，地球最不懂道理的孩子，却最热衷于自己的私事，反而会解决这一普遍性的问题，尽管它好像是在一种伪装下进行的。我们以为人们都是个体，南瓜也是，然而地里的每个南瓜都经历着南瓜史的每个环节。狂热的民主党人，一旦成为了参议员或富翁，就会过于成熟，不再可能成为笃实的激进主义者，除非他能抵抗太阳，他在余生中就一定是个保守派。埃尔登勋爵在晚年说：“要是他的生命再次从头开始，就将遭到诅咒，但他要作为一个煽动者开始。”

如果可能，我们就会隐藏这种普遍性，然而它却从各个方面显露出来。我们像孩童一样不知感激。凡是我们珍爱并竭力想得到的东西，某个时候我们肯定会转过身来撕碎它。我们总是对无知和依赖感官的生活进行连珠炮似的讽刺，后来，也许一位漂亮的姑娘走了过去，那是一种欢天喜地的生命，她对最普遍的指责都充满了精力和感情，因此能使它们变得非常美丽。看到这种情况，我们对她和那些职责都非常钦佩：“瞧！美丽的地球上一个真正的造物，书本、哲学、宗教、社会、忧虑没有糟蹋掉她，也没有使她过早地成熟！”这句话暗示出一种对我们久已热爱并在自己和他人身上培养成的一切的背叛和蔑视。

要是我们有办法抵御反复无常的心绪该有多好！要是最深沉的先知能够坚持他的论调多好！要是准备把一切卖光去投身改革活动的旁听者能够证明他的先知将不会在第二天收回他的证词该多好！可是“真理”戴着面纱坐在法官席上，连一句斩钉截铁的话都不说。最虔诚最革命的教义，好像是上帝的方舟向前推了几弗隆[①]，停放在那里等待救世主的到来，几星期后，同一个倡导者却把它漠然置之，认为它是可怕的；“我本以为自己是正确的，其实不然”，同样的无边无际的轻信要求新的厚颜无耻。如果我们能不受任何见解的左右该有多好！如果我们始终能坚持立场，不看别人的眼色行事，不当别人的传声筒该多好！如果能有什么规定，要求一个人只要没有听见号声就永远不应该放弃他的观点该多好！我总是不够诚挚，正如我总是知道有其他的各种情绪一样。

尽管我们使用同样的语言，可是双方都无法彼此了解，所以，我们说出了所有的心里话，走的时候又觉得什么都没有说出来，那么我们能有多大程度的真诚和信任呢！我的朋友自认为了解我的心绪和思想习惯。我们解释了又解释，说明了再说明，最后把话都说尽了，就是因为那个错误的假定，我们谈论的事情仍然跟开始时一模一样，毫无进展。是不是所有人都相信别人都是一个片面论者，而自己却是一个全面论者？昨天我和两个哲学家谈话，我竭力向他俩表明：我时而爱这个，时而爱那个，每样都爱，但什么都爱不长久；我喜爱核心，但也喜欢表面；如果人们在我眼中好像是耗子，那么我也热爱人；我尊敬圣徒，但又很高兴地认识到古老的异教世界坚守阵地，很难消灭；我对德才兼备的人感到满意，但又不愿生活在他们的怀抱中。如果他们有一天明白我希望知道他们的存在，并且衷心祝愿他们万事如意，然而由于我的生活和思想贫乏，当他们来看我时，我没有适当的言辞来表达对他的欢迎，尽管我感到有求于他们，但完全赞同他们在俄勒冈的生活，如果是这样，那么将是一种莫大的欣慰。

① 弗隆，长度单位，等于1/8英里或201.17米。